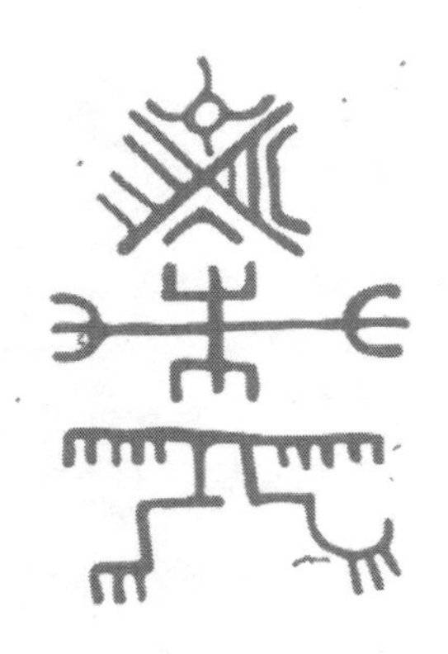

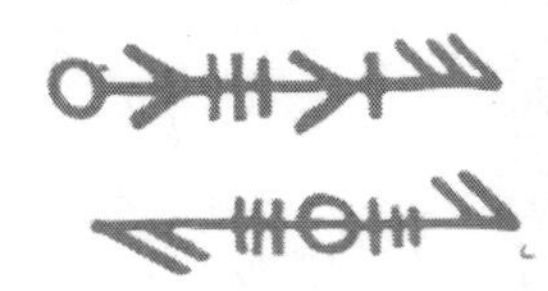

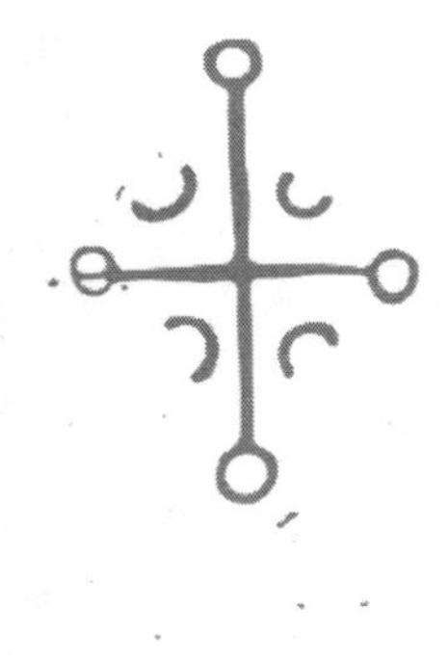

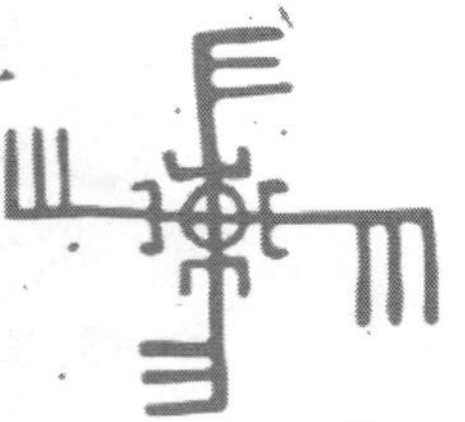

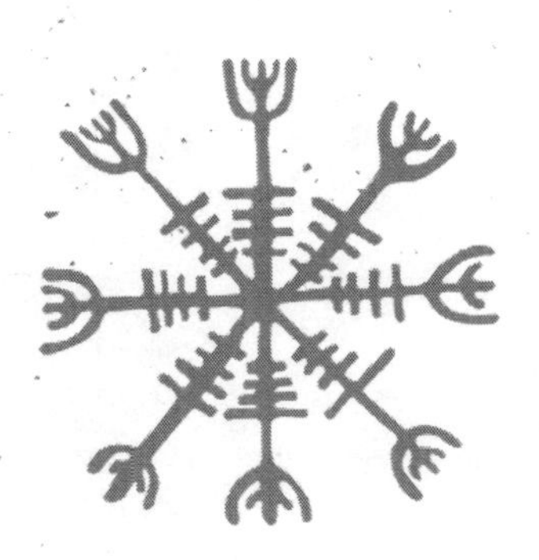

VIKINGS: BERSERKER

EDUARDO KASSE

PRIMEIRA EDIÇÃO

EDITORA DRACO

SÃO PAULO

2018

Eduardo Kasse
é paulistano, nascido em 10 de abril de 1982. Autor da série de fantasia histórica Tempos de Sangue, com cinco romances publicados: *O Andarilho das Sombras* (2012), *Deuses Esquecidos* (2013), *Guerras Eternas* (2014), *O Despertar da Fúria* (2015) e *Ruínas na Alvorada* (2016), além de uma HQ: *A Teia Escarlate* (2017). Contos em *Imaginários v. 5* (2012), *Excalibur* (2013), *Samurais x Ninjas* (2015), *Medieval* (2016), *Magos* (2017) e em e-book completam o seu trabalho.

Publisher: Erick Santos Cardoso
Edição: Erick Santos Cardoso
Revisão: Ana Lúcia Merege
Arte e capa: Ericksama

Dados Internacionais de Catalogação na Publicação (CIP)
Ana Lúcia Merege 4667/CRB7

K 19

Kasse, Eduardo Massami
Vikings: Berserker / Eduardo Massami Kasse. – São Paulo : Draco, 2018.

ISBN 978-85-8243-247-1

1. Ficção brasileira I. Título II. Série CDD-869.93

Índices para catálogo sistemático:
1.Ficção : Literatura brasileira 869.93

1ª edição, 2018

Editora Draco
R. César Beccaria, 27 – casa 1
Jd. da Glória – São Paulo – SP
CEP 01547-060
editoradraco@gmail.com
www.editoradraco.com
www.facebook.com/editoradraco
Twitter e Instagram: @editoradraco

VIKINGS: BERSERKER

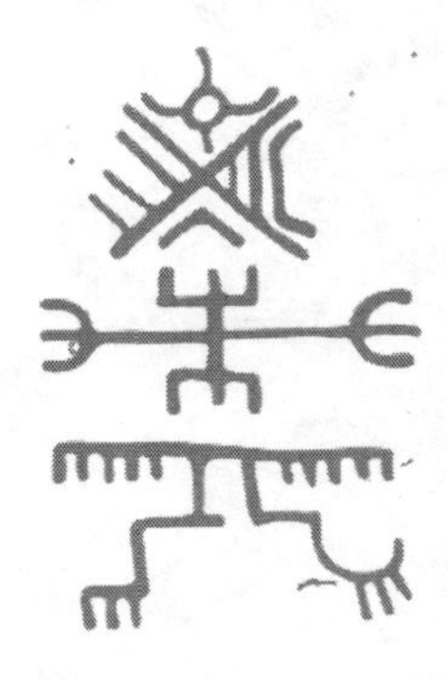

Quando os Primeiros receberam o dom da palavra e os Segundos o dom da profecia, contaram para os Poucos a história do Monstro do Mar que surgiria numa tarde de Sol negro e de águas bravias.

Assim os seus Deuses – os nossos Deuses – lhes sussurraram nos sonhos. E essa era a verdade.

Disseram que, quando o monstro tocasse as areias da praia, cuspiria gigantes de gelo, brancos como os cadáveres, e eles brandiriam grandes armas feitas com dentes de cor de prata da Lua.

Dentes que morderiam fundo.

E arrancariam braços.

E deceparíam cabeças.

E fariam as mães chorarem.

E todos, mesmo os mais corajosos, tremeriam de medo.

Os Primeiros e Segundos há muito estão mortos. Há tanto tempo que seus ossos já se tornaram o pó que nutriu as raízes profundas das árvores sagradas, altas, tão altas que podem tocar as nuvens.

E os nossos Deuses estão cada vez mais em silêncio.

E alguns da nossa gente, os mais rebeldes e sem respeito à verdade, bradam que eles devem estar mortos. E outros, sem temor de ter a alma estraçalhada ao chegar ao mundo dos mortos, dizem que eles nunca existiram.

Aos anciãos, resta a tristeza e a condolência aos Antes-deles. Por isso, suas palavras perduram contadas e recontadas pelos Filhos dos filhos dos filhos que as repetem aos Novos nas noites de Lua-azul.

E assim sempre foi. E assim sempre será.

Até o fim dos tempos.

Capítulo I – Pedras e gelo

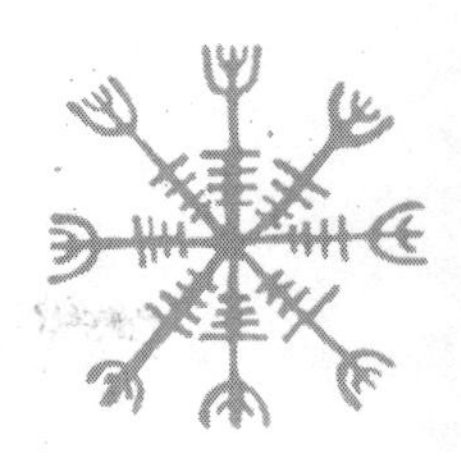

Noruega, 965 anos depois da morte do deus pregado, aproximadamente cinco anos antes do nascimento de Leif Erikson.

– Como você pode ser tão estúpido, Asgeir? – Birger enxugou o suor da testa, os olhos ardendo por causa do sal, as costas latejando pelo tempo curvadas e o pescoço rígido: trabalhara a terra dura o dia todo. As mãos já não se feriam mais, a pele era grossa como couro e as unhas amareladas pareciam cascos. – Eu falei para você tomar cuidado com as pedras. Precisava bater com tanta força?

O gigante loiro, parrudo como um boi e tão fedido quanto, olhou para a enxada quebrada. A lâmina havia se fendido ao meio depois de uma pancada forte demais. Novamente ela precisaria dos reparos feitos pelo ferreiro, que custavam tanto quanto o lucro pela venda de todos os legumes provenientes da área arada naquele dia.

Num arbusto salpicado de florezinhas brancas, um esquilo vermelho observava tudo com seus grandes olhos pretos, despreocupado, degustando uma bolota recém-caída, os bigodes balançando frenéticos enquanto o focinho preto farejava sem parar. Logo abaixo, oculta pelas folhagens, uma víbora cinza preparava o bote.

– Estou cansado disso. – O grandalhão atirou longe a enxada, espantando um bando de melros que buscava insetos no mato baixo; o que restou da lâmina se separou do cabo. – A gente labuta o dia todo nesse chão duro e pouco consegue colher. Depois vêm o frio e o gelo e...

– Asgeir, você está parecendo a nossa avó, Inga. – Birger bebeu o que restava de água do odre feito com a bexiga de

uma cabra. Grande parte escorreu pela barba ainda rala, molhando o pescoço, misturando-se ao suor na camisa ensopada.
– Agradeça aos Deuses por termos esse pedaço de terra e por conseguirmos colher algo para encher as nossas panças.

– Cenouras finas, repolhos mirrados e beterrabas muxibentas! Nem os nossos animais se animam em mastigar essas porcarias!

Lá adiante um bode baliu, como se concordasse com o grandalhão. Voltou a mascar as ervas espinhentas que nasciam por entre as rochas de calcário.

Um milhafre-preto pairou no ar, as asas batendo rápido, a cabeça fixa. Desceu num mergulho veloz e sumiu por entre os pés de acelga. Subiu com um ratinho castanho preso às garras.

Birger não cedeu aos resmungos do irmão. Seus olhos ainda ardiam por causa do suor, e um músculo do pescoço pulou, provocando uma careta. Assoou o nariz e atirou o catarro longe num estalo de dedos. Olhou a ave voar até a escarpa rochosa, onde, certamente, um ou dois filhotes pelados e famintos esperavam pelas tenras carnes do ratinho.

Entendeu ser um presságio dos Deuses – bom ou ruim, não sabia dizer –, mas preferiu manter-se calado. Afinal, não podia mais se envolver em loucuras e ranzinzices. Seu pai havia morrido de diarreia no mês passado, e agora ele, o primogênito, era responsável por cuidar da fazenda, de sua mãe e dos irmãos mais novos.

Virou-se e continuou a arar a pequena horta, tomando cuidado para não acertar os pedregulhos, tampouco pisar nos brotos que, teimosos, irrompiam da terra dura.

Birger ainda não completara dezessete invernos.

.
.
.

– Eu preferia estar na guerra. – Asgeir sorveu ruidosamente a sopa, os dentes raspando na colher de madeira escura. – Pelo menos conseguiria algum dinheiro. E teria fama. E meus braços seriam mais úteis com um machado do que com uma enxada.

– Eu acho que você *morreía* na *pimeila bataia*. – Hege, a caçula sardenta e de olhos azuis, tinha a boca cheia de pão, os dentinhos da frente faltando, perdidos depois de um tombo. – Você é lento e *gande*. *Palece* um javali.

Riu, a boquinha suja de comida. Asgeir se levantou e imitou

um porco. Pegou a irmã e a colocou sobre o ombro como se ela não tivesse peso algum.

– Um javali é um bicho feroz e pode furar você com as presas – começou a fazer cócegas na irmãzinha. – E depois pode comer seus pés com apenas uma bocada!

– *Pala*! – ela estava vermelha. – *Pala* que eu *vô mijá*. Ai, ai, ai!

Ele soltou a menina, que demorou a recuperar o fôlego, o resto de pão ainda na boca, os cabelos cor de trigo desgrenhados, as mãozinhas macias dando tapas no irmão. Este ameaçou pegá-la, o que a fez correr aos gritinhos risonhos e se esconder atrás de um monte de sacos. Já começavam a estocar os grãos para o inverno, para deleite dos ratos que sempre afanavam bons bocados do trabalho das pessoas. Afinal, também tinham suas famílias e filhotes para alimentar.

As galinhas vieram ciscar as migalhas que caíram no chão ao redor da mesa, enquanto uma cadela se coçava ao lado da fogueira, onde agora só havia brasas e cinzas. Num dos caibros do telhado, um gato amarelo observava tudo em silêncio, os olhos verdes refletindo o brilho avermelhado dos carvões, as orelhas se mexendo para lá e para cá, buscando o ruído das aves que passeavam sobre o telhado de turfa recoberto por grama.

Lá fora, a égua e a vaca espiavam pela pequena janela entreaberta, invejando os que estavam lá dentro junto ao calor da fogueira. O vento frio do fim da tarde começava a castigar o couro, apesar de ser o começo do Haustmánuður e o dia ainda estar claro. O tempo naquelas terras sempre era rude. E as pessoas e os bichos aprenderam a sobreviver às intempéries.

Birger se levantou, arrotou e foi guardar os animais no estábulo, tão frio quanto do lado de fora, mas pelo menos com um teto e paredes de tábuas mal alinhadas para protegê-los um pouco do chuvisco e do vento. As ovelhas e cabras, acostumadas com a rotina, seguiram em fila até a portinhola de madeira, que logo precisaria de reparos. Cada uma se acomodou sobre a palha recém-trocada e começou a dormitar. A vaca e a égua olharam mais uma vez para o brilho alaranjado das brasas antes de serem guiadas – a contragosto – para o seu dormitório junto ao rebanho barulhento.

Dentro do salão, a conversa se inflamava.

– Seu pai e eu vivemos aqui por mais de vinte anos e, antes de nós, seus avós, Asgeir. – A mãe colocou Hege no colo e começou a arrumar o cabelo comprido dela, refazendo a trança.

– Nunca passamos fome, meu filho. Temos um teto e segurança, temos bons amigos ao nosso redor.

– Não sou ingrato, mãe. – Seus olhos estavam vermelhos, seu espírito cinza, e nas suas veias o sangue parecia feito de chumbo fundido, esquentando as bochechas e a nuca. – Mas sinto que aqui não é o meu lugar. Sinto que preciso ir buscar o meu próprio caminho, com menos gelo e mais terra macia. Com menos pedras e mais pomares.

– E como vai fazer isso? – A mãe puxou muito forte um tufo dos cabelos embaraçados da filhinha, provocando um resmungo.

– Não sei, mas preciso tentar, sabe?

A caçula enfiou na boca um peixinho frito em banha de porco e atirou outro para a cadela, que o abocanhou no ar, mastigando apressada. Engasgou, resfolegou e golfou a massa oleosa no chão, para, em seguida, engolir tudo novamente, antes que as galinhas atrevidas viessem lhe roubar o precioso regurgito.

A mãe nada disse; olhava para o filho enquanto refazia os laços da tira de tecido na trança da filha. Já passara por trinta e sete invernos; a prata já chegara aos seus cabelos, as rugas envolviam os olhos da cor das eternas geleiras, e ela conhecia bem o ímpeto dos jovens.

– Ivar, você tem certeza que vai se juntar a eles? – Hilda segurou o ombro do irmão caçula. – São arruaceiros, muitos deles foram banidos da nossa terra.

– Não se preocupe, minha irmã. – Segurou o martelo de Thor feito com osso que levava no peito. – Eu honro e alegro os Deuses, e eles vão me dar a vitória. E já sei muito bem como me cuidar – piscou.

Ivar beijou a testa da irmã, pegou suas tralhas, suas armas – um machado de cortar lenha e uma lança de ponta rombuda –, e partiu. Na enseada, o langskip estava sendo carregado de suprimentos, os homens felizes, sonhando com butins, terras e mulheres. Logo o navio singraria a costa do reino e se encontraria com a frota de um rico Jarl, Sigurd Sleva, que pretendia aumentar ainda mais as suas posses e poder enfrentando o rei Haakon junto com seus dois irmãos.

Tudo aconteceu depressa. Primeiro veio o desembarque, depois os xingamentos, zombarias e provocações. Os mais afoitos e inexperientes corriam para tentar a glória. Os mais velhos, contidos pelas dores dos antigos ferimentos, avançavam devagar.

Então vinha o barulho: do aço contra o aço, das madeiras dos escudos ao serem rachadas e dos ossos esmagados. Mas eram os gritos e prantos que ficavam para sempre na memória. A dor dos feridos, a agonia dos moribundos e as rezas de quem ainda conseguia balbuciar algumas palavras. E, por incrível que pareça, a gargalhada daqueles que eram tomados pela loucura da matança.

E, ao final, restava o cheiro. O fedor pútrido de entranhas evisceradas e merda que escorria pelas pernas, mesmo de quem ainda permanecia em pé. O cheiro ferroso do sangue misturado à terra revolta, muitas vezes encharcada pelo mijo e pelo suor de centenas, milhares de guerreiros.

Então, o silêncio. Apenas entrecortado pelo gemido final durante o golpe de misericórdia. Havia carne em abundância para todas as armas. E também para os corvos que aguardavam pacientemente pelo seu bocado, grasnando em agradecimento à farta refeição.

Ivar agora estava no Valhala, bebendo e comemorando junto aos que tombaram. Morreu com a sua arma em punho e o crânio rachado na batalha que aconteceu em Fitjar.

Além do irmão, Hilda perdera primos e nada sabia de outros parentes e de amigos que foram para a Inglaterra e para o continente. E agora o fogo da guerra, da conquista, queimava no peito do seu filho Asgeir. E nenhuma palavra ou conselho seria forte o suficiente para apagar essa chama.

*

– Esse é o melhor navio que você já construiu, meu pai! – Siv levou as mãos à cintura, admirada com o *langskip* que repousava, imponente, sobre os suportes de madeira do estaleiro construído na praia. O casco, feito com tábuas de carvalho, era cuidadosamente lixado pelos homens. O convés, feito de pranchas de pinheiro, era varrido para retirar os últimos restos de serragem e areia.

O som das ondas morrendo lentamente na areia grossa e os berros estridentes das gaivotas eram uma melodia constante, assim como a cantoria dos trabalhadores enquanto martelavam, lixavam e serravam.

– Amanhã iremos vedá-lo com resina e alcatrão. – O pai inspirou, triunfante. – E se os Deuses permitirem e o tempo ficar bom – olhou para o céu –, até o dia de Freyja ele estará no mar, depois de cinco meses de construção.

A jovem sorriu: orgulhava-se daquele navio. Ela ajudara a tecer a vela quadrada feita com lã, leve e impermeável, e, durante cinco semanas, entalhara sozinha a cabeça de dragão que iria na proa, apesar de os mais velhos dizerem que isso podia trazer má sorte. Depois que o trabalho ficou pronto, acharam-no tão magnífico que mudaram de opinião: a menina devia ser uma agraciada pelos Deuses.

Siv tinha mãos habilidosas, inclusive ao empunhar uma espada.

– Não esperava ser vencido por uma garotinha, não é, seu porco? – Siv cuspiu, o sangue escorrendo pela lâmina da espada que pertencia ao seu pai e, antes dele, ao seu avô. Custara o equivalente a doze vacas leiteiras, sendo um dos tesouros da família.

Com a mão na barriga e a camisa manchada de vermelho, um dos ladrões que tentou roubar as ovelhas, aproveitando que não havia homens na fazenda, choramingava, contorcido como um verme no chão, a vida se esvaindo por entre os dedos, a merda saindo sem controle do seu rabo. Miava covardemente, desarmado, o que o fadaria a nunca estar junto dos Deuses e dos seus ancestrais no outro mundo. O outro jazia com o pescoço fendido por uma machadada precisa desferida pela mãe, que expusera até a coluna. Um terceiro, molecote ainda, fugira aos tropeços ao ver os comparsas caídos.

Siv olhou para a mãe, que sorriu, apesar do olho roxo e inchado pelo soco que levara do covarde morto. As mulheres nunca eram presas fáceis; mordiam tão bem quanto qualquer guerreiro. Atacavam com fúria e graça, tais como as lobas de uma alcateia.

Assim que o pai e os irmãos retornaram, viram os corpos lado a lado sobre a grama.

E, depois de refeitos do susto, o orgulho explodiu em seus rostos. Beberam e comemoraram, porque do amanhã nada sabiam. Exceto que o garoto fujão logo faria companhia aos defuntos.

– E os remos, pai? – Siv acenou para uma velhota que lhes vendia queijo, a qual avançava com dificuldade pela trilha íngreme. No seu encalço, três cãezinhos a seguiam com as línguas pendentes do lado da boca, na esperança de que um dos queijos caísse do cesto apoiado sobre a cabeça dela.

– Seu irmão foi buscar – fungou o pai. – Borg está atrasado, mas prometeu todos para hoje.

– Aquele imprestável vive bêbado.

– Mas ainda assim é um dos melhores carpinteiros que temos. – Piscou e desceu a encosta para ajudar os homens a carregar montes de cordames. – E seu irmão sabe ser bem incisivo quando é preciso – acrescentou, apontando para o punho fechado.

Siv foi ajudar a queijeira, que estava sem fôlego, as pernas rígidas pela idade, apesar de ainda manter a postura ereta.

Quando a jovem pegou a cesta, os cãezinhos latiram na esperança de lhe aquecer o coração. Nada conseguiram. Voltaram morro abaixo para tentar melhor sorte com outras pessoas.

.

.

.

– Agora que já estamos com as panças forradas, meus filhos, precisamos conversar sobre dois assuntos importantes. – O pai deu uns tapas na barriga e se aprumou na cadeira, que rangeu. – O casamento e a viagem.

Sigrid, a mãe, lhes trouxe um pouco mais de hidromel e sentou-se à mesa, ao lado do marido, segurando no braço forte, coberto de cicatrizes e braceletes, ambos conquistados com muito orgulho. Ele a olhou com ternura, sua companheira de uma vida, a mulher forte que zelava por tudo enquanto ele navegava e que cuidava dele enquanto ele permanecia.

– Daqui a um mês, a irmã de vocês, Brida, vai se casar. – Os dentes largos e amarelos despontaram de trás da vasta barba acobreada, cujos primeiros fios brancos começavam a reluzir. – E, logo em seguida, singraremos o mar!

Os dois filhos bateram entusiasmados na mesa com os punhos e os copos feitos com chifre. Siv os acompanhou, sem tanta euforia. Alegrava-se mais com a batalha do que com festejos, parte que lhe cabia nessa história. Olhou pela grande porta do salão e viu as estrelas ponteando o céu, a brisa trazendo o cheiro da maresia.

Sem ninguém saber, vez por outra, quando o céu estava assim, estrelado, saía escondida durante a noite para ir dormir dentro do *langskip*, no conforto das duras tábuas de pinheiro.

– Está aqui ainda, Siv? – O pai atirou uma semente na testa da filha, que se assustou.

– Desculpa... estava pensando no casamento.

A mãe deu um longo gole na sua bebida e soluçou, o sorriso livre no rosto. O pai, por sua vez, conhecia muito bem os anseios do espírito da filha, mas nada disse sobre esse assunto; continuaram conversando sobre os preparativos do festejo e da viagem.

*

Na mesma medida em que havia nascimentos, havia funerais. Velhos, novos ou mesmo aqueles que acabavam de nascer: Hel, a Deusa de Helheim, o Reino dos Mortos, não rejeitava ninguém em seus domínios. Esperava a todos sentada, impassível e inexpressiva, com metade do seu corpo alva e a outra enegrecida, em putrefação, em seu trono de ossos, no palácio cercado de névoas.

As almas atravessavam lentamente a ponte coberta Gjallarbrú sobre o rio Gjöll, admiradas com os detalhes em ouro brilhante, ainda perdidas e desnorteadas pela passagem entremundos.

A Deusa não é boa ou má, apenas justa. Os espíritos bondosos cuja carne fora corrompida pela doença ou velhice são acalentados; aos maus restam as merecidas agruras no frio eterno de Niflheim, uma agonia que perdurará até o final dos tempos.

E, numa bonita manhã de céu azul e sem nuvens, todos se reuniam em prece, clamando que os espíritos da mãe e do filho natimorto fossem bem recebidos. A pira ardia com chamas altas e as madeiras estalavam. Algumas já ruíam, levantando fagulhas e cinzas. A coluna de fumaça subia em redemoinho, e o cheiro de carne, cabelos e roupas queimadas ardia nas narinas, deixando os olhos ainda mais vermelhos.

Um cão uivou em algum lugar. Um velho tossiu, enquanto a anciã entoava com a sua voz rouca uma canção antiga, acompanhada pelos presentes que murmuravam as palavras, formando um zumbido grave, levado pelo vento por toda a fazenda e além.

Birger, Asgeir, Hege e Hilda prestavam suas condolências à família: pai, filho e avó que pranteavam junto ao fogo, os rostos vermelhos pelo calor e pela dor. O primeiro seria aliviado assim que se afastassem, a segunda perduraria por semanas, meses, anos. Pela vida.

– Pobre Eir – Hilda enxugou as lágrimas com as costas da mão. – Estava tão alegre pelo nascimento que se aproximava.

A mãe fez uma prece silenciosa a Frigga pedindo que a Deusa sempre protegesse os seus filhos, da doença e da batalha.

– Mama... – Hege fungou. – Ela e o bebê vão *ficá* juntos?

– Claro que sim, querida. – Acariciou os cabelos da filha.

– Se a gente *molê*, a gente fica *junta*?

– Nem pense nisso. – A mãe a abraçou com força. – Você crescerá, terá filhos e, se os Deuses permitirem, serei avó.

– Eca! – A menininha franziu a testa. – Não *quelo tê* bebês!

Hilda e seus filhos foram se despedir da família que acabara de perder sua mãe e seu caçula. Hoje eles guardariam luto, amanhã voltariam ao trabalho, independentemente do sofrimento e da saudade, porque era o que restava aos vivos.

.

.

.

– Estaremos lá, claro. – Hilda serviu um pouco mais de ensopado de mariscos ao jovem esfomeado, que enfiava nacos e mais nacos de pão dentro da boca, estufando as bochechas salpicadas de sardas e poeira da estrada. – Obrigada por ter vindo aqui trazer tão boa nova!

– Eu é que agradeço pela comida deliciosa, senhora!

O mensageiro enviado pelos parentes de Hilda sorveu o caldo grosso e mastigou uma das iguarias com um sorriso na boca brilhosa. Passou o pão na tigela de barro, fazendo-o absorver as últimas gotas, levantou-se e saiu depois de fazer uma mesura.

Ele ainda teria uma longa jornada para avisar a todos sobre a celebração. Respirou fundo e seguiu pela trilha assoviando e cantarolando, acompanhado pelos mesmos cachorrinhos que perseguiram a queijeira. Agora eles tiveram melhor sorte: ganharam um naco do pão que o jovem guardara no bolso.

Hilda começou a arrumar a mesa em silêncio. Hege dormia sobre uma pele de ovelha, abraçada à velha cadela, compartilhando pulgas e sonhos. Seus outros filhos estavam lá fora, atarefados com o interminável trabalho na fazenda.

A mãe estava contente por saber que sua parente, Brida, iria se casar dali a duas semanas. Na mesma medida, a lembrança da morte de Eir e do seu bebê pesava. Vida e morte eram amigas íntimas, afinal.

Capítulo II – Quando o espírito clama pela liberdade

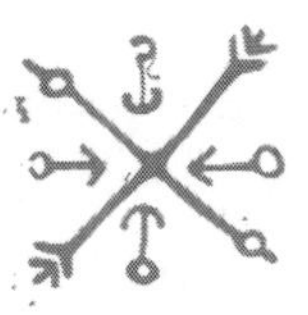

Asgeir estava sentado sobre a encosta: debaixo dos seus pés o paredão rochoso descia, imponente, até se afogar no mar em borbulhas de espuma branca. Acima da sua cabeça as nuvens encobriam o Sol, e seus cabelos compridos e amarelos atrapalhavam sua visão a cada sopro do vento.

Pegou uma pedra e soltou-a. Contou até quatro e ela tocou a água.

Observou os barcos passarem pelo fiorde: não os de pesca, que pontilhavam o mar enquanto cuspiam suas redes sob o olhar atento das gaivotas que voavam ao redor, esperando o momento certo para garantir o butim, mas sim uma flotilha com quatro *langskips*, os remos resvalando nas águas calmas, os escudos coloridos e cheios de insígnias na lateral.

Não conseguia enxergar os rostos dos guerreiros, apenas seus corpos, tais como pequenos bonecos. Ele os invejava, queria ser um deles, ansiava mais que tudo singrar o oceano imenso e conquistar novas terras. Se podia passar todo o dia arando pedregulhos, tinha força para estar numa parede de escudos.

Socou o chão e uma pedra aguçada talhou sua pele, abrindo espaço para o vermelho-vivo brotar abundante e quente. Não se importaria de sangrar em batalha, mas era um simples... lavrador...

As gotas se perderam no solo; nutririam as pequenas heras que nasciam, teimosas, naquele local.

O vento forte castigava a pele, o cheiro trazido pela maresia lhe despertava o desejo e a vontade de estar longe dali. De rumar para onde seu capitão o levasse. Seria juramentado a ele, e ele lhe daria ouro e prata, pois era isso que devia ser feito.

Homens seguiam a bravura, mas, se esta não lhes trouxesse riquezas, logo era trocada por outra... melhor.

Entretanto, tudo estava tão distante, como os *langskips* que contornavam a península e sumiam, deixando apenas tristes ondulações na água. Olhou para baixo e inclinou o corpo para a frente.

– Morro ao me jogar daqui? Ou Aegir, o Deus do mar, se apiedaria de mim e veria virtude em meu espírito?

Asgeir sentiu areia nos olhos, e as lágrimas escorreram sem pudor. O gigante enfiou a cabeça entre os joelhos e não conteve o choro, soltando um urro que ecoou até se perder. A frustração o corroía, tal como o sal castiga o ferro.

Ele também queria a alegria da batalha, não a monotonia da labuta na terra. Tinha certeza de que, se o pai ainda estivesse vivo, o liberaria para seguir sua vontade: faria fortuna ou teria uma boa morte.

– Thor, Odin, por que não me permitem honrá-los na batalha? – murmurou. – Por que meu fardo é arar a terra e carregar cestos com legumes? Por que tenho que recolher a bosta dos animais ao invés de recolher os espólios da guerra?

Ouvindo alguém se aproximar, enxugou as lágrimas rapidamente. Virou-se e viu o bode o encarando com seus olhos amarelos arregalados enquanto mastigava alguma coisa, a barbicha tremulando ao vento. O bicho baliu como se risse do grandalhão. Asgeir pegou uma pedra e a atirou contra o animal, que fugiu, saltitante, com o rabo empinado sob o qual um cu rosa completava a afronta.

*

Siv estava empenhada em fazer um colar para sua irmã com as conchinhas que conseguira recolher ao longo da semana. Rosadas, brancas e azuis, elas ornariam um belo cordão trançado de prata que seu pai lhe dera ano passado – preferiria ter ganhado um escudo ou uma espada, mas agradecera com um sorriso e um beijo no rosto barbudo dele.

Brida merecia esse presente, era uma ótima mulher. Seria uma boa esposa e uma mãe zelosa. Nascera para isso, e suas conversas sempre convergiam para esses assuntos, tão chatos, na opinião de Siv.

A jovem inspirou fundo, o ar salgado preenchendo os seus pulmões, o Sol da manhã aquecendo a pele. Olhou em direção ao salão: todos trabalhavam nos preparativos do casamento. Ouviu um assovio, lá adiante, onde o *langskip* de seu pai começava a ser preparado para ganhar o mar.

– Soltem devagar – o mestre marceneiro gritou. – Se estragarem o navio, nosso bom chefe vai enfiar um remo na bunda de cada um!

– E na sua, Sverre, enfiarei o mastro! – O pai de Siv tocou no ombro do velho amigo, rindo, enquanto os homens puxavam as cordas, fazendo as polias rangerem e as madeiras estalarem, as mãos calejadas segurando firme enquanto o suor brotava das testas.

Enfim as águas abraçaram o casco bem calafetado do *langskip* para depois reerguê-lo à superfície. Todos vibraram, todos comemoraram o fim do longo trabalho, inclusive Siv, a distância, mas com imensa vontade de estar em meio aos homens.

– Preferia ter as costas doendo e os ombros enrijecidos de tanto remar do que de ficar curvada cerzindo roupas gastas. – Siv fez um muxoxo e continuou o colar de conchas em silêncio.

.
.
.

Brida estava eufórica, o rosto corado, sempre sorrindo, mesmo quando trabalhava duro batendo roupas nas pedras do rio ou carregando cestos pesados, o que fazia o suor brotar no buço e os cabelos castanhos grudarem na testa.

Apesar do casamento arranjado pelas famílias, como de costume, ela adorava Bjorn. Cresceram juntos, eram amigos e confidentes. Amaram-se e descobriram-se juntos, nas primeiras explosões de gozo em gemidos contidos para não chamar atenção.

– Na-não faça dentro de mim! – Brida estava deitada sobre a palha, agora úmida com o suor das suas costas, o fôlego entrecortado, o gemido se libertando sem se importar com quem estava por perto. O prazer crescente dominou o seu corpo e a sua alma, e todos os pensamentos sumiram da mente.

Cravou as unhas nas costas do amante, que sequer sentiu. Mordeu o seu ombro, o que deixaria marcas e traria boas lembranças. Só assim silenciou, com a boca envolvendo a pele salgada.

Bjorn deu mais duas estocadas profundas e saiu de dentro dela no último instante, melando o ventre nu de Brida, enquanto ambos puxavam o ar com as bocas avermelhadas por beijos e mordiscadas.

Permaneceram abraçados, ela acariciando os cabelos grossos dele, ele os mamilos ainda intumescidos, coroando os pequenos seios macios e pontilhados com o suor de ambos.

Por sorte, os noivos se casariam, do contrário a família de Brida perderia parte do dote, por ela não ser mais casta. O casal, entretanto, mantinha tudo em segredo. Eles já haviam sido consagrados por Freyja, e o amor já se enraizara nas suas almas.

*

O hidromel, a sidra e a cerveja nunca faltavam nas canecas e nas goelas já entorpecidas. Muitos barris estavam vazios, porém muitos ainda estavam cheios e seriam suficientes. Vários convidados dormiam, bêbados, roncando pelos cantos, outros vomitavam, alguns pela segunda vez.

Os que ainda possuíam alguma sobriedade se entregavam ao prazer, trocando beijos azedos e fluidos, perdendo roupas pelo caminho, trepando sem pudor ou cuidados. Cus, bocetas e paus eram servidos como sobremesa após o banquete. Afinal, festejos são festejos.

Os cães e os gatos da vizinhança aproveitavam para forrar as panças com os restos que abundavam no chão, pois os momentos de fartura eram escassos. Os ratos esperariam um pouco mais, e, antes do amanhecer, tomariam posse dos seus bocados, em segurança. Um ou outro viraria jantar de alguma coruja, mas isso pouco importava: a morte era o destino certo para todos os viventes.

Os porcos – aqueles que não foram assados – dormiam tranquilos, sem saber que, ao raiar do dia, sua lavagem seria composta dos restos mortais de irmãos, tios e companheiros de chiqueiro. Deliciosos, apesar de tudo.

A noite já era alta, e a Lua estava linda no céu. Máni abençoava o casamento brilhando forte, tal como prata recém-polida. Havia cantorias: flautas, gigas e tambores eram tocados – agora em uma sintonia ébria –, enquanto os mais animados ainda dançavam, ou melhor, se remexiam, pois, num mundo que girava à frente dos olhos, era difícil ficar com os pés parados no chão.

Quando um parente peidava mais alto, as crianças ainda despertas gargalhavam, enquanto os companheiros ao redor do ser bufante reclamavam do fedor, sem se importar, obviamente, com o azedo dos próprios arrotos.

Brida e Bjorn já haviam se retirado para *consumar* o casamento, ou, melhor dizendo, dormir abraçados, pois o cansaço e o álcool não lhes permitiriam brincar essa noite. Como os velhos matreiros costumavam dizer: basta dois amantes se casarem para as boas fodas acabarem.

Siv, Birger, Asgeir e outros jovens estavam ao redor da fogueira ouvindo as histórias contadas por Halstein, um velho de barba e cabelos brancos, tão gordo que sua barriga sempre teimava em escapulir de baixo das roupas, exibindo o imenso e profundo umbigo que mais lembrava um poço. Estavam ansiosos por ouvir a façanha do jovem Ingimárr, o Atrevido, que roubou o barquinho do seu pai e sozinho singrou o mar gelado até chegar a Uppsala, na Suécia.

O roliço *skald* limpou a garganta, sorveu mais um gole de hidromel, bateu palmas para marcar o ritmo para os músicos sobreviventes e começou a cantar:

Ingimárr, o Atrevido, arrumou sua trouxa
Vestiu uma camisa velha e uma calça frouxa
Pegou uma faca cega e um toucinho defumado
Beijou a testa da mãe, da irmã e partiu calado

Não quis acender a tocha, não precisava da claridade
Conhecia bem a trilha e caminhava sem dificuldade
Nascera naquele local, crescera e vivera na fazenda
Esses eram seus últimos passos a percorrerem essa senda

Sentiu a brisa salgada acariciar o seu rosto
Sorriu, estava muito feliz e bem disposto
E, como se os Deuses inspirassem sua aventura,
As estrelas se acenderam na noite escura

Jogou suas tralhas no pequeno barco, não mais que uma canoa
Inspirou fundo, pulou lá dentro e ficou em pé na proa
Soltou a corda que o amarrava a um toco meio apodrecido
Pegou o remo e zarpou rumo ao oceano desconhecido

Enfrentou ventos, tempestades, frio, sede e fome
Clamou aos Deuses: de muitos nem lembrava os nomes
Chorou e se arrependeu da tolice juvenil
Contudo, não desistiria do sonho varonil

Pediu piedade aos senhores de Asgard, Thor e Odin
E no terceiro dia à deriva conseguiu pescar um marlim

Sua sorte estava mudando, o que aqueceu o seu coração
De barriga forrada conseguiria cumprir sua missão

Por mais um dia navegou sem rumo
Tal como um pedreiro sem seu prumo
Até avistar terra firme logo adiante
Não seria mais um marinheiro errante!

Nesse momento, Halstein interrompeu a canção para molhar a garganta e viu que todos prestavam atenção quase sem piscar, principalmente aqueles a quem o fogo da aventura já inflamava os corações. Inspirou fundo e prosseguiu:

Num último esforço dos músculos, remou forte e venceu a rebentação
Levou o barquinho à praia: perdeu os sentidos e a noção
Teve pesadelos em que se afogava em ondas colossais
Seu espírito não ia ao Valhala, para junto dos seus ancestrais

Acordou assustado, a boca cheia de água do mar
Virou-se de barriga para cima e sentiu o rosto queimar
O Sol impiedoso resplandecia no céu azul
Os olhos ardendo e a areia irritando o cu

Nesse momento a plateia gargalhou, e o *skald*, acostumado a despertar emoções, esperou pacientemente todos se acalmarem. Tinha o domínio pleno do público.

Cambaleou até um riacho que corria para a praia deserta
Bebeu a água fresca, sem a qual a morte seria certa
Munido de esperança e sua faca cega, ele partiu ligeiro
Sem rumo: andaria para onde o nariz apontasse primeiro

Dormiu nas estradas barrentas e em celeiros fedidos
Não tinha uma moeda ou um pão, estava fodido
Tornou-se mendigo, escorraçado como um cão
Porém, voltar às suas terras não era uma opção

Então, num dia de temporal, teve uma visão de Odin, o grande rei
Ó Pai de Todos, não me arrependo da jornada, mas onde errei?
Odin nada disse, apenas apontou uma direção
Que o Atrevido seguiu, porque não tinha opção

Por cinco dias e cinco noites ele andou sem parar
Exausto, faminto, com as solas dos pés a sangrar
Desmaiava de cansaço, acordando logo em seguida
Com cães de olhos azuis lambendo suas feridas

Em farrapos e fedendo como um bode ele chegou
E, ao avistar o templo de pedra, se admirou
Prostrou-se de joelhos e agradeceu a Odin
Algo lhe dizia que sua jornada teria fim

E sob a copa de uma árvore colossal
Ingimárr recebeu mais um sinal
Os corvos de Odin vieram voando do céu
Então na sua mente se dissipou o véu

Silêncio... A plateia sequer respirava, e o *skald* fez uma pausa, com um semissorriso no rosto.

O Atrevido, que vencera o mar num barquinho
Entendera a mensagem e agora sabia o seu caminho
Chegaram ao fim os tempos de ócio
Dedicaria sua vida ao sacerdócio

Em Uppsala ele guardaria a estátua de Odin
Recebendo oferendas, sacrifícios e partes de butins
Foderia com virgens em nome do grande Deus da guerra
Rezando pela boa sorte dos homens no mar e na terra

Viveu por mais de noventa invernos
Tanto que pensaram que ele era eterno
Morreu ao ser cavalgado por uma jovem de cabelos vermelhos
Com um sorriso no rosto e a boca cheia de pentelhos

As pessoas em torno da fogueira vibraram com a história, batendo palmas e pés, rindo em uma algazarra tão barulhenta que fez os cães ladrarem e uivarem.

Como de costume, o anfitrião, pai da noiva, atirou um broche de prata para o *skald* a fim de presenteá-lo pelos ótimos momentos proporcionados aos seus convidados. Ele mesmo adorava boas histórias.

Halstein fez uma mesura, pegou uma mulher de ancas largas com a qual flertava desde o dia claro e retirou-se. Queria carinhos e uma boa chupada, pois sempre era importante ter inspirações para novas canções.

.

.

.

Asgeir havia se deitado no grande salão do anfitrião, Hróaldr Oveson, um respeitado Jarl, mas não conseguira pegar no sono, apesar de os olhos arderem e não pararem de piscar por causa da fumaça que subia das fogueiras quase apagadas e saía pelos vãos feitos nos lugares certos do teto.

A construção era tão comprida que só se podia enxergar a parede da outra extremidade por causa dos archotes ainda acesos e da parca luminosidade externa que delineava a porta de madeira maciça entreaberta. Não havia janelas, como era o costume. Afinal, numa batalha, elas seriam pontos vulneráveis para quem lá dentro se refugiasse ou defendesse a posição contra uma invasão.

O dia logo raiaria, mas todos estavam cansados e bêbados demais para conseguir acordar: uns poucos privilegiados dormiam sobre os compridos bancos de madeira forrados com peles de ovelha, cuja lã macia trazia bastante conforto, os demais se amontoavam no chão, ou até mesmo ressonavam, tortos, dormitando sentados nas cadeiras. Somente os senhores da casa tinham uma cama forrada de palha e coberta com peles e alguma privacidade em compartimentos fechados, semelhantes a armários: seus *armários de dormir* como eles mesmos os chamavam. Na parede da cabeceira, as armas estavam penduradas e prontas para beber o sangue dos intrusos.

A melodia dos roncos fazia a ponta do nariz tremer, e o fedor dos corpos suados e dos bafos ofendia a cada inspiração. E as pulgas e percevejos não faziam distinções: se alimentavam tanto dos nobres quanto dos pobres.

Asgeir olhou para o lado e viu que seu irmão dormia profundamente, abraçado ao seu copo de chifre, que ainda continha um pouco de cerveja quente. O grandalhão, desde que ouvira a canção do *skald*, não deixara de pensar um instante sequer na coragem de Ingimárr, que enfrentou sozinho o mar e se tornou um grande sacerdote de Odin.

Cerrou os dentes e resolveu se levantar, pois não conseguiria mesmo ter o seu descanso. Suas juntas estalaram e as costas resmungaram um pouco pela permanência no chão duro. Desviou dos dorminhocos, tomando cuidado para não pisar em ninguém. Sua bexiga avisou sobre o excesso de líquido, então ele se apressou e, sem querer, chutou um prato de madeira. Por sorte, não fez barulho ao quicar no solo de terra batida.

Lá fora, muitos dormiam, alguns abraçados a cães e gatos, ou mesmo a sacos cheios de legumes – que, em seus sonhos ébrios, eram suas amantes. Um casal estava sobre a carroça, aninhado sobre a forragem que seria servida para os animais, ele com a mão dentro das calças, ela com as tetas de fora, escapulindo do vestido cujos cordões sabe-se lá onde estavam. Havia até mesmo um gorducho pendurado precariamente de bruços, em sono profundo, num galho de uma tília tão velha quanto a própria fazenda. Se acordasse em sobressalto, teria problemas.

Asgeir se aliviou numa árvore, sob o protesto silencioso de formigas que viam seu lar inundado pelo mijo amarelo e espumoso, farto como se não tivesse fim. O gigante bocejou e coçou a cabeça, as vistas ardidas, um gosto azedo na boca.

Resolveu caminhar um pouco para esticar as pernas enrijecidas e respirar um ar mais puro. O agradável som das ondas o convidava, então desceu pela trilha ladeada de mato alto e arbustos carregados de amoras, as mais maduras já sendo devoradas pelos passarinhos. Enfiou algumas na boca, e o agridoce delas lhe agradou.

Viu lá embaixo o *langskip* do pai de Brida e, mesmo com a parca claridade alaranjada de um dia que ainda não havia despertado em sua plenitude, pôde enxergar algumas pessoas chapinhando na água rasa ao redor do navio.

Elas pareciam apressadas e jogavam *coisas* dentro dele de forma descuidada. Sem saber o porquê, Asgeir correu até a praia, assustando oito jovens, que se quedaram paralisados.

– A gente estava só se divertindo, senhor – um disse esticando as mãos para a frente.

– Ei, você não estava ontem na fogueira, durante a canção? – Outro, tão alto como Asgeir, mas magro como um junco, saiu da água e se aproximou.

– Sim, eu estava. – A voz grossa dele não condizia com sua idade.

– Ufa! – O magricelo levou as mãos aos joelhos. – Achei que era o dono do navio ou um dos seus homens.

– O que vocês estão fazendo? – Asgeir viu a cabeça de dragão entalhada na madeira, tão rica em detalhes que parecia viva. Certamente causaria medo nos inimigos, que borrariam as calças mesmo antes de os guerreiros desembarcarem.

– Estamos partindo para uma viagem – outro, baixo e atarracado, atirou dentro do *langskip* mais um saco. – Queremos ser desbravadores!

– Larga mão de ser boca aberta, Ganso! – O magricelo deu um tapa na nuca do outro, o que gerou um olhar raivoso. – Nem conhecemos esse tal...

– Asgeir – ele se apresentou. – Sou meio parente do Jarl Hróaldr.

– Vai nos dedurar, Asgeir?

– Se me levarem junto, não. – Sorriu e apertou o ombro daquele que parecia ser o líder do furto do navio, encarando-o olho no olho. – E prometo remar bastante – acrescentou, mostrando os braços fortes e grossos como dois galhos de carvalho.

– É, acho que esse fortão pode ser bem útil, Ketil – Ganso piscou para o magricelo e continuou a carregar o barco. – Vê se me ajuda aqui, Asgeir.

Então ele entendeu o porquê do apelido de Ganso: o baixinho tinha as pernas tortas, os pés abertos, cada um apontando para um lado, e andava desengonçado como a ave. Conteve o riso e ajudou com a bagagem, leve para ele. Logo carregaram o barco e se prepararam para zarpar e ganhar o mundo, com a esperança tola comum aos jovens.

*

Siv estava num sono irrequieto, cheio de pesadelos e imagens distorcidas. Viu Jörmungandr, a imensa serpente que vaga pelo grande oceano de Midgard, emergir e destroçar Skíðblaðnir, o navio de Frey, com suas imensas mandíbulas cheias de dentes tão grandes quanto espadas.

Sentiu o fedor do seu hálito quente, que saía em borrifos de vapor, e se arrepiou com o som pavoroso do seu sibilar, enquanto olhos vermelhos, grandes como escudos, a fitavam sem piscar, paralisando-a, gelando até mesmo seus ossos.

Siv pairava no ar, como se fosse apenas um inseto. Via tudo do alto, impotente, sem conseguir sequer gritar ou chorar. Sem conseguir fugir. Sem poder fechar os olhos, perdera o controle total de seu corpo.

Jörmungandr serpenteou pelo mar, as escamas esverdeadas reluzindo um sol doentio, como se a própria Deusa Sól estivesse com receio de irromper no céu; o movimento do seu corpo imensurável criava ondas gigantescas que vinham à costa e destruíam o *langskip* do seu pai... que morria afogado com seus homens.

– *Monstro... Monstro...*

Siv despertou ofegante, as roupas grudadas no corpo suado, as mãos trêmulas e o coração aguilhoando no peito, como se desejasse romper as costelas e fugir. Sentou-se. Ao seu lado, as mulheres ainda dormiam, tão embriagadas quanto os homens, isso sem contar aquelas que escapuliram na calada da madrugada – ou sequer vieram dormir – para se entregar ao prazer.

Atravessou a cortina grossa que as separava daqueles que estavam no salão principal. Desviou dos dorminhocos, o ar ainda lhe faltando no peito e o suor fazendo os olhos arderem. Quando alcançou a parte externa, a brisa fresca preencheu seus pulmões, e ela conseguiu respirar direito.

Estava tonta, as vistas turvas e as pernas sem firmeza. Sentou-se sobre uma pedra para se acalmar. Sua gata amarela pulou no seu colo, ronronando, pedindo carinho. Acariciar os pelos macios ajudou Siv a se recuperar. Beijou a bichana e colocou-a sobre a pedra depois de se levantar; ela miou e se aninhou para mais um cochilo. Teve vontade de ir ver o *langskip* do pai, só para poder aquietar sua mente, que não parava de pensar no terrível pesadelo.

Desceu apressada a trilha que conhecia tão bem e cumprimentou os camponeses ainda sonolentos, as cabeças sendo marteladas pelo excesso de bebida. Contudo, eles não podiam se dar ao luxo de dormir tanto quanto os demais convidados. Precisavam encarar a labuta na manhã fria.

Siv percorreu uma dezena de passos e paralisou quando viu os remos se moverem de forma descoordenada, impulsionando vagarosamente o barco para longe do leito do mar.

Tentou gritar. E não conseguiu.

*

Birger abrira os olhos, mas via somente vultos. Por duas vezes tentou se sentar, mas sentiu o chão se mover. Havia bebido demais durante as comemorações, e os sinos badalavam na sua cabeça. Resmungou, virou-se de lado e seu estômago se retorceu. Ainda tinha seu copo de chifre na mão quando se levantou cambaleante, segurando o vômito, lutando contra o chão que teimava em não ficar parado.

Apressou o passo, pisando em algumas mãos e pernas. Isso provocou resmungos e ofensas à sua progenitora, mas ele não teve tempo de se desculpar: mal passou pela porta e os jorros fartos de vômito regaram a terra, esguichando profusamente pela boca e pelo nariz. Bom para as galinhas que vinham ciscar a comida já amaciada.

– Asgeir não estava do meu lado. Deve ter ido buscar um lugar sossegado para largar o barro. – Esfregou as têmporas, mas os sinos ainda ressoavam estridentes. – Comeu feito um porco...

Sentiu a garganta queimar por causa de uma golfada que conseguiu engolir. Seguiu-se uma careta de lábios crispados e testa franzida.

– Merda.

Olhou ao redor enquanto vagava com os olhos semicerrados por causa da claridade da aurora. O azedo em sua boca o incomodava, cuspiu algumas vezes, mas só serviu para deixá-la mais seca.

Procurou alguma touceira de hortelã para ajudar-lhe o estômago e para melhorar o gosto que envolvia sua língua. Seguiu pela trilha que levava até a praia, olhando para o chão, com uma vontade absurda de voltar para dentro e se deitar. Encontrou um pouquinho de funchos-do-mar que cresciam, ainda pequenos, nos vãos úmidos das rochas. Enfiou-os na boca, e o sabor salgado lhe agradou.

Qualquer coisa era melhor que o gosto do vômito.

Estava tão distraído e com uma ressaca tão forte que demorou a perceber que alguém gritava. Uma mulher.

– Siv? – Reconheceu a menina que corria pela praia e seguiu-a o mais rápido que pôde, tropeçando em obstáculos invisíveis, sentindo os sinos dentro do seu crânio se tornarem tambores de guerra tocados dentro das suas orelhas, ou melhor, fazendo os ossos da sua cabeça de bumbos.

Quando Birger chegou à praia, ela estava com a água pela cintura. O *langskip* se afastava lentamente. Pelo desespero da jovem, intuiu algum perigo, forçou-se a correr mais, como se o lobo Fenrir estivesse babando nos seus calcanhares.

E, quando caiu na água fria, despertou de vez. Viu-a agarrada a um dos remos, tal como um carrapato num rabo de cachorro, enquanto o remador tentava se desvencilhar dela. Birger aumentou o vigor das braçadas e logo alcançou o barco, que nunca teria sido interceptado se os marinheiros tivessem alguma experiência, ou pelo menos um mínimo de sincronia.

– Pelos bagos do meu falecido pai! – Asgeir arregalou os olhos. – É o meu irmão!

Olhou sobre a amurada baixa e viu Birger também agarrado a um remo. Siv conseguiu segurar outro e xingou a todos com uma raiva legítima.

– Temos que colocá-los para dentro. – Asgeir foi até a proa onde Ketil estava.

– E estragar a nossa viagem? – O magricelo sequer olhou para ele; continuou observando o horizonte com os olhos fixos. – Essa aí é a filha do Jarl Hróaldr.

Asgeir pensou em retrucar, mas virou-se e foi até onde a menina estava: debruçou-se sobre a amurada e puxou-a para dentro com facilidade, para em seguida içar seu irmão, que, devido ao seu estado, bebera uns bons goles de água salgada.

*

No salão, todos ainda roncavam, sonhando com danças, cantorias, mais comilança e trepadas dignas de heróis. Até mesmo os cães já haviam parado de comer, tão estufadas estavam as barrigas. Dormitavam ao lado do fogo, sonhando com cheiros, terra úmida e coelhos para perseguir.

*

– Tirem essa louca de cima de mim! – Ketil berrava, evitando se mexer. No seu pescoço ainda sem barba, a lâmina aguçada de Siv comprimia a pele.

– Meu pau ficaria duro, se ela montasse em mim desse jeito – Ganso sussurrou para o gorducho que estava sentado ao seu lado, mas ele estava apavorado demais para rir.

Os olhos verdes dela fulguravam em desafio, mas ninguém teve coragem de aceitar o embate. Todos conheciam as histórias sobre as valquírias, e ela lembrava Brunhild, uma guerreira formidável. Naquelas terras todas as mulheres tinham sua força, na labuta diária, na defesa do lar, nas surras nos filhos malcriados.

– Você acha que pode roubar o *langskip* do meu pai e seu senhor? Brincar que é um capitão, seu bosta de ovelha? – Apertou ainda mais a lâmina contra o pescoço magro, que agora vertia suor tal como uma bica. – Você e esses maricas mijões se acham marinheiros? Se acham guerreiros?

Ketil tentou falar, mas saiu apenas um miado vergonhoso. Ao redor, os jovens observavam calados, alguns com vontade de esbofetear a garota, outros arrependidos pela merda que tinham feito.

– Siv – Birger tocou delicadamente o seu ombro, o fôlego ainda retornando ao peito depois de ter corrido e nadado de forma inesperada e com tanto desespero, as marteladas cada vez mais fortes na cabeça. – Solta a faca, matar esse idiota só vai piorar as coisas.

A garota olhou para Birger, o rosto vermelho, a boca trêmula, tamanha a raiva que percorria seu corpo, a lâmina ainda rente à pele do magricelo e implorando para ser lubrificada com o seu sangue.

– Siv... – Birger recomeçou, contudo não precisou prosseguir.

Ela se levantou, guardou a faca na bota e torceu um pouco a roupa encharcada, que se colava ao seu corpo bem-feito, enquanto Ketil permanecia prostrado no chão.

Ao ver as mamas bem delineadas abaixo do tecido molhado, Ganso atiçou o gorducho com o cotovelo, mas ele agora estava rezando, de olhos fechados.

Siv estendeu a mão e, assim que Ketil se levantou, acertou-lhe um soco que fez o seu nariz comprido estalar e jorrar sangue. O rapaz desabou de joelhos, as mãos tentando conter o sangramento, os olhos lacrimejando e as veias da testa saltadas.

– Não vou te matar agora, seu verme – cuspiu. – Mas sempre que olhar para o seu nariz torto vai se lembrar de mim.

Siv desabou sobre um baú, e finalmente o cansaço começou a lhe pesar nos ombros. Nenhum dos pretensos tripulantes se aproximou ou disse uma palavra sequer: olhavam para o chão ou para o horizonte de mar calmo e céu claro.

A filha do Jarl respirou fundo e se levantou.

– Vamos voltar.

Houve murmúrios, alguns indignados, a maioria já conformada com o seu destino. E, como ovelhas, os jovens se sentaram em seus lugares, preparando-se para remar e dar meia-volta. Todos menos Ketil, cujo nariz se quebrara. Enquanto ele tentava, sem coragem, colocar o osso no lugar, foi Siv que assumiu o controle do leme. Então, o grandalhão Asgeir violou o silêncio, a voz grossa tal como uma trovoada.

– Acho que não devemos voltar, Siv. – Coçou a cicatriz que tinha na testa desde meninote, quando levara uma pedrada de um dos seus amigos. – Não podemos voltar.

Birger se virou para o irmão, a boca aberta para xingar. Conteve-se quando ele começou a falar.

– Se a gente voltar com as porras dos rabos entre as pernas, estaremos fodidos, Siv. – Asgeir encarou-a com um misto de medo e ternura. A coragem dela sempre o fascinara. – Seremos punidos, castigados até o nosso couro ficar todo talhado. E alguns – apontou para Ketil – talvez até sejam mortos para dar o exemplo.

– Vocês fizeram suas escolhas, agora aguentem o tranco – Siv desabou novamente sobre o baú. – Esse ato foi totalmente estúpido. Vamos voltar.

Ketil guinchou, depois socou duas vezes um barril cheio de peixe defumado. Acabara de colocar o nariz quebrado no lugar, e a dor fazia seu rosto latejar enquanto o sangue pingava das narinas. Todos se viraram para observá-lo.

– Ele não parece um marreco dando esses gritinhos? – Novamente Ganso cutucou o gorducho. De novo não foi correspondido.

O magricelo se recompôs, apesar de o seu semblante denunciar o desconforto. Inspirou com a boca e falou com a voz anasalada:

– E você, Siv, vai desistir do seu maior sonho? – Encarou-a com os olhos vermelhos e o rosto sujo de sangue. – Vai se contentar em ficar em casa, parir cinco catarrentos e, depois de prolongados anos de enfado, morrer sentada, tossindo, enquanto remenda as roupas fedidas do seu marido?

– Nada justifica esse roubo. – Dessa vez a voz dela já não tinha tanta altivez. – Meu pai vai...

– Vai querer arranjar o seu casamento com algum homem que você sequer conhece direito, em troca de poder e influência. – Ketil se aproximou da jovem e ela cerrou os punhos. – Minha irmã Sigrun é sua amiga e me contou sobre as suas conversas. Olhe nos meus olhos e me diga se falei alguma mentira.

Ela o encarou, e as esmeraldas na sua face refletiram o brilho do Sol na água, os cabelos amarelos desarrumados, esvoaçando com o vento que se intensificava. Olhou além de Ketil e viu a cabeça de dragão que havia entalhado com tanto gosto, com tanta vontade. Apertou com força o leme, os dentes crispados. Há quanto tempo sofria em silêncio? Quantas lágrimas havia derramado em segredo? Por que os Deuses se calaram depois de súplicas sinceras?

Então o ódio esquentou as suas orelhas e a fez fechar os olhos. Sentiu o coração se acelerar e a respiração ficar mais rápida.

Silêncio no navio...

Um espirro...

E vários borrifos de água que despertaram Siv.

Um grupo de golfinhos começou a rodear o *langskip*, de um lado e de outro, atravessando por baixo da quilha como se quisessem guiar o navio para o alto-mar. Um presságio enviado pelos Deuses. Afinal, naquelas águas eles raramente eram vistos.

Birger também arregalou os olhos quando viu os animais nadarem velozes, alguns tocando os remos que estavam na água, como se ansiassem por dizer: remem, estúpidos, que esse barco não vai a lugar nenhum sozinho!

– Esse é o nosso sinal, Siv. – Asgeir se prostrou de joelhos à frente da garota e segurou suas mãos pequenas, mas cheias de calos. – Você será a nossa capitã e nos guiará ao ouro! E eu prometo dar o meu sangue, a minha vida para conseguirmos realizar a nossa jornada. Prometo afundar o queixo de quem ousar te desobedecer. Juro pelos Deuses. Juro por você.

De repente, o silêncio se transmutou em algazarra de pés batendo nas tábuas que ainda cheiravam a alcatrão, de abraços entre amigos e de gritos jurando lealdade.

Uma aventura sempre seria melhor do que a represália que viria tão logo retornassem. Evitar os estalos dos chicotes era a maior missão de todos, nesse momento.

Siv estava confusa, mas ver a esperança tola nos rostos sujos daquela tripulação inconsequente a fez sentir algo. Era como se a Deusa Ran e seu marido Aegir sussurrassem um convite nos seus ouvidos, ou melhor, diretamente na sua alma.

– *Venha, Siv, nós sopraremos ventos favoráveis, e as ondas sempre serão gentis com vocês. Venha, minha menina, que o seu lugar é no mar.*

Sempre fora impedida de navegar. Sempre odiara ter o seu destino traçado por outros. Não aceitava ter a sua liberdade encarcerada num dia a dia de afazeres monótonos. Tinha asco só de imaginar um destino, um fardo, escolhido por alguém que não ela mesma.

Segurou o leme com mais força.

Amava seu pai, sua mãe e sua família. Sabia que levar o *langskip* era um erro gravíssimo. Um crime. Provavelmente nunca mais seria perdoada. Quem sabe sequer poderia retornar – mas deixar de viver seus anseios era cravar pregos de ferro no seu espírito, era viver afogada em lágrimas. Siv olhou para o horizonte e, quando percebeu, o barco já saía do fiorde, levado pela correnteza.

Inspirou fundo e ordenou:

– Remem – inspirou devagar. – Eu sou Siv, filha de Hróald e Sigrid, neta de Ove, sua capitã. E todos aqui seguirão as minhas ordens sem reclamar. Todos jurarão lealdade a mim.

Houve gritos.

Houve comemorações.

E também o medo do incerto.

E a viagem rumo ao desconhecido começou a se desfraldar.

Capítulo III – Lendas, mentiras e esperanças

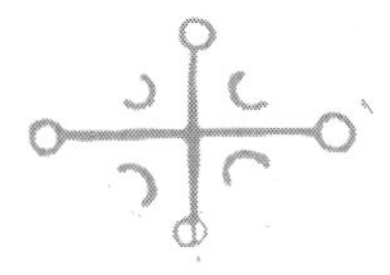

Hróaldr Oveson sentiu bolhas estourarem dentro da sua barriga. Levantou-se, mesmo sem querer, enquanto a mulher dormia abraçada à manta. Limpou as ramelas já secas nos cantos dos olhos e abriu a porta do seu *armário de dormir*.

– Preciso lembrar de olear essas merdas de dobradiças – rosnou, incomodado com o rangido. Contudo, foram as agulhadas por dentro do cu que o atiçaram à urgência.

No seu salão a maioria dormia, uns já rolavam para lá e para cá, ou mesmo se sentavam, mas sem coragem de levantar de vez. Quem estava desperto e tinha as vistas claras cumprimentou o Jarl. Alguns já faziam o desjejum com as sobras da festa sobre a grande mesa de carvalho, compartilhando-o com gatos, cães ou até umas galinhas mais atrevidas.

Hróaldr apertou o passo: uma bufa muito quente e longa demais o fez desconfiar que havia melado o rabo.

– Pelas pregas do cu de Baldr! – Arriou-se atrás do chiqueiro, e os sons intestinais conseguiram ser mais altos que os grunhidos dos porcos. Depois se limpou com as folhas que tinha à mão e se vestiu, aliviado e pronto para começar o dia.

Carregar peso sobressalente sempre era um fardo.

Estalou as costas e lavou o rosto na água fria que vinha direto de uma mina no alto da encosta por uma canaleta de madeira.

Cumprimentou os homens e as mulheres que já estavam na labuta. Ajudou o carroceiro a encher a carroça com anéis de ferro retirados de barris velhos cuja madeira apodrecera. Seriam vendidos para o carpinteiro, que os usaria em novos barris. O boi não gostava muito disso, pois o peso extra deixaria suas patas doloridas e seu lombo latejando, mas preferia trabalhar duro a ser assado.

O ferreiro martelava o macio ferro retirado da turfa e dos pântanos, agora incandescente depois de ficar um bom tempo sobre o leito de carvão, nutrido constantemente pelo ar soprado por um grande fole – esforço que deixava o aprendiz suando profusamente –, fazendo as faíscas voarem. Acrescentaria pó de ossos moídos para deixá-lo mais duro, no ponto exato para se tornar a lâmina de um machado. Nas últimas semanas, vinha trabalhando incessantemente para fazer lâminas e pontas de lança para o Jarl.

O ferreiro acenou com a mão enluvada e apontou para uma espada sendo afiada e polida. Seria um presente para o filho de Hróaldr, que o acompanharia nas incursões. Era uma peça caríssima, só portada pelos ricos. O Jarl pagara um torque de ouro por ela, comprada de um mercador franco. Os demais guerreiros armavam-se com machados, foices, lanças, podões e facões. Até mesmo porretes de madeira endurecida no fogo serviam bem para fraturar ossos.

Hróaldr Oveson sorriu para o velho amigo e seguiu adiante, assoviando. Bebeu um pouco de leite recém-ordenhado de uma cabra e agradeceu à sua tia, que lhe ofertara a bebida morna e espumosa. Tudo estava em ordem na sua propriedade. Caminhou até a escarpa de onde podia ver o mar...

E de onde pôde ver o seu *langskip* já fora do fiorde, ganhando a liberdade do alto-mar.

Alucinado, Hróaldr não avançou pela trilha que levava à praia: desceu a ribanceira numa correria desenfreada, arranhando-se nos arbustos, tropeçando nas pedras soltas, rolando os últimos trechos do caminho. Seu corpo doía como se tivesse sido pisoteado por cavalos, e o sangue salpicava todos os lugares onde a pele estava nua. Mas nada disso importava, queria apenas arrancar o couro daqueles que roubaram seu precioso navio debaixo da sua barba.

*

Enquanto os garotos comemoravam, Siv olhou para trás, para o seu lar que se distanciava. Sentiu uma lágrima escapar do canto do olho e escorrer pela sua bochecha. Secou-a depressa, fechou os olhos e pediu aos Deuses que guardassem sua família. E que guiassem a sua jornada sem destino definido.

Deu uma última olhada e imaginou avistar seu pai no alto da encosta, as mãos erguidas, balançando. Passou as mãos no rosto e não havia mais nada lá, apenas uma nuvem de poeira levantada por alguma cabra em correria ou por uma pedra que resolveu rolar naquele instante.

Virou-se rapidamente, porque agora não havia mais tempo para arrependimentos. Sentiu o gelo percorrer sua espinha e um enjoo estranho, como nunca tivera, mesmo em mares bravios.

Enxugou mais uma lágrima teimosa que brotara.

– Adeus, meu pai. Eu te amo, mas não posso mais me aprisionar. Eu te amo...

*

– Como assim? – O Jarl segurou nos ombros do pescador, e a pressão o fez encolher. Tinham lutado juntos em muitas batalhas, mas, quando ele perdeu uma das mãos depois de uma machadada e ficou impedido de brandir suas armas, voltou-se para o mar. – Tem certeza do que me contou, meu amigo?

– Si-sim. – O velho de pele curtida pelo Sol e sal, com tantas cicatrizes que era possível delinear um mapa de todas as pelejas às quais sobrevivera, de cabelos tão brancos quanto a neve, assentiu. – Eu vi tudo da minha cabana. *Tava* arrumando a rede, me preparando para me jogar no mar, quando vi a molecada subir no barco e começar a remar *tudo* desconjuntado.

Puxou o catarro da garganta e cuspiu.

– Logo em seguida vi a sua filha se jogando desesperada na água, seguida por outro jovem – tossiu. – Eles nadaram, nadaram e depois foram colocados *pra* dentro do navio.

O Jarl levou as mãos à cintura e começou a andar de um lado para o outro, sulcando a areia grossa com seus passos arrastados. Agradeceu ao pescador pela informação e voltou correndo – dessa vez pela trilha – para o seu salão.

Arreganhou as pesadas portas de carvalho. Suava, e o fôlego demorava a voltar; já não era moço, e subir correndo pela trilha exauriu suas forças. Dentro do salão, as pessoas olharam com estranheza, principalmente por ver o seu senhor cheio de escaras e esfolados. Os mais precavidos procuraram suas armas, que tinham sido deixadas lá fora, pois bebida e aço sempre causavam sangramentos ou até mesmo mortes. Outros viam apenas um vulto gigante, pois as vistas ébrias não obedeciam e tinham vontade própria.

O Jarl aspirou o ar pela boca e urrou.
– Roubaram o meu navio e levaram Siv!

.

.

.

Houve um grande tumulto, porque muitos que ali estavam também tinham investido ouro e prata na viagem, comprando armas, escudos e recuperando cotas de malha gastas. Mesmo quem não tinha tirado nada do bolso trabalhara duro na construção do *langskip*, e agora esperava encher bolsas e arcas com os butins conquistados em terras distantes.

Mas não havia mais navio.

Não haveria mais viagem.

Passaram a manhã toda tentando entender o roubo, conversando com quem iniciara a labuta antes de o Sol raiar.

Entretanto, foi uma das mulheres que desvendou o mistério.

– Onde estão nossos filhos?

De súbito os murmúrios cessaram. E logo mães e pais chamavam por seus rebentos. Os menores apareceram, alguns ainda sonolentos, outros já imundos: aproveitavam a reunião para brincar.

Um punhado de jovens veio, já os demais...

– Esses merdinhas roubaram o meu navio e levaram a minha filha – o Jarl rosnou. – Mas nem que eu precise ir ao fim do mundo eu alcanço os bastardinhos. E arranco o pinto de um por um.

Os pais dos larápios fujões também se revoltaram, ainda mais pela tamanha afronta ao seu senhor. Juraram em brados raivosos que os puniriam.

Hróaldr Oveson levantou as mãos para encerrar a balbúrdia e ordenou que vinte homens o seguissem. Era um grande senhor, não possuía apenas o *langskip* roubado, apesar de esse ser o maior e melhor de todos. Tinha mais dois navios menores. E num desses, um pouco maior que um barco mercante, mas veloz como uma corça, ele embarcaria e traria de volta o que era seu.

Como bons guerreiros, cada um pegou suas armas, escudos e peles para aguentar o frio – de fazer os bagos entrarem para dentro – que geralmente fazia no alto-mar. Carregaram o pequeno navio com os suprimentos que sobraram em terra. Era pouco, mas ninguém previa uma viagem longa.

Despediram-se de quem ficava, desfraldaram a vela e

remaram para impulsionar o barco de casco raso, não muito adequado para mares bravios, mas sim para navegar em águas pouco profundas como as dos rios e lagos.

Serviria.

Precisaria servir.

*

– Vinte e três lanças, dezoito escudos, seis espadas, nove machados, dois arcos, sessenta flechas, nove facas, oito elmos, três cotas de malha, cinco camisões de couro, duas armaduras de couro reforçado. – Siv, metodicamente, conferia cada item no *seu* navio. – Quatro barris com água, um com cerveja, três com peixe defumado, um com carne salgada, um saco com legumes, um de maçãs, cebolas, um pouco de mel...

Ketil estava no leme. Não era tão idiota, afinal. Conseguira em pouquíssimo tempo carregar o navio com suprimentos adequados para umas duas semanas de viagem, se tudo fosse muito bem racionado. Aliás, conseguira o mais difícil: organizar um bando de moleques.

Estalou as costas e observou os jovens remando com gosto, muitos conversando e imaginando aventuras, outros calados, envolvidos em seus sonhos secretos. Alguns sequer tinham pelos no rosto.

Siv subiu em cima do baú cheio de peles e, mesmo com o sacolejar das ondas, manteve o equilíbrio. Estava acostumada a navegar desde muito nova, e seu pai sempre contava que ela fora feita num navio. Assoviou e, quando foi notada, abriu um sorriso.

– Olha, Gordo – Ganso cutucou o amigo, que suava em bicas e estava vermelho como brasa. – Ela sorriu para mim. Tenho certeza de que está apaixonada e pretende me chupar mais tarde.

– O que você disse? – Siv encarou Ganso.

– Que-que vai cho-chover mais tarde, senhora...

Siv segurou o riso. Conhecia Ganso desde que eram crianças e sabia que ele sempre fora apaixonado por ela. Muitos dali eram velhos conhecidos, outros viviam em fazendas um pouco mais distantes; alguns ela vira apenas uma ou duas vezes na vida. Trinta e dois tripulantes ao todo. Trinta e dois sonhos e um só caminho. Sem rumo. Não estavam em número suficiente: um navio assim carregava entre setenta e oitenta homens, mas seu ânimo compensava o esforço extra necessário para navegar. Para remar, principalmente.

– Amigos! – Siv levou as mãos à cintura. – Começamos de maneira bem atribulada a nossa jornada. E isso não é bom. Ficaremos, se os Deuses permitirem, muito tempo juntos. Só teremos uns aos outros, então precisaremos de união e amor entre nós.

– *Tô* falando, Gordo – Ganso sussurrou. – Ela disse amor e me olhou.

– Eu sou Siv, filha de Hróaldr Oveson, como todos sabem. – Seus olhos e sua postura lembravam muito o pai. – E esse barco está sob meu comando, reafirmo. Antes de tudo, alguém se opõe a isso?

Silêncio.

– Eu prefiro seguir você ao Ketil. – Odd, filho do ferreiro do pai de Siv, levantou-se. – Você briga melhor que ele.

Houve gargalhadas, mesmo por parte de Ketil, de cara ainda inchada e nariz torto, que, apesar de não estar no comando, tinha conseguido colocar o *langskip* para singrar as águas profundas.

– Bem, bem – Siv prosseguiu. – Quem desrespeitar o meu comando, fugir do trabalho ou mesmo ousar brigar dentro desse navio, será jogado no mar. Fui clara?

– Sim, senhora – responderam em uníssono.

Siv sorriu. Nunca atiraria alguém na água, mas falou com tanta convicção que ninguém duvidaria dela. O vento começou a soprar com mais força, então desfraldaram a vela quadrada e os remadores puderam descansar os braços e as costas ainda desacostumados. Iam rumo ao pôr do Sol, pois era para lá que os homens iam e voltavam ricos, segundo as histórias contadas por seus pais.

– Algum de vocês já esteve numa batalha? – Siv sentou-se sobre o baú.

Apenas três levantaram as mãos.

– Abaixa essa mão, Ganso! – Ketil deu um tapa na cabeça do amigo. – Você mal consegue segurar o próprio pinto, quanto mais um machado.

– Teve aquela vez que tentaram roubar a Bafenta, a nossa cabra. – Ele esfregou a nuca dolorida.

– Eram dois garotinhos que mal tinham aprendido a não cagar nas calças. – Ketil desferiu outro tapa. – E eles só fugiram porque você tropeçou, caiu em cima do gato e ele fez uma algazarra. Seu irmão me contou.

– É verdade! – Olaf, o irmão, que também fazia parte da tripulação, assentiu. – O coitado do gato entrou tão assustado que a mãe saiu para ver o que estava acontecendo.

Ganso abriu a boca para retrucar, mas desistiu.

– E vocês? – Siv olhou para o ruivo Odd e para outro jovem que conhecia apenas de vista.

– Meu pai, meus tios e eu lutamos contra uns malditos saqueadores quando eles tentaram nos roubar a caminho de Harstad – fungou Odd. – Cinco bostas de gaivota vieram de noite, mas por sorte o nosso cachorro latiu. Foi uma briga feia. Um dos meus tios morreu com um garfo enfiado no bucho e outro ficou tapado por causa de uma paulada que levou bem na testa. Parecia que ele tinha uma cachoeira de sangue jorrando do talho. E, depois que sarou, ela ficou parecendo uma cuia. A gente conseguiu matar todos, eu mesmo enfiei a minha faca na coxa dum porco que me deu uma rasteira e tentou pisar na minha cara. Lembro-me dele ganindo feito uma cadela no cio e morrendo de tanto sangrar depois de ficar se contorcendo no chão, pedindo ajuda.

Os jovens se empolgaram com o relato, batendo palmas e os pés.

– E você, Sjurd? – Siv pousou as mãos sobre os joelhos e se inclinou para a frente.

– Foi no dia em que minha mãe morreu...

– Ah, me desculpe, eu não sabia.

– Não tem problema, eu conto:

A gente tinha trabalhado o dia todo colhendo maçãs para fazer sidra. No ano passado, Sif e Frey haviam sido bem generosos em suas bênçãos, e as macieiras estavam tão carregadas que os galhos chegavam a se envergar com o peso dos frutos. Só eu tinha enchido pelo menos uns dez cestos.

Nossa sidra é muito boa, vocês mesmos beberam dela no casamento de Brida. E, na ocasião, faríamos três barris para uma festança. De quem, eu não me recordo. Mas não era a nossa sidra que interessava, tampouco os homens eram saqueadores. O problema era muito maior. Inesperado, na verdade.

Ketil lhe entregou uma caneca com cerveja que começava a ser repartida, assim como a comida. O estômago roncou, pois ninguém havia botado nada na boca desde antes de o Sol nascer.

Sjurd mastigou devagar um peixe defumado e bebeu um gole da cerveja, que logo foi repassada para outro. Inspirou fundo e prosseguiu com a sua história:

A gente estava socando as maçãs maduras no pilão para fazer o purê, cantando, felizes, sabe? Minha irmãzinha e a mamãe tiravam os cabos e as sementes, meu irmão e eu revezávamos as pancadas ritmadas, mas sem muita força, para evitar a melequeira. Meu pai e meu irmão mais velho estavam ocupados amolando as tesouras e as facas para a tosquia das ovelhas.

Lá fora meu tio e seu filho cuidavam das bicheiras das cabras. Tudo tava normal, sabe? Então ouvimos um grito. E, em seguida, meu primo entrou todo ensanguentado, sem conseguir dizer nada antes de morrer. Tinha perdido metade da cara pruma machadada que talhou da orelha ao queixo. O pobrezinho era mais novo que eu.

Depressa a gente se armou com o que tinha nas mãos: minha mãe e a minha irmãzinha correram para o fundo, segurando as facas, meu pai e meu irmão mais velho sempre tinham seus machados à mão. Eu peguei um pau com a ponta em brasa da fogueira e meu irmão, assustado demais, correu e se escondeu atrás dos cestos. Não posso culpá-lo por isso...

Sjurd se calou e ficou olhando para o chão.

– Está tudo bem, Sjurd, não precisa... – Siv começou, mas foi interrompida.

Então o medo e a ira nasceram no fundo do peito: atiraram para dentro do salão a cabeça do meu tio. A cara de espanto, a boca aberta e a pele do pescoço como se tivesse sido serrada. Ela rolou e parou no pé da nossa mesa com um baque seco de osso batendo na madeira.

Quando pude ver de perto os olhos esbugalhados, não aguentei e vomitei, sujando a camisa e estragando todo o purê de maçãs.

– O franguinho não consegue ver uma cabeça rolar? – Ivar, que fora expulso das terras do meu pai depois de roubar algumas das nossas joias, tinha voltado, como prometera. – Não estava com saudades, Sjurd? Você gostava de mim.

Era verdade, quando mais novo eu adorava ficar com ele, ouvir suas galhofas, rir das histórias exageradas.

– Seus assuntos são comigo, cão! – Meu pai se adiantou, a mão firme no cabo do machado, os olhos vermelhos de raiva e de dor

pela perda do irmão e do sobrinho. – Vamos para fora e resolvemos isso de vez.

– Para que matar apenas um? Para que deixar uma viúva e órfãos se posso mandar todos juntos para os braços de Hel? – Sorriu e sacou sua espada. Logo, mais quatro homens entraram no salão. – Você me desgraçou por causa de um colar e um anel, e será esse o preço que pagarei a eles – apontou para os companheiros – pelas mortes de todos.

Meu pai olhou para trás e viu que o seu primogênito empunhava o machado numa mão e a faca comprida em outra. Sentia que não haveria como negociar, então, como um lobo acuado, avançou aos berros de Odin, Odin!

A matança começou.

Sjurd olhava para a frente, mas nada via. Na sua mente existiam apenas as imagens e sons da batalha, que descreveu depois de inspirar profundamente:

Øystein, o Louco. Assim era conhecido o meu pai no campo de batalha. E, naquela tarde, entendi o porquê. Ele passou por mim correndo como um touro e avançou sobre o maldito Ivar, que quase quebrou o braço ao aparar a machadada com a espada.

Em seguida meu irmão veio e, sozinho, jogou-se contra os quatro que sobraram. Eu não podia deixá-lo na mão, estava cagando de medo, mas porra, eu era Sjurd Øysteinson! Corri com o meu pau, cuja ponta incandescente brilhava forte. Enquanto um dos vermes estava distraído com o meu irmão, que estocava com a faca e brandia o machado com facilidade, consegui acertar a orelha dele com força, fazendo o pau se quebrar ao meio.

Ele caiu sentado, o ouvido sangrando, a lateral do rosto queimada e os olhos perdidos. Estava tonto e, naquele instante, fora da peleja.

Enquanto isso, meu irmão mandava a alma do primeiro para o outro mundo: desviou de um golpe de martelo que, se tivesse sido mais certeiro, esmigalharia seu crânio e empurraria sua cabeça para dentro dos ombros. Com um passo para o lado, teve espaço para um corte preciso no pescoço do bastardo. O sangue esguichou até quase a altura do teto, num borrifo escarlate.

O infeliz levou as mãos ao pescoço e caiu para trás, tendo espasmos, sujando tudo ao seu redor de vermelho. Meu pai sorria. Acabara de acertar um soco no queixo do seu oponente, o que o fizera cambalear até a porta, cuspir três dentes e babar sangue.

Como bom covarde que era, Ivar resolveu aproveitar para fugir, contudo meu pai nunca deixaria tamanha afronta impune. Foi no seu encalço, não sem antes arrancar a mão de um idiota que ousou lhe barrar o caminho. Quando caiu no chão, a mão ainda segurava a foice.

Sjurd aceitou um pouco mais de cerveja para molhar a garganta, enquanto os tripulantes sequer piscavam, absortos com a história. Até mesmo os ratos, intrépidos velejadores, que sempre pegavam carona em navios, pararam de roer as migalhas escondidos para prestar atenção ao desfecho.

Meu irmão perdera o machado, mas por um bom motivo: estava cravado na cabeça do agressor, agora defunto. Seu próximo oponente era o único com um escudo, e sua espada era comprida, não parecia ter sido feita pelos ferreiros da região.

Era uma briga injusta, mas meu irmão não recuou. Nunca recuaria. Contudo, resolvi ajudar: peguei uma das nossas lamparinas a óleo de foca e atirei no maldito invasor, que, todo pomposo, urrava desafios. Mas as bravatas cessaram depressa. Tomado pelo desespero das chamas crescentes, soltou o escudo e sequer percebeu a lâmina que entrou na sua boca e saiu pela nuca.

O maneta berrava de dor, então meu irmão pegou a espada do defunto e a entregou a mim.

– Termine – falou sério.

Hesitei.

Matar alguém não é tão fácil quanto tirar a vida de uma galinha ou de um leitão. Mas eu era Sjurd Øysteinson e não podia envergonhar o meu pai, meu irmão, meus antepassados e os Deuses.

Enfiei-a com força na pança do sujeito, que ganiu, mas não morreu de pronto. Isso me fez arregalar os olhos e paralisar, segurando o cabo com as mãos trêmulas.

– Torça e puxe com força. – Meu irmão estava tão calmo que aquilo parecia uma conversa entre amigos. – Faça o seu pulso girar para lá e para cá.

Fiz o que ele mandou, e o ganido se transformou num choramingo vergonhoso, enquanto a camisa se empapava de sangue e as calças se manchavam de mijo. Ele tombou de joelhos e rezou antes de morrer, sem empunhar sua arma, que jazia no chão junto da mão decepada. O infeliz não iria comemorar no Valhala.

Meu irmão, cansado, me deu dois tapas nas costas, e eu sentia o coração explodir no peito de felicidade. E esse foi o nosso maior erro.

Sjurd se levantou e apoiou os braços no costado. Duas lágrimas percorreram seu rosto e se perderam na imensidão salgada do mar. Duas lágrimas eram nada para o mundaréu de água sobre o qual o *langskip* deslizava.

Nada...

Ao contrário da sua mãe, que era tudo para ele. E ele não havia conseguido salvá-la.

Virou-se e prosseguiu:

Foi o grito da nossa irmãzinha que nos fez virar.

Eu achei que o homem que eu havia acertado com o pau estava fora de combate. Idiota. Estava errado... E erros sempre são punidos, de uma forma ou de outra.

Tal como uma doninha sorrateira ele se esquivou pelo canto do salão, enquanto a batalha fervia, e foi até a minha mãe. Ela se defendeu bem: cortou a camisa e o peito do desgraçado com sua faca, mas não conseguiu evitar ter a barriga perfurada pela dele.

Covarde...

Maldito...

Covarde.

Corremos até elas. Mamãe ainda respirava, minha irmã apertando o ferimento com a mãozinha coberta de sangue. Não pudemos nos despedir. Ela dera seu último suspiro, e seu espírito se desprendeu da carne e rumou para Fólkvangr, o palácio de Freyja.

Meu irmão matou o assassino da nossa mãe quebrando-lhe o pescoço num estalo alto.

Meu pai entrou sorridente, com a cabeça do maldito Ivar na mão. Ele tivera a sua vingança. O preço, entretanto, fora impagável...

Siv abraçou Sjurd que não conteve mais o choro. Nem ele, nem Gordo, que berrava escandalosamente dizendo que queria voltar, que estava com saudades da mãe. Só recuperou a postura quando levou um tapa de Ganso, fazendo sua bochecha rotunda acender.

E, por um tempo, somente os sons do vento empurrando a vela e das ondas morrendo no casco foram ouvidos.

*

– Para onde rumamos, Hróaldr? – Uffe, pai de Ketil, puxava o remo, vencendo a resistência da água. – Seguiremos o vento e as marés? Nenhum daqueles pirralhos sabe bem o que está fazendo, então acho que é o melhor caminho.

Os outros homens, de peles queimadas e lanhadas de tantas cicatrizes, com barbas cheias de anéis de guerreiro, concordaram. O mar para eles era um lar acolhedor, mas os jovens tinham a experiência de filhotes de focas que caíram na água pela primeira vez.

Seguir a força da maré e dos ventos não era uma ideia ruim. Contudo, esse caminho era o Leste. E o Jarl sabia dos anseios dos jovens. Já fora um moleque atrevido e sonhador. Alguém que tinha tamanha ousadia de roubar um *langskip* não se contentaria em se aventurar na costa do próprio país para roubar galinhas e ferramentas. Não correria o risco de ser reconhecido e dedurado. Ainda mais raptando a filha de um senhor.

Não...

Os sonhos não têm limites, ainda mais os juvenis. Neles o ouro brota na terra e as xoxotas molhadas são oferecidas assim que se desembarca. As lutas são fáceis, e o machado sempre acerta o ponto fraco da armadura.

Sonhos enganam e nublam a verdade, mas Hróaldr Oveson era calejado. E havia vivido muitos pesadelos que tiraram o brilho dos seus olhos. Muitas vezes se perguntava como ainda respirava.

– Vamos para Sudoeste – ordenou, e puxou o leme para corrigir a direção. – Vamos recuperar o meu navio e a minha Siv!

Os remos forçaram a água e os homens cantaram, não porque estivessem felizes, mas para ajudar o tempo a passar:

Peguei o meu machado e a manta pesada
Beijei a minha esposa e a criançada
Afaguei o meu cão pulguento
Dei um nabo para o jumento

Para o mar eu fui, sem saber se um dia iria voltar
Clamando a Aegir para a fúria das ondas aplacar
Peguei o remo e puxei bem forte
Dependia dos músculos e da sorte

Para me levar para terras verdes e ricas
Onde os senhores eram apenas maricas!

Auuuuuuuuuuuuuuuuuuuu!

Uiva alto o grande lobo do Norte
Que com seu machado traz a morte
Que luta sorrindo e engrandecendo o nome de Odin
Que trespassa o inimigo que no aço encontra seu fim!

Venham, irmãos, juntem-se e formem a parede de escudos
Cantemos aos Deuses enquanto eles permanecem mudos
Vamos xingar, gargalhar e falar palavras imundas
Vamos enfiar nossas botas sujas em suas bundas!

Porque não tememos a morte, a dor ou o fracasso
Nossos corpos e almas são mais fortes que o aço
Vamos deixá-los de joelhos, chorando
Ao ver as cabeças dos amigos rolando

Auuuuuuuuuuuuuuuuuuuu!

Uiva alto o grande lobo do Norte
Que com seu machado traz a morte
Que luta sorrindo e engrandecendo o nome de Odin
Que trespassa o inimigo que no aço encontra seu fim!

Eles velejaram durante todo o dia, sem encontrar o navio roubado. Alguns desconfiavam que os jovens tinham tomado outra direção, contudo o Jarl estava convicto e algo lhe dizia que, cedo ou tarde, eles se cruzariam. Mesmo no oceano imenso.

Olhou o horizonte no momento em que o dia morria.

Ancoraram para descansar, pois na escuridão não conseguiriam enxergar o *langskip* mesmo que estivesse emparelhado com eles. E o céu estava encoberto, prometendo uma noite sem Lua ou estrelas.

Uma noite que seria fria, ranzinza e longa demais.

*

– Ô filho de uma porca manca! – Baggi limpou o rosto e cuspiu as gotas amarelas e salgadas que invadiram sua boca. – Que ideia é essa de mijar contra o vento, merda? Vai *pro* fundo do navio, seu cu de codorna!

Os moleques começaram a rir enquanto o desajeitado Gordo tentava pular – com o pinto pingando na mão – os remos e alguns sacos espalhados pelo convés. Nem Siv se conteve, apesar de sentir as bochechas pegarem fogo.

Não adiantou, pois quando chegou ao fundo já havia terminado o que começara, metade nas calças, obviamente. E os risos se prolongaram por muito tempo, tanto que até mesmo o Gordo cedeu e participou da algazarra.

O horizonte ganhava tons vermelhos, como se um grande dragão baforasse suas labaredas no céu e elas se refletissem, vivas, nas ondulações do mar. Birger conhecia aquelas águas por onde passavam. Já navegara com o pai ali. Por esse motivo foi ter com Siv.

– Acho melhor nós ancorarmos naquela reentrância – apontou para a frente. – A noite logo ficará densa, e aqui o leito do mar é cheio de rochas, que não vemos na escuridão. Sei de vários navios naufragados por aqui.

A jovem assentiu, e assim ancoraram na água rasa. A maré baixa vindoura encalharia o barco no banco de areia durante a madrugada. Por sorte o local era isolado e bem protegido. Dificultava até mesmo a visão de quem singrava pelo mar.

Recolheram a vela quadrada e resolveram desembarcar para fazer uma fogueira e passar a noite. Tinham pegado peixes frescos: a rede fora jogada com precisão por Fólki, filho de pescador, tão habilidoso quanto o pai, e agora os buchos famintos iriam se encher. Os peixes seriam assados sobre a brasa, recheados com ervas e cogumelos encontrados perto dali.

E, pela graça dos Deuses, também encontraram água fresca que descia a montanha até se entregar ao mar.

– Tem algum vilarejo aqui por perto, Birger? – Siv se livrou das botas para deixar os pés respirarem um pouco, enquanto o jovem olhava para o seu irmão, Asgeir, que fazia um não com a cabeça.

– Acho que não, Siv. Pelo que me lembro, esse pedaço é deserto e continua assim por umas boas milhas até chegar a Hellesøy. De lá podemos escolher margear a costa ou ir por dentro, passando por Sotra. Depois já não conheço mais nada.

Siv agradeceu e imergiu nos seus pensamentos. Como iriam navegar sem conhecer o caminho?

– Mas não foi isso o que os nossos antepassados fizeram?

– O que disse? – Birger olhou para a garota.

– Nada... Nada.

.
.
.

– Você está fazendo muito barulho – Vígi ralhou com seu irmão, Vidar, que insistira em acompanhá-lo na caçada. – Vamos perder o cervo, porra!

Assim que desembarcaram, seus olhos acostumados a rastrear presas viram o animal bebendo água no riacho. De pronto pegou um dos arcos, três flechas e correu mata adentro com o irmão menor no seu encalço. Ainda se sentia um pouco tonto em terra firme, pois nunca ficara tanto tempo à mercê do balanço das ondas.

Continuaram andando, Vidar agora mais cauteloso, evitando pisar em galhos secos, olhos e ouvidos atentos às vozes da mata. Controlava até a respiração para não ofegar alto demais.

Vígi se agachou e tocou num montículo de fezes ainda mornas. Piscou algumas vezes e apertou os olhos, que logo se tornariam inúteis: a última claridade antes da noite densa já esmorecia. Logo tudo se tornaria cinza, igual, indistinguível. Conseguiu enxergar as marcas de cascos na terra e nos talos de mato quebrados.

Sorriu.

Não precisaram andar muito até encontrar um belo cervo vermelho pastando as folhas tenras de um arbusto, a grande galhada bege roçando os galhos mais baixos das árvores. Vígi fez um sinal, e o seu irmão se abaixou prontamente, enquanto ele colocava a flecha na corda, ocultado por uma aveleira frondosa. O cervo farejou o ar. Eles estavam contra o vento. O bicho olhou ao redor – pressentia algo, as aves irrequietas piavam no alto das árvores –, mas logo retornou ao seu jantar.

O caçador deu um passo para o lado para conseguir um tiro limpo, sem obstáculos. Inspirou devagar enquanto puxava a corda até a orelha, os músculos das costas e dos braços rígidos como ferro, acostumados ao movimento, a mão segurando firme a haste feita com teixo.

O suor escorria da sua testa, incomodava e atrapalhava a visão, com um ardor irritante. Prendeu o ar, fez mira e atirou assim que o cervo se virou para vê-lo. A corda de cânhamo raspou a pele do antebraço, pois Vígi não teve tempo de colocar a proteção de couro. A flecha voou e percorreu a distância de vinte passos, mais rápida que um piscar de olhos.

O cervo vermelho bramiu quando ela se cravou profundamente, até quase até as penas, entre as suas costelas. Mas não morreu de pronto: era um animal grande e forte. Fugiu deixando rastros de sangue nas folhagens.

Tais como dois lobos, Vígi e Vidar correram atrás do cervo, que sangrava muito, o galope prejudicado pela dor, sem conseguir se mover rapidamente. Ofegava com a língua para fora e seus passos ficavam cada vez mais lentos, sem firmeza. Por fim, o caçador cravou outra flecha em sua coxa esquerda, e ele desabou.

Vígi entregou o arco ao irmão, sacou sua faca e foi até o cervo vermelho, que se debatia, tentando se levantar, em vão. Os olhos pretos primeiro se arregalaram e depois começaram a tremer em espasmos estranhos. Começou a berrar sem parar, algo parecido com um grito estridente seguido por um choro rouco.

O jovem montou no lombo do bicho, que se manteve imóvel. Segurou a galhada imponente e deu um talho profundo na lateral do pescoço, fazendo o sangue vermelho-vivo escorrer e nutrir a terra.

Vígi fez uma concha com a mão e recolheu o elixir quente. Bebeu dois goles longos, manchando a boca e a barba. Agradeceu a Ullr pela caçada e por guiar as suas flechas. E agradeceu ao animal que os alimentaria bem por uns dias.

– Da sua vida tiraremos força, da sua carne ganharemos o vigor para seguir a nossa caminhada – repetiu as palavras que sempre eram ditas pelo seu pai.

Não foi fácil arrastar o bicho até a praia. Por sorte, seu irmão o havia seguido. E, assim que foram vistos, receberam vivas e assovios. Ganso correu para ajudar a puxar o cervo, os passos de pés abertos deixando marcas estranhas – e engraçadas – no solo formado por conchas e pedriscos. Asgeir foi até o navio buscar o sal que vira num saco sob um dos bancos.

A carne deveria ser salgada depressa, ou se estragaria. O coração, pulmões, fígado e vísceras seriam degustados junto aos peixes que assavam. Os ossos descartados seriam disputados pelas feras da região. Snorre, um jovem atarracado, de braços fortes e mãos imensas, ajudava Vígi a destrinchar a carne em tiras que seriam salgadas, penduradas em varais improvisados no navio e deixadas para secar durante a viagem.

Vidar, com muita dificuldade, acabara de arrancar a galhada, que, depois de limpa, serviria para fazer vários cabos para facas. Era habilidoso e aprendera muito bem ao ajudar o pai nesses trabalhos. Ganhara alguma prata vendendo seus artigos para os cuteleiros. Torrara tudo em guloseimas.

O couro seria esfolado até perder toda a carne e a gordura. Afinal, naquele momento ninguém pensava em dormir. Exceto o Gordo, que já bocejava e só se mantinha acordado para poder comer as iguarias que estalavam sobre a brasa.

.

.

.

Os inconsequentes navegantes roncavam, estirados na praia, exaustos e de panças cheias. Todos exceto Siv e Birger, que foram até o navio para conversar em paz. Mesmo embriagados pelo futuro, mantinham-se preocupados com o que ficara para trás.

– Agora minha mãe está sozinha com Hege. – Birger olhou para um punhado de estrelas que brilhavam por entre as nuvens. – Vai ter que cuidar de toda a fazenda. Pior, deve estar achando que meu irmão e eu somos ladrões. A decepção dela deve ser doída demais.

– Assim como a do meu pai... – Siv segurou os joelhos.

– Eu queria entender os desígnios dos Deuses, Siv. Queria poder ver como Skuld. Queria ao menos conhecer os presságios que nos rodeiam.

– Talvez, se pudéssemos ver o futuro, ou nos tornaríamos arrogantes demais, se fosse repleto de vitórias, ou temerosos demais por conhecer as derrotas e dificuldades. – A jovem se deitou de costas no convés e olhou para o céu.

– Você tem razão. – Birger se deitou ao seu lado. – A nós cabe somente o agora.

*

– Meu pai não está, mas este salão e estas terras não estão sem um senhor. – Segurava o pescoço de um dos arruaceiros, a mão enluvada comprimindo a garganta. – Sou Dagr Hróaldrson, seu verme, e ordeno que você e esses bastardos vão embora agora.

– Seu pai nunca...

– Cale a boca! – Apertou o pescoço dele com mais força, sentindo a garganta se fechar entre os dedos. – Você é um maldito bajulador mentiroso. Saia agora, ou a minha espada terá o prazer de fazer cócegas nas suas tripas.

O homem tossiu e curvou-se para recuperar o fôlego. Seu rabo sentiu a dureza da sola da bota de Dagr. Caiu de quatro, engatinhou e fugiu em seguida, junto aos seus três companheiros covardes, rogando pragas e fazendo ameaças.

A balbúrdia havia chegado ao fim pelo preço de alguns copos, bancos, dentes e narizes quebrados. As acusações, entretanto, durariam por muito tempo. Pelo menos até o navio ser resgatado e os bastardinhos serem severamente punidos.

Até um pouco antes de Dagr chegar e acabar com a confusão, pais se acusavam mutuamente, esquecendo-se da amizade e do respeito conquistado nos campos de batalha.

– Foi seu filho que ordenou o roubo do navio! – um berrou e bateu o copo de barro na mesa, espatifando-o. – Sempre é ele que começa todas as merdas por aqui!

– Meu filho? O seu é que é conhecido por roubar galinhas e ovos! – Apontou o dedo torto.

– Aposto o meu saco que esses dois juntos é que bolaram o plano – outro escarrou.

– O seu é que não foi, Ovar, ele prefere ficar dando o rabo para os andarilhos que passam pela estrada do Coelho!

O primeiro dente voou e a pancadaria começou.

*

– Então eles passaram por aqui? Que Ran encha seu barco de peixes, meu velho! – O Jarl agradeceu ao pescador. Atirou-lhe uma lasca de prata e se voltou para os homens.

– Ele os viu por aqui ontem. Estamos no caminho certo. Icem a vela e vamos atrás do meu navio.

Já passava do meio-dia e, se desde o começo tivessem seguido por essas águas, já teriam abordado o *langskip*. No entanto, eles haviam se desviado para noroeste, deixando-se guiar apenas pela corrente, pois era o que supunham ser a escolha de jovens inexperientes.

Na verdade, era a aposta do Jarl.

Mas Hróaldr estava errado.

*

– Gordo... – Ganso veio ter com o amigo e olhou dentro do barco, que já começava a ser levantado pela subida da maré. – Tão dormindo juntos, devem ter trepado a noite toda. Olha o sorrisinho no rosto do safado. E ela deve estar toda assada e...

– Quem está assada? – Siv despertou de súbito e se levantou

num pulo, o que fez Birger acordar também e o Gordo se soltar da amurada e cair de costas na água.

– Vocês estavam nos espiando? – Siv pegou Ganso pelos cabelos emaranhados e sebosos. Puxou-o para dentro do barco. – Você quer que eu te deixe aqui? Quer ter que voltar nadando? Pés de pato você já tem.

– De-desculpa, senhora! – Ganso fez uma careta; ela não dava sinais de soltar a sua cabeleira. – Sentimos sua falta na praia e...

– Não quero suas desculpas mentirosas, quero apenas que você deixe de se meter em assuntos alheios.

Birger ainda bocejava, sem entender nada. Gordo, ensopado, tentava fugir, sorrateiro, com água pelos joelhos. Mas Siv o fez parar.

– E você também, venha aqui – Siv chamou, e o balofo estacou. – Olhe para mim.

Ele se virou, as bochechas tremendo de um jeito estranho.

– Se espalhar qualquer boato sobre o que não existiu, eu corto a sua língua. Entendeu?

Ele assentiu com a cabeça enquanto algo dentro das suas tripas berrava para sair, fazendo-o travar o cu num esforço digno de um herói.

Siv ordenou que eles fossem acordar os demais, pois logo iriam zarpar. Os dois obedeceram na hora, principalmente para fugir da situação incômoda.

– Nós apagamos – Birger deu um último e longo bocejo. – Nem lembro direito quando eu dormi.

– Eu estava tão cansada que desmaiei – Siv corou. – Mas agora estou revigorada.

– Eu também. – Ele se espreguiçou, mas em seguida se encolheu: sentiu a rigidez matinal tão comum aos jovens dar à sua calça o aspecto de uma tenda.

A garota percebeu e não conseguiu conter o risinho maroto.

.

.

.

– A gente rema, rema e rema e não chega a lugar algum – Ganso expirou, irritado. – Será mesmo que estamos no caminho certo?

A manhã começara sem vento, então os músculos tinham sido exigidos ao máximo para fazer o navio deslizar pelas águas calmas próximas à costa, enquanto gaivotas e painhos voavam ao redor, esperando alguma guloseima atirada ao mar.

– Você acha que o oceano é pequeno como os rios que cortam os pastos e as plantações? – Asgeir retrucou. – Ou mesmo como os lagos? Ele é imenso, tão grande que mesmo os maiores navegadores sequer conhecem mais que um pedacinho dele.

– E por ser tão grande, como vocês têm certeza de que iremos ficar ricos indo para esse lado?

– Não temos! – Asgeir sorriu. – E isso é que é o melhor da viagem.

Gargalhou, e o vozeirão envolveu o silêncio.

.

.

.

– Agora precisamos decidir se iremos por dentro ou margeando a costa – disse Siv. Depois de alguma discussão, resolveram que o melhor seria ir por dentro, ainda mais com a tempestade se formando adiante. As colunas cinza-escuro desciam imensas do céu, indicando que o aguaceiro seria muito forte, e o vento intenso começara a deixar as águas irritadiças.

No mar aberto estariam muito desabrigados e à mercê da vontade das ondas e do vendaval. E, como a experiência lhes faltasse, ninguém quis arriscar, apesar de aquele caminho interno ser o mais propício para que fossem vistos e logo dedurados ao Jarl. Um *langskip* como aquele sempre chamava atenção.

Siv tinha certeza de que o pai os procurava. E ela se arrependia – em silêncio – de trair a confiança dele. Mas o que estava feito, estava feito. A água que cai na terra não pode mais voltar para dentro do pote.

A massa cinza-escuro se aproximava rapidamente, como uma avalanche percorrendo o céu. Só de olhar as pesadas nuvens que transformavam o dia em noite, a maioria tocou seus amuletos. Thor lutava alguma batalha, os raios acendiam e os trovões rugiam.

E mesmo a maior coragem era diminuta perante todo esse poder. No imenso navio, eles eram ínfimos.

Quando resolveram atracar num pequeno cais, na praia de Djupevika em Hlaðir, as águas enraivecidas quase haviam feito o *langskip* afundar, lançado contra as rochas. A chuva pesada os impedia de enxergar direito e o vento uivava de forma pavorosa.

– Remem! – Siv berrava, porém sua voz quase não era ouvida. – Remem como se Jörmungandr estivesse prestes a engolir esse navio!

Os borrifos de água salgada os cegavam e a proa era

levantada tão alta pelas ondas que o navio parecia prestes a se quebrar ao meio. Mas os Deuses deviam estar curiosos com a jornada daqueles inexperientes, tolos e corajosos navegantes.

E eles – já exaustos – conseguiram manobrar até uma pequena baía cuja largura não passava de trezentos passos. Não foi fácil guiar o navio até lá, porque o vento e a força das ondas o lançavam para os lados, virando-o, exigindo que os tripulantes usassem os remos para se afastar das pedras. Três deles se partiram. Por sorte, havia alguns sobressalentes.

A batalha contra a fúria de Rán terminou e, na baía protegida, onde as águas estavam menos furiosas, eles puderam aliviar a pressão sobre os músculos e recolher os remos.

– Foi por pouco. – Ketil colocou as mãos, que ainda formigavam, sobre o fogo. – Quase viramos comida de peixe.

– Seria ridículo morrermos assim. – Odd colocou a camisa para secar. – Depois de tudo o que fizemos.

– O Gordo alimentaria os peixes por um ano – Ganso disse, e provocou umas gargalhadas.

O amigo sequer respondeu, estava esparramado sobre a palha, tão cansado que mal tinha forças para retrucar, mais molhado de suor do que da chuva.

Baggi apenas tocou seu amuleto de martelo feito com osso de porco e fez uma prece silenciosa.

Eles estavam num estábulo fedorento, onde passariam a noite em companhia de três vacas, umas cabras e dois cães, em troca de uma limpeza na manhã seguinte: um preço barato e muito melhor do que aguentar o aguaceiro lá fora.

E o melhor: de onde estavam, conseguiam ver o navio, não precisando deixar ninguém de vigia debaixo da tempestade.

O local pertencia a uma velha verruguenta chamada Gulla e a sua filha – que parecia tão idosa quanto a mãe. Apesar das caras feias, tinham bom coração e lhes ofereceram um caldo ralo de vegetais, o que ajudou a aquecer o corpo.

– Vocês estão levando esse navio para algum lugar? – perguntou Gulla com sua voz estridente. – Há tempos eu não via um tão grandioso por esses lados. Tenho certeza que ele é de um rico senhor.

– Vamos nos juntar com outros navios em Bergen. – Siv sorveu o caldo, enquanto os olhos azuis da velha sequer piscavam. Instintivamente abaixou a cabeça.

– Entendo... – Gulla fez um bico, e as rugas delinearam a boca murcha. – E você é a chefe?

– Pode-se dizer que sim...

– Interessante... – Gulla sorriu. – Uma moça bonita comandando um bando de jovens que mal devem ter pelos no saco. Algo bem incomum. Mas não se preocupe, minha filha, isso não é da minha conta. Não mesmo. Eu ofereço o meu estábulo para passarem a noite e, amanhã cedo, como o tempo vai firmar, vocês limpam ele para mim, combinadas?

A tempestade não dava sinal de amainar, o que fez Siv duvidar que amanheceria com um tempo bom, mas, mesmo assim, assentiu e agradeceu a Gulla. E correu debaixo do aguaceiro os poucos passos que separavam a casa do estábulo, carregando o caldeirão com o caldo que seria repartido entre todos, alguns goles para cada um, o suficiente para se aquecerem um pouco.

– Esse é o melhor caldo que já tomei na minha vida. – Vidar o sorvia ruidosamente, sentindo o calor escorrer pela garganta. – Está uma bosta, mas é o melhor caldo de todos.

Os garotos assentiram, agora já não mais tremendo de frio.

Fólki e Snorre estavam abraçados aos dois cães, que a princípio ficaram irrequietos com a turba, mas depois vieram dar as boas-vindas. Era o melhor jeito de se aquecer.

– Uma vez meu avô me contou uma história sobre a tempestade – Olaf fungou. – Vocês querem ouvir?

– Adoro essa – Ganso se animou, enquanto os demais se ajeitavam ao redor da fogueira para escutar a história. Até mesmo as vacas se viraram e apoiaram as cabeças nos caibros do cercado.

Olaf pegou uma concha do caldo, a parte que cabia a cada um, e sorveu de uma vez só. Começou:

Durante o dia, numa batalha antiga cujo nome nem mesmo os anciãos recordam, Thor tinha o braço dormente de tanto rachar crânios e fender costelas, de tanto destroçar escudos e amassar elmos de ferro, fazendo os miolos jorrarem pelas orelhas e narinas. Sua pele estava pintada de vermelho, sua boca exibia um constante sorriso envolto na barba densa e o suor escorria tão profusamente da sua pele que um pequeno lago se formou sob seus pés.

E nem mesmo uma caverna na montanha, onde se escondiam os mais covardes, escapou da sua violência. Por três vezes ele os chamou em desafio. Por três vezes só houve o silêncio. Então ele apertou forte o cabo curto do Mjölnir, depois o atirou com toda a força contra a rocha, que se esmigalhou como cerâmica frágil.

Então, primeiro a montanha tremeu e, por fim, ruiu. Tornou-se um monte de escombros que serviria de túmulo vergonhoso aos covardes.

Thor, como era costume desde os tempos imemoriais, foi ovacionado pelos companheiros que o carregaram nos ombros – com muita dificuldade, é claro, devido ao seu tamanho e peso.

A batalha teve seu fim e as comemorações seguiram noite adentro em seu salão Bilskirnir, onde o hidromel jorrava dos barris e sempre havia carne na brasa, mesmo tendo o Deus comido sozinho uma vaca e um porco (uns dizem que também devorou meia baleia, mas isso ninguém conseguiu comprovar).

As cantorias não davam sinais de cessar, assim como as brigas que sempre aconteciam quando o álcool abundava. Contudo, naquela noite, o Deus do Trovão não ansiava por mais escaramuças. Sua vontade de brigar fora saciada mais cedo. Por outro lado, desejava acalentar seu pau em uma boceta quente e molhada. E só o pensamento de uma boa foda fez suas bolas latejarem. Estavam tão cheias que lembravam duas maçãs do pomar de Iduna.

Levantou-se, meio cambaleante, mas ainda consciente, pois bebera pouco: umas dez ou doze jarras de hidromel, seis ou sete de cerveja e apenas três canecas de sidra, cheias pela metade, pois não era muito afeito a essa bebida.

Arrotou, e o estrondo fez o salão se calar por um instante e todos se virarem para ele, que sorriu e foi homenageado com vários vivas e assovios.

– Agora entendo por que tens a alcunha de Deus do Trovão! – Loki, o fanfarrão, que não perdia uma festança, bravateou.

– Isso é porque você não ouviu o peido depois de comer uma centena de ovos – Audr, tio de Thor, completou, levando o salão à loucura.

Há quem jure que um gato de olhos dourados, que dormitava num dos imensos caibros de carvalho que sustentava o telhado, morreu de susto por causa do barulhão estomacal. Outros dizem que foi por causa do cheiro azedo. Mas um gato de Asgard já deveria estar acostumado com todos esses excessos.

Nesse momento, muitos jovens riam de segurar as barrigas, e até mesmo Siv não se continha.

Olaf então prosseguiu:

Thor desviou das poças de vômito, mas por pouco não foi pego por um jato vindo de um gorducho caolho. Por puro reflexo, o filho de Odin acertou-lhe uma pancada na cabeça que o fez apagar e começar a sonhar com as tetas das Valquírias.

Fora de Bilskirnir, caminhou um pouco e respirou o ar puro da noite aprazível e, diante de um carvalho milenar, que já existia ali mesmo antes de ele nascer, pegou sua potente arma – não o Mjölnir – e mijou fartamente, tanto, mas tanto, que teve de dar uns passos para trás a fim de não molhar as botas na poça amarela que não parava de crescer, pois a terra não dava conta de absorver tamanha enxurrada.

Distraído ele cantarolava, até que algo o despertou.

Primeiro um assovio.

Depois o comentário: "belo pau, Grande Thor".

– As mulheres costumam falar isso do meu também – Ganso interrompeu, e se encolheu depois de olhares furiosos daqueles que estavam embriagados pela história.

– *Belo pau, Grande Thor* – Olaf seguiu com a história.

Thor, ainda desaguando, olhou para o lado e viu uma mulher grande, um palmo mais alta do que ele, e o Deus do Trovão era um dos mais altos entre seus pares. Era linda, tão linda que teve de esfregar os olhos para ter certeza de que não se tratava de uma ilusão criada pelo álcool.

– Eu espero você acabar...

O jato grosso ficou fino. Depois só mais dois esguichos e três balançadas.

– Vejo que não se intimida e nem tem vergonha de olhar tão magnífico instrumento. E isso me fascina, bela dama...?

– Járnsaxa é o meu nome. –Aproximou-se e, sob a luz do grande archote, confirmou-se esplêndida. – Não sou daqui, mas fui convidada para um banquete no salão de Frey pela minha conterrânea Gerda. Contudo, os festejos já se encerram por lá e eu perdi o sono.

Seus cabelos compridos e amarelos como o trigo reluziam sob o fogo. E ela tinha a pele corada de quem havia bebido e a boca entreaberta de quem queria devorar os lábios úmidos dele.

– Então vamos caminhar. – Thor estendeu a mão. – No meu salão só restaram bêbados, brigões e...

– Prostitutas...

– E elas, claro – sorriu.

Pelos bosques sagrados eles andaram e comeram maçãs, e um pouco antes do dia clarear a lascívia que exalava pelos poros – e por outros lugares mais peludos – exerceu seu inevitável poder.

Gargalhadas. Tão altas e escandalosas que até as vacas mugiram e as cabras baliram, compartilhando a algazarra.

Dominou com força a vontade deles, que apressadamente se despiram, as bocas coladas, os músculos rijos – e bota duros nisso! –, e o suor brotando da pele.

Járnsaxa empurrou Thor de costas no chão e ele soltou um gemido seguido de uma careta.

– Não gosta de ser dominado, ó poderoso Deus do Trovão?

– Adoro e quero. – Levou a mão atrás do corpo. – O gemido não foi um resmungo, mas sim porque um espinho me furou a bunda!

– Ai, eu vou mijar! – Vígi se contorcia de tanto rir. – Vou mijar!

Olaf, orgulhoso por causar tão boas sensações, não se demorou:

Com o rabo livre do incômodo, o filho de Odin permitiu que a beldade o montasse – se bem que ela o montaria de qualquer jeito, afinal, mostrou-se tão forte e até mais resoluta que ele. E, enfim, o seu pau teve o acalento que tanto ansiava.

Mas não foi uma foda fácil, como aquelas obtidas com as mortais de Midgard, ou mesmo com as safadas bem pagas de Asgard, que gemiam só de olhar a prata.

Thor precisou suar para satisfazer Járnsaxa, que, com a habilidade de uma amazona, o cavalgava com força, enquanto suas belas e fartas mamas exigiam movimentos ritmados, ora das mãos, ora da língua que rodopiava em torno dos mamilos, sugados com voracidade e mordiscados só para incitar gemidos mais altos.

– Eu vou gozar – o Deus urrava.

– Nem ouse! – A dama cravou as unhas nos ombros dele, até o sangue salpicar a pele. – Só depois de mim.

O desespero prazeroso já começava a queimar a virilha de Thor e as cócegas em sua cabeça – ah, meus amigos, vocês sabem qual! – Olaf piscou para Siv, e o rosto dela acendeu – *o enlouqueciam, mas como ficaria a sua reputação se não satisfizesse tal beldade? Boatos tinham a velocidade dos ventos e eram tão aumentados que uma simples gozada rápida se tornaria em um pedido para ter um dedo ou dois introduzidos em seu olho enrugado e que nada vê.*

Até mesmo o comedido Ketil ria muito, enquanto Asgeir dava tapas nos próprios joelhos.

Então, recorreu a um truque, tão antigo que deve ter sido usado quando seu bisavô Búri e sua bisavó Hárm treparam pela primeira vez em tempos imemoriais.

Pensou em coisas estranhas e nada prazerosas: Heimdall cagando. Sleipnir, o cavalo do seu pai, cagando. Baldur cagando... Mas precisou mudar o pensamento logo, pois, mesmo que nunca admitisse, afinal tinha colhões, o Deus era lindo e até mesmo bem feminino, sem pelos no corpo, rosto afilado e...

– Bosta!

– O-o que foi? – A mulher pulava com mais força, já prestes a ter sua explosão.

– Nada – ofegou. – Continua, continua!

Recorreu à feiura de Ymir, cagando, é claro, e, quando ela começou a gritar, soltou-se e jorrou dentro dela enquanto ela comprimia seu bom amigo em espasmos divinos, mesmo para um Deus!

– E assim acaba a nossa história. – Olaf esperou um bom tempo até todos pararem de rir e Birger perguntar:

– Uma ótima história, Olaf, mas e a tempestade? – Enxugava as lágrimas.

– Ah, sim! – Bateu na testa. – A foda foi tão intensa, tão forte, que ambos suaram muito, e as gotas de suor se tornaram a chuvarada aqui em Midgard. E, quando Thor gozou, o prazer foi tão intenso que raios saíram da sua bunda e formaram os relâmpagos que conhecemos.

– Pelas tetas de Fulla! – Vígi levantou correndo e rindo, o rosto molhado de suor e lágrimas. – Tô me mijando mesmo!

E assim, depois da diversão, os jovens caíram no sono, enquanto a tempestade continuava forte lá fora, sinal de que Thor ou algum outro Deus mandava ver lá em Asgard.

Capítulo IV – Névoa, sonhos e morte

A velha cadela ganiu baixinho. Olhou para mãe e filha dormindo abraçadas e choramingou.

Hege acordou berrando, o rosto molhado de suor e os olhos esbugalhados. Num pulo ficou de pé na cama, as costas na parede de madeira forrada com peles, ao lado do escudo que pertencera ao seu pai, os braços esticados para a frente e as mãozinhas espalmadas como se quisesse afastar algo.

Demorou a se acalmar, mesmo tendo Hilda pegado a filha no colo e a ninado por um tempo, enquanto ela agarrava com força as roupas da mãe.

Ela chorava e falava o nome dos irmãos. O resto não podia ser compreendido. Era o primeiro pesadelo que a criança tinha. Nunca havia despertado assim.

O desespero era verdadeiro. Tão real que até mesmo a cadela se aproximou para acalentar a pequena, com a qual, por toda a vida, vinha dividindo comida, lambidas, brincadeiras e dormidas no meio da tarde.

– Fique calma, Hege, está tudo bem.

– O *dagão*! Eles vão *embola pá* muito longe, onde tem os *home* de *balo*. Não vão *voltá* mais, mamãe. Nunca mais *nóis* vai *vê* eles! Nunca, nunca, nunca, de jeito nenhum...

– Você só teve um sonho ruim, filha. Volte a dormir – a mãe colocou-a na cama e se deitou com ela. Logo a menininha pegou no sono com a testa franzida, mesmo com os carinhos nos cabelos amarelos. À cadela, não era permitido subir na cama, mas ela desobedeceu à ordem e não foi punida, não dessa vez. Aninhou-se ao lado de Hege e logo teve o pescoço envolvido pelo braço da menina. Só então ela suspirou e seu semblante se acalmou.

Hilda, por sua vez, permanecia desperta, mil pensamentos

rodando na sua cabeça e o peito comprimido de um jeito estranho, que impedia o ar de entrar plenamente nos pulmões, não importava como ou quantas vezes inspirasse.

Não conseguia, por algum motivo, ver seus rostos com nitidez. "Aqueles estúpidos", murmurou. Temia pelo seu destino, agora ainda mais, pois tinha certeza que sua filha, consagrada a Eir durante o parto difícil, havia recebido uma premonição da Deusa.

Então foi a sua vez de ter o rosto coberto de lágrimas, num choro engolido para não despertar Hege.

*

– Acabamos – Siv limpou o suor da testa, depois de puxar com o garfo o último monte de palha nova e arrumá-lo no canto das vacas.

Eles passaram a manhã toda limpando o estábulo, primeiro retirando a palha velha e os montes de bosta, depois lixando as madeiras até deixá-las livres das imundícies incrustadas. Por fim, refizeram o telhado cheio de brechas que ocasionavam goteiras, ou melhor, pequenas cascatas. E o trabalho que levaria uma semana foi resolvido depressa pelo mutirão de jovens animados – na verdade, eles queriam terminar logo para poder voltar ao mar, mas esse era apenas um detalhe.

E antes de partir, ainda ganharam uma boa refeição, que fizeram com gosto, e alguns queijos curados para levarem na viagem.

– Que os deuses sempre lhe deem fartura, senhora Gulla. – Siv segurou as mãos da velhota e seguiu para o seu navio.

Com acenos se despediram das gentis senhoras enquanto o *langskip* já se afastava da praia e ia rumo a águas mais profundas, o vento estufando a vela quadrada, as ondas espirrando ao serem cortadas pelo casco afilado.

Siv controlava bem o leme, Ketil conseguia manter os moleques no prumo e quem remava se esforçava com ânimo. Afinal, era em busca de sonhos que eles faziam o navio avançar. Assim tudo ia bem entre eles.

– Por que você está tão calado, Ganso? – Gordo cutucou o amigo.

– Por nada.

– Você nunca é calado. Sempre está falando merda. Sua boca parece mesmo um bico que não para de grasnar e grasnar.

– Me deixa, porra!

– Pode falar, não conto para ninguém.
– Você jura por Odin? – Ganso encarou o amigo, sério.
– Juro.
– Se quebrar essa promessa, sua língua vai pular da sua boca e entrar no seu cu, entende? As minhas maldições pegam. – Cuspiu para enfatizar a ameaça.
O gorducho assentiu.
Como não precisavam remar, porque o vento decidiu colaborar, pegou o amigo pelo braço e caminhou até a popa, onde se jogou no chão, sentando desajeitadamente. Quando Gordo fez o mesmo, o som da bunda batendo nas tábuas lembrou o de um saco cheio de cevada caindo de uma carroça.
Olhou para a frente e deu-se por satisfeito: apesar do espaço reduzido, cada um estava ocupado nos seus afazeres.
– Eu comi a mulher lá – Ganso sussurrou.
– Que mulher?
– Fala baixo, seu monte de cocô de Hugin! – Apertou o joelho do amigo. E só prosseguiu quando teve certeza que ninguém fazia ouvido grande para a conversa. – A filha da velha, da Gulla. Passei a rola nela enquanto todos vocês dormiam.
Gordo fez uma careta.
– É, eu sei – Ganso levou a mão à testa. – Mas não teve jeito.
– Por que você fez isso? Como o seu pau subiu?
– Por causa do Thor.
– Você pensa em foder com o Thor? Ou em o Thor te foder?
– Não, seu estúpido! Foi por causa da história que o meu irmão contou, dele trepando com a giganta. Sempre fico de pau duro quando ouço. Então, saí de fininho enquanto vocês roncavam e fui me aliviar atrás do estábulo.
– Por que não fez lá mesmo, se todos dormiam?
– Já pensou se um acorda, Gordo? Eu estava fodido.
– Não *tava* chovendo?
– Tinha parado, apesar de estar um vento danado, mas você sabe como é quando as nossas nozes estão cheias.
– Hum, hum.
– Então, coloquei o bicho para fora e comecei a fazer o serviço, mas daí a mulher apareceu, cheia de sorrisos.
– E o que ela queria?
– Você tem um monte de banha no lugar dos miolos, só pode! – Ganso ficou vermelho. – Ela queria que eu esquentasse a raposa dela.
– Ela tem uma raposa? Deve ser legal ter uma raposa.

– Pelo cu de Ymir! Você tem mesmo banha dentro desse cabeção! *Tô* falando da xoxota dela – fez o gesto com a mão.

Gordo franziu o cenho sem entender a relação, mas se calou. Afinal, não era um grande conhecedor de xoxotas: só tinha visto as da mãe, da tia e da avó quando elas se banhavam na tina.

– Mas ela era feia demais, Ganso.

– Eu sei, mas ela me deu isso. – Tirou do bolso um anel de ouro.

– Deve valer uma fortuna!

– Se vale! – Sorriu.

– E como foi?

– Fomos para dentro da casa dela, onde estava mais quente. A velha Gulla roncava igual a uma porca. Daí você sabe, ela se deitou, levantou a saia, abriu as pernas e pronto.

– E foi bom?

– Bem...

– Fala, Ganso! Agora que atiçou, conta tudo.

– Mais ou menos – Ganso fungou. – Arriei as calças e montei nela. Comecei a meter fundo, só que a mulher começou a rir.

– Por quê?

– Para de me interromper que eu conto, merda! – irritou-se. – Ela riu porque eu não *tava* com o pau dentro da raposa, apesar de parecer que *tava*, sabe? Quentinho e tudo...

– E *tava* onde?

– Sei lá! Não tenho olho no pau, porra! O que sei é que a mulher pegou o bicho e colocou no lugar certo. Daí ficou bom de verdade. Mas mesmo assim ela reclamou.

– Uma coisa estranha daquelas tinha é que te agradecer, apesar de você ser bem feioso e torto e...

– Não conto mais nada, chega! – Ganso ameaçou levantar, mas foi seguro pelo amigo.

– Prometo não interromper!

Ganso permaneceu calado, mas sua língua coçava, então prosseguiu.

– Lembra que eu te disse que *tava* com as nozes cheias? Então, depois de uma dúzia de enfiadas elas se esvaziaram. E foi maravilhoso, melhor que quando a gente faz com a mão. Só que para as mulheres isso não é o suficiente.

– Por quê?

– Acho que é porque elas não têm nozes, sabe? Daí nada enche e demora mais para elas ficarem doidas. Então tive de fazer tudo de novo. E dessa vez demorou bem mais.

– Daí ela gostou?

– Acho que sim – fungou. – Ficou revirando aqueles olhos estranhos e gemendo com aquela boca murcha.

– Hum...

– O que foi?

– Olha, você é corajoso. Acho que se eu estivesse com as nozes cheias iria preferir usar a mão mesmo, ou pegar uma das cabritas. Aquela mulher era feia demais!

– Foda-se, Gordo! – Ganso se levantou enquanto o amigo permaneceu sentado e rindo. – Foda-se.

*

Hróaldr Oveson pisava duro sempre que andava e perdera o apetite sempre voraz. Fazia três dias que buscava o seu navio, mas até agora só tivera indícios e apontamentos desencontrados. E a demanda que acreditava ser rápida se prolongava demais. Sabia que o mar era imenso, contudo duvidava da capacidade dos fedelhos em singrá-lo.

Novamente se enganou. E isso o enfurecia, ainda mais quando pensava em Siv no meio daqueles cãezinhos famintos. Sabia que sua filha podia se defender muito bem, mas contra dezenas deles?

E se ela foi porque quis? – Essa ideia veio à sua mente. Ele balançou a cabeça, mas nada era impossível, tampouco improvável. Mordeu o beiço com vontade de tirar sangue. Parou quando a dor foi muita.

Lembrou-se das palavras do pescador, que na ira do momento não foram cuidadosamente entendidas.

Vi a sua filha se jogando desesperada na água, seguida por um outro jovem. Eles nadaram, nadaram e depois foram puxados pra dentro do navio.

– Talvez ela estivesse tentando recuperar o navio, talvez houvesse dormido demais por causa do casamento e se atrasado para o embarque.

Hróaldr balançou novamente a cabeça em negação.

Durante a viagem cruzara com barcos e *langskips*, mas nenhum deles tinha visto o seu. Era como se os jovens tivessem se tornado invisíveis.

– Pode ser que tenham afundado durante a tempestade. – Uffe parou ao lado do seu senhor. – Esse trecho é traiçoeiro. Nós mesmos já tivemos problemas por aqui, lembra-se?

O Jarl olhou para ele com um misto de ódio e medo. Também pensara nessa possibilidade. Pensava em todas as possibilidades desde que abrira os olhos antes do amanhecer.

Rosnou. Apoiou-se com as duas mãos na amurada e soltou o ar pela boca. Isso podia ser verdade. Seu *langskip* e os jovens podiam estar no fundo do mar, perdidos para sempre. Pensou em cancelar a jornada, dar meia-volta e esperar o retorno deles.

Entretanto, nunca foi um fracassado, um desistente. Tornou-se Jarl pelo hábil manejo tanto das armas quando das resoluções do dia a dia. Soube quando matar e quando fazer alianças, quando pilhar e quando agir como um comerciante. E, apesar deste ser um desafio sem precedentes, não voltaria para o conforto do seu salão antes de resgatar suas duas preciosidades.

– Aquele navio foi muito bem construído. É o melhor de todo o reino, e nem que Ran, em toda sua ira, tentasse afundá-lo, não conseguiria. – Balançou a cabeça para tentar afastar os maus pensamentos.

Uffe tocou seu pingente de martelo, assim como muitos dos homens que ouviram a fala de tão mau agouro. Desafiar os Deuses sempre era a mais tola das escolhas.

E, quando o nevoeiro começou a se adensar, Hróaldr se arrependeu da estúpida ousadia. Mas o que estava dito não podia ser desdito.

*

– De onde veio esse nevoeiro? – Ketil se aproximou de Siv. – O dia estava limpo!

Já não era mais possível enxergar o topo das montanhas. Muito rapidamente, tal como uma avalanche correndo pelos fiordes escarpados, o véu branco descia e cobria tudo. Até mesmo a ponta do mastro feito com o tronco de um pinheiro já se ocultara.

As aves que acompanhavam o *langskip* também se afastaram, e agora seus grasnados só eram ouvidos ao longe, na segurança dos ninhos nas rochas. Somente umas focas curiosas ainda apareciam aqui e acolá, abrindo bem as narinas redondas a fim de inspirar a maior quantidade possível de ar antes de submergir, deixando apenas algumas bolhas para indicar que ali tinham estado.

– Muito estranho mesmo, Ketil. Daqui a pouco não conseguiremos ver para onde estamos indo. – A filha do Jarl franziu o cenho. – É melhor tentar atracar? Será que conseguimos ir para lá? – Apontou.

A mais ou menos uma milha havia uma pequena enseada que parecia ter águas tranquilas.

– Acho que não. – Ketil balançou a cabeça e cofiou a barba. – O melhor é irmos para águas mais fundas. O mar está meio agitado e não conseguiremos ver as rochas. Vamos permanecer no meio do canal. E iremos sentindo a profundidade com a vara, afinal, podemos ser pegos de surpresa.

Siv ordenou que eles remassem e, ao redor deles, a cortina branca se fechou, tal como se estivessem em meio às nuvens. E o frio úmido preencheu os pulmões, formando vapor a cada baforada.

– Estranho mesmo. – Asgeir olhou para o irmão. – Não é normal ter essa névoa num dia como esse.

– Surtr deve ter pisado no oceano – Kári, o Calado, como era conhecido, falou e, surpresos, os jovens se viraram para ele.

Gordo arregalou os olhos, Ganso tocou o pingente de martelo e até mesmo Ketil engasgou. Todos sabiam quem era o gigante e qual o mal que ele causaria quando aparecesse.

– Com seu imenso tamanho, tão descomunal que as montanhas parecem pedriscos sob seus pés, e com a sua pele quente, tão quente que seria possível derreter o ferro nela. Quando ele toca a água, ela logo vira vapor – Kári prosseguiu. – Surtr deve estar por perto, meus amigos. Vejam como estão densas essas brumas! E como surgiram rápido e sem dar aviso! O que seria de nós se o nosso mísero barquinho estivesse no caminho dos pés do gigante?

– Pelas tetas da vaca sagrada – Vidar se encolheu. – Me dá arrepios ouvir uma coisa dessas.

– E devem temer mesmo, amigos. Escutem! – Kári levou a mão à orelha direita, o rosto impassível como aqueles talhados em madeira. – Vocês não ouvem?

Todos ficaram em silêncio.

– Não escuto nada! – Gordo berrou, o medo esganiçando sua voz. Um tapa com as costas da mão, bem dado por Asgeir, calou sua boca logo em seguida. As lágrimas escorreram pela bochecha dolorida, enquanto ele engolia o choro.

Somente o som das ondas e do vento suave eram perceptíveis, mesmo para os ouvidos apurados. No máximo a respiração alta e ofegante daqueles mais exaltados, e nem os peidos tão comuns e comemorados aos risos saíam. Nesses momentos as pregas se travam de verdade.

– Ei, escutem! – Vígi, o caçador, cujos ouvidos eram delicados e forjados no silêncio das matas, foi o primeiro a dar o aviso.

– Sim. – Siv levou a mão à boca. – É verdade.

Assim, cada vez mais fortes, começaram a ecoar certos *tchuá, tchuá, tchuá*, intercalados com um som rouco, tal como um rosnado. Não dava para saber de onde aquilo vinha, mas decerto estava próximo, bem próximo.

– Silêncio! – Birger sentiu suas tripas virarem líquido. – Passos na água!

Os jovens, apavorados, mas mudos para não chamar a atenção, olharam para Kári, aquele que, por algum motivo, pressentira a presença do gigante de fogo.

Ele tinha a boca trêmula e os olhos arregalados, sem sequer piscar. Estava parado e todo o viço da sua pele se esvaíra. Balbuciou algo, e uma poça começou a se formar ao redor dos seus pés.

Desmaiou logo em seguida.

*

– Ninguém chuta o meu rabo e fica impune! – Cara de Umbigo socou a mesa. Tinha esse apelido por causa de um furo na bochecha direita feito com uma lança. – Quem aquele fedelho do Dagr Hróaldrson acha que é?

– O filho do Jarl? – Ari limpava os dentes com um dos ossinhos do faisão que acabara de comer. Fez um bochecho com a cerveja ruim e engoliu tudo logo em seguida.

– Ele podia ser o filho do rei, não me importo, vou matar o desgraçado! – Deu um tapa no prato de madeira fazendo-o voar com o restante do almoço. Isso fez o estalajadeiro proferir um educado "Você vai limpar essa merda de sujeira com a língua", que foi ignorado pelo homem raivoso.

– Ah é, quando?

– Agora. Vamos.

– Agora? Você tem certeza?

– Hróaldr está procurando seu navio. Poucos homens ficaram nas suas terras. Vamos aproveitar e roubar tudo o que pudermos, matar as testemunhas e sumir dessa merda de lugar – Cara de Umbigo escarrou, e a gosma verde grudou numa tábua da parede. – Você está comigo?

Ari deu de ombros. Afinal, não tinha nada melhor para fazer naquela tarde.

.
.
.

O bando era formado por dez homens, oito sóbrios, o que devia ser mais que suficiente para matar quem se interpusesse, forçar a vagabunda da mulher do Jarl a dizer onde estava o ouro e fugir sem chamar muita atenção.

Foi isso que Cara de Umbigo falou para convencer cada um deles a segui-lo.

Foi fácil juntá-los, afinal eles sabiam que Hróaldr era rico e estava fora. E todos eram tolos demais para ousar fazer tamanha afronta.

– Parece que logo vão trancar as portas do salão. – Ari coçava o saco, que estava cheio de pequenas feridas desde que fodera com a redeira vesga. Isso o irritava a tal ponto que já pensara em raspar a pele enrugada com a faca para tentar aliviar o suplício. – Vamos agora ou teremos que derrubar aquela merda, e eu não estou disposto a suar muito.

Cara de Umbigo assentiu, e eles avançaram com a organização de um bando de criancinhas correndo pela grama, com machados, facas e facões em punho, os dois bêbados tropeçando para subir o barranco pouco inclinado, caindo algumas vezes de joelhos, ficando para trás.

– Devia ter ido dormir – um deles praguejou ao pisar em falso e beijar a terra.

A velha queijeira foi a primeira a avistá-los e a primeira a tombar com a testa afundada pela pancada desferida por Ari com a parte de trás do machado. Não morreu, ficou agonizando no chão, a boca espumando enquanto o sangue se misturava à baba.

Os cães latiram e um deles avançou, mas recuou assim que uma bota lhe acertou o focinho. Se escondeu ganindo debaixo da carroça.

Um garotinho arregalou os olhos ao ver a velha agonizando. Gritou e correu em direção ao salão, mas não chegou ao destino: caiu com a cara no chão depois que uma pedra o acertou bem no meio das costas, um pouco abaixo do pescoço.

Ficou lá imóvel, estirado. Se estava morto ou apenas desmaiado, os invasores não se preocuparam em verificar. Pois à sua frente surgiu Dagr Hróaldrson, exalando ódio pelo rosto vermelho, junto de alguns dos homens que às pressas se armaram para defender suas famílias.

– Você voltou, seu cão sarnento? – O filho do Jarl empunhava uma ótima espada numa das mãos e um escudo na outra. – Da última vez a minha bota deixou marcas no seu rabo, agora será a minha lâmina que irá cumprimentar a sua cara feia!

Por um instante Cara de Umbigo estacou. Engoliu em seco ao ver Dagr Hróaldrson girar a espada com tamanha habilidade. Contudo, não podia recuar.

– Eu prometi ouro aos meus amigos e vou cumprir a promessa – escarrou. – Eu sou um doador de riquezas, ao contrário do seu maldito pai!

Formou-se uma parede de escudos de três homens que ocupavam o espaço da grande porta de folhas duplas do salão, maciças e com entalhes de carneiros, símbolo do Jarl. Pela diferença de claridade, não era possível enxergar direito lá dentro, mas certamente havia mais defensores.

– Ei, Ari – Búi deu um passo à frente. – Você acertou uma pedra no meu filho. Vou arrancar seus olhos e enfiar no seu cu para você não achar o caminho do Valhala.

O grandalhão apenas sorriu, mostrando os dentes amarelados. Cuspiu.

O menino não havia morrido, levantou-se meio zonzo, aos prantos, e correu para o salão, passando de gatinhas por baixo das pernas do pai.

Os bêbados chegaram por último, mas foram os primeiros a avançar. Trôpegos, os machados balançando nas mãos. Os demais apenas os seguiram. Afinal, os dois tinham a coragem dos ébrios.

*

– Você ouviu? – Uffe tocou o ombro de Hróaldr. – São... vozes? Um barco?

– Não tenho certeza, nem posso dizer de onde vêm. E com essa neblina, nem que estivesse do nosso lado a gente veria.

– Podem ser eles?

– Talvez. – O Jarl tocou seu pingente de martelo. – Talvez. Ou apenas um navio mercante. Pode ser qualquer coisa.

Ordenou que eles remassem. Sua experiência dizia que o nevoeiro se dissiparia algumas milhas para a frente. Conhecia bem aquelas águas.

Os homens faziam os remos tocar a água em perfeita sincronia. Passaram a vida toda no mar fazendo isso, cada movimento intercalado com gemidos roucos devido ao esforço. O casco fino rasgou as águas, tal como um tubarão veloz.

Os músculos reclamavam, mas era o espírito dos homens, pais, irmãos e tios dos jovens no *langskip*, que mais gritava pelo reencontro. E alguns fechavam os punhos com força muito maior que a necessária, com a certeza que, quando os vissem, distribuiriam sopapos muito bem dados.

*

– Você tem o dom da vidência, Kári! – Siv se agachou ao lado do jovem, que estava ensopado, por ter sido despertado por um balde de água salgada jogada por Baggi.

Ele tossia, meio engasgado pelos goles ingeridos e inalados contra a vontade. Ainda estava perdido, como quando se desperta de súbito durante um pesadelo.

– Acho que é melhor dar um tapa na cara dele para despertar de vez. – Ganso veio com a mão espalmada, mas o olhar de Kári o dissuadiu de pronto.

– Que vidência, Siv? – Assoou o nariz e arrancou a camisa, evidenciando um torso magro, de costelas salientes. – Eu estava brincando.

– Como assim? Você falou com tanta convicção sobre Surtr e sobre essa névoa estranha! – Ela arregalou os olhos. – E ouvimos os passos e...

– Por isso que eu desmaiei. – Deu um meio-sorriso. – Tudo era uma lorota para assustar vocês. Até eu ouvir os passos na água. Até a gente ouvir sabe-se lá o quê!

– Terá sido uma premonição? – A filha do Jarl entrelaçou as mãos em prece.

– Está mais para uma traquinagem do Loki. – Gordo sentiu um arrepio percorrer seu corpo. – Ele adora brincar com o medo dos homens.

– Deve ter sido uma infeliz coincidência, isso sim – Birger retrucou. – Agora vamos remar que a nossa jornada é longa.

Cada um foi para o seu lugar e, depois de algumas espaldeadas na água com os remos compridos, o *langskip* começou a se mover.

– Ei, Ganso! – Gordo baixou o tom de voz. – A propósito, para onde estamos indo?

Ganso apontou para a frente.

– E lá é onde?

– Sei lá, porra! Rema e não me enche o saco.

– Que filho de uma giganta arrombada ranzinza... – resmungou o amigo, entre dentes.
– O que você disse?
– Durante a janta o céu podia estar menos cinza.
– É, esse nevoeiro está dando nos nervos.

.

.

.

– Será que chegamos em Bergen? – Ketil apontou para uma cidade que surgia na margem esquerda.

Havia alguns barcos ancorados no porto, todos eles pequenos, nenhum *langskip* e muita movimentação de carroças transitando pelas ruas de terra e pelas trilhas estreitas que subiam pela encosta. O cheiro de peixe era pungente, e as barulhentas aves marinhas aproveitavam para abocanhar as entranhas atiradas ao mar pelos peixeiros que limpavam sua mercadoria à beira d'água.

A névoa ainda existia, mas o véu se tornara menos denso, fazendo com que fosse possível enxergar um pouco adiante. E, claro, da terra as pessoas olhavam admiradas para o soberbo navio com a cabeça de dragão na proa. Alguns com receio, afinal saques e acertos de contas não eram incomuns. Os navegantes experientes tiravam essas representações monstruosas em terras amigas a fim de não causar alvoroço desnecessário, mas os jovens sequer se atentaram a isso. Muitos dali nem sabiam dessa antiga prática, pois passaram seus parcos anos em terra, sem nunca ter navegado.

O local era ponteado por centenas de ilhas, o que facilitava fugas. De barcos menores, é certo, mas quem já sentiu o fio da lâmina na pele sempre se torna mais precavido. As cicatrizes duram para a vida toda.

– Acredito que não. – Birger coçou uma picada de piolho. – Pelo que sei, Bergen é bem maior. De qualquer forma, podemos descansar um pouco aqui, o que acham?

– Não aguento mais remar, ainda mais contra o vento! – Vígi se levantou e estalou as costas. – Quero comer algo quente e tomar alguma coisa fresca.

A maioria concordou.

– Vou atrás de um assado – Gordo lambeu os beiços.

– Com que dinheiro? – Ganso retrucou, e viu a dor no olhar do amigo glutão.

Então eles se aproximaram da margem e foram ajudados a atracar por dois jovens, que puxaram as cordas e as amarraram bem firmes em tocos grossos. Ganharam uma pequena lasca de prata de Siv, pois esse era o costume.

Como carneiros que correm assim que a porteira é aberta, os tripulantes, afoitos, foram para terra firme. Asgeir preferiu ficar no *langskip*, assim como Sjurd. Durante a curta jornada, ambos se tornaram bons companheiros. Os demais, cãezinhos curiosos recém-saídos da toca, foram explorar a nova cidade.

.

.

.

– Bergen ficou bem para trás, meu jovem. – Um ferreiro careca, com o rosto coberto por tatuagens azuladas e fuligem, martelava o metal incandescente. Limpou o suor da testa com as costas da mão, deixando-a ainda mais preta. – Aqui é Fitjar. Estão perdidos?

– Não. – Vidar olhou admirado para as belas armas postas sobre um balcão de madeira rústica. – Paramos aqui para levantar algum dinheiro. Eu mesmo tenho algo do seu interesse.

– Do meu interesse?

– Pode apostar, mestre ferreiro – piscou.

– Entendi. – O ferreiro colocou o metal novamente nas chamas. – E o que você tem para me mostrar?

Vidar colocou sobre o balcão quatro cabos feitos com o chifre do cervo que ele trabalhara enquanto o navio singrava pela força dos ventos, primeiro tirando a pele que os recobria, depois lixando com areia fina para deixá-los sem imperfeições.

– Quanto você quer por eles? – O ferreiro ordenou que o ajudante mandasse mais ar para o fogo com o fole. E as brasas logo responderam, fazendo o laranja vivo saltar aos olhos e o calor esquentar ainda mais o ambiente já sufocante.

– Quanto o senhor acha que valem?

– Deixe-me ver – o homem pegou cada um dos cabos e examinou-os bem. Sorriu no final. – Vejo que você sabe o que faz, moleque. Não têm arestas, nem estão arranhados. O preço justo por eles seria um pedaço de prata.

Ele foi até os fundos e voltou com um cordão fino, mostrou o tamanho de um palmo de largura para Vidar, que aceitou prontamente, tentando se conter para não parecer apenas um garoto deslumbrado. O ferreiro cortou a porção acordada e entregou ao moleque.

– Tenha um bom dia, mestre ferreiro! – Agradeceu Vidar, e saiu sorrindo. Ao encontrar o irmão, que o esperava comendo uma maçã roubada de uma velhota desatenta, balançou o pedaço do cordão de prata.

– Hoje vamos comer bem! – O jovem caçador bateu nas costas do irmão.

– E dormir em camas macias.

– E, quem sabe, conseguir algo mais! – Vidar tocou a virilha, e seu irmão gargalhou.

Os dois foram se encontrar com os demais, que estavam espalhados pela vila, cada um cuidando dos seus assuntos.

.

.

.

– Acho que dá para roubar aquele cavalo. – Ganso cutucou Gordo, cuja pança roncava tão incomodamente que até a lembrança de um pedaço de pão duro o fazia salivar. Não havia passado fome na viagem, apesar da comida racionada. Contudo, o saco que era seu estômago era grande demais.

– E o que faremos com um cavalo?

– Mas é um comedor de estrume, mesmo! – Ganso deu um tapa na própria testa. – Vamos ganhar dinheiro com ele!

– Acho que ninguém compraria o cavalo de um conhecido na mão de desconhecidos, concorda?

– Pelas bolas de Fenrir! – Ganso estava vermelho. – A gente rouba e vende em outra vila.

– Ah! – Gordo apertou os lábios. – Ainda assim acho uma péssima ideia.

– Então vou sozinho. – Ganso seguiu adiante. – E, quando encher o bolso de prata, não venha me pedir um pão velho.

– Deixa disso – o gorducho seguiu o amigo.

– O dono deve estar na taverna – Ganso apontou para uma bodega cheia de marinheiros sedentos, putas famintas e um estalajadeiro que devia pôr água demais na cerveja para aumentar os lucros. – Fica de olho. Não pisque, aliás!

– Mas, Ganso, como eu vou saber quem é o dono do bicho?

– Eu tenho que pensar em tudo? – O jovem se virou e caminhou desengonçado em direção ao belo cavalo castanho amarrado numa coluna de carvalho.

Aproximou-se devagar, o bichão relinchou e bufou pelas narinas, o vapor saindo farto.

– Calma, meninão. – Ganso foi passo a passo com as mãos espalmadas na frente. – Vou desamarrar você e... Ai, ai, ai, ai! Minha orelha, ai, ai!

Gordo, ao invés de socorrer o amigo, ria escandalosamente, ainda mais quando o dono do cavalo surgiu de trás da taverna com as calças meio arriadas, correndo trôpego, tentando dar umas boas bofetadas no moleque, cujo castigo pela insolência já havia sido aplicado: uma dentada precisa, que só não arrancou um naco da orelha dele porque o cavalo devia ter o coração bom e maneirou na força. O animal relinchava como se risse de toda a pantomima: um correndo como um pato, as pernas meio tortas e os pés abertos, com a mão na orelha e cara de choro. O outro, que teve que interromper a livre saída do tolete, tropeçando nas próprias calças, a boca cuspindo terra e grama após o chão cumprimentar a sua cara, e a bunda peluda refrescando-se para cima enquanto berrava impropérios que fariam corar até mesmo o mais experiente xingador da vila.

*

Um lobo pode ser morto por um alce. Dois podem ser gravemente feridos. Três ou mais podem matar a sua presa. Mas, mesmo com uma alcateia grande, a caçada não terá sucesso sem ordem, sem liderança, sem cooperação.

Na batalha não basta força, de nada adianta ter as melhores armas ou mesmo o maior número de homens. Batalha é fúria e violência, mas também é calma e inteligência. É olhar nos olhos do oponente, mas também saber quem mais virá atacar.

E, acima de tudo, numa batalha você deve poder confiar sua vida em quem está lado a lado com você na parede de escudos.

Um pouco de álcool ajuda a aquecer o espírito, a dar coragem aos molengas. Na verdade, é dar coragem a qualquer um, pois, quando se sente o bafo da morte, as tripas se liquefazem até mesmo nos mais experientes. A embriaguez abre as portas para a ruína, e foi isso que aconteceu com os tolos bêbados que tentavam invadir o salão de Hróaldr.

O primeiro a sentir o aço na barriga avançou cambaleante, os olhos semiabertos e muito vermelhos. Empunhava o machado acima da cabeça de modo tão displicente que Dagr só precisou esticar sua espada para a ponta aguçada abrir caminho pelo bucho macio, varando a roupa surrada, a pele e o estômago até ser impedida de continuar pela coluna.

O bêbado guinchou de dor, tal como um porco ao ser sangrado. Deixou cair o machado e, em vão, começou a puxar, sem força alguma, o escudo do primogênito do Jarl, que mantinha o braço firme. Até o seu corpo se amolecer e escorregar da lâmina afiada, desabando inerte no chão.

Do seu lado, Búi deixou que o machado do outro bêbado batesse no escudo para, em seguida, rachar o topo do crânio dele com o seu. O infeliz desabou de joelhos, o sangue vertendo como a lava de um vulcão, empapando os cabelos louros, afogando os piolhos, tingindo de vermelho-vivo o rosto boquiaberto e de olhar perdido. Tombou de lado, tremendo tal como um verme sobre a rocha quente.

Esse ainda sofreria um bocado antes de o espírito deixar sua carne.

O vento fez as folhas farfalharem e um assovio ecoou. Um falcão piou do alto do telhado, de onde espiava tudo, os grandes olhos sem piscar, a cabeça balançando com graça.

– É com isso que pretende tomar o salão do meu pai? – Dagr cuspiu, sua espada pingando sangue, seu rosto ainda sem nenhuma gota de suor. – Minha irmã Siv luta melhor que vocês.

– Siv? A cadela deve estar sendo montada por cada um dos moleques que roubaram o navio. – Cara de Umbigo deu um sorriso torto. – Ou melhor, devem estar fodendo com ela dois ao mesmo tempo.

O filho do Jarl começou a avançar, mas foi contido por Bjorn, que estava ao seu lado. Crispou os dentes, mas se manteve firme.

– Seu cacarejo me irrita! – Dagr provocou. – Você cacareja como uma velhota que já não tem controle da própria bexiga.

– As senhoras falam demais! – Ari bufou e começou a avançar, seguido por Cara de Umbigo e os outros quatro cuja vontade de lutar já não era tão grande, apesar da certeza do ouro. – Ainda quero foder umas bocetas antes de esse dia acabar. Principalmente a da mãe dele.

Vinte passos os separavam. As galinhas, prevendo a gravidade da escaramuça, foram ciscar longe dali; azar dos insetos que iriam perecer entre os bicos das gigantes emplumadas. Os cães ladravam, mas nada podiam fazer a não ser incentivar seus donos. Um deles, ainda com o focinho doendo por causa do chute, preferiu manter-se quieto, rosnando baixinho.

Quinze passos. Esse era o momento em que o tempo parecia passar cada vez mais devagar, as pisadas firmes deixando marcas no chão, as passadas tornando-se cada vez mais largas, o coração explodindo no peito. Sorver o ar era um grande desafio. E tudo ao redor sumia: o olhar fixo no inimigo, tal como um lobo em sua presa.

Dez passos. O som da respiração já era audível, ofegante, não tanto pelo esforço, mas pela tensão em ter a vida ou morte definida em um piscar de olhos. As mãos esmagavam os cabos das armas, as tripas se revolviam e a acidez subia até queimar a garganta, engolida com esforço. O pulsar nas veias do pescoço e da testa criava raízes azuladas e grossas sob a pele.

E os olhos não piscavam. Não ousariam um instante sequer de escuridão. E, nesse momento, o redemoinho de pensamentos que surgira na mente cessava. O som do próprio grito parecia distante, abafado.

Cinco passos. Quatro passos. Um tombou.

E a parede de escudos se desfez.

Todos eram treinados para o combate. Todos lutaram muitas batalhas. Todos sangraram e fizeram seus adversários sangrar. Eram sobreviventes num mundo de guerreiros, onde já se empunhava uma arma antes de aprender a limpar a bunda sozinho.

Não havia tolos defendendo o grande salão de Hróaldr, os músculos e a mente sabiam reagir a cada tipo de ataque, sabiam como se defender e como talhar fundo. Eles tinham o instinto do sangue. E o Valhala estava cheio de homens enviados por eles, onde, um dia, todos juntos beberiam e festejariam.

Contudo, também havia o imprevisível. O inimaginável.

E foi isso que fez Bjorn tombar com uma pequena adaga cravada no seu pescoço, um pingente de aço bem polido reluzindo na sua carne, praticamente escondido por entre os pelos grossos da barba ruiva.

Enquanto avançava, Ari sacou a arma do cinto e a atirou de forma precisa, por cima da borda de ferro do escudo, e ela, tal como um ferrão de vespa, fincou-se na garganta do homem recém-casado pego desprevenido.

Bjorn arregalou os olhos quando sentiu a picada, tentou inspirar, mas o ar não entrava direito. A cada movimento dos músculos, a lâmina aguçada cortava mais e mais a carne. Ele cambaleou para trás e caiu sentado, segurando o pescoço enquanto o sangue vazava por entre os dedos. O seu gemido era apenas um balbucio engasgado. Não teve tempo de ser acudido pelos companheiros, que agora precisavam lutar pelas próprias vidas.

Búi aparou a pancada de Ari com o escudo: o couro sobre a madeira foi cortado com o fio da lâmina, mas impediu que as lascas voassem. Contudo, não pôde atacar o maldito agressor.

Ari segurou o cabo do seu machado, travando-o. Só alguém calejado por tantas escaramuças desenvolvia tal habilidade.

Sempre fora um assassino eficaz, nas guerras e nas pelejas mais sorrateiras.

O bafo azedo de Ari enojava Búi, e o sorriso entalhado no rosto ossudo o enraivecia, ainda mais quando se lembrou da pedrada que o maldito acertou no seu filho. Com a borda de ferro do escudo, deu uma pancada no queixo do bastardo, que, mesmo sem força, fê-lo soltar o machado e recuar um passo.

E o melhor: fez desaparecer o sorrisinho asqueroso nos lábios finos. Ari babou sangue, não por ter rachado um osso, mas apenas por ter mordido a língua, cuja ponta foi cuspida.

Ao lado de Búi, Dagr havia cortado a coxa de Cara de Umbigo, que era um espadachim medíocre. Ele berrou de dor e, depois de recuar, deu dois passos mancando para um novo ataque, juntamente com um dos homens na retaguarda, um tal de Wulf, o Sem-dentes, que os perdera depois de uma cadeirada no rosto durante uma briga.

O filho do Jarl sentiu dor na bochecha e logo o corte sangrou. Entretanto, o ferimento não foi causado pelo seu oponente, mas sim pela sua própria mãe. Ela atirou uma lança que rasgou a bochecha do filho e se cravou no peito do Sem-dentes. O corte seria facilmente costurado. O esterno partido e o pulmão perfurado de Wulf faziam-no cantarolar a melodia da dor: chiada, gemida, gorgolejante.

Dagr olhou para o lado e sorriu ao ver que ela se juntava à parede de escudos. Seu irmão mais novo havia puxado Bjorn para dentro, enquanto este se debatia para manter a vida. O jovem logo retornou e, com uma lança comprida, estocava por cima dos ombros e dos escudos, mantendo os inimigos afastados.

Cinco deles ainda estavam de pé.

Quatro defendiam a grande porta.

Brida gritava lá dentro, desesperada por não conseguir acudir seu amado. O filho de Búi chorava em agonia, assim como as outras mulheres e criancinhas que se abraçavam no fundo do salão, mas tudo o que os guerreiros ouviam eram apenas ecos distantes.

A mãe de Dagr matou seu oponente com um corte que deixou a orelha pendente e abriu o pescoço, tal como a guelra de um peixe, até alcançar a jugular, fazendo o sangue pulsar para fora do cão vadio. Em seguida aparou com o escudo uma pancada de facão desferida por um dos companheiros do morto. O seu filho caçula finalizou o ataque enfiando a ponta da lança no meio do nariz do infeliz, que desabou no chão aos berros. Mas ele tinha sorte, o osso resistiu bem ao aço e evitou uma picada fatal no cérebro.

Ao lado, Búi berrava de dor. Tentara acertar Ari, que desviou do golpe e, por baixo do seu escudo, fez o machado morder o seu joelho, cortando o tendão e esmigalhando o osso. Búi não caiu, manteve-se apoiado na perna esquerda e brandiu seu machado de cima para baixo, cravando-o fundo no ombro de Ari.

Só então desabou sentado no chão, a dor resplandecendo na face.

– Filho de uma cadela! – Ari levou a mão ao ombro, o osso partido e exposto. A dor por segurar o machado aguilhoava todo o lado direito do seu corpo, mas o ódio o impeliu para a frente, para atirar-se sobre Búi e mandar seu espírito para o outro mundo. Foi desequilibrado quando a mãe de Dagr bateu nele com o escudo. Tropeçou num dos mortos e caiu sobre Búi, porta adentro.

Ari morreu logo em seguida, quando o caçula do Jarl cravou a lança no meio das suas costas, fendendo a coluna até varar o estômago cheio de carne. Debaixo dele, Búi gritava, o joelho pressionado pelo cabo do machado do seu agressor.

Ox, um dos dois invasores ainda em combate, cuja pança imensa sempre chegava na frente, aproveitou que a matriarca usava seu escudo contra Ari e acertou uma facada – diga-se de passagem, a lâmina era comprida tal como a de uma espada curta –, que cortou a roupa que ela usava, a pele e a carne entre as costelas.

A senhora do salão gritou, virou-se rapidamente, meio curvada pela dor, e perfurou a virilha do gordo com a espada, fazendo-o guinchar. Ele a atacaria novamente, mas ela torceu o cabo causando um rombo e agonia maiores, fazendo-o desabar com as mãos no ferimento profundo.

Somente Cara de Umbigo ainda lutava, mal se suportando de pé, com a coxa vazando sangue. Ameaçou falar uma das suas bravatas, mas foi calado quando o pomo da espada de Dagr quebrou seu maxilar. O filho do Jarl soltou o escudo e avançou contra o homem de queixo destroçado, que se virou e tentou correr, mancando. Um corte em diagonal nas suas costas o fez cair de vez. Cara de Umbigo grunhiu alguma coisa, virou-se e juntou as mãos em prece. O pavor no rosto suado e o sangue escorrendo da boca trêmula. – Gaah, anfff...

– Você guincha como um porco e vai ser sangrado como um!

– A ponta da espada do primogênito do Jarl entrou pela boca torta e cravou-se no chão, enquanto o homem morria de olhos esbugalhados e sem segurar a sua arma, o que lhe tirava o direito aos domínios de Odin.

A batalha chegara ao fim. Eles fracassaram na invasão. Mas o mal que eles acarretaram foi imenso.

*

Hróaldr Oveson olhou para trás, na direção onde ficava o seu lar. Estava distante, invisível em algum lugar encravado atrás das escarpas e fiordes. Fechou os olhos e viu-se caminhando para o seu salão onde sua mulher o esperava sorrindo, com as mãos na cintura, os cabelos muito bem trançados. O cheiro do leitão tostando sobre as chamas acariciou as narinas e atiçou o estômago. O riso das crianças que corriam atrás dos pintinhos alegrou seu espírito.

Cumprimentou com acenos seus amigos que labutavam na terra e junto aos animais: bois no arado, cavalos trazendo mantimentos e até mesmo as cabras dando conta de aparar o mato. Tinha-os como da sua família e daria a vida por eles.

Brida e Bjorn estavam lá. Dagr estava lá. Seu caçula e mesmo Siv estavam lá.

Mas ele não conseguia abraçá-los e, por mais que apertasse o passo, por mais que corresse, nunca chegava até eles.

Então tudo escureceu, primeiro num tom vermelho-vivo, depois ocre, depois o completo negror. O Jarl abriu os olhos, ofegante, e um frio estranho gelava suas mãos, o suor salpicando a testa, escorrendo pelo nariz. Tocou seu amuleto no peito, mas a angústia não cessou. Ao contrário: uma tremedeira sem motivo iniciou-se, primeiro enfraquecendo seus joelhos, depois percorrendo todo o corpo, até mesmo fazendo os dentes tamborilarem.

Hróaldr desabou sentado sobre um dos sacos cheios de carne defumada, a pele sem viço, os olhos piscando sem parar, a visão embaçada. Os ouvidos pareciam estar entupidos, e o barulho do mar era apenas um chiado abafado.

– Está tudo bem? – Uffe tocou no ombro do seu senhor, que assentiu sem nada dizer, o rosto branco, os olhos irrequietos.

Preocupou-se em retomar o fôlego inspirando o ar devagar, todavia a sensação estranha não amainou. Preferiu engoli-la e prosseguir buscando o seu navio.

E rezou em silêncio pedindo ajuda a todos os Deuses de Asgard.

*

– Essa Lua avermelhada está estranha demais. – Birger apontou para o céu e Siv concordou. – É como se estivesse coberta por uma fina camada de sangue.

Eles haviam voltado ao navio, pois temiam saques, apesar de Asgeir e Sjurd terem permanecido de guarda. Mas eram mesmo dois inúteis. Os grandalhões roncavam, dormindo sentados, num sono tão pesado que sequer perceberam o retorno deles. Os demais estavam explorando e farreando no vilarejo desconhecido.

– E está. – Siv fechou os olhos. – Há um ferimento na Lua.

Birger sentiu um arrepio percorrer a sua espinha.

– Como assim?

– Máni deve ter sido mordido por Hati, o Odioso. – Siv engoliu mais um pedaço do queijo que comia juntamente com lascas da carne do cervo. – Apenas uma dentada do filho de Fenrir pode causar esse ferimento que cobre a Máni de sangue.

– Agora me lembro. – Birger também comeu um bocado da sua carne salgada. – Há muito tempo minha mãe me contou sobre isso. Ela sempre falava que nós, crianças, precisávamos fazer barulho para espantar o lobo.

– Verdade – Siv sorriu. – Mas parece que esta noite está silenciosa demais.

*

Os berros de agonia e dor fizeram os bebês chorarem e os cães ladrarem lá fora. Todos no salão passaram a noite insones, cuidando dos feridos e amaldiçoando os invasores mortos. Somente os dois gatos sobre os barris não se importavam: lambiam os pelos para se livrar das imundícies e curar os machucados depois de uma noite de esbórnia junto às fêmeas no cio.

Os cadáveres nus foram amontoados sobre uma carroça, onde já começavam a cheirar mal e a atrair as moscas. Seriam jogados no bosque e alimentariam corvos e vermes.

As anciãs, experientes no louvor aos Deuses, entoavam cânticos a Eir, suplicando pela cura dos feridos na batalha. Elas bebiam uma infusão de cheiro adocicado que as fazia transpor as barreiras do mundo dos vivos para poder chegar mais perto dos eternos senhores. Uma revirava os olhos e tremia sentada sobre o banco de madeira, outra dizia palavras estranhas e desconexas e uma terceira feria os próprios braços com uma tesoura.

Dagr e sua mãe tiveram os cortes costurados com a fibra de cânhamo e emplastrados com mel e cera de abelhas a fim de evitar a inflamação. Os ferimentos pouco profundos não incomodavam os corpos já acostumados. Logo se tornariam apenas cicatrizes que trariam boas histórias à beira da fogueira. Na verdade, eles estavam aflitos com a situação de Bjorn e Búi.

– Vamos ter que cortar fora. – Áki, o curandeiro do vilarejo, um ancião tão velho que muitos diziam ter sido ele o último homem a ver um gigante caminhar sobre essas terras, cheirou o joelho estraçalhado de Búi e fez uma careta. – Está fedendo. Se não fizermos logo, ele vai perder a perna ou até mesmo a vida.

– Merda – Búi rosnou, a dor no seu semblante, o choro irrompendo e superando a vergonha, não pelo ferimento, mas por se tornar um aleijado. – Merda, merda, merda!

Ao seu lado, seu filho, que tinha uma grande marca arroxeada nas costas por causa da pedrada, segurava a sua mão, os olhinhos brilhantes de lágrimas por ver o pai aos prantos.

– Tragam o serrote e coloquem essa tocha no fogo. – Cuspiu verde, devido à maçaroca de ervas que mascava. – E deem logo uma bebida forte para esse infeliz! E coloquem umas quatro gotas disso. Ou melhor, cinco.

Experiente Áki sempre trazia suas tralhas: facas afiadíssimas, serrotes de aço duro, bandagens feitas de tripas de carneiro e uma tocha do tamanho certo para cauterizar cotos de braços e pernas. E também um frasco com um preparo de beladona e cogumelos, que, pingado na bebida, ajudaria o enfermo a sentir menos dor. E, se ele tivesse sorte, permitiria que ele apagasse.

Era cego de um olho. Na verdade, não o possuía. Diziam os mais velhos que ele, ainda meninote e bêbado de sequer se aguentar em pé, arrancou-o da órbita com um alicate, ajoelhado sob a sombra de um carvalho cujas raízes havia séculos se nutriam com sacrifícios. Gritava que queria ser como Odin, que dera um dos seus olhos em troca de conhecimento.

Leve meu olho como oferenda. Leve essa parte de mim.
Dê-me a visão de todas as coisas e o conhecimento de Odin!

Áki foi encontrado delirando em febre, deitado sobre uma poça do seu sangue, balbuciando sem parar a sua oferenda. E por trinta e três dias e trinta e três noites ele delirou no seu leito, a pele se colando aos ossos, o corpo sempre úmido de suor. No trigésimo quarto dia ele se levantou como se nunca houvesse ficado à beira da morte.

Comeu e bebeu como um boi.

E foi tido como sagrado.

O olho nunca foi encontrado, por isso todos sabiam que a oferenda foi aceita. E era por isso que todos respeitavam suas palavras, mesmo as tidas como insanas.

Áki tomou da mão de Dagr o odre com hidromel misturado ao preparado de beladona com cogumelos e deu cinco longos goles até esvaziá-lo por completo. Todos que estavam ali arregalaram os olhos, pois com apenas um gole Búi já estava zonzo, quase adormecido.

Estalou os beiços depois de uma careta e ordenou.

– Segurem bem esse infeliz, porque vai doer. Ah, se vai! – Começou a fazer um garrote apertado na coxa com uma tira de couro.

Dagr, seu irmão e mais um dos homens que ali estavam seguraram-no com firmeza, apesar do seu corpo estar amolecido pela beberagem. O velho arrotou e pegou o serrote. Coçou o saco antes de colocar a lâmina logo acima do joelho arrebentado.

Então serrou a carne e o osso e, de fato, a beberagem não amenizou por completo a dor de Búi. Mesmo com três homens fortes sobre ele, conseguiu se sentar, berrando e se debatendo, o aço serrilhado ainda cravado na sua perna.

Levou um soco no rosto, perfeitamente desferido por Áki. Apagou.

Cortar um osso não é fácil, não é mole como um nabo ou mesmo a espinha de um peixe. O ancião suou até conseguir separar a perna dele. Pediu a tocha e passou o fogo sobre o ferimento para estancar o sangramento. O cheiro de carne e sangue queimados impregnaram o salão. Uma das moças mais jovens vomitou. A esposa dele desmaiou e foi ser acudida pelo filhinho, que largou a mão do pai e começou a abaná-la com um pano.

Áki terminou colocando um emplastro sobre o coto e as bandagens feitas com tripas de carneiro embebidas num macerado de algas, alho e óleo de peixe. Mas o seu serviço naquela manhã ainda não acabara. Bjorn agonizava sobre o banco, ao lado da fogueira.

*

– Vai enfiar um galho nesse seu cu sujo e para de me encher o saco! – Ganso puxou um balde de água do poço e lavou o rosto inchado pelas pancadas que levara. Gordo, ao seu lado, apenas balançava a cabeça.

– Você não devia ter roubado no jogo de dados. – Gordo tentou se sentar sobre uma mureta. Colocou as duas mãos sobre ela e fez muita força para puxar o corpo, mas não conseguiu. Desistiu e apenas permaneceu recostado às pedras irregulares. – Você já tinha levado uma boa prata na primeira vez, precisava ser tão ganancioso?

– Quem não arrisca não ganha.

– É... Não ganha um olho roxo! – O rechonchudo riu e levou um soco no braço que não chegou a doer, devido à extensa camada protetora sob a pele.

.

.

.

– Você acha que vale tudo isso? – Vidar, fingindo experiência em debates com putas, apalpou a teta opulenta daquela com quem barganhava, tentando se conter, mas o pau em riste jogava contra qualquer possibilidade de desconto. – Creio que só esse pedaço da corrente está ótimo.

– Meu lindinho... – A jovem, que não era bonita, mas tinha o corpo bem-feito e os olhos cativantes, sorriu, trazendo agora a outra mão de Vidar para a pequena caverna a ser desbravada debaixo do vestido. – Eu sou a melhor destas paragens, e tenho certeza que se deitar comigo vai ser inesquecível.

– Vou acreditar em você. – Vidar tentou parecer desinteressado, apesar de o seu amigo latejar dentro das calças e de o coração explodir dentro do peito. – Mas vai ter que fazer com o meu irmão também – apontou para Vígi.

A jovem pensou.

– Aceito. – Lambeu os lábios, provocante. – Mas será apenas um de cada vez e só pela frente, certo?

Vidar lhe entregou o pagamento – todo o pedaço da corrente de prata que conseguira pelos cabos de chifre – e a seguiu até a sua casa, a alegria explodindo num sorriso abobalhado e seu amigo careca e de cabeça lustrosa afoito por sair da calça e respirar ares mais puros... antes de se enfiar numa missão de exploração, claro.

– Ainda tenho um pouco de cerveja, você quer? – Ela não contou o seu nome, apenas o seu apelido: Freyja. – Ah! Vejo que prefere ação...

Vidar havia arriado as calças e seu rosto corou por ser tão afoito – *na verdade por não saber como esses tratados sexuais funcionavam: a única vez que estivera dentro de uma mulher foi com uma amiga de uma parente sua. E ele nem pôde completar a tarefa, pois o marido dela apareceu, fazendo-o fugir pelado na neve, com medo de ser capado. Teve de se manter escondido, atrás de um arbusto seco, tremendo de frio.*

– É que nã-não ficaremos muito tempo aqui, sa-sabe? – gaguejou.

– Claro, meu querido. – Freyja, tal como a Deusa do Amor da qual tomara o nome emprestado, convidou-o a desamarrar as tiras do seu vestido.

Trêmulo, Vidar mal conseguiu desatar o primeiro nó. Ela, experiente, não o ajudou. Afinal, quanto mais afoito o amante, mais ligeiro ele gozava e mais rápido ela podia sair em busca de mais prata.

Seu irmão preferiu ficar lá fora, conversando com um dos vizinhos que começava a tirar a pele de um urso marrom. Nunca havia caçado um desses, pois eles estavam escassos nas terras em que morava. Seu interesse pelo bicho peludo suplantava o pela peluda da moça.

– Posso pôr agora? – Vidar havia conseguido despi-la e não deixava de olhar um instante sequer para as belas mamas de bicos rosados.

– Calma, lindinho. – Acariciou o peito bem definido dele e ergueu seu queixo com delicadeza, direcionando seus olhos aos dela, apesar de eles teimarem em fitar mais abaixo. – Vejo que você é bem cru.

– Não sou e...

Freyja colocou o dedo sobre a boca dele, calando-o.

– Não há vergonha alguma. – Beijou-o. – Eu posso te ensinar uns truques para deixar as mulheres tão doidas que você será inesquecível. Quer?

– Por favor, quero muito!

.

.

.

– Isso, lindinho, isso! – Freyja segurava os cabelos dele. – Agora faça círculos com a língua. Pelos Deuses! Ah... Calma, não precisa deixá-la dura e enfiar lá dentro... Lambe devagar, com carinho... Assim, isso, isso! Agora chupa! Chupaaaa....

Ela, delicadamente, afastou Vidar, que tinha a barba lambuzada, os lábios brilhantes e os olhos felizes tais como os de uma criança que acaba de abocanhar um gostoso favo de mel.

– Agora você também vai ter a sua recompensa. – Freyja ofegava, a pele salpicada de suor e um sorriso de satisfação nos lábios corados. – Chegou o momento que você tanto queria, lindinho, venha para dentro de mim.

Freyja afastou os joelhos e ele, com delicadeza, adentrou a intimidade quente e lisa. E ele se satisfez: mugiu como um touro enquanto estocava, primeiro devagar, depois rápido como um coelho.

Freyja gozou mais duas vezes antes de ele começar a guinchar e ela, entendida, dar um tranco com o ventre no último instante, fazendo-o jorrar em seus pelos encaracolados castanho-claro.

Ofegantes, beijaram-se, enquanto Vidar não parava de repetir: *essa é a melhor viagem da minha vida!* Apesar de ter sido a primeira e única empreendida desde o seu nascimento.

*

– Hum... – Áki cofiou a barba branca, falhada e rala. Abaixou-se um pouco para ver mais de perto – com seu único olho – a adaga cravada no pescoço de Bjorn, o ferimento melado de pus e a pele ao redor do metal vermelha e bastante inchada. – Hum...

A testa sulcada pelos anos se franziu ainda mais.

– O que foi? – Brida estava aflita, soluçando. – Fale, por favor!

– Bem – pigarreou. – Você terá que fazer uma escolha entre duas opções.

– Diga logo, senhor!

– Você deseja que ele morra rápido ou agonize por mais um dia ou dois antes de partir de vez para o outro lado?

Brida primeiro levou a mão ao peito, sua boca tremulou sem emitir nenhum balbucio e logo em seguida, revirou os olhos. Desmaiou.

– É, isso sempre acontece. – Áki foi mijar sobre a fogueira, fazendo uma nuvem de vapor fétido subir. – Da próxima vez já vou avisar para alguém ficar de prontidão, assim as infelizes não se estabacam no chão.

Gargalhou.

No seu entorno, todos emudeceram e se entreolharam, exceto Búi, que continuava desmaiado depois da perna serrada.

– O infeliz aqui está ardendo em febre. – Áki tocou a testa suada de Bjorn, que gemia e respirava com muita dificuldade, o ar chiando ao passar pela garganta, sem perceber nada que acontecia ao seu redor. – A adaga entrou raspando a veia do seu pescoço e furou fundo a sua goela, então, como eu disse para a recém-casada-futura-viúva apagada ali, temos dois caminhos: ou deixamos ele agonizar e morrer depois de sofrer muito ou puxamos esta merda, ele sangra como um porco, mas seu suplício acabará logo, afinal estou com fome e preciso comer algo.

Dágr sabia que Áki falava a verdade, apesar da displicência. Mesmo com sua pouca idade, já vira muitos à beira da morte. Olhou para a sua mãe, que assentiu em silêncio.

– Puxe – fechou os olhos com pesar, o corte na sua bochecha doendo pela primeira vez.

– Não precisa pedir duas vezes. – Áki puxou a adaga duma vez e, conforme, previra, o sangue vazou farto, enquanto o homem gemia, não mais alto do que fizera durante a noite toda em delírios febris.

Sua vida se esvaía. Tentaram estancar o sangramento pressionando com panos e rezando aos Deuses.

Tudo em vão.

Logo a alma se separou do corpo, que amoleceu sobre o banco de madeira, os braços caídos para os lados, a boca aberta de onde escorria a baba rosácea. Só então a mão soltou o cabo da espada que ganhara do sogro nos festejos do casamento e que nunca seria brandida lado a lado com o velho Jarl.

– Podemos almoçar agora? – Áki lambeu os beiços, pois, assim que chegara ao grande salão, ordenara que matassem três galinhas, depenassem-nas e as colocassem em espetos sobre as brasas.

As mulheres pensaram que seriam necessárias para os seus trabalhos de cura. Mal sabiam elas que as aves serviriam somente para forrar seu estômago. Ele inspirou fundo e lambeu os beiços quando ouviu os carvões chiarem por causa da gordura que pingava.

– Bjorn! – Brida despertou e se levantou num pulo. Ao ver seu amor morto, berrou, tão alto que até os animais fizeram tremenda algazarra lá fora.

– Para que todo esse escândalo, mulher? – Áki tapou os ouvidos enquanto mastigava a pele tostada que acabara de arrancar de um dos galináceos. – Você é nova e bonita. É uma delícia de carnes firmes e boceta apertada. Não precisa se preocupar, vai achar outra rola que te queira! Eu mesmo me proponho a ser seu marido, sabe? Seria uma grande honra para você.

O velho deu um sorriso gorduroso: cortou a coxa da galinha com a adaga suja de sangue que acabara de arrancar do pescoço de Bjorn.

Brida não o ouvia. Não ouvia nada, debruçara sobre seu único amor e sentia o seu calor febril na própria pele. Calor que rapidamente se arrefecia.

Áki comia ruidosamente.

As mulheres choravam baixinho.

Os homens estavam tão mudos quanto rochas.

Brida acariciava os cabelos empapados de suor de Bjorn, enquanto sussurrava algo no seu ouvido. Desceu a mão lentamente, delineando o rosto, o peito e o abdome.

– Ela vai dar a última segurada no pau dele, só para se lembrar, sabe? – Áki piscou. – Antes de ele ser usado pelas Deusas e ninfas safadas do outro mundo.

Brida beijou o rosto do amado, enquanto a mão descia lentamente pela coxa, pelo joelho, pela canela... E as lágrimas inundavam os olhos.

Ela puxou o punhal que ele sempre trazia em sua bota e, sem hesitar, cravou-o no próprio peito, bem no coração que já sangrava.

– Por isso nem eu esperava! – Áki arrotou e cortou um bom naco da ave, que logo foi enfiado todo na boca.

Brida morreu debruçada sobre Bjorn, o sangue dela empapando o peito dele, o último abraço fazendo o punhal se cravar ainda mais fundo, o metal frio tomando posse das carnes macias.

E ambos partiram juntos. Todos tiveram essa certeza, ainda mais quando ouviram lá fora o grasnar de duas gaivotas brancas que voavam em círculos sobre o salão. Todos correram para vê-las enquanto subiam juntas por entre as nuvens até desaparecerem.

E, aos viventes, restou a dor e a tristeza mais fria que o vento soprado do Norte.

Exceto Áki, que agora fazia um longo discurso desconexo, e com a boca cheia, para um dos gatos que mendigava um pedaço da sua galinha.

CAPÍTULO V – PARA ONDE VAMOS?

– Todos já embarcaram? – Siv perguntou a Ketil. Este assentiu. – Então vamos zarpar, que o mar é imenso e não faremos fortuna ficando em terra.

– Ao contrário, gastamos tudo o que tínhamos! – Odd puxou a bolsinha de couro que levava pendurada no pescoço e que estava tão murcha quanto a teta de uma velha. – Estou muito mais pobre do que cheguei, então, pelos Deuses, vamos logo, que ficar em terra está me dando enjoo!

– Se o Ganso tivesse ficado mais um dia por aqui, ele estaria capado – Gordo zombou do amigo, que sequer retrucou, o rosto doendo por causa das merecidas pancadas, as orelhas acesas como brasas pela vergonha.

Entre urros e brados de alegria, os jovens começaram a remar para levar o navio a um destino desconhecido, mas pintado em suas mentes com muito ouro, terras verdes, carnes fartas na brasa e mulheres deliciosas aquecendo suas camas.

– Remem, cães! – Ketil ordenou, com um sorriso no rosto, de nariz agora meio torto, enquanto controlava o leme. – A minha avó rema mais forte que vocês.

– A sua avó tem mais músculos que eu! – Olaf gritou lá do fundo. – E mais pelos na cara!

Eles riram e impulsionaram o ótimo *langskip* para a frente, fazendo aqueles que estavam no cais olharem admirados para o navio que dominava o mar. Admirados e surpresos ao ver somente molecotes e uma garota como tripulação.

Agora eles já não eram tão descoordenados nas remadas, e as costas já não doíam tanto pelo esforço. Nem mesmo as de Siv, que também remava quando lhe dava vontade. Os músculos se endureciam a cada dia, tal como o ferro ao ser forjado por mãos habilidosas.

Logo eles estavam singrando águas mais profundas e, com o vento favorável, puderam desfraldar a vela. Depois de passar a noite em terra, os ânimos estavam bons, e Snorre puxou uma canção bem conhecida entre todos.

Hoje a minha casa, meu lar, é o meu navio
E o meu jardim é o mar ou um grande rio
Hoje o que tremula é o pano da grande vela
Não mais os galhos, folhas e flores amarelas

A saudade bate forte no peito
No ritmo constante das remadas
Minha mulher me espera no leito
Para quando eu voltar da jornada

As lágrimas salgadas brotam fartas dos olhos
E à mente vêm os rostos e risadas dos filhos
Até mesmo o latido grosso do cão se torna real
Ah, como peço a Odin que os proteja do mal

É no mar azul que eu me sinto bem
Em busca de terras além do além
E no meu navio nunca há solidão
Cada um ao meu lado é um irmão

Quando em terra veem meu navio-dragão
Os povos amigos dão vivas admirados
Quem é inimigo tem os calções molhados
Pelo medo de ele aportar e começar a invasão

Fujam correndo como galinhas medrosas
Não viemos até aqui para ficar de prosa
Viemos pela terra, pela prata e pelo ouro
Vamos tomar suas mulheres e seus tesouros!

E durante todo o dia e enquanto as últimas claridades se tornavam noite eles viajaram, e, pela primeira vez desde que começaram a jornada, adentraram o oceano, sem que nenhuma terra estivesse ao lado ou nenhuma fogueira brilhasse, mesmo que distante.

O caminho?

Nenhum deles sabia ao certo, apenas se recordavam de

histórias em que seus pais, avôs e tios falavam sobre como seguir tais estrelas-guias. Contudo, bastava ir um pouquinho para a esquerda ou para a direita para ter desvios imensos.

E, nessas águas desconhecidas, isso podia ser o prenúncio da morte: por sede, fome ou por naufragar devido ao tempo que mudava sem aviso.

Rumavam para oeste, para onde muitos foram antes deles, porém não havia estradas no mar ou quaisquer marcas indicando os caminhos. Nenhum deles tinha um mapa, e as ondas eram todas parecidas, mesmo o céu pontilhado de prata parecia igual aos olhos inexperientes.

Exaustos, dormiram; o vento soprava para o lado certo, então deixaram a vela livre para levá-los adiante. Talvez mudasse de direção antes de despertarem. No entanto, contra o peso das pálpebras nenhum deles conseguiu lutar.

*

– Pela barriga gorda de Sæhrímnir! – Hróaldr Oveson deu um soco tão forte numa árvore de tronco fino que fez as folhas caírem. – Esses bastardos são mais idiotas do que pensei!

Ele desabou sentado sobre um banco de madeira escurecida, balançando a cabeça com vigor, como se isso pudesse demover os jovens de tal estupidez. Mas, contra esse ímpeto, nem que Odin descesse à terra conseguiria fazê-los mudar de ideia.

Afinal, na juventude, todos, até mesmo os mais insignificantes, franzinos e parvos, são como os heróis das lendas de outrora, que podiam vencer gigantes com um soco e conseguiam beber um barril de cerveja num único gole.

– Meu amigo – o velho carpinteiro continuou a entalhar o encosto de uma cadeira enquanto conversava com o Jarl –, eles estiveram aqui ontem. Eu até fui ao navio, pois sabia que era seu: vi o seu carneiro pintado nos escudos. Mas não vi você lá, nem nenhum dos seus homens. Apenas um bando de...

– Moleques! – Hróaldr rosnou. – Eu sei que é vergonhoso, mas fui roubado pelos fedelhos. Bem diante do meu nariz eles tiveram a ousadia de levar o meu navio. Roubado nas minhas próprias terras pelos convidados do casamento da minha filha!

A princípio o carpinteiro segurou o riso, a fim de não ofender o amigo, mas, depois que este deu de ombros, a gargalhada escapou da garganta. Havia vivido invernos demais para precisar se conter.

– E eles pareciam bem felizes, principalmente a garota mandona que estava no leme e dava as ordens.

– Siv!

– Sua filha? – O carpinteiro soprou o pó de madeira do risco que acabara de fazer com o formão, a linha que faltava para completar o perfil de um lobo. – Meus olhos devem estar fracos. Não a reconheci, já é uma mulher feita.

– Sim, ela cresceu. – O Jarl engoliu a raiva na última palavra, pois agora entendia que ela estava junto a eles pela própria vontade, algo de que ele desconfiava depois das histórias que ouviu daqueles que viram o seu navio sendo roubado.

– Eles não têm jeito de ter muito conhecimento do mar. – Encarou o amigo. – Eles vieram como uma tartaruga bêbada atracar no cais. Sequer tiraram a cabeça de dragão da proa! Assustaram um bocado de gente à primeira vista.

– São uns filhotes de foca que mal sabem nadar. E estão indo para a Escócia! – o Jarl se levantou. – Estão indo atravessar a merda do oceano. E justo para lá! Para onde os guerreiros são tão selvagens que mesmo se perderem os braços ainda lutam com dentadas e pontapés!

– Sim, um dos garotos disse que esse era o rumo deles, depois tentou me vender umas quinquilharias, como ele disse mesmo? Para fazer um dinheiro! Mas nada me interessou.

– Obrigado, velho amigo. – O Jarl apertou o ombro do carpinteiro. – Você me deu um norte. Não é o que eu esperava ouvir, mas me deu um norte. Só espero conseguir alcançá-los antes que façam alguma merda pior.

*

Brida e Bjorn morreram juntos e dessa forma também foram sepultados, de mãos entrelaçadas, unidas por uma fita vermelha, trajados com as vestes do seu casamento. Assim permaneceriam para todo o sempre, até o fim dos tempos.

*

– Você está com medo, Gordo? – Ganso juntou-se ao amigo que olhava para o horizonte azul. – E se a gente estiver perdido? E se a gente nunca mais achar um pedaço de terra para atracar? E se a gente morrer à deriva?

– Não quero nem pensar nisso. – O rechonchudo balançou a

cabeça. – Sei que estamos muito longe de casa, muito mais do que eu um dia sonhei estar.

– E com o que você sonhava? Comida?

Gordo olhou com desdém para o amigo e bufou.

– Eu sonhava ter uma família, um pedacinho de terra para plantar e criar umas cabras. – Um sorriso brotou no rosto dele. – Nunca quis muito.

– Você sempre foi assim... – Ganso tirou uma sujeira do dente com a unha. – Eu sempre sonhei em ser um guerreiro respeitado e muito conhecido.

– E você será.

– Você fala sério, Gordo?

– Mas é claro. – Fitou o céu. – Quem mais anda como um pato? Vão te reconhecer de longe.

– Filho de uma porca! – Ganso deu um tapa na nuca do amigo. – Só não te jogo no mar porque a Siv me mataria.

– Você só não o joga no mar porque não aguenta esse barril! – Olaf, que escutava tudo calado, zombou. – Nem eu aguento!

Olaf pegou Gordo pela cintura e fingiu se esforçar, sem conseguir erguer o outro do convés um palmo que fosse. E todos ao redor riram enquanto o vento estufava a vela e os mandava adiante.

Somente Birger e Siv se mantiveram sérios, pois sabiam que o temor de Ganso também era o deles.

Era uma jornada sem volta.

*

– Precisamos tomar uma decisão, irmãos. – Hróaldr Oveson cuspiu e olhou para cada um dos homens que o acompanhavam na perseguição ao seu navio. Todos cheios de cicatrizes por lutarem e sangrarem ao seu lado, e, novamente, juntos em uma jornada inimaginável. – Continuamos atrás dos fedelhos ou voltamos agora?

Silêncio.

Fungadas.

Arrotos.

Em algum lugar, lá adiante, uma mulher xingou um homem que sem avisar tirou o pau de sua xoxota e tentou socá-lo no cu. Logo em seguida o oportunista desceu pela rampa que dava no cais, a testa rachada, escorrendo sangue, pelado como veio ao mundo, ouvindo as zombarias daqueles que pararam seus afazeres somente para espiar a rusga.

Então Uffe tomou a palavra depois de sorver o último gole da sua cerveja.

– Se aqueles merdinhas vão morrer, que seja pelas nossas mãos – sorriu, e o Jarl e seus homens assentiram.

Eram guerreiros que já tinham estado em incontáveis paredes de escudos e, mesmo na iminência da morte, não recuaram. Se estavam vivos depois de tantos anos de guerra, era porque os Deuses ainda aprovavam as suas atitudes, mesmo as mais tolas. Ou pelo menos se divertiam com elas.

Nunca aceitariam voltar com o rabo entre as pernas, enganados e ludibriados pelos molecotes, seus filhos, aliás. A reputação era tudo para um homem e, depois do vergonhoso acontecimento, a deles estava na lama, principalmente a de Hróaldr, que sabia estar sendo motivo de zombarias, mesmo entre os seus, mesmo entre aqueles que nunca haviam feito nada de valor.

– Meu velho avô sempre me dizia: uma raposa pode até perder um coelho na primeira investida, mas nunca desiste da caçada. – Hest, pai de Baggi, estalou os dedos e tocou no ombro do Jarl. – Vamos pegar mais comida, e que os Deuses nos deem calma quando encontrarmos nossos filhos.

– Terei muita calma ao estrangular Ganso e Olaf lentamente. – Olaf, o pai, fez o gesto com as mãos. – Mas primeiro precisamos encontrá-los.

– Então peguem suas tralhas, vamos suprir o que falta no barco e vamos atrás deles, cães! – O Jarl se levantou. – E façam uma boa refeição, pois iremos remar até nossas mãos sangrarem e os nossos ombros ficarem duros como pedras. Vocês ainda aguentam isso, meus velhos amigos?

Com o ânimo renascido, os homens assentiram e cada um foi cuidar dos preparativos. O Jarl permaneceu no barco, o cenho franzido. Tinha certeza que não os encontraria no mar imenso, era impossível, mas sabia o destino deles. E, se os Deuses permitissem que chegassem em segurança, temia pela vida deles. Iriam para uma terra de homens ferozes, lugar onde o Jarl perdera muitos amigos e seus dois irmãos.

– Lá vêm eles, mocinhas! – Hróaldr Oveson travou os pés na areia grossa e segurou firme seu escudo decorado com a insígnia do carneiro branco. Cada um dos guerreiros fez o mesmo, pois na parede de escudos só havia homens experientes. E eles sabiam que, se um fraquejasse, ela poderia ruir.

Como de costume, o Jarl beijou a lâmina fria da sua espada comprida e sorriu. Podia morrer, mas sabia que ela picaria e arrancaria sangue de muitos. Estavam juntos havia uma década e ela nunca o decepcionara, nunca se quebrara, mesmo durante os golpes mais furiosos.

Todos tocaram os amuletos forjados em ferro em seus peitos e as virilhas debaixo das cotas de malha ou do couro grosso.

Às suas costas, o barulho das ondas os lembrava de que fugir não era uma escolha. Afinal, ao correrem para os navios se tornariam presas fáceis. E eles não eram meros coelhos amedrontados. Não. Comemorariam a vitória ou seriam enterrados naquela terra.

O Jarl olhou para os lados, onde as rochas escuras e cobertas de musgos bem no limite da parede de escudos trariam vantagem, pois não haveria como cercá-los. Exceto se a parede ruísse – mas, nesse caso, só lhes restaria o fim. Uma bela morte na batalha!

À sua frente, um bando de guerreiros com os rostos pintados avançava, tais como feras que ansiavam por meter os dentes nas carnes de sua presa. A maioria trajava camisões de couro curtido, alguns tinham boas cotas de malha ornadas com peles e cordões de ouro e prata. Havia ainda aqueles armados somente com paus, outros com armas semelhantes às dos invasores. Os chefes e senhores montavam cavalos zainos e se mantinham afastados, os arqueiros se posicionavam sobre terrenos elevados para conseguir mirar melhor com seus arcos longos.

– Hoje é um bom dia para matar, não para morrer. Vamos fazer esses fedorentos virarem comida dos vermes! – O Jarl sentiu o cheiro azedo do álcool que eles exalavam – muitos estavam tão bêbados que cambalearam – quando uma lufada de vento soprou. Desejava ter bebido um pouco, pois o espírito se aquecia com uns goles. – Vamos mostrar como lutam os homens de verdade!

Os homens do Norte urraram e bradaram os nomes de Odin e Tyr. A resposta veio, aos berros, enquanto os filhos daquela terra pediam proteção ao deus único, cuja crença se espalhava como uma febre incurável. Chifres foram tocados e as provocações se intensificaram, mesmo que uns não entendessem as zombarias dos outros.

O Jarl estava no centro da fileira que tinha trinta homens de largura e três de profundidade, todos portando seus escudos de carvalho, uns com a madeira nua, outros revestidos de couro recém-pintado com o carneiro. O metal polido das espadas, lanças, elmos e machados brilhava ao sol da manhã, assim como os elos das cotas de malha dos mais afortunados.

Não foi uma batalha prevista ou mesmo acordada entre senhores. Foi ao acaso: eles desembarcaram próximos demais de um acampamento, e os vigias, preparados para avisar sobre a invasão de outros clãs, correram para alertar os escoceses, que bebiam enquanto festejavam uma batalha vencida no dia anterior.

Cerca de cem noruegueses vindos em dois navios enfrentariam centenas de homens da Escócia. Os primeiros lutando por terras e riquezas. Os outros pelas suas casas e famílias. Todos pela própria vida. A maioria pensando em honrar seus antepassados.

Assim os Deuses quiseram, assim seria.

Então veio a primeira onda, que como tal, encontrou o rochedo firme: foi barrada pelos escudos, enquanto os primeiros atacantes morriam perfurados pelas compridas lanças dos homens de trás. E é nesse momento, quando pode se sentir o fedor exalado da boca do inimigo e quando o suor faz os olhos arderem, que o medo some.

Resta o êxtase, a fúria e a alegria da matança.

Hróaldr aparou uma estocada de lança com o escudo. Ao seu lado, Uffe aproveitou para enfiar a espada no olho do desgraçado. A ponta arranhou o osso, mas não o trespassou. Não importava: esse não lutaria mais e ainda seria um estorvo para os companheiros, enquanto chorasse e esbarrasse nos outros atrapalhando o avanço.

Os primeiros mortos e feridos, que já se amontoavam, começavam a formar a incômoda barreira que precisaria ser ultrapassada.

O irmão do Jarl, Boors, puxou para baixo o escudo do oponente com o seu machado, e Hróaldr talhou o pescoço dele, fazendo o sangue esguichar nos olhos do homem ao lado. Este, momentaneamente cego, foi morto por um dos lanceiros das fileiras de trás.

Uma flecha voou e se cravou no escudo de Olaf, que acabara de enfiar sua espada curta na virilha de um escocês. O homem guinchou e se dobrou de dor enquanto o metal frio desbravava suas entranhas. Novamente foi a ponta de uma lança vinda de trás que acabou com a agonia do infeliz.

O caçula, Orn, acabara de fincar seu machado na cabeça de um ruivo, que tombou de joelhos enquanto o sangue escorria pelos olhos e ouvidos. Orn sorria e, mesmo quando recebeu um corte no ombro, desferido por um facão que conseguiu trespassar os elos da malha de metal, o sorriso não esmoreceu nos seus lábios: chutou o joelho do bastardo, que estalou e dobrou-se para trás. Isso o fez baixar o escudo, um convite para a espada do homem da retaguarda perfurar seu nariz até encontrar os miolos.

Uma flecha encontrou a testa de Caolho, primo de Hróaldr, que antes de morrer teve muitos espasmos. E, com a brecha aberta no flanco direito da parede de escudos, os ensandecidos escoceses avançaram aos berros. Os primeiros morreram com peitos e pescoços perfurados. Mas a bagunça ameaçava fazer a parede ruir.

Contudo, Hróaldr Oveson não podia dar ordens, lutava pela própria vida. Sua espada acabara de lamber a goela de um jovem que não devia nem ter pelos no saco, enquanto o machado de Orn se prendera no ombro de um guerreiro com uma bela cota de malha, fazendo-o abandonar a arma e sacar sua espada curta, um seax, *que tomara de um dos mortos quando lutou em Yorvik.*

Boors esmigalhou o maxilar do seu oponente ao bater com a borda de ferro do escudo em seu queixo. Ele babou sangue e ainda conseguiu atingir a coxa do nórdico com a espada, mas a malha segurou bem. Outra pancada na testa, agora com a cabeça do machado, o fez apagar.

Muitas dúzias de escoceses estavam mortos. Duas dezenas de noruegueses também já rumavam para junto dos seus antepassados. E a parede de escudos se tornava cada vez mais fina, quando os homens de trás tinham que tomar o lugar dos da frente.

E o enxame de escoceses não parava de surgir por entre as árvores do bosque.

No escudo do Jarl, cinco flechas estavam cravadas. Uma passou rente à sua cabeça e morreu no braço de Piolho, que, apesar de não ter um fio de cabelo, vivia coçando a careca. Ele berrou de dor, mas não parou. Ao contrário, a raiva o fez brandir seu grande machado e decepar a cabeça de um velho com cabelos cor de neve.

Quarenta homens, um pouco mais, talvez, restavam de pé. Do outro lado, nenhum escocês saía mais do bosque. Mesmo assim, pelo menos duzentos ainda lutavam enquanto seus senhores observavam impassíveis do alto dos cavalos, os padres colados em seus ombros, comemorando a iminente vitória, dando glórias a Deus seguidos por améns sem ânimo dos chefes recém-convertidos, enquanto conversavam entre si sobre construir uma igreja em tão sagrado local.

No flanco esquerdo, Donzela, filho de Boors, que ganhara

esse apelido por ter o rosto suave e sem barba como o de uma mulher, acabara de largar seu escudo – cuja alça se arrebentara por causa de um rebite enferrujado – quando um escocês prendeu a lâmina do seu machado na borda superior e puxou com força.

Mas isso não tornou Donzela uma presa fácil: o filho de Boors sacou uma machadinha e a brandiu com a mão esquerda, enquanto a direita empunhava uma bela espada comprada de um mercador frísio. Tinha a lâmina muito fina, tão fina que parecia que se quebraria no primeiro golpe, contudo o aço era excelente, flexível na medida certa, muito melhor que aquele forjado pelo seu povo. E foi essa lâmina que trespassou com facilidade o couro e o ferro das armaduras.

– Odin, Odin! – Avançou, os olhos verdes arregalados, e logo outro nórdico tomou o seu lugar na parede de escudos. E quem cruzou o seu caminho fadou-se a se tornar um aleijado ou morreu depois de sangrar, chorando e clamando pela mãe ou pela esposa.

Oito tombaram até ele encontrar o derradeiro fim: primeiro, uma flecha cravou-se logo acima do joelho, desequilibrando-o; depois, uma espada quase separou sua cabeça do corpo.

Donzela partiu com honra e se banquetearia no Valhala ao final do dia, enquanto os skalds *cantariam odes à sua bravura e aos seus feitos, dignos dos maiores guerreiros daqueles tempos e dos passados.*

Trinta homens do Norte ainda lutavam. Menos de cem escoceses estavam de pé. E os corvos já estavam afoitos por comer os mortos, assim como um bando de párias maltrapilhos aguardava escondido o fim da peleja para poder saquear.

Olaf tinha um corte feio na testa, logo acima das sobrancelhas, onde o elmo terminava., O sangue pintava seu rosto, transformando-o numa máscara de ira. E foi com raiva que estripou um fedelho que o acertou com um porrete, fazendo sua cabeça doer ainda mais. A espada curta cortou de baixo para cima, fazendo os intestinos saltarem para fora da barriga, uma longa cobra rosa e recheada de bosta.

Com a visão nublada pelo sangue e pela pancada, Olaf atacou vultos, até que foi empurrado para trás pelo Jarl. Desabou de costas na areia grossa manchada de vermelho: dormiria o resto da batalha. A parede de escudos não passava de uma linha torta e cheia de brechas. E logo ruiria de vez.

Quem ainda lutava estava exausto, e, aos seus pés, os feridos gemiam, choravam e emporcalhavam todo o chão por causa das tripas soltas. Os mais afortunados morreriam antes da batalha acabar.

Um moleque engasgava no próprio vômito. Levou um chute no estômago, desferido por uma bota de ponta de ferro. Ele se contorcia no chão, sem conseguir respirar. Ao seu lado, um nórdico gorgolejava sangue com uma flecha fincada na garganta. Segurava firme sua espada, pois queria partir com honra.

Hróaldr Oveson aparou um golpe de facão com o escudo e contra-atacou enfiando a espada no queixo do bastardo, destroçando a mandíbula e o céu da boca. O escocês revirou os olhos e morreu. Uma flecha resvalou no elmo do Jarl, outra na bossa do escudo. Antes que a quarta fosse disparada, o arqueiro morreu com uma machadinha cravada no peito. A pontaria de Orn era lendária.

Mas, naquela batalha, ele não era o único com tal habilidade: um dos homens com a cara coberta de tatuagens azuladas atirou a sua machadinha, que se cravou no peito de Orn, rompendo meia dúzia de elos da cota de malha e a camisa de lã grossa por baixo dela. Rachou costelas e perfurou seu pulmão, fazendo-o cuspir sangue.

Orn, o Bravo, como seria conhecido anos depois, ainda matou mais dois homens, antes de cair de joelhos e ter a boca trespassada por uma lança.

Assim morreu o primeiro dos irmãos do Jarl.

A morte de Boors não foi nada heroica. Ele avançava contra os senhores montados, a fim de causar medo em quem comandava. Os padres já haviam fugido, assim como muitos daqueles que perderam a vontade de batalhar, ao ver que os noruegueses não se rendiam. Tropeçou numa raiz e desabou com a cara na areia. Teve as costas perfuradas por várias facadas desferidas pelos covardes da retaguarda, que sequer tinham entrado na luta.

Quinze noruegueses ainda batalhavam. Um pouco mais de meia centena de escoceses os cercava. Hróaldr Oveson tinha sua morte como certa. Levara seus homens à ruína.

Mas os Deuses esperaram os últimos instantes para intervir: um langskip *surgiu no mar, e logo os guerreiros pulavam na água, armas em punho, escudos para a frente. Eram apenas trinta e cinco homens, que se desviaram um pouco da rota, por isso não atracaram com os demais.*

Trinta e cinco homens, prontos para lutar pelo seu senhor e vingar seus amigos e irmãos mortos. E, quando a pequena parede de escudos veio da praia, os chefes escoceses, tão certos da vitória havia poucos instantes, mandaram tocar os chifres e recuaram para o bosque. Quem conseguiu acompanhá-los na fuga sobreviveu, os demais morreram com colunas e nucas fendidas pelos machados sedentos.

E assim a batalha terminou, com tantos corpos espalhados pela pequena faixa de areia que era impossível dar dois passos sem pisar num deles.

E contam as lendas que os corvos daquele bosque se empanturraram tanto que se tornaram roliços como galinhas poedeiras, não conseguindo mais voar.

*

Três dias e três noites se passaram sem que eles vissem um pedaço de terra, sem que alguma ave marinha sobrevoasse o navio, indicando que estavam próximos da costa ou de uma ilha. Por três vezes avistaram baleias curiosas, que subiram à tona para ver quem cruzava suas águas.

Estavam cansados, o vento cessara na tarde passada e eles precisaram remar, sem saber se rumavam para a direção certa, ainda mais com o céu encoberto onde não se podia nem ver o Sol ou as estrelas. Eram como cegos perdidos em um lugar totalmente desconhecido. Cegos que não tinham nada para tatear.

Vidar tocava sua flautinha de madeira, e a melodia triste se perdia na imensidão do oceano. Vígi tinha a cabeça baixa. Gordo, ao seu lado, deixava as lágrimas rolarem, fartas, pela saudade de sua mãezinha e irmãs. Ganso fingia achar graça do amigo chorão, mas seus próprios olhos estavam vermelhos.

Então Siv começou a cantarolar algo que ouvira dezenas de vezes sua mãe, Brida e sua avó recitarem:

Ai de mim, que perdi meu caminho!
Peço a Vör que me guie para o meu lar
Porque a trilha já não encontro sozinho
Seja pela terra ou pelo grande mar

Ai de mim, que fui tolo e inocente!
Peguei um pão duro e saí sem destino
Jovem que sou, muito inconsequente
Ignorei os anciãos em completo desatino

Ai de mim, que não sei como voltar!
O estômago clama por caldos quentes
O corpo treme por dormir sob o frio luar
Tão gelado que faz bater todos os dentes

Ai de mim, perdido e com medo!
Ai de mim, que não volto tão cedo!

Siv parou de cantarolar e Vidar de tocar sua flautinha. A melodia agradou a Rán, pois o vento começou a soprar, mesmo que fraco, e uma nesga de Sol surgiu por entre as nuvens. Birger então sorriu, pois viu que rumavam na direção certa.

– Estamos no rumo, amigos – ele estalou as costas. – Estamos no caminho certo!

Os jovens comemoraram e as lágrimas secaram, ainda mais quando Fólki puxou para o barco a rede cheia de anchovas.

Só Vidar ainda suspirava pela saudade da puta, sua primeira mestra nas artes da foda, que deixara no último porto.

.

.

.

Mais uma noite se passou, e, quando as primeiras claridades surgiram, uma mancha negra se formou no horizonte ao longe, mal se distinguindo do mar agora revolto. As ondas sacolejavam o navio, enjoando alguns dos moleques menos acostumados, que passaram a madrugada alimentando os peixes com seus regurgitos.

– Birger. – Asgeir acordou o irmão. – Dá uma olhada ali.

Birger ainda estava meio zonzo pelo súbito despertar. Tirou as remelas dos olhos, bocejou e piscou várias vezes. Forçou as vistas até conseguir enxergar o que indicava seu irmão.

– É terra? – Colocou as mãos sobre os olhos. – Parece mesmo terra.

– Acredito que sim, Birger! – Asgeir sentia o coração disparado no peito. – Deve ser a tal Escócia.

– Ou apenas uma ilha, não sei.

– Que seja. – O grandalhão sorriu. – Pelo menos poderemos pegar mais água fresca e tomar um banho.

Cheirou os sovacos e fez uma careta.

– Creio que estamos no rumo certo – olhou para o Sol nascente. – E não lembro do pai falando de nenhuma outra terra no meio do caminho. Tinha alguma?

– Só saberemos quando chegarmos lá. – Asgeir apontou para a frente. – E, se bem me lembro das histórias, é bom prepararmos nossas armas e escudos.

Um frio percorreu a espinha de Birger, pois sabia que seu irmão tinha razão. Essa tola viagem de jovens irresponsáveis começava a ficar séria.

.

.

.

– Olhem! – Siv apontou para as escarpas que se avolumavam. – Tem gente lá.

Ketil, Asgeir e Birger assentiram. Estavam sendo observados por pelo menos quatro pessoas. Se homens ou mulheres, não conseguiam distinguir por causa da distância.

Quando viram o navio com a cabeça de dragão na proa e com a grande vela quadrada estufada pelo vento, subiram na encosta para observar melhor. Primeiro, duas pessoas, depois mais duas. E lá permaneceram paradas, tais como estátuas, enquanto o *langskip* lentamente vencia as ondas cada vez mais fortes.

– Ei, Siv, como se chama? – Ganso se postou ao seu lado.

– Como se chama o quê? – Siv olhou para ele.

– O nosso navio. Todo navio precisa de um nome, para dar sorte, sabe?

– É verdade! Esse aqui nunca teve um. – Siv desceu do baú num pulo. – Precisamos dar um nome antes de chegar em terra. Senão vamos atrair maus augúrios.

Asgeir tocou seu pingente de martelo, pois sabia que desembarcar dessa forma numa terra estranha era brincar com a morte.

– Seu pai tinha dado algum? – Ketil puxou o leme com força para corrigir a rota e desviar de rochas que despontavam das águas agitadas.

– Não. Ele sempre deu os nomes dos seus navios só quando já estavam rompendo as primeiras ondas.

– E a gente roubou ele antes disso. – Ganso apertou os lábios, como se houvesse se arrependido do que falara, mas as palavras, como as ações, não são facilmente desfeitas. – Então acho que podemos dar, não é, Siv?

– Sim. – A jovem baixou a cabeça e inspirou devagar. Sempre que se lembrava do roubo, de ter quebrado a confiança do seu pai, de que provavelmente nunca o reencontraria, ela se culpava. E a dor comprimia seu peito como se cordas se enrolassem, apertadas, dificultando até a respiração. Fechou os olhos e o rosto duro, mas amoroso dele surgiu. Primeiro, com um sorriso largo. Em seguida, tristonho e de olhos vazios.

– E você pensa em algum nome? – Ganso a encarou. Os lábios rosados, entreabertos e bem-feitos, sempre o instigavam.

Ela despertou, em partes, pois a culpa ainda ocupava seus pensamentos e a torturava.

– Não pensei. – Assoviou, e todos olharam para ela. – Precisamos dar um nome para o nosso navio. Vocês me ajudam?

– Dragão do Mar – berrou Odd lá do fundo.

– Que nome patético! – Olaf deu um tapa nas costas do amigo. – Deve haver cem navios que se chamam assim.

– E qual você daria, ó sábio? – Odd retribuiu o carinho com um soco no ombro dele, que não pôde evitar a careta pela dor.

– Matador de Madeira – encheu o peito para falar.

– Ah, claro! Essa bosta de nome é melhor que Dragão do Mar! – Odd balançou a cabeça.

Snorre primeiro tentou segurar o riso, mas depois irrompeu em uma gargalhada estrondosa:

– Matador de Madeira é um nome tão ruim que nunca mais irei esquecê-lo!

Olaf ameaçou um xingamento, mas logo foi interrompido.

– Serpente do Norte – Ganso estalou os dedos.

– É um bom nome – Siv sorriu. – Mas vamos ver se temos mais algum, está bem?

– O Rompedor! – Vidar se levantou. – O Grande Rompedor!

– Depois que você trepou com a mulher lá, agora só fala e pensa nisso. – Seu irmão cuspiu. – Que tal chamarmos de Flagelo de Gelo?

– Gostei – Asgeir sorriu.

– Eu o chamaria de Berserker – Gordo falou baixinho.

– Como? – Kári falou pela primeira vez depois de três dias.

– Berserker. – Suas bochechas coraram. – É que somos um povo de guerreiros furiosos, e nós, er...

Seu rosto redondo agora parecia Sól na alvorada.

– Berserker! – Siv sorriu. – Gostei. E vocês?

– Eu prefiro Serpente do Norte – Ganso fechou a cara.

– Foda-se, Ganso – Baggi rosnou. – Já que vamos invadir, temos que ter o espírito desses guerreiros sem medo!

– Concordo. – Sjurd apertou o ombro de Ganso, que se

encolheu e se sentou. – Berserker sempre me lembra um rosnado. Berrrserrrkerrrr!

– Está decidido, então! – Siv levantou o braço. – Que o Berserker cause medo nos inimigos!

– Auuuuuu! – Asgeir uivou. – Que faça todos eles cagarem nas calças!

Adiante, os homens que observavam o navio – eram, de fato, homens – desceram a encosta e correram terra adentro, sumindo das suas vistas.

– Já estão com medo! – Ketil controlava o leme. – Esses frouxos ficam apavorados quando veem um *langskip*.

– Ainda mais com a cabeça de dragão na proa e com alguém tão feio como o Ketil no leme – Asgeir zombou, causando alvoroços e trocas de elogios às mães.

Birger se manteve calado. Ele e Siv se entreolharam, porque sabiam que o medo podia tê-los feito correr. Mas o medo de perder o que amavam também os faria lutar.

*

– Antes do final desse dia chegaremos ao destino. Lembro-me muito bem daqui. Veja, meu amigo, Friðarey está à nossa direita. – Olaf, o pai, olhou para o Sol tímido e depois para a grande ilha, distante. Sorriu. – Depois é só rumarmos para sudoeste. E, se os Deuses permitirem, encontraremos os fedelhos.

– Eles devem ter vindo direto pelas tormentas – o Jarl apoiou o queixo com as mãos. – Temo que o meu navio esteja no fundo do mar. E eles nas barrigas dos monstros...

– Aquele é um ótimo navio. O melhor que já vi – Olaf tocou no ombro do amigo. – Mesmo que tenham passado por aquelas águas malditas, ele aguentou, tenho certeza. E os moleques se mostraram menos estúpidos do que pensamos. Afinal, nós, homens do mar experientes, nem sentimos o cheiro deles!

– Assim espero – Hróaldr Oveson esticou as pernas. – Quero encontrá-los logo.

– Para poder lhes dar umas pancadas – Uffe rosnou. – Minha mão coça só de pensar em estalar um tabefe na orelha do Ketil.

– É. – Hest tinha a boca cheia de pão seco, daqueles que cortavam as gengivas ao serem mastigados. – Isso se ainda tiver uma orelha para bater...

*

– Olhe – Ketil apontou para a esquerda. – Acho que podemos ancorar ali. Há menos rochas e as águas parecem mais calmas.

Ele precisou falar alto, pois o vento e o barulho das ondas se sobrepunham à sua voz. Eles tiveram que recolher a vela e começar a remar para tentar controlar o Berserker nas águas revoltas, de ondas fortes que ultrapassavam a amurada e enchiam o barco enquanto eles tentavam esvaziá-lo com os baldes.

– Me parece um bom lugar – Siv gritou também. – Só temos que tomar cuidado, porque as águas parecem muito rasas ali.

– Mesmo que a gente encalhe, dá para descer com segurança – Asgeir puxou o remo com força. – Temos que ir logo, porque podemos nos arrebentar nessas malditas pedras.

– Então remem! – Siv gritou. – Com força e ânimo!

Os jovens deram tudo de si. Ganso gemeu por causa do esforço. Gordo já não sentia as mãos, e Baggi rezava de olhos fechados. Ketil rosnava ao leme e teve de ser ajudado por Birger, enquanto Siv se segurava nos cordames.

– Remem, irmãos – Asgeir berrou, e sua voz suplantou o barulho. – Remem e vamos matar uns escoceses!

.

.

.

– Pelas sagradas tetas leiteiras de Audumbla! – Ganso espirrou, e o ranho brilhante saiu da sua narina, sendo puxado novamente para dentro com uma inspiração forte. Engoliu. Estalou a língua. Tossiu. – Achei que a gente iria fazer o navio emborcar. As minhas pernas ainda estão tremendo como junco ao vento.

– Eu também. – Gordo estava ensopado. – Quando ele balançou com aquela última onda, antes de encalhar na areia, achei que iria quebrar em dois. Juro ter ouvido estalos.

– É porque as mocinhas nada entendem sobre navegar. – Olaf tirou a camisa e a torceu. – Isso que passamos não foi nada! Os estalos eram seus joelhos batendo por causa do medo.

– E você entende? Pelo que eu saiba você nunca... Ai!

Ganso esfregou o cocuruto depois de levar uma boa pancada com os nós dos dedos. E Gordo riu por ver as caretas do amigo, até receber o revide de um belo tapa na bochecha, desferido para aplacar a raiva. Afinal, Ganso não podia se vingar do irmão.

– Não vejo ninguém aqui, apesar de ter muitas pegadas na areia. – Vígi se agachou e olhou as marcas. – Fugiram de medo? Está tudo muito silencioso.

– É melhor ficarmos alerta. Logo vai escurecer. – Siv olhou ao redor e, se não tivesse visto os quatro observadores e as pegadas, poderia jurar que aquele local era deserto. – Estamos em terras desconhecidas. Tenho certeza de que, quem quer que more aqui, vai nos tratar como invasores.

– Ainda mais com o Berserker ali – Birger apontou para o navio.

– Podemos acender uma fogueira? – Asgeir apontou para um monte de madeiras apodrecidas, provavelmente deixadas lá com esse propósito. – Essa noite promete ser fria, ainda mais com esse vento.

Siv assentiu.

– Acho melhor fazermos turnos de vigia. – Birger esticou as costas doloridas. – E dormirmos ao lado das armas.

– Concordo. – Siv continuava olhando adiante, para as árvores, mesmo que nada visse. Sentiu um arrepio eriçar os pelinhos finos da sua nuca. E, como sua mãe lhe ensinara, confiou na intuição que somente as mulheres têm.

.

.

.

– Siv. Siv! – Vígi acordou-a delicadamente com um toque no ombro, os olhos arregalados e a respiração entrecortada. – Tem alguém vindo.

A jovem se sentou, os olhos ainda embaçados pelo recém-despertar. Ao seu redor, uma melodia de roncos, inclusive de Odd e Sjurd, que deveriam estar de vigília.

Vígi, agachado ao seu lado, levou o dedo aos lábios, pedindo silêncio. Depois, apontou em direção à floresta, onde era possível ver alguns pontos laranja tremulantes, ainda distantes e difusos, mas que se avolumavam conforme outros surgiam.

– Acordei para mijar e ouvi uns murmúrios trazidos pelo vento. Ouvi passos e galhos secos sendo quebrados. – O jovem caçador sussurrava, já de arco em mãos. – Agora tochas foram acesas. Acho que vai dar merda.

Siv levantou num pulo.

No mesmo momento em que um assovio seguido por gritos violou o silêncio da madrugada.

*

Dagr Hróaldrson acordara quando ainda estava escuro, irrequieto, a roupa pesada pelo suor, o pescoço rígido, como se tivesse carregado peso nas costas o dia todo. Ao seu lado, sua mulher dormia abraçada ao bebê, e este a um cavalinho de madeira entalhado pelo seu avô. Primeiro sentou-se na cama, depois se levantou porque o ar teimava em não entrar no peito.

Estava dolorido, tal como sempre ficava depois da orgia da batalha. No dia anterior sequer tocara numa espada. Deu passos arrastados. Andou primeiro curvado, tal como um velho, antes de conseguir aprumar a espinha depois de um estalo doído.

Desviou dos cães que dormitavam, aproveitando o reconfortante calor da fogueira, e saiu para respirar. Arreganhou as portas de madeira, e o rosto ardeu por causa da lufada de ar frio, principalmente onde agora havia uma grande cicatriz.

Trancou a porta do grande salão num baque seco, e seus pés tocaram a terra fria e úmida do lado de fora. Enfim, conseguiu inspirar o ar fresco, que preencheu seu peito.

– Perdeu o sono, meu filho? – Sua mãe estava sentada sobre a carroça, a boca exalando vapor e o torso envolto por uma capa de linho forrada com lã e presa por um pesado broche de ouro. No seu colo, uma gata cinza aquecia suas coxas, enquanto ganhava carinho como pagamento.

– Não sabia que tinha alguém aqui fora.

– Não percebeu que a porta estava sem a tranca de ferro?

– Ah, verdade! – Sorriu e foi se sentar ao lado da mãe, fazendo as madeiras da carroça rangerem. – Acho que ainda estava meio dormindo quando vim até aqui.

– Teve pesadelos, filho?

– Não que eu me lembre. – Dagr Hróaldrson cruzou os braços. – Apenas uma sensação ruim, uma falta de ar estranha. Algo, de certa forma, parecido com medo.

– Eu também. – Olhou para a gata, que ronronava. – Seu pai está demorando demais.

– Isso me preocupa muito. – Dagr olhou para o céu e procurou Leiðarstjarna, a Estrela do Norte, guia maior para quem singrava por aquelas frias águas que circundavam suas terras. – Já deveriam ter retornado. O velho já devia ter cruzado com eles e trazido aqueles bostas de volta.

– Temo que algo tenha acontecido com Siv. – A mãe piscou e uma lágrima escorreu. – Algo grave aconteceu com ela? Terá morrido? Meu coração está pesado.

– Não... Acredito que não. – Dagr encarou a mãe, e os olhos tristes dela refletiam o seu próprio íntimo. – Acho que o velho ainda deve estar procurando os fedelhos e o seu navio. O mar é imenso, e aqueles bostas de bode podem ter ido para qualquer lugar.

– Ou afundado... Ou sido mortos por... – A bela senhora começou a chorar.

– Aquele foi o melhor navio dos últimos tempos. Mesmo que enfrentassem uma tormenta severa, não afundariam. E também por ser o navio do pai: todos por milhas e milhas o conhecem. Ninguém ousaria atacá-lo.

– É, você deve ter razão, meu filho. – A mãe se levantou e deixou a gata sobre a carroça. – Venha dormir. Está gelado aqui.

Ela segurou seu rosto com as mãos quentes e beijou-lhe a testa.

– Logo irei, minha mãe.

– Que os Deuses olhem por aqueles que estão no mar – ela falou. Abriu a porta, que sequer rangeu, por causa das dobradiças oleadas com banha de porco, e logo a fechou.

– Que os Deuses olhem por aqueles que estão no mar – Dagr repetiu as palavras da mãe e tocou seu amuleto de martelo no peito. – Que os Deuses olhem por aqueles que estão no mar.

Começou a acariciar a gata, mas logo levou uma mordida no dedo, sem qualquer aviso. Ela pulou no chão e seguiu pata ante pata para as sombras, com o rabo levantado e ondulante.

O filho do Jarl levou o dedo à boca e sentiu o gosto ferroso do sangue. Sabia que aquele não era o melhor dos presságios. Fechou os olhos e fez uma oração silenciosa para Hlín, pedindo proteção para seu pai e para sua irmã.

*

– Acordem! Acordem! – Siv gritou, empunhando sua espada e o escudo com o brasão de carneiro do seu pai. – Estão vindo! Vamos ser atacados! Vamos lutar!

Assustados pelos berros, os jovens remelentos cujas babas molhavam as barbas – ou as penugens no queixo, no caso de alguns – pegaram suas armas e escudos, já dispostos ao lado dos leitos, e, sonolentos, se atiraram tentando se defender de um inimigo que mal enxergavam por causa das vistas ainda turvas.

Eram apenas vultos.

Vultos com espadas, lanças, machados, porretes ou simples pedaços de madeira endurecidos no fogo.

Vígi já havia abatido três com tiros perfeitos: duas flechas se cravaram em peitos desprotegidos e uma trespassou o pescoço comprido de um ruivo gritalhão, que emudeceu e gorgolejou uma espuma rosada antes de tombar de joelhos e depois com a cara na areia. A quarta já estava na corda, e o primeiro homem ainda estrebuchava no chão, os olhos esbugalhados, a boca borrifando sangue a cada tossida, a mão tentando arrancar a haste de madeira. Em vão.

O dia começara a clarear e os tons rubros indicavam que a batalha seria violenta, assim como contavam os antigos:

Quando a batalha se inicia, olhe para o leste
Veja como nasce Sól por sobre o cipreste

Se o vermelho intenso ofuscar seus olhos, firme seu escudo e pegue sua espada
Lute com vontade e um sorriso no rosto, pois Valhala será sua próxima morada!

Asgeir brandia um grande machado com as duas mãos, fazendo semicírculos no ar, à frente da nada sólida parede de escudos que se formava às pressas. Ele berrava desafios, mas nenhum atacante ousou ser o primeiro a avançar contra o grandalhão raivoso.

Muitos bradavam a coragem, poucos a tinham de fato. A maioria apenas bravateava feitos para contar vantagens aos companheiros e impressionar as mulheres. Por isso o álcool era o melhor amigo que um guerreiro podia desejar antes da batalha. Ele entorpecia os sentidos e a mente e, sob seus efeitos, muitos se tornaram mártires ou heróis.

Birger arremessou uma lança. Ela resvalou num escudo feito com tábuas de tília recobertas por cera e se perdeu no bosque. No mesmo instante uma turba surgia por entre as árvores, aos berros, numa língua que eles não compreendiam. Não eram tantos, pois acreditavam no massacre rápido dos dorminhocos. Mas não contavam com a bexiga cheia de Vígi, que conseguiu garantir preciosos instantes aos seus companheiros. Sem essa providencial mijada, estariam sangrando no chão como os cordeiros sacrificados em Uppsala.

Os escoceses que desviavam da ira de Asgeir – que acabara de arrancar a tampa da cabeça de um velhote, exibindo o cérebro rosado – e de seu machado rodopiante começaram a se trombar na parede de escudos, que bambeou ao primeiro ataque, mas não se rompeu.

– *O medo dá forças, meu filho.* – Snorre se lembrou dos cochichos de sua mãe no seu ouvido sempre que seu pai contava as histórias de batalhas antigas. – *Mesmo o mais franzino pode matar o gigante. E o velho doente pode superar as forças do jovem.*

Então ele firmou os pés na areia grossa e segurou a pancada de um homem que fedia a bosta e tentava acertá-lo com um porrete de madeira de ponta revestida com ferro. Em seguida, contra-atacou com um golpe seco e rachou a testa do infeliz com o seu machado. O som foi muito parecido com o de um galho seco sendo quebrado ao meio. Não teve tempo para comemorar sua primeira morte, pois outro escocês tentava furá-lo com uma faca comprida. Por sorte, vestia uma camisa de couro grosso, que aparou bem uma estocada no seu ombro. Matou esse acertando a lâmina entre o pescoço e o ombro, fendendo o osso e fazendo o sangue empapar as vestes bege do sujeito. O homem que cambaleou para trás, berrando e tentando estancar o sangramento, antes de desabar de costas no chão. Anos ajudando o pai com as carcaças dos animais que alimentavam o vilarejo lhe tinham dado força e habilidade.

Gordo chorava por trás dos amigos, mas mesmo assim conseguiu furar o olho de um careca narigudo golpeando com uma lança comprida por sobre o ombro de Ganso, encolhido atrás do escudo com um machado tremendo na mão e o elmo frouxo na cabeça.

O careca ganiu como um cão que tem a pata pisada, a mão esquerda no rosto e a direita golpeando o escudo de Ganso com um machado de cortar lenha, fazendo pequenas lascas voarem. Gordo terminou com a agonia do homem ao fazer a ponta da lança varar o peito coberto apenas por peles até encontrar o coração.

Birger estava no centro, Ketil do seu lado esquerdo e Siv do direito. Cerca de três dezenas de jovens apavorados combatiam pelo menos quarenta escoceses enfurecidos pela invasão. E cobiçosos pelo butim que acreditavam ser fácil de conseguir.

Mas os nórdicos tinham alma guerreira e não ousariam envergonhar seus ancestrais ou desonrar seus Deuses. Poderiam morrer, mas seria com suas armas em punho.

Adiante, no chão, os irmãos Caranguejo, que de tão tímidos e ariscos tinham ganhado esse apelido, agonizavam lado a lado. Como dormiram mais afastados do grupo, foram os primeiros a ser atacados. O mais velho segurava a barriga rasgada por um facão, o mais novo tentava respirar, mas o ar vazava do pulmão perfurado enquanto ele se afogava no próprio sangue.

Ambos se fitavam com lágrimas nos olhos, os rostos pálidos, as bocas trêmulas. Mas estavam distantes demais para segurar a mão um do outro.

– É só isso que sabe fazer, verme? – Asgeir sentiu um corte nas costas, um ardor intenso, mas nada que o tirasse da batalha. Novamente o couro grosso evitou o pior.

Virou-se e encarou o agressor, um palmo mais baixo e muito magro. Ao seu redor, três escoceses estavam mortos. Pisou na barriga de um deles e a merda jorrou pelo rabo agora livre. Atacou o oponente com um golpe pela lateral, o machado fendeu costelas até ficar preso ao atingir a coluna, o corpo pesado e amolecido forçando a arma para baixo. E, aproveitando esse momento, um jovem de cabelos encrostados de sujeiras, semelhante a um ninho de pombos, avançou com uma galhada de cervo na mão, uma arma rústica, mas letal como uma faca. Asgeir soltou o cabo do machado e se preparou para lutar com os punhos, mas uma flecha cravada na coxa do moleque o fez cair. E um chute bem dado no meio da fuça o desacordou.

Asgeir olhou para Vígi e agradeceu com a cabeça. Arrancou seu machado do corpo do morto e voltou à luta. Defendeu-se de um golpe de machado com o cabo do seu e aproveitou que a arma do oponente ficara enganchada para quebrar o nariz do bastardo com uma cabeçada bem dada.

Rodou novamente sua grande arma e separou a cabeça do infeliz do seu corpo.

– Meu bom Cristo! – Um jovem arregalou os olhos e saiu correndo, fugindo para a segurança das árvores quando a cabeça daquele que acabara de ser decapitado por Asgeir rolou até os seus pés.

A morte só é bela nas cantigas ébrias, nas chacotas entre os sobreviventes. Frente a frente ela é barulhenta, fedida, aterradora. A morte gela os bagos de todos aqueles que a presenciam.

Siv matara dois. O primeiro veio sorrindo por acreditar que uma mulher seria presa fácil, com a qual poderia se deliciar, mas foi sangrado por uma estocada sob o escudo que lhe rasgou a cota de malha e acabou com a sua ereção. E, como o pai e o irmão sempre haviam ensinado, Siv torceu o cabo, instigando o metal a rasgar músculos, nervos e tendões, e derrubou seu oponente, que se encolheu como um bebê e chorou como tal.

Mas ele não teria o acalento da mãe, apenas a vergonha de ir para o outro mundo com o rosto coberto de lágrimas e areia.

O segundo acertou o escudo de Siv com o machado, fazendo

o seu braço latejar. A outra pancada a fez se encolher, mas, sem hesitar, ela novamente estocou por debaixo do escudo, criando um novo umbigo na barriga rotunda do seu agressor. Ele miou e desabou depois de levar uma machadada no elmo, desferida por Odd, que estava atrás da jovem.

Ela não negava o sangue de Hróaldr Oveson em suas veias: sua expressão era um misto de fúria e alegria.

Ketil ferira três. Um perdera a orelha e parte da bochecha, outro desmaiara ao ser beijado pela bossa de ferro do escudo, de forma tão delicada que esmigalhou o maxilar e o fez engolir uns dentes. O terceiro conseguira fazer um corte feio na cintura do jovem, que vestia apenas uma camisa de lã.

Ketil berrou de dor e se dobrou, mas conseguiu meter o machado no joelho do outro, bem na lateral, abrindo um talho profundo e lascando o osso. Ele uivou e caiu para trás, atrapalhando o avanço de um gorducho cuja espada tinha dez ou onze palmos de comprimento. Morreu pela lança do Gordo nórdico, que trespassou seu pescoço e saiu pela nuca. Mesmo apavorado, o rapaz cumpria direito a sua função na escaramuça.

Birger selara o destino de outros dois, primeiro fincando a espada por entre as costelas de um escocês alto como o seu irmão. Depois fazendo a comida que estava no estômago do outro vazar pelo rombo aberto na barriga... igual ao que Olaf, que lutava ao lado de Ganso, acabara de ganhar, depois que o inimigo avançara em carga, aproveitando um momento em que o jovem deixara o torso desprotegido. Seu irmão caçula poderia ter impedido o ataque, mas estava paralisado, tremendo tanto que sequer conseguiu gritar para avisar Olaf.

O mais velho tombou, agonizando, a mão esquerda pintada de vermelho, o cabo do machado frouxo na direita. Seu rosto se contorceu e a vida o deixou, fazendo o corpanzil amolecer.

Ganso gritou. E o berro foi tão dolorido que muitos, de ambos os lados, cessaram o ataque por um instante para olhar para ele. Só então o espírito da guerra, a orgia da matança, percorreu as veias do jovem de pernas tortas, que partiu ao meio a cabeça do assassino do seu irmão com uma machadada violenta.

E ele não parou, correu em direção aos atacantes, gritando, os olhos vermelhos, as pisadas tortas, porém firmes, não diferenciando chão de cadáveres.

Ganso bradava por Odin, Thor e Tyr.

Ganso não se importava mais com a vida ou com a morte.

Então a parede de escudos se desfez.

*

– Pelas barbas de Tanngrisnir e Tanngnjóstr! – O Jarl sentiu o gelo envolver seu coração e o ar fugir dos pulmões assim que avistou seu *langskip* encalhado na água rasa. – Encontramos!

Por um instante ele sorriu. Apenas um ínfimo momento. Porque, quando seu barco seguiu adiante, o ar sumiu de vez do peito e os olhos se arregalaram como se teimassem em não acreditar no que se desenrolava na sua frente.

– Eles estão lutando. E estão se fodendo! Remem, homens, remem pela vida dos seus filhos! – Hróaldr berrou, apesar de a voz falhar. – Remem com todas as suas forças!

O pequeno barco rasgou o mar, as ondas borrifando sobre a amurada, a água salgada e gelada castigando a pele, as lascas de madeira voando, os gritos daqueles que sentiam a dor que antecede a morte.

– Remem, cães, remem! – O Jarl berrava com a espada em punho, contendo-se para não se atirar no mar, tamanha a impaciência por ver os jovens tombarem. – Encalhem ao lado do meu navio! Vamos! Vamos!

Assim que o casco raspou na areia, os homens furiosos pularam na água, que encobriu seus joelhos, e, com as armas em punho, avançaram como lobos prontos para defender suas crias. Às suas costas, o Sol vermelho ganhava força tingindo o céu, assim como as areias se pintavam com o sangue.

Sjurd atacara um escocês com sua faca. O corte no braço não foi profundo, contudo a retribuição, por meio de um talho no pescoço, fez o jovem, que passara toda a vida colhendo maçãs, cair segurando a garganta, enquanto o sangue coloria os dedos que não conseguiram estancá-lo.

Em silêncio, no instante antes de perder a consciência, ele agradeceu pela boa morte. Logo se reencontraria com a sua mãe. Fechou os olhos.

Baggi conseguira matar o seu oponente abrindo-o do peito até o umbigo com o machado, mas acabou recebendo um golpe mortal do magricela de cabelos dourados como o trigo. A parte interna de sua coxa fora aberta em um corte que rompeu uma grande veia na perna.

Antes de cair, ele começou a cambalear, os olhos parados, as pálpebras pesando, a pele se tornando cada vez mais pálida e os lábios arroxeados, trêmulos. Não soltou seu machado, nem quando ofegou, dobrou os joelhos e foi tombando devagarinho para o lado, até seu rosto, agora sem vida, encontrar seu leito final na areia grossa.

A orelha de Gordo sangrava, por causa de uma pedrada levada de um moleque que portava uma funda. Todos os seus tiros haviam batido nos escudos, mas, assim que Ganso correu e Snorre morreu depois de um golpe de foice que perfurou sua nuca, abriu-se uma brecha, e Gordo foi o primeiro a levar a pedrada, que por sorte apenas raspou o topo da orelha e a lateral da cabeça.

Sua vista direita ficou um pouco turva – claro que as lágrimas fartas já contribuíam para isso – mas, apesar do medo, ele prosseguia furando quem aparecia na sua frente.

Siv tinha um corte profundo logo acima da sobrancelha, resultado de um soco bem dado por um escocês que gemia no chão com as tripas misturadas à areia. Sem a formação, cada um dependia de suas habilidades para sobreviver e para matar.

E o que faltava aos jovens em experiência era suplantado pelo vigor e pelo pavor de encontrar a morte desonrosa, que não lhes permitiria banquetear-se com os Deuses e os seus antepassados. Muitos nórdicos já seguiam as Valquírias enquanto seus corpos endureciam, e logo seriam comidos pelas aves e caranguejos, mas, na mesma medida, muitos escoceses também seguiam para o sono antes do tal Juízo Final, como os padres pregavam. Ainda não havia vencedores.

Então, o Jarl e seus homens entraram na batalha.

*

– Eles estão demorando muito – Aonghus, o velho chefe escocês, enfiou um pedaço de peixe defumado na boca e o mastigou, rompendo os espinhos com os dentes, sem se importar com as espetadas que levava nas gengivas. – Você não disse que era apenas um punhado de moleques? Uns fedelhos que tinham um imenso navio de dragão?

– Eram sim, meu senhor. – Beatha tamborilava os dedos nos joelhos. – E todos dormiam! Eles encalharam o navio e se amontoaram na praia. Eram apenas carneirinhos prontos para o abate.

– Algo fede por aqui. – O velho rosnou e atirou o restante de peixe sobre a brasa, para a decepção dos cães que esperavam pelas sobras. – Algo fede muito.

– Devem estar retornando e...

– Cale a boca, sua lombriga mal parida! – Aonghus se levantou. – Sinto que eles encontraram um belo butim e resolveram me passar a perna. Aquele filho de uma cadela vesga deve estar rindo da minha cara.

– Quem?

– O meu filho. Quem mais seria, seu merda de baleia?

Beatha abriu a boca para responder, mas preferiu calar-se.

– Junte vinte homens e venha comigo.

– Só sobraram uns quinze aqui e...

– Então traga todos, animal miserável!

O jovem assentiu, constrangido, e assoviou para despertar o bando que dormitava no acampamento. E logo eles seguiram rumo à praia, trotando por entre as árvores, seguindo o chefe cuja raiva exalava pelos poros.

*

– Pai! – Siv gritou quando o grandalhão cheio de anéis de guerreiro na barba acobreada e farta como uma touceira surgiu ao seu lado, colando seu escudo ao dela, no lugar onde estava Ketil, que agora gemia no chão com o pulso quebrado por uma paulada bem dada.

O sangue cobria a lateral do seu rosto delicado e escorria pelo pescoço, manchando a gola do vestido, mas Siv se mantinha firme. A dor só viria depois. Se sobrevivesse.

O Jarl impunha respeito, com sua cota de malha cara e a espada bem polida, já tingida de vermelho quando a ponta cutucou a goela dum baixinho sardento, num golpe preciso e sem esforço, que somente calejados na batalha conseguiam desferir.

Os homens avançavam e matavam com ferocidade, o que instigou ainda mais a bravura dos filhos. Para aqueles que acabaram de desembarcar, era apenas mais um dia qualquer. Para sua prole era a chance de provar seu valor e talvez, somente talvez, diminuir um pouco o castigo vindouro.

E os escoceses, que já pensavam nos espólios, temeram: eles conheciam a fúria dos homens do gelo e a ferocidade com que guerreavam sem qualquer medo até subjugar seus inimigos ou apenas ter uma morte honrosa. Agora não se embatiam com molecotes desengonçados, mas sim com bestas cheias de cicatrizes e braceletes de ouro e prata. Agora eles batalhavam contra guerreiros que eram cantados como mau agouro por bardos bêbados e sobreviventes aleijados. Eram lembrados com rancor por viúvas empobrecidas e órfãos fodidos. E eram tidos como demônios pelos homens da Igreja.

Contudo, os Deuses de Asgard deviam estar entediados, enfadados com aquilo que era previsível. Eles, em suas imponentes moradas, precisavam fazê-los passar por provações para se divertirem.

Então, veio a segunda onda.

E essa bateu muito mais forte em um rochedo tomado por fissuras.

.

.

.

– Matem todos esses merdas! – Aonghus berrou ao chegar ao campo de batalha. – Sangrem esses bastardos como porcos! Não quero sobreviventes, quero os corvos da minha terra gordos como frangos! Quero as tripas deles alimentando os peixes. Matem, matem!

Atrás dele, escoceses raivosos avançaram para ajudar seus companheiros, que morriam como rãs na ponta da fisga. Quando chegaram, estavam em maior número, mas, assim como os jovens noruegueses, eles não eram os homens de maior valor numa luta. Muitos eram velhos demais para aguentar a dureza do embate, outros novos demais: apenas camponeses que só empunharam cabos de ferramentas para arar a terra. Ao contrário, os que vinham agora farejavam o cheiro do sangue, famintos por riquezas e por glória, seguindo o velho chefe enfurecido, que brandia sua espada com o braço coberto por tatuagens e cicatrizes.

E, assim que Hróaldr os viu chegar, pediu que os Deuses, todos eles, protegessem sua filha da matança que se seguiria. Sentiu o azedo vindo do estômago queimar a garganta, não por temer a morte, mas sim por pensar em ver Siv morrer.

Ou pior: ser aprisionada.

– Nunca – rosnou o Jarl, travando os dentes. Olhou ao redor, o vento secando o suor da sua testa, os gemidos se misturando ao barulho das ondas. Observou o tapete de mortos. Entendeu que não poderia formar uma fileira de defesa a tempo. Seus companheiros também sabiam disso. Muitos já lutavam antes de os filhos nascerem. O grande senhor olhou para sua filha, os olhos avermelhados pelo sal da maresia – nunca se comprovaria se, de fato, ele chorou –, e comandou:

– Foge, Siv!

Hróaldr Oveson gritou por Odin, perfurou o coração de um velhote, trepassando a armadura de couro com escamas de ferro rebitadas e correu, as botas afundando na areia grossa, os joelhos acusando o peso da idade. Seus companheiros, ao verem a carga do seu senhor, fizeram o mesmo.

Não haveria parede de escudos.

Somente a fúria da morte.

Eles seriam os escudos dos seus filhos.

*

– Você tem certeza, Banguela? – Burt, um dos senhores daquelas terras, tocou no ombro do moleque, que perdera os dentes da frente ao escorregar e cair de boca numa pedra quando pegava peixes nas pequenas piscinas formadas entre as rochas.

– Tenho, meu *fenhor* – o ar passava livremente pelo buraco onde deveria haver dentes. – Um enorme *nafio*! E eles *esfão* lutando na praia. *Muifos* dos *nofos* homens já morreram. E dos deles também.

– Para de cuspir em mim, moleque miserável. – Burt limpou os perdigotos azedos do seu rosto. – Acho que vou conferir pessoalmente.

*

Siv, pela segunda vez, desobedeceu ao pai. Ela ficou e lutou. E matou com a ferocidade que certamente fazia os Deuses se alegrarem. Que faria seus antepassados se regozijarem ao descobrir a bravura de sua descendente. Estava exausta, seus braços doíam, mas nem por um piscar de olhos ela baixou a guarda ou mesmo hesitou em atacar seus adversários.

E a lâmina da sua espada tomou gosto pela carne dos seus inimigos. Matava com graça e com habilidade, como se a força de Brünnhilde guiasse cada golpe seu.

Sua mão formigava, mas agora sua espada já não parecia tão pesada. Permitiu-se um breve sorriso depois de abater um grandalhão que brandia um machado. Ele a golpeou com violência, tirando lascas do escudo, mas, ao levantar a arma para um segundo ataque, deixou o peito descoberto, convidativo – e foi lá que a ponta, ainda muito aguçada devido ao aço de qualidade, raspou uma costela e perfurou o pulmão.

Ele deu um grito rouco, principalmente quando ela puxou a lâmina, abrindo o corte. Cambaleou uns passos para trás e caiu, gemendo de dor, o sangue vertendo espumoso pela boca enquanto a bochecha esquerda tinha uns espasmos.

Mas nem tudo era alegria e júbilo.

Afinal, a morte faminta não faz distinção entre amigos e oponentes.

Siv deu um passo para a frente, pronta para ajudar os que estavam adiante se embatendo com os escoceses que acabaram de chegar. Sentiu alguém pegar no seu tornozelo, virou-se pronta para cravar a espada, mas se conteve.

Fólki a segurava sem força, um buraco escuro e melado onde deveria haver o olho esquerdo, o rosto sujo de sangue ressecado e areia, a boca arroxeada e trêmula. Tentava balbuciar algo.

Siv desabou sobre os joelhos ao lado do companheiro, sem se importar se seria atacada pelos inimigos que ainda enxameavam entre os seus. Só queria acalentar e ajudar o pobre garoto que agonizava com a vida se esvaindo pelo furo na lateral do corpo, bem entre as tiras de couro do peitoral.

– Que-quero ir para casa, Siv – o filho do pescador tinha a respiração chiada. – Tá doendo, quero ir...

Tossiu, e o borrifo vermelho e quente se misturou ao sangue dela, que escorria do corte acima da sobrancelha. Arregalou o único olho que restava, mas logo a pálpebra começou a pesar. Resfolegou com aflição, como se estivesse se afogando.

O espírito de Fólki já deixava o seu corpo, e a Siv restou segurar a sua mão e fazê-la envolver o cabo do machado. O último suspiro, doloroso, gemido, não tardou. Logo não haveria mais medo ou sofrimento. Sua saga nessa terra havia se findado.

Não havia tempo para choro ou para tristeza. Siv pegou sua espada, levantou-se e voltou à batalha. Seus músculos aguilhoavam por debaixo da pele. Seus ombros estavam pesados; afinal, sua decisão de prosseguir causara aquilo.

Ela gritou. E correu, desviando dos mortos, acabando com a agonia dos moribundos no caminho, fazendo seus companheiros combalidos retomarem o ânimo para a última investida.

E, anos depois, aqueles que presenciaram a luta juraram ter visto a sua espada brilhar, tal como um raio na escuridão.

.

.

.

Siv desabou no chão, de costas na areia, o sol alto esquentando a pele, o ferimento ardendo muito, assim como a vontade de chorar que irrompia no peito. Fechou os olhos, lentamente. Então o mundo escureceu e o silêncio reinou.

CAPÍTULO VI – A DESCOBERTA DO VAZIO

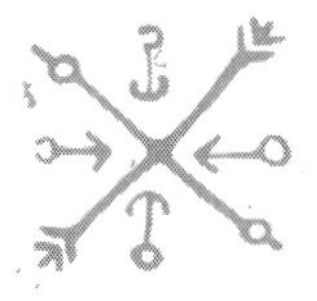

Fólki.
Olaf.
Sjurd.
Baggi.
Snorre.
Os irmãos Caranguejo.
Tantos outros que estavam sob a sua tutela.
Homens do seu pai que vieram para o socorro.

Siv despertou do seu sono irrequieto, o corpo alquebrado empapado de suor, um gosto amargo na boca seca. Sonhara com a mãe, com a fazenda e com o cheiro gostoso das flores que nasciam ao lado do poço. Sonhara que brincava com os cães e com as crianças. Mas logo a felicidade deu lugar ao vazio, ao frio no peito, ao pensar em cada um dos amigos que não poderia retornar ao lar.

– Por quanto tempo eu dormi? – murmurou.

Abriu os olhos, piscou algumas vezes até se acostumar com a claridade. O campo de morte e sofrimento continuava lá. Os corpos continuavam lá. O fedor da podridão e da merda ofendia as narinas, e a música horrível dos gemidos e prantos a deixou tonta, a cabeça latejando como se sua nuca estivesse sendo pisoteada por uma bota. À mente veio uma das histórias que seu tio, irmão do seu pai, uma vez contara a ela, seu irmão e primos quando eles eram muito novos:

A guerra não é bonita. Não é gloriosa como os homens cantam. Não... A guerra fede e geme. É um barulho irritante que zune nos ouvidos e não para, mesmo depois que tudo acaba. Você dorme e acorda com aquela coisa chata na cabeça, como se vespas povoassem o seu crânio. E o mau cheiro? Mesmo depois de dez banhos você sente como se o suor e a sujeira ainda estivessem impregnados na pele. E o bafo de estrume dos inimigos? Fede mais que um cu de cavalo!

Estão fazendo careta, pirralhos? Então ouçam: isso não é o pior. Não mesmo!

Você vê seus amigos e parentes agonizarem e morrerem e nada pode fazer, porque está cuidando do próprio rabo. Você os ouve gritarem de dor com as tripas para fora, sem pedaços da cara, mas não pode ir ajudá-los, pois o seu pescoço também está na ponta da espada. Então você luta, soca, chuta e morde tentando se manter vivo. Você vira um animal.

Um animal que veste armadura, porta um escudo e uma arma. Mas, debaixo de toda essa casca, você é carne, sangue e merda como qualquer outro bicho.

Não somos diferentes daqueles cães que brigam pela carniça.

Siv se lembrava de o seu primo caçula começar a chorar e ser acalentado pela irmã, enquanto o tio esvaziava um chifre de cerveja.

A guerra é algo velho demais, os Deuses já eram calejados e tinham cicatrizes muito antes de o primeiro homem pisar na terra. Acredito que a guerra é parte da vida, mas não deixa de ser uma bosta. Eu sou um guerreiro, mas há momentos em que preferiria ficar na fazenda engordando como os porcos e fodendo para fazer mais porquinhos como vocês!

A dor de cabeça de Siv se tornou insuportável, tanto que, ao tentar se levantar, precisou se deitar novamente, zonza, o mundo correndo à frente dos olhos, bumbos castigando suas têmporas. Teve apenas um instante para se virar de lado e vomitar um jato amarelado e azedo por causa do jejum. E gritou quando viu Uffe, pai de Ketil, encarando-a morto, as moscas invadindo as narinas e a boca entreaberta.

– Siv! – O pai veio acudi-la, estendendo a mão enluvada até puxá-la para um abraço.

Ela se aninhou no seu peito, mas não sentiu qualquer calor, apenas o frio toque do metal da cota de malha. Então não pôde mais conter o pranto.

.
.
.

Com o Sol começando a descer no horizonte, eles terminaram de empilhar os seus mortos sobre a madeira seca que seria acesa assim que deixassem a praia. Não haveria tempo para realizar todos os rituais para um sepultamento segundo as tradições, não naquela terra de olhos famintos e de guerreiros que surgiam do meio das árvores, tais como pulgas entre os pelos dos cães.

Não haveria cânticos em louvor à bravura dos mortos, tampouco os corpos seriam lavados e os cabelos penteados. Nem as unhas seriam cortadas, para que com elas fosse construído o navio Nagfar que transportaria os gigantes, os *jötnar*, para batalhar com os deuses no Ragnarök.

Talvez algumas almas não tivessem paz, principalmente se os corpos não se queimassem por completo, e se transformariam em *draugar* que atormentariam os povos daquela região, causando medo e loucura, deixando rastros de morte devido à sua fome insaciável.

Apenas algumas preces foram murmuradas. Era pouco e indigno. Era o que podiam fazer.

No *langskip*, os feridos eram cuidados, enquanto o pequeno barco que trouxera o Jarl era amarrado ao Berserker para não se perder em águas bravias. Acontecesse o que acontecesse, voltariam juntos para casa.

Siv teve a testa e a sobrancelha lambuzadas de um emplastro de ervas, algas e raízes feitos por Vígi, o que aliviou a dor e estancou o sangramento. Ganhara sua primeira cicatriz de batalha, deveria estar orgulhosa por ter sobrevivido, mas ver tantos amigos mortos deixou seu coração cinzento.

– Não é sobre viver ou morrer, minha filha. – O Jarl tocou seu ombro, como se soubesse o que afligia a jovem. – É sobre honra ou desonra.

Siv inspirou fundo e encarou o pai com os olhos vermelhos.

– Eles morreram lutando e honraram os Deuses e seus antepassados. Nenhum deles, mesmo quem estava apavorado, fugiu. Não havia covardes entre nós – falou como se quisesse se convencer. – Eles vieram e lutaram por um sonho. Um sonho estúpido, mas um sonho.

– E quem nunca foi estúpido, menina? – Seu pai sorriu. – Se hoje sou um chefe, tenho riquezas e homens que morreriam por mim, é porque um dia fui tão estúpido quanto vocês. Se hoje você me admira é porque ouviu histórias sobre meus feitos.

– E das boas! – Um sorriso nasceu dos lábios agora corados. – Você me perdoa, meu pai?

– O que você fez foi gravíssimo. – Agora ele envolvia os dois ombros dela com as mãos. – Mas pelos Deuses! Você lutou melhor do que muitos homens que conheci. Vocês lutaram e venceram!

Então os jovens comemoraram, mesmo os feridos. E foram perdoados pelos pais, com cascudos e tabefes carinhosos. Enfim, seus rebentos haviam sido testados na loucura da batalha.

– Eu achei que você ia morrer, Ganso. – Gordo se aproximou do amigo, que sofria com uma diarreia espumosa e fedida. – Quando você saiu correndo, sem escudo, gritando como um louco...

– Eu não sei o que me deu... – Fez uma careta e o jato encobriu um cogumelo. – Ao ver meu irmão... Ao ver Olaf tombar, me deu uma raiva, uma vontade de correr e gritar. Aí eu fui. E não me lembro de mais nada, até que você me achou caído de cansaço no meio dos mortos.

– Você matou pelo menos cinco deles.

– Cinco? – Ganso se limpou com um chumaço de folhas e ergueu as calças. – Pelos bagos de Fenrir! Você acha que cantarão canções sobre mim?

– Sobre como você é feio? Com certeza! – Gordo abraçou o amigo.

– Será que o meu irmão terá vergonha de mim?

– Ele ficará orgulhoso ao saber que você vingou a morte dele.

– Tomara que sim, Gordo. Tomara.

*

– Hróaldr! – Hest gritou de dentro do *langskip* e apontou. – Tem dois cavaleiros vindo.

O Jarl se virou, a água nos joelhos, já pronto para embarcar e zarpar, aproveitando a subida da maré. Na praia, as madeiras da grande fogueira fumegavam e estalavam com as primeiras chamas tímidas que brotavam das folhas secas, avivadas pela constante brisa. Assim que a gordura dos corpos começasse a pingar, elas ganhariam força e vida até consumir toda a carne.

Os cadáveres dos inimigos permaneciam na areia, nus, as melhores armas e armaduras recolhidas, ainda com o fedor do suor, sangue e mijo impregnado nelas. Logo os bichos viriam petiscar e nada sobraria além de ossos, ou talvez nem isso, pois nesse mundo nada se perdia.

Hróaldr Oveson rosnou, cuspiu e desembainhou a espada manchada de um vermelho quase preto. Todos que já estavam embarcados preparavam-se para uma nova luta. Vinte sobreviventes. Ketil e Vígi, além de Njord e Ran, dois dos homens do Jarl, fora de combate por estarem muito feridos. Talvez alguns nem conseguissem rever seus lares.

Apenas dezesseis pessoas exaustas e famintas desceram do navio, a vontade esfacelada, mas a virtude os impedia simplesmente de fugir. Nenhum deles estava disposto a morrer sem sangrar o seu inimigo.

Contudo, os Deuses deviam estar satisfeitos com a batalha ocorrida aos primeiros raios de sol: os cavaleiros mostraram as palmas das mãos indicando que vinham em paz.

Então o Jarl ordenou que todos permanecessem de prontidão e se adiantou.

– Vejo que vocês tiveram uma briga boa por aqui. – O homem de braços tatuados, cabelos grisalhos e um comprido e grosso torque de ouro pendente no pescoço se adiantou.

– Só mais um dia qualquer. – O Jarl sorriu. – Vejo que você fala muito bem a minha língua.

– Ah, sim! Há anos tenho uma certa amizade com os seus. – Desmontou com agilidade. – Sou Burt de Bearghdal. E você me fez um grande favor.

.

.

.

– Quem diria! – Rasgou com os dentes um naco da carne macia do javali temperado com um molho de cogumelos, anchovas defumadas maceradas e mel. A pele dourada e crocante se despedaçou em vários estalos enquanto o caldo escorria pela barba polvilhada de restos de pães, ovos, maçãs e sopa. – Eu jurava que jantaria em Asgard. Mas estou aqui entre confrades nessa terra de merda.

Burt e os demais, no salão iluminado por tochas e pela grande fogueira, gargalharam e bateram as mãos na mesa de madeira grossa. Cinco cães de caça uivaram para acompanhar a algazarra. E, nesse instante, lá fora, a raposa que acabara de matar uma galinha estacara, temendo ter sido descoberta. Olhou ao redor, com o prêmio na boca, e fugiu em seguida.

Nas plataformas dos muros de madeira que cercavam o lugar, meia dúzia de vigias sentiam os estômagos roncarem, invejando aqueles que se banqueteavam no salão. A eles coubera apenas uma tigela de sopa fria de legumes e peixe, um pedaço de pão e uma caneca de cerveja.

– Até os cães estão roendo sobras de carne. – Aquele que vigiava o portão principal fungou e sentiu a boca se encher d'água. – Os pulguentos comem melhor que a gente.

– Bem que podia ter um pouco de vento, assim mandava o cheiro do javali para outro lado. – Seu companheiro se apoiou na lança.

– Você *tá* louco? – outro soldado, mais velho, retrucou. – Ficar aqui em cima com vento é uma merda. Prefiro o estômago resmungando aos dentes batendo.

No salão, a cerveja farta havia amenizado os ânimos. E a morte de Aonghus e do seu bando na praia abrira o caminho para Burt se tornar o único senhor de todas aquelas terras. Os sobreviventes que ficaram no vilarejo, ao saber da morte do patriarca por meio daqueles que fugiram da batalha, vieram prontamente jurar lealdade, pois tinham certeza que era isso ou o fio da espada. Preferiam se humilhar e manter algum poder.

E o melhor: tudo isso sem precisar derramar uma gota de sangue do seu povo. Burt acordara nesta manhã sendo apenas mais um nobre, dono de campos pedregosos e charcos fedidos. Dormiria como o único senhor de vastas terras, incluindo uma pedreira e uma floresta com boas árvores.

– Espero que a minha comida esteja do seu gosto, Hróaldr – Burt arrotou. – Perdoe a minha indelicadeza, Siv. Aqui não estamos muito acostumados a ter mulheres compartilhando esses momentos e...

O arroto da filha do Jarl ressoou tão alto no salão que até os mais bêbados, que dormiam largados nos cantos, despertaram assustados, engasgados na baba que se acumulava em suas bocas. E os que lá estavam, anos depois, ao contar essa história, juravam que o arroto foi tão forte que fez as canecas caírem e tão azedo que fez pelo menos três dos mais sensíveis desmaiarem.

O Jarl deu dois tapas nas costas da filha, que terminou de sorver sua cerveja e pediu mais para a criada.

– Nas nossas terras, meu caro Burt de Bearghdal, as nossas mulheres não são apenas coisas para foder, não, não, não! Fodem como Deusas, não nego, mas não são somente isso. – O Jarl, que tinha a fala amolecida, sorria com a boca gordurosa, a maçaroca de carne e pão escapando por entre os dentes. – Elas sabem comandar uma fazenda tão bem quanto nós. E algumas lutam até melhor que muitos homens. Os mortos na praia que o digam.

Piscou, e Siv devolveu o gesto. O corte na sua testa ardeu e ela se encolheu um pouco.

O banquete continuou com galhofas e cantorias. Os mais cansados dormiram lá mesmo, jogados sobre peles ou sobre bancos. Outros voltaram para vigiar o *langskip*. E quem aguentou afundou-se nas tetas das escocesas. Porque, para uma boa foda, independiam a língua – a falada –, as hierarquias ou mesmo a amizade entre os povos.

*

– Nós lutamos bem, não é, Birger? – Asgeir realinhava o fio da lâmina do seu machado com uma pedra. Mesmo partindo ossos e metal, não tivera fissuras na lâmina, provando a habilidade em sua manufatura e a qualidade da têmpera. Lembrou-se de uma das conversas com seu amigo ferreiro, sempre divertido:

Primeiro você aquece bem o metal, até ficar vermelho como Sól na alvorada. Depois, você vai jogando nele pó de ossos misturado com fuligem. E vai dando boas pancadas com o martelo, até ficar como você quer: lâmina, espiga, tem que pensar em tudo. E, depois de afiar o bicho, você mete de volta na forja até ficar da cor de uma cereja. Então, enfia ele no óleo, da mesma forma que você põe seu pinto numa xoxota. Tudo vai ferver, vai ficar quente e molhado! Se não tomar cuidado, espirra em você! Vai sair fumaça e chiar. Só uma coisa vai ser diferente da foda: quando o aço sair, vai estar mais duro do que quando entrou.

O grandalhão estava cansado, mas agitado e sem sono. No fundo do Berserker, alguns jovens dormiam. Birger tinha os olhos pesados, mas também não conseguia se entregar aos sonhos. Ele olhava para onde havia a grande fogueira, que agora não passava de um grande monte de carvão. Seu rosto doía, a bochecha estava inchada e quente, bem onde levara um chute, depois de tropeçar num morto e cair. Por sorte mantinha todos os dentes na boca. Se não fosse o Gordo, que roncava lá no fundo, tão cansado que sequer fora até o salão de Burt para comer, ele estaria morto. Antes que o algoz o talhasse com o podão meio enferrujado, o rechonchudo estocara com a lança, picando-o bem na nuca por entre os cabelos ensebados.

O escocês estava morto antes de cair no chão.

Birger fechou os olhos. Lembrava-se claramente dos três que havia matado. Um deles era tão novo, tão magricela, que mal conseguia segurar sua faca com a mão trêmula pelo medo. Ele só avançou porque foi empurrado pela turba que vinha como uma onda forte.

– Aqueles olhos verdes cheios de pavor... A espada entrando sem qualquer esforço na barriga sem proteção... Ele chorando... – Birger sussurrava. – Ele implorou...

– O que foi, meu irmão?

– A batalha...

Asgeir sorriu.. Mas logo o sorriso murchou ao ouvir o gemido de Ketil, com o pulso quebrado e a mão inchada e roxa.

Ele se lembrou de todos aqueles que tombaram. Muitos haviam crescido com ele, brincando juntos nas escarpas de rocha nua das terras do seu pai.

E agora não passavam de ossos tostados na imensa pira funerária.

*

– Eu não sabia que o grande Hróaldr Oveson, o Flagelo dos Bastardos, era tão fraco para bebida! – O homenzarrão de cabelos castanhos-claros se aproximou, sorridente, enquanto o Jarl vomitava. – Da última vez que nos encontramos, lembro-me de esvaziarmos meio barril juntos.

– Wiglaf, seu filho de uma porca vesga! – Limpou a boca nas costas da mão e foi abraçar o amigo. – Daquela vez era a nossa cerveja, não esse mijo rançoso que me serviram.

– Concordo. Esses animais ficam bêbados com qualquer coisa. Bebem até bosta de vaca fermentada na água da chuva se só tiver isso.

– E o que você faz por aqui? – Hróaldr soluçou e o azedo do regurgito ressurgiu na sua boca, como uma lembrança ruim. Fez uma careta e escarrou.

– Agora eu vivo aqui. – Wiglaf sorriu, os dentes alinhados e perfeitamente brancos, pelo que o chamavam de Boca de Morsa. – Tenho terras e negócios nesse chiqueiro. Tenho até uma esposa escocesa! E uns ranhentos que acho que são meus filhos. Pelos menos dizem que se parecem comigo. Mas quem não diria?

– Ouvi dizer que você tinha morrido. Mas vejo que nem os Deuses querem a companhia desse seu rabo sujo.

– Por pouco não morri, mas fiquei ardendo em febre por semanas, por causa de um ferimento que não curava. Me rasgaram com uma espada coberta de ferrugem, acho que foi isso, ou passada na bosta de gato, sei lá! Mas uma velha cega veio e mijou no corte na minha perna, enrolou umas bandagens fedorentas, fez umas rezas e eu sarei. Mal dá para ver a cicatriz. E nem coxo eu fiquei. *Tá* certo que custou uma boa prata.

– Agora você é um homem rico.

– Rico? Quem me dera! – Wiglaf coçou o saco. – Primeiro vim e saqueei, como de costume, depois o tal chefe cagalhão, o Burt, me propôs um acordo. Eu ficava nas suas terras sem destruí-las e ele me enchia de prata e ouro. Aceitei. Porque ainda posso invadir e pilhar as terras dos outros cagalhões, sabe? Ele até gosta, pois mantém seus desafetos longe daqui. Eles temem os infiéis vindos do Norte.

– Por isso que o tal Burt sabe falar tão bem a nossa língua – Hróaldr sorriu. – E o maldito tem sorte! Descobri ontem que matei um dos que queriam tomar o seu lugar.

– Fiquei sabendo – Wiglaf estalou os dedos. – Dizem que ele tem a proteção de um tal santo, dessa religião do deus pregado.

– Hunf. Que deus é esse que pode morrer pregado?

– Um deus maricas como eles – gargalhou. – Termine seus assuntos com Burt e venha para o meu salão, venham todos vocês. Serão bem-vindos!

– Só irei se a sua cerveja for melhor e a sua carne for mais tenra.

– Para comemorar, servirei hidromel e mandarei matar um novilho e três porcos – Wiglaf sorriu.

– Para abrir o apetite, acho que é um bom começo.

Os velhos companheiros de batalha se despediram. Hróaldr caminhou até o seu navio, mas a cabeça rodando o fez parar para vomitar aquilo que já não tinha no estômago.

.

.

.

Siv estava parada, os braços cruzados, o vento ondulando os cabelos dourados como trigais. Os olhos claros fixos no monte de carvões, cinzas e ossos. Com o passar das semanas e dos meses, com a ajuda das marés e das chuvas, não haveria mais nada. A praia estaria limpa novamente, incólume. Pronta para ser o último leito dos mortos nas próximas batalhas.

Levou a mão ao corte logo acima da sobrancelha. Estava

quente e inchado. Deixaria uma cicatriz profunda, mas não mais que aquela que fazia o seu peito doer.

Por um acordo com Burt, os corpos dos escoceses estavam sendo recolhidos por viúvas chorosas e órfãos, alguns tão pequenos que preferiam brincar com as conchinhas ou correr atrás dos caranguejos que saíam dos seus buracos de tempos em tempos.

Parentes murmuravam palavras roucas: desejavam assassinar aqueles malditos invasores do Norte. Praguejavam baixinho para o seu deus fulminá-los e fazer seu navio afundar. Continham-se, uns porque não queriam instigar a ira do seu novo senhor, outros por temer o fio dos machados daqueles que vieram do mar.

Os padres rezavam de forma monótona, apenas para lhes garantir algum dinheiro – afinal, seria na vitória que aconteceria o melhor pagamento –, fazendo sinais com as mãos, levantando cruzes de madeira e prata, olhando ressabiados para os adoradores dos Deuses que os observavam do Berserker.

As feras e as aves escondidas na mata também espiavam. Elas haviam perdido a refeição fácil.

O Jarl se juntou à filha, a cabeça martelando, o brilho refletido pela água do mar incomodando as vistas. Parecia que tinha engolido um sapo vivo, que, de tempos em tempos, queria subir pela sua garganta num ardor irritante.

– Como está a testa? – Apontou para o ferimento no rosto da filha.

– Dói, mas nada se compara ao que sinto por eles – a jovem sinalizou com a cabeça.

– Não sinta, Siv, eles estão bem. Foram bravos e morreram de forma digna. Esse é o caminho mais virtuoso, que eu também espero trilhar.

– É. Morrer é apenas questão de tempo...

O Jarl passou o braço sobre o ombro da filha e assoviou para chamar a atenção de todos.

– Amigos, vamos levar o nosso navio até o Sul, onde fica o salão de Wiglaf. Ele vai nos dar suprimentos e amanhã partiremos. Ah, e eu não podia ter dado um nome melhor: Berserker!

Houve comemorações e abraços. Não entre todos.

.

.

.

– Então acabou, Siv? Vamos ter que voltar para casa como

bebês que procuram a proteção das mamães? – Asgeir se aproximou da jovem que colhia alguns mirtilos maduros, dividindo a busca pelas iguarias com algumas aves e ratinhos marrons. – Depois de tudo o que passamos, depois de todos aqueles que morreram e...

– Acabou – interrompeu ela, seca. – E agradeça aos Deuses pela generosidade do meu pai. Não seremos punidos apesar de merecer. Foi tolice nossa e, se eles morreram, foi por causa da nossa estupidez. Somente por isso.

Dois ratinhos começaram a brigar num dos galhos mais altos de um arbusto distante. Trocavam dentadas e unhadas, provavelmente para definir de quem era aquele território, mesmo com a fartura de frutos e fêmeas. Guinchavam agudo e se embolavam segurando-se nos galhos finos com os rabos compridos, defendendo os olhos e focinhos de machucados mais graves.

A plateia de fêmeas se preocupava mais em encher a pança com as frutinhas, afinal muitas tinham suas proles para amamentar. Machos nunca estavam em falta, ao contrário, elas sempre podiam escolher.

Uma sombra tapou os raios do Sol por um piscar de olhos e um dos ratinhos perdeu a luta quando o gavião mergulhou do céu, preciso como uma flecha, e perfurou-o com as garras aguçadas como agulhas. Alçou voo com a presa inerte. Pousou num galho e começou a destrinchar as parcas, mas tenras carnes.

Ao outro roedor restou se enfiar, ligeiro, num oco do tronco até se recompor do susto.

– Eu não acho que devemos desistir de tudo, Siv. – Ketil juntou-se a eles, uma tala de madeira enfaixada no braço para segurar o osso fraturado no lugar. – Aceitar é desonrar aqueles que estiveram conosco até o momento do seu fim. Que grande traição se fizermos isso agora! Pois, se assim for, eles terão tombado à toa. Sim, fomos estúpidos, mas durante a jornada a gente estava unido num propósito e sob a sua liderança nós navegamos e viemos para longe. E lutamos! Fincamos o pé na areia. E morreríamos lado a lado se o seu pai não tivesse aparecido. Morreríamos lado a lado, Siv!

Siv permaneceu quieta, a cabeça baixa. Então esmagou os mirtilos fazendo o sumo grosso e vermelho-escuro manchar suas mãos e vazar por entre os dedos.

– E o que vocês querem que eu faça? – Encarou-os. – Que eu roube novamente o *langskip* e saia sem rumo? Que eu traia a confiança do meu pai pela segunda vez? Que eu o faça sofrer ainda mais?

– O que você deve ou não fazer, Siv, cabe só a você – Ketil olhou-a sem piscar. – Só não quero que o nosso sonho se esvaia como as poças de sangue que se formaram ao redor dos corpos dos nossos amigos.

Saiu sem olhar para trás.

*

EM UM LUGAR AINDA DESCONHECIDO.

– Veja: as árvores choram. Elas se lamuriam como se o vento que vem do Leste trouxesse maus espíritos – o Grande Pai baforou, e a fumaça das ervas queimadas subiu e logo foi dissipada. Tentou entender o que ela lhe contava, mas pela primeira vez, nada foi dito. – O mar está irritado e as ondas estão altas demais para essa época.

Olhou para o céu e viu um pelicano, imenso, sendo atacado por uma águia, muito menor, algo que nunca acontecia, algo que nunca vira, mesmo tendo quase um século de vida. Duvidava que seu pai ou seu avô ou mesmo o pai dele tivessem visto.

– O mundo está estranho...

Fechou os olhos e soltou com pesar o ar pela boca.

– Será que chegarão? – A Grande Mãe cobriu a cabeça com a touca feita de couro de foca, tentando aquecer as orelhas, mas era o calafrio na espinha que a fazia tremer. – Ontem a Loba deu cria a um filhote sem patas, com olhos azuis e pelo branco como a neve. E depois o devorou, devagar, sem que ele ganisse. Ele não fechou os olhos nem quando ela mastigava a sua cabeça.

– Chegarão, assim como os Antigos nos contaram. – O Grande Pai baforou novamente. E pela segunda vez, as ervas sagradas nada disseram. – Hoje, amanhã, depois que morrermos. Eles chegarão.

– Algo aperta o meu peito. – A esposa se aninhou no colo do marido e fechou os olhos. – Algo como nunca senti.

– O meu também. E sinto que ainda terei força nos olhos para conseguir vê-los despontar no horizonte, assim como foi previsto:

Quando os Primeiros receberam o dom da palavra e os Segundos o dom da profecia, contaram para os Poucos a história do Monstro do mar que surgiria numa tarde de Sol negro e de águas bravias.

Assim os seus Deuses – os nossos Deuses – lhes sussurraram nos sonhos. E essa era a verdade.

Disseram que, quando o monstro tocasse as areias da praia, cuspiria gigantes de gelo, brancos como os cadáveres, e eles brandiriam grandes armas feitas com dentes de cor de prata da Lua.

Dentes que morderiam fundo.

E arrancariam braços.

E deceparíam cabeças.

E fariam as mães chorarem.

E todos, mesmo os mais corajosos, tremeriam de medo.

O Grande Pai puxou a manta feita de couros de várias caças costurados e fechou também os olhos. Seu rosto era uma máscara cheia de vincos causados pelos anos. Lembrava o tronco das velhas árvores. Ele se sentia muito cansado. Precisava sonhar, quem sabe descobriria algo. Contudo, o lamento das folhas ao vento e o rosnar das ondas não o deixaria dormir.

*

– Ah! Isso sim é uma bebida decente! – Hróaldr Oveson, depois de virar todo o hidromel com três goles, bateu a caneca de chifre na mesa.

Wiglaf terminou a sua bebida e repetiu o gesto do Jarl. Todos que sobreviveram na praia e os homens do anfitrião se espremiam no salão grande, mas que nem se comparava ao que Hróaldr deixara em suas vastas terras. Lá dentro o cheiro de suor se misturava ao álcool e ao delicioso aroma das carnes estalando na brasa.

E o falatório entrecortado por risadas, pelas línguas soltas pela bebida, tornava impossível ouvir o que se passava a poucos passos de distância.

Então, um *skald* subiu na mesa, empurrou pratos e copos com os pés e começou a bater palmas para dar o ritmo. Logo abaixo, Boca de Bagre, um dos filhos de Wiglaf, sacou sua flauta feita de madeira e começou a tocar. A algazarra cessou assim que foram entoadas as primeiras palavras:

Aqui nesse salão vou contar uma história
Algo que aconteceu e ficou na memória

Você e você sequer haviam nascido
Não tinham saído do pinto endurecido

– Bons tempos quando meu pinto lembrava uma verga de madeira, não essa lombriga mole e murcha – Wiglaf, o avô, com os cabelos totalmente brancos e cego de um olho por causa de um corte que levara numa batalha, zombou.

Gargalhadas irromperam no salão, principalmente daqueles que não conheciam o *skald* e suas costumeiras galhofas.

Ele fez uma mesura e, novamente, bateu palmas para marcar o ritmo, seguido pelo som estridente da flautinha:

Essa é a história de como uma boa trepada
Livrou da mais insana e perigosa enrascada
Que os jovens Wiglaf e Hróaldr se meteram
E só por causa de uma pedra e de um pinto não se foderam

Eles mal tinham pelos nas caras, lisas como bundas de mulheres novas
Os maldosos dizem que, até então, eles só conheciam bundas pelas trovas

– Isso é mentira, seu puto – Wiglaf ria. – Outra dessa corto sua língua e jogo para os porcos!

O *skald* levantou as mãos e deu de ombros antes de prosseguir a sua história:

Porém, como eu disse antes, não é sobre bundas ou barbas que irei falar
Mas sobre quando eles naufragaram e se abrigaram numa caverna à beira-mar

Se me permitem, amigos, voltarei um pouco antes da história do acontecido
Quando eles pescavam e, pegos pela tempestade, foram para o desconhecido
Por dias comeram os peixes presos na rede
Só tendo a água da chuva para matar a sede

Nas noites frias, abraçavam-se para o ar gelado tentar conter
Dormiam juntos para a pele aquecer. Pelados, eu ouvi dizer
Será que, durante a solidão, não houve um pouco de fricção?
Para não aquecer somente o corpo, mas também o coração?

– Maldito seja você e toda a sua prole de bastardinhos barrigudos! – O Jarl chorava de tanto rir. – Não conte com a minha prata para retribuir essas gentilezas.

Quando o sal e o Sol faziam a boca rachar
E de tão secos não havia lágrimas para chorar
Tinham certeza que morreriam no longínquo mar
O sonho de glória se encerrava antes de começar

Preferiam perecer tendo na mão um machado
Não segurando um remo velho e rachado
Queriam tombar na guerra, com orgulho
Não afundar nas águas, num último mergulho!

Wiglaf tentou clamar pela ajuda de Thor
Mas sua voz não saiu: ele estava na pior
Hróaldr apelou para o pai Odin
Mas nada surgiu no mar sem fim

Quando a noite caiu, eles dormiram profundamente
Com a certeza de que não despertariam novamente
A pele ressecada e fissurada já roçava os ossos salientes
Não viveriam para ver o nascer de Sól e seus raios quentes!

"É um corvo que ouço grasnar?", Hróaldr tentou abrir os olhos grudados com ramela
"Será que é Mugin? Será que é Hugin? Quem é o responsável por essa querela?"
"Nem um, nem outro, Wiglaf! É um corvo comum que espera a nossa morte"
"Então me levanto agora, meu amigo! Bicar o meu rabo? Ele não terá essa sorte!"

Foi o medo de ter o furico bicado pelo corvo irritante
Que os fez se atirar do barco num súbito levante
E chafurdar como cães vadios na água pouco profunda
Que ao ficar de pé, mal dava para molhar a bunda!

Novamente o salão foi tomado por gargalhadas. Os mais exaltados até se engasgavam, cuspindo pedaços de carne e pão, para a felicidade dos cachorros que sempre esperavam os restos para encher as próprias panças.

O *skald* deu mais dois goles no seu hidromel. Fez uma careta e estalou os beiços. Aguardou o flautista terminar de bebericar a cerveja, e então prosseguiu:

Entretanto, molhar o cagador foi inevitável
A fraqueza nas pernas era algo indomável
Dobrava-lhes os joelhos, fazendo-os andar como cordeiros
O da frente olhava a praia, o de trás via um imenso traseiro

– Eu estava na frente! – O Jarl apressou em afirmar. – Esse aqui ficou a admirar a minha bunda molhada!

Então, o *skald* prosseguiu:

A essa história verdadeira, pouco interessa quem seguiu primeiro
Só aos dois cabe o segredo de quem viu ou não viu o traseiro
O que importa é que, vivos, ambos se arrastaram pela praia deserta, desconhecida
De areia grossa e dourada, foi a primeira terra firme que pisaram desde a partida

Tão sedentos que estavam, beberam a água da chuva que empoçou nas rochas salientes
E de tão famintos, roeram funchos e até mesmo restos de algas mortas, secas e quentes
Agradeceram aos Deuses pelo lampejo de sorte
De viver mais um dia, de escapar da sina da morte

Com a pouca força que lhes restava, puxaram o barco para longe do mar
Pequeno e valente, ele era a única forma de retornarem ao seu lar
Sul, Leste, Oeste ou Norte. Estavam confusos para onde rumar
E num céu encoberto de nuvens, restava a eles esperar

Então, uma pequena caverna, Wiglaf avistou, distante
Ele despertou seu amigo, que num pulo bradou, falante:
"Filho de uma porca manca! Assim você faz meu coração querer sair
Se eu fosse uma mulher grávida, meu rebento eu já iria parir"

Mulher grávida você não é, seu veado falastrão
Logo vem a chuva e a caverna será nossa proteção
Levanta esse rabo daí, porque Thor começou a ficar zangado
E medroso como é, se um raio cai, você fica todo cagado!

– Essa parte é totalmente verdadeira! – Wiglaf bradou com a boca cheia de porco e ameixas. – E, pelo cheiro que se seguiu, tenho certeza que ele se borrou em silêncio!

Houve algazarra, mas logo o *skald* retomou a história, com o pensamento rápido e as palavras velozes como uma espada na mão de um guerreiro bem treinado:

Se o tolete escorregou pelo cu frouxo, isso não posso afirmar
Sei que os dois correram quando o trovão começou a ribombar
O dia recebeu um manto cinza-escuro e logo veio o pesado aguaceiro
Os amigos correram para a caverna, apostando quem chegaria primeiro

Estava muito escuro e não havia madeira para fazer o fogo salvador
Roncaram os estômagos, mas não haveria nenhum rango acalentador
Tapearam enchendo as panças com a água fresca que escorria das rochas
Mas queriam mesmo ter uma pedra-de-fogo e madeira para fazer tochas

Então, o barulho que veio do fundo, fez o sangue gelar
Era estranho, rouco, como o som de um boi a arrotar
Quem lá morava não estava contente com a invasão
E antes que os corajosos pudessem correr, veio o clarão

– Que clarão? Não *tava* tudo escuro? – Um dos homens, bêbado de mal conseguir abrir os olhos, perguntou com a voz mole.

– Cale a boca, seu pedaço de merda de urso! – Um outro atirou-lhe uma colher de madeira que bateu na testa e caiu no chão. – Ele vai contar agora, imbecil!

O *skald* fez uma mesura agradecendo a pronta intervenção e seguiu, batendo palmas para marcar o ritmo da flauta:

A caverna era imensa, muito maior que previram

E lá do fundo, um clarão repentino foi o que viram
O vermelho-alaranjado preencheu paredes, teto e chão
E logo surgiu a sombra, mas eles não tinham a noção
De que aquele que se aproximava era um imenso troll corcunda
Que, quando deu as caras, fez um gelo correr da nuca até a bunda
"Que todos os Deuses nos protejam de tal aberração!
Estamos sem armas, como lutar só com as mãos?"

"Fugir é que não podemos" respondeu Hróaldr, tremendo como junco seco
"Com meia dúzia de passos ele nos alcança, nos esmaga e viramos esterco!
Estou com medo! Como, como vamos lutar contra essa coisa horrível?"
"Contenha-se, homem!", o filho de Ove respirou e se manteve impassível

"Ó senhor dessa caverna, desculpe a invasão
Lá fora cai a chuva, só queremos proteção
Mas, se o incômodo for muito, embora iremos
Cobrimos nossas cabeças de folhas e lá fora ficaremos"

"Se o incômodo for muito?, Wiglaf bradou nervoso
"Você acha que isso vai acalmar o monstro tinhoso?"
Um rosnado alto e irado foi a pronta resposta
Wiglaf sentiu as tripas se derreterem em bosta

"Não como nada desde as semanas passadas
Estão magros, mas vou lhes dar boas dentadas
Não vou assar suas carnes agora
Vou comer você e você sem demora!"

"Pelo cu de Baldr, decerto estamos fodidos!
Era melhor no mar termos ficado perdidos
Nunca pensei em virar almoço de um gigante fedorento
Bem que aquele corvo na praia era um sinal agourento"

O amigo choramingava. Hróaldr pegou uma pedra no chão
Enquanto o troll corria, ele levou atrás da cabeça a sua mão
E, num arremesso forte, ela atingiu a testa, fazendo um som oco
O gigante gemeu, cambaleou para trás e caiu como um toco

"Pelos colhões de Fenrir, você matou o monstro com uma pedrada!
Esse feito vai virar história, que em todos salões será recitada
Tenho certeza que Heimdall guiou sua mão
Nem acredito que agora o gigante jaz no chão!"

As pessoas no salão comemoravam, uns acreditando cegamente em tal feito, outros entendendo que era uma chacota bem paga pelos dois senhores. Então o *skald* levantou os braços e fez sinal para amainar a balbúrdia, prosseguindo:

Engana-se quem acha que a morte do troll traz o fim da história
Hróaldr o matou com a pedra, mas sem Wiglaf não haveria glória
Pois, assim que o gigante morreu, sua esposa surgiu desolada
"Você matou o meu marido, bem no meio da nossa trepada"

Ela era bem menor e menos feia e fedida que o grandalhão
Mas precisava ser um herói para olhá-la e ter uma ereção
Como Hróaldr fizera metade do trabalho
Coube a Wiglaf passar-lhe o caralho

Por sorte, o rigor da juventude o favorecia nesse instante
Fechou os olhos e meteu-lhe a rola na buceta flamejante
Pensando estar com as mocinhas na sua memória arraigadas
Enquanto a giganta gemia com as pernas arreganhadas

O pinto de Wiglaf, perto do membro do troll, era pequeno
E o gozo dela não foi tempestade, apenas gotas de sereno
Contudo, pela bravura, ela se deu por satisfeita
Se ele não trepasse, aí sim seria tamanha desfeita

A giganta permitiu que eles ficassem abrigados
E ainda os alimentou com peixes assados
E contou histórias de sua família e amigos distantes
Enquanto o marido permanecia estirado como antes

E na manhã seguinte, já com o dia límpido, quente e ensolarado
A giganta lhes apontou o caminho que os levaria para o seu povoado
Está certo que, novamente, ela tentou mais uma trepada com o seu amante

"Ontem me cansei de tanto prazer que o meu pinto não subirá
como antes"

Ela ficou feliz com o galanteio do jovem formoso
De fato, haviam feito um coito deveras gostoso
Ele, por ser menor, ficava com a cara metida nas tetas enormes
O que foi bom, pois não precisaria beijar aquela bocarra
disforme

Ateve-se a chupar com gosto os mamilos intumescidos e escuros
Nada diferente dos das vacas, que recorria nos momentos de apuro
Porque o bom Wiglaf não dispensa uma boa trepada
Com gigantas, vacas, cabras ou com a avó da criada!

Wiglaf atirou um anel fino de prata para o *skald*, que fez uma longa mesura antes de pular da mesa e continuar a encher a pança e molhar a goela. Normalmente daria algo de menor valor, mas, como estava na presença do velho amigo, achou por bem ostentar.

– Agora que nossos buchos estão forrados e nossos espíritos se alegraram com as boas lembranças do passado, e antes que fiquemos bêbados demais, meu amigo, quero lhe fazer uma proposta. – Wiglaf tocou o ombro do Jarl.

– E o que seria?

– Venha, caminhe comigo lá fora. Aqui dentro todos são companheiros, mas sempre há aqueles que tendem a escutar demais, sabe?

O Jarl assentiu e se levantou, seguindo o amigo para fora do salão. A porta de carvalho reforçada com tiras de ferro rangeu ao ser aberta. O ar frio e fresco, com o cheiro de mato molhado, contrastava com o odor viciado de gordura, álcool e suor lá de dentro.

Wiglaf cumprimentou dois servos que estavam de passagem, em sua ronda noturna, prontos para dar o alerta caso algum bando aparecesse.

– Confiar desconfiando. É como quando estamos numa orgia: devoramos as mulheres, mas não descuidamos do nosso rabo – Wiglaf piscou. – Burt me teme, mas ele não controla muito bem seus homens, então pode haver algum senhor corajoso, ou louco, que ache que tem como ultrapassar os meus muros e tomar o meu salão.

– Acho que a única regra que vale para todos os povos é a

cobiça – Hróaldr escarrou. – Sempre que existir ouro, terras e uma mulher de ancas largas, vai haver alguém interessado em tomar posse.

– Concordo. E aqui desse lado do oceano ainda temos outro problema, os tais seguidores do Cristo. – Wiglaf arrancou um punhado de agulhas de um pinheiro e começou a mascar. – Esses são os mais gulosos, sempre querem o seu bocado. Um grande bocado, aliás. Não se contentam com um elmo cheio de joias, querem pelo menos um baú. E conseguem sem precisar pegar na espada. Rezam meia dúzia de palavras estranhas com as mãos erguidas, implorando a ajuda de um monte de santos mortos, e com isso os senhores lhes constroem igrejas e lhes dão ouro.

– Você precisou construir uma igreja?

– Um tal Pòl, um monge, veio e exigiu um mosteiro. Chegou falando alto, com um séquito de corvos nos seus calcanhares. Eles tremiam como cachorros com frio só de olhar para os meus homens. Eram umas coisas estranhas, magricelas e sem barba, sabe? Com uns cabelos que lembravam tigelas. Meu filho menor, que mal sabe limpar a bunda, tem mais cara de macho que eles. – Abriu um sorriso largo. – E, mesmo sendo essas tripas de bode, o povo daqui os teme.

– Eu já passei a minha espada em alguns desses naquela vez que fomos para a Frísia. Você se lembra? – Hróaldr tocou o punho da sua companheira. – Choram como menininhas e imploram tanto que até perdemos a vontade de enfiar o aço nas barrigas deles.

O amigo assentiu e prosseguiu:

– Ele, o tal monge, disse que, por ordens do abade de sei lá que merda, eu deveria construir um mosteiro naquela colina. Enfiou o dedo na minha cara, o petulante – apontou o próprio nariz.

– E você aceitou tal afronta? – o Jarl encarou o amigo.

– Chutei o seu rabo e ele caiu de cara na lama dos porcos. Foi choramingar para o Burt, mas, como ele morre de medo de mim, ficou tudo por isso mesmo. – Wiglaf sorriu. – Você acredita que, meses depois, ele retornou querendo me batizar? Queria que eu mergulhasse no rio e passasse a acreditar só no deus dele.

– Como uma pessoa pode seguir um deus tão fraco? Como tantos homens que se intitulam reis conseguem se ajoelhar perante estátuas e cruzes?

– Vários dos nossos estão se batizando – Wiglaf tocou seu amuleto de martelo. – Uns porque se casaram com cristãs. E você sabe: as mulheres mandam e nós dizemos... Como os cristãos falam? Ah! Amém! – Imitou os movimentos que os padres faziam com as mãos, o sinal da cruz. – Outros porque seus senhores ordenam como condição para ficarem com as terras. Outros porque são uns cagalhões e temem a ira do tal deus.

– E a ira dele pode ser maior que a de Odin? – O Jarl franziu o cenho. – Ou a de Thor quando seus raios cortam os céus e os trovões fazem vibrar até os ossos? Até mesmo de Hel e Freyja?

Wiglaf deu de ombros.

– Mas eles que se danem. Que chupem as bolas salgadas dos padres e monges. Temos coisas mais importantes para falar.

– A tal proposta. Já havia me esquecido dela – soluçou.

– Sim – a expressão do anfitrião tinha algo divertido, como quando um *jarl* começa a roncar no meio de um banquete e os homens têm que segurar a gargalhada para não irritar o seu senhor, caso ele acorde. – Creio que, se os Deuses estiverem certos, nos tornaremos parceiros no seu navio.

– Como?

*

Tão longe... Para tão longe ela foi. Tão nova deixou o calor do seu abraço, o único ninho que conhecia e onde podia se aconchegar em paz e segurança.

A filha das filhas das filhas de Embla partiu, sem rumo, sem um caminho a não ser aquele para onde o vento empurra a vela do maior navio de todos. E Rán assim permitiu. A curiosidade também é divina. Quão longe irá?

Um sangue forte percorre as veias daqueles que iniciaram a jornada.

Tão bela Siv, de cabelos amarelos como os raios de Sól e olhos tão verdes quanto a vida que brota da terra... Tão quente é o seu espírito! Como se brasas envolvessem o seu coração. Brasas que se inflamam a cada dia, a cada novo despertar.

Siv brilha e alegra os Deuses. Siv carrega o fulgor dos Deuses. Siv é divina.

Ainda há valor e vigor entre aqueles que logo deixarão de nos adorar, de nos ofertar seus frutos, seu sangue. Mas, antes do total ocaso, nós nos regozijaremos. Pela última vez.

Então virá a ruína.

O nada.

Siv, Siv, Siv, Siv...

Ela foi. Será que voltará?

Seu espírito clama pelo novo, apesar de ela sempre querer olhar para trás. Para você, ó mãe, tão terna, tão forte. Tão doce e selvagem como os arbustos espinhosos que em Sólmánuður dão flores amarelas.

Pouco vejo além. A mim o futuro aparece, nublado, tal como um dia de névoa.

Ela cavalga o Dragão, como se ambos fossem um só. E são!

E ela brande a espada como se o aço brotasse do seu braço. Como se o seu braço fosse a espada. E o seu sangue se mistura ao de tantos outros. Novos como ela. Velhos como nós.

O mar é um imenso azul sem fim. As ondas quebram na proa valente, o vento sopra sem parar e as canções de glória não param de ser entoadas.

Muitos já não navegam com eles. Outros se juntarão aos remos.

E o mais velho verá, da praia, o Dragão sumir nas brumas.

Tão bela Siv. Para tão longe foi. E para além está indo. Será que voltará? Será que poderá conter o ímpeto do Dragão, domar suas rédeas?

O que está escrito acontecerá.

– Snotra! – A mãe de Siv despertou, assustada e sem ar. – A Deusa veio me contar sobre a minha filha. Ela está viva. Está distante e... E para mais longe navegará. Por quê, Siv? Por quê?

Mal havia amainado a dor da perda de Brida, o aperto em seu peito, que era constante desde a partida, aumentou. A dor de um vazio que nunca mais seria preenchido.

– Que os Deuses protejam a minha menina – sussurrou para não acordar aqueles que ainda dormiam e fechou os olhos, que sempre viviam úmidos e vermelhos. – Que seja apenas um sonho qualquer, não uma premonição.

CAPÍTULO VII – RUNAS

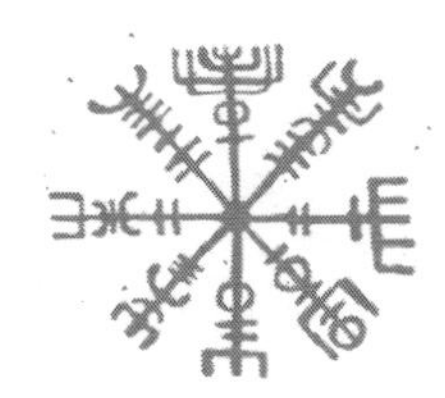

– Se eu soubesse que iríamos andar tanto, teria comido mais no desjejum. – Hróaldr Oveson suava e suas pernas pesavam como sacas de cevada. Desde antes de o Sol raiar – se bem que nos últimos tempos ele sempre estava encoberto –, ele e Wiglaf andavam por trilhas estreitas, ora barrentas, ora pedregosas, subindo e descendo ao sabor do relevo das colinas e planícies, cruzando riachos gelados e bosques. – Pelo menos podíamos ter vindo a cavalo.

– Vejo que está se tornando um velhote resmungão, meu amigo. – Wiglaf virou-se para olhá-lo. – Anos atrás faríamos esse percurso correndo.

– Há poucos anos eu não carregava o peso dessa pança! – Bateu na barriga. – Sinto meus pés como se tivesse pisado em um formigueiro.

– Não se preocupe em reclamar mais. Chegamos. – Wiglaf se abaixou para lavar o rosto num córrego de águas cristalinas que ondeavam por entre as pedras cobertas de musgo.

O Jarl olhou ao redor, ainda arfando. Não viu nada além de árvores e arbustos. Não havia uma cabana sequer, e mesmo o mato parecia intocado por pegadas. Fungou, e nem o cheiro habitual da fumaça era sentido. Limpou o suor da testa e do nariz. Duvidava que alguém houvesse passado por ali nos últimos dias.

– Chegamos onde, Wiglaf? Não tínhamos que encontrá-la?

– Não, meu amigo. – Sentou-se sobre uma pedra redonda. – É ela que nos acha.

*

– Encontrei você!

Birger se aproximou de Siv, que jovem reavivava o fio de

sua espada com uma pedra de amolar. Estava sentada com os pés na água do riacho que passava atrás do salão de Wiglaf.

– Ainda havia sangue nela. – Siv encarava o aço, agora brilhante, os desenhos no metal que fora dobrado várias vezes, formando um padrão ondulado muito bonito. – Escuro, quase preto e tão impregnado que foi difícil de limpar. Ele entranhou nas ranhuras do metal, como se essas fossem suas novas veias.

A moça olhou, impassível, para o amigo.

– Você gostou de matar, Birger? Se sentiu bem ao fazer aquelas pessoas tombarem?

– Não. – Ele se sentou ao lado dela. – Não vivi a euforia que tantos contam. Apenas tive muito medo na maior parte do tempo. Para falar a verdade, não lembro exatamente como tudo aconteceu. Foi como se eu tivesse entrado na batalha e só *despertado* quando ela já tinha acabado.

– É isso! – continuou a polir a espada com um pano grosso e areia. – É como se eu só me lembrasse de relances. Mal consigo ver os rostos daqueles que eu matei, sabe? Mas me recordo de cada um dos nossos amigos que já não estão mais aqui.

– Eles foram bravos e lutaram bem, Siv. São dignos de estar junto aos Deuses e aos outros homens de valor do nosso povo. Eu espero, um dia, reencontrá-los.

– Eu achei que todos nós morreríamos. – A jovem limpou a lâmina com um pano seco. – No meio da batalha, quando o restante dos guerreiros surgiu, eu tinha certeza que não conseguiríamos sair dali, que aquela praia seria o nosso túmulo.

– E se não fosse o seu pai isso seria a pura verdade.

– Sabe, eu tenho vergonha do que irei te contar. Promete guardar segredo?

– Claro, Siv.

– Quando vi aqueles homens vindo, gritando, eu pensei em fugir. Pensei em largar meu escudo e minha espada e correr sem olhar para trás. Se preciso me jogaria no mar e nadaria para longe. – Ela baixou a cabeça. – Fiquei, mas não foi pela coragem. Foi para não desonrar a minha família, os meus amigos.

– Não tenha vergonha. Você não está sozinha. – Birger colocou a mão sobre o seu joelho. – Eu também quis. Pensei em fugir muito antes de começar a lutar. E tenho certeza que todos que ali estavam pensaram a mesma coisa.

– Só o seu irmão é que não. – Ela o encarou, os olhos verdes refletindo a água. – Ele estava feliz. Estava sorrindo enquanto o seu machado trabalhava.

– É... Só ele não. – Birger sorriu. – Aquele lá não aguentava mais viver na fazenda. Agora deve estar no salão contando seus feitos e ouvindo as balelas dos outros guerreiros. Acho que ele nasceu para isso.

– E você, para que nasceu?

– Nunca pensei nisso. – Coçou a cabeça. – Mas confesso que prefiro lidar com a terra e com os bichos a fender cabeças e cortar braços.

– Ai! – Siv levou o dedo à boca depois de cortá-lo no gume. – Ainda está bem afiada. Meu pai sempre falou que essa era uma das melhores espadas que tínhamos.

Birger fez uma concha com a mão e pegou um pouco de água do riacho. Tomou a mão dela com a sua e lavou o ferimento com delicadeza.

Então, os lábios se tocaram.

*

– Acho que vou tirar um cochilo – Hróaldr Oveson bocejou alto e sentiu as costas estalarem quando levantou os braços. Seu estômago roncava e suas tripas pareciam estar cheias de ar, de tão vazias. – Não sei por que te segui até aqui e...

– Você é barulhento como um porco sendo capado, grande Jarl. Num lugar de paz você fica grunhindo e resmungando, como se fosse um menininho com a calça mijada. E é isso que você é: um mijão barbado.

Os amigos olharam para trás, Hróaldr espantado, Wiglaf sorrindo.

– Senhora Alfhildr! – Caminhou até ela de braços abertos. – Sempre é bom revê-la.

– Poupe-me dos seus abraços e falsa alegria, Wiglaf! – A velha, curvada pelos anos e com os cabelos brancos trançados impecavelmente, o afastou colocando as mãos ossudas no seu peito. – Ainda mais quando traz alguém tão barulhento para a minha casa.

– Casa? Não vejo nenhuma casa aqui.

– Porque você deve ser cego e estúpido como uma marmota, filho de Ove. – Ela pendurou a bolsa grande que trazia consigo no galho de uma árvore. – E vejo que a estupidez é algo comum na sua família. Seu pai era tão parvo quanto você.

– Você conheceu o meu pai?

– Seu pai, sua mãe, todos. Eu conheço todos, entende?

Hróaldr olhou para o amigo, que apenas se divertia, de braços cruzados.

– Eu não tenho tempo para perder com essas bobagens, Wiglaf. Espero que você tenha trazido o que te pedi. – A velha o encarou de baixo para cima.

Ele assentiu.

– Você teve o mesmo sonho essa noite? Claro que sim! Nem sei por que pergunto.

– Que sonho? – O Jarl dividia os olhares entre ela e o amigo. – Eu não estou entendendo nada! Sonho? Achei que tínhamos vindo até aqui para...

– Você acha demais, homem! E ainda acha errado. – Esfregou as mãos. – Pelos Deuses, a nossa terra deve estar apinhada de idiotas! Só assim para alguém como você se tornar um Jarl.

Wiglaf não conteve a gargalhada, nem quando o amigo o olhou com raiva. O rosto cheio de rugas dela também demonstrava que se divertia, olhando o grandalhão emburrado. Seus olhos quase cinza não pareciam ter envelhecido junto com o resto do corpo: eram vivazes como os de uma criança marota.

Hróaldr preferiu se calar e desabou sobre um tronco caído que estalou sob o seu peso. Enquanto isso, Wiglaf começou a remexer no saco de pano grosso que trouxera consigo. A velha lavou as mãos no rio e se sentou ao lado do Jarl, sem olhá-lo.

– Aqui está, senhora Alfhildr. – Ele entregou a ela um pequeno saco. – Sempre cumpro meus acordos.

– E se não cumprisse eu te transformaria agora mesmo num bagre. Você sabe disso.

Ela sentiu o peso, abriu e viu as joias. Fechou o saco com o cordão feito de couro e jogou-o para trás, como se não tivesse qualquer valor. Esticou a mão e chacoalhou os dedos, pedindo mais.

– Ah, sim, o resto! – Wiglaf entregou a ela um odre e um embrulho engordurado.

A velhota desembrulhou um grande pedaço de porco, a carne rosada e úmida, a pele toda tostada. Mordeu com gosto e revirou os olhos, suspirando de satisfação enquanto mastigava. O som do mastigar aguçou a fome do Jarl, cuja boca era um lago de saliva.

– Seu filho de uma vaca sem beiço! – Agora a raiva de Hróaldr doía no estômago. – Eu aqui, faminto, e você com um pedação de porco no saco?

– Não podemos comer no solo sagrado. – Wiglaf se conteve para não rir. – Senão o ritual não se completa.

– Ritual? Que ritual? Ritual meus ovos! – Hróaldr esbravejou. – Ela *tá* comendo. E bebendo do bom hidromel!

Engoliu a saliva enquanto seu estômago dançava dentro da pança.

– Eu posso comer – respondeu a velha, com a boca cheia. – Sou eu que vou fazer o ritual.

– Mas que merda! Wiglaf, se você não me contar o que está acontecendo, farei esse seu nariz sair pela nuca! – Fechou o punho.

– Cale a boca! – Alfhildr encarou-o. Hróaldr começou a se encolher. – Mais uma palavra e eu amaldiçoo você. Faço o seu pau nunca mais subir e você se cagar toda a vez que for soltar um peido, entendeu?

O Jarl cruzou os braços sem soltar um pio sequer. Quando o assunto era sobre pintos murchos e cus frouxos, até mesmo os poderosos emudeciam.

.

.

.

– Delícia! – Alfhildr estalou os beiços quando sorveu as últimas gotas do odre, virando-o sobre a boca, deixando o líquido dourado pingar na língua e escorrer pela garganta. – Vejo que esse é melhor do que o anterior.

Wiglaf assentiu com a cabeça.

– Um odre inteiro! – Hróaldr falou entredentes.

– E beberia mais um se tivesse. – Sorriu, o rosto corado pela bebida e o semblante agora mais leve. – Pronto, podemos ir ao ritual!

Alfhildr pegou sua grande sacola e começou a andar, embrenhando-se no bosque, em silêncio. Os dois a seguiram, também calados. O Jarl olhou para os pés descalços dela, que pisavam em pedras pontiagudas e galhos espinhentos como se estivessem andando sobre palha macia.

A velhota começou a assoviar uma melodia bonita, e logo os pássaros trinaram em resposta. Então, numa pequena clareira, ela parou, o chão de terra bem batida, com um pouco de mato crescendo aqui e acolá.

E, bem no centro, uma rocha escura, cujo topo foi desbastado até ficar plano, tal como uma mesa. Em todas as suas faces, havia runas entalhadas por mãos habilidosas.

Runas que a consagravam a Mímir.

Alfhildr pegou um punhal de dentro do vestido. Ao tirá-lo da bainha ornada com fios de prata, a lâmina refletiu Sól, que até então estivera escondida por trás das cortinas de nuvens. Não se sabe se por acaso ou de propósito, os primeiros raios foram diretamente nos olhos de Hróaldr, que se virou, ligeiro, para se recuperar da cegueira momentânea.

– Wiglaf, por que você não conta o seu sonho?

Ele assentiu e esperou que o amigo se recompusesse. E, quando o Jarl se virou, ainda com as vistas salpicadas de estrelas, ele começou:

– Faz uns quinze dias, talvez um pouco mais, que sempre tenho sonhado com a mesma coisa, noite após noite. Um sonho que nunca tive e com pessoas que desconhecia, até trombar com Siv e os outros moleques.

– Com a minha filha?

– Sim. E com todos aqueles que vieram no seu navio.

– Agora não estou entendendo nada.

– Se você calar essa boca por um instante, ele pode continuar. – A velhota, debruçada sobre a rocha, limpava as unhas com o punhal.

– No meu sonho – prosseguiu Wiglaf – vejo o seu navio, exatamente o seu navio, o Berserker, surgir numa manhã de céu limpo e sem nuvens, a vela estufada, imponente, a cabeça de dragão na proa como se fosse viva. Era comandado por Siv e cheio de pirralhos cheirando a leite, mas muito valentes. E, assim que vi os moleques, cada rosto era conhecido, como se há muito tempo já vivêssemos juntos. Gordo, Ganso, Asgeir, Birger, Ketil, todos eles.

– Isso é uma premonição! – O Jarl cofiou a barba e sentiu os pelos do braço se eriçarem.

– Acredito muito nisso. Aliás, tenho certeza, e por isso estamos aqui. – Wiglaf inspirou fundo. – Mas o sonho prossegue.

– Então me conte, meu amigo!

– Assim que o Berserker alcançou águas mais rasas, ele não atracou. – Fechou os olhos. – Siv tocou uma corneta, e o som não era como o das nossas, estridente, doído, mas sim algo belo, imponente. Então os jovens, meus filhos e os filhos dos meus guerreiros, surgiram na praia e começaram a embarcar no *langskip*.

Wiglaf reabriu os olhos e prosseguiu:

– Eu gritava para chamá-los, ordenando que retornassem. Contudo, os remos começaram a mergulhar na água e eles partiram, sumindo nas brumas que surgiram de repente.

– E? – Hróaldr estava impaciente.

– O sonho sempre acaba assim. Depois que eles partem, eu desperto. Por isso, viemos até aqui pedir a ajuda da senhora Alfhildr.

– E irei ajudá-lo, Wiglaf, apesar de o seu amigo ter atrapalhado a paz e o sossego do meu lar – piscou, a velha, marota. – Você teve uma premonição, algo que um Deus sussurrou nos seus ouvidos durante o sono. Agora precisa ir além, muito além das brumas! Você quer certezas. E, quem sabe, as conseguiremos.

Ela testou o fio do punhal nos pelos do braço.

– Será que estão prontos para conhecer a vontade dos eternos?

*

– Você tem certeza disso, Gordo? – Ganso arregalou os olhos. – Siv e Birger se beijaram?

– Fala baixo, seu comedor de estrume de pernas tortas! – Gordo fez uma careta, pois ele mesmo não estava acostumado a ser tão, digamos, *polido*, mas queria sigilo, afinal não desejava parecer uma matrona fofoqueira. – Claro que tenho.

– Eu tinha certeza que o coração dela já era meu. – Ganso teve um muxoxo. – Depois da batalha vi o olhar apaixonado dela, principalmente quando entrei em êxtase e matei todos aqueles inimigos.

– E eu quero ser o amante da rainha Frille – Gordo zombou. – Você sonha demais, Ganso.

Mas o amigo não respondeu, apenas ficou se imaginando sentindo o calor e o sabor dos lábios rosados dela.

*

– O costume e as leis não mandam matar um animal para fazer uma oferenda? – O Jarl acabara de se despir e cobria suas partes pudendas com as mãos.

– Certamente, nobre Jarl, mas, como o único animal que temos aqui é você e você não pretende se oferecer para o sacrifício, apenas um pouco de sangue basta. A não ser que tenha mudado de ideia. O que me diz? Hum?

Hróaldr grunhiu e observou o amigo ficar nu também, enquanto a velhota pegava uma tigela de barro de dentro da sua sacola.

– Antes de começarmos, vão se lavar. – Apontou para o riacho, que nesse ponto tinha a largura de cinco passos e chegava aos joelhos deles. – Vocês cheiram tão mal que nenhum Deus vai querer vir e nos orientar por causa dessa fedentina. – Atirou-lhes dois saquinhos de linho cheios com ervas aromáticas.

Em silêncio, eles se esfregaram, e a mistura sabe-se lá do quê contida nos sacos começou a fazer uma agradável espuma cheirosa, que pôde acabar com o aroma acre dos sovacos, virilhas e regos suados.

Voltaram, tremendo de frio, bambeando ao pisar nas pedras lisas.

– Quem vai ser o primeiro? – Alfhildr apontou com o punhal.

– Você que arranjou essa merda. Você que vá! – Hróaldr empurrou o amigo.

– Que assim seja. – Ela sorriu, com os dentes já amarelos pelos anos vividos, mas impecavelmente alinhados.

O toque do aço frio logo abaixo do mamilo esquerdo fez Wiglaf tremer ainda mais. Contudo, o corte rápido doeu menos que ele esperava.

A velhota colocou a tigela para recolher o sangue enquanto pressionava o peito peludo com a mão quente e firme. Encheu-a até a metade e deu-se por satisfeita.

– Há um emplastro dentro de um pacote de folhas na minha sacola, use metade e deixe a outra para o resmungão. – Virou-se. – Agora é a sua vez, grande senhor Hróaldr Oveson!

Ele foi, com passos hesitantes, apesar de tentar manter certa altivez. Ela não se enganava, mas continha o riso. No mesmo lugar onde cortou Wiglaf, talhou Hróaldr, que, ao contrário do amigo, fez uma careta de dor.

A outra metade da vasilha foi preenchida. E, enquanto ele pressionava o emplastro sobre o ferimento, ela caminhou, devagar, até a rocha com as runas consagradas para Mímir. Fechou os olhos e entoou uma canção, mas de forma tão sussurrada que eles mal compreendiam o que ela dizia, apenas algumas palavras como *sabedoria*, *destino* e *força*.

Novamente Sól se cobriu de nuvens, e os raios que iluminavam a clareira sumiram, restando uma penumbra densa.

Então ela verteu bem devagar o sangue sobre a rocha, e ele foi preenchendo as ranhuras com linhas vermelhas e disformes, mas que Alfhildr parecia compreender com clareza. Por bastante tempo ficou em silêncio, enquanto o líquido viscoso escorria pelas paredes até ser absorvido pela terra. E por três vezes ela rodeou a pedra, observando com atenção as linhas desenhadas.

E os dois não ousavam respirar mais alto, a fim de não atrapalhar as visões dela.

Ela atirou a vasilha de barro no tronco de uma árvore, e esta se estilhaçou. Apunhalou com força a rocha, e a lâmina do seu punhal se partiu. Atirou o cabo para o meio da mata.

– Mímir falou! – Alfhildr agora tinha o semblante cansado e a voz um pouco mais rouca. – Pouco me revelou do futuro, dos caminhos que eles seguirão. Entretanto, muito confirmou sobre o presente!

Hróaldr e Wiglaf a olhavam sem piscar, os corações disparados no peito, batendo tão forte que o sangue voltou a correr lépido nas veias, espantando qualquer frio.

– Seu sonho, Wiglaf, foi mesmo uma premonição – Alfhildr continuou. – Por isso você reconheceu Siv e os moleques assim que os viu. Por, mesmo antes de vir até aqui e ouvir isso que lhe disse, você sabia que o grande Berserker singraria o mar, não de volta à origem, mas sim para longe dela. Porque esse é o desejo dos Deuses.

Fechou os olhos e inspirou profundamente, soltando o ar em seguida pela boca contornada de pequenas rugas.

– Muitos jovens, filhos do seu povo, e também o seu próprio primogênito partirão com aqueles que acabaram de aportar. Eles seguirão para terras longínquas, tão distantes que nenhum dos nossos, nem mesmo os grandes, já visitaram. O porquê não me foi dito, contudo Mímir murmurou algo sobre a última bênção de Asgard antes da queda, do completo esquecimento dos Deuses. Esse é o desejo deles. Não somente o desejo, mas sim a sua vontade trazida à luz.

Alfhildr reabriu os olhos.

– Isso é loucura! – O Jarl ergueu os braços. – São apenas jovens estúpidos que não sabem o que estão fazendo. Estariam todos mortos agora se eu não tivesse seguido o rastro deles.

– Mas não morreram – Alfhildr sorriu. – E fizeram o improvável: lutaram e permaneceram firmes mesmo quando o sangue escorria dos seus corpos.

– Muitos morreram – Wiglaf completou.

– Todos os anos muitos lobos nascem. Quantos sobrevivem? Sempre foi assim e assim sempre será. E, entendam, esses desígnios não cabem a vocês. Os Deuses já os escolheram e assim me foi confirmado. Não cabe a nós compreendê-los, pois aquilo que acreditamos ser loucura pode ser a mais cristalina verdade.

Uma rajada forte de vento fez as árvores balançarem, enquanto as folhas mais fracas se desprendiam dos galhos e eram levadas para longe, em uma dança por entre os troncos e os três. Uma nova rajada assoviou, contudo, nenhuma outra folha caiu.

– Da morte da fraqueza é que nasce a força – Wiglaf murmurou, lembrando-se daquilo o que o seu pai havia falado na primeira vez que ele pisou num campo de batalha.

– Filho... Agora, amanhã ou depois, todos iremos morrer. – Seu pai acabara de colocar o elmo de ferro forrado com pele de cervo. – A sina dos homens é nascer, viver e morrer. Preocupe-se somente em como viver, porque a morte é tão certa quanto foi o seu nascimento. Da morte da fraqueza é que nasce a força!

Wiglaf assentiu, colocou o próprio elmo, meio largo ainda, e seguiu, ao lado do seu pai, os escudos colados, a lança pesando na outra mão.

Isso fora há mais de vinte cinco anos.

Quando ele despertou de suas lembranças, Alfhildr já entoava:

O Dragão singra as águas, vindo do Norte
Busca novos caminhos para fazer sua sorte
Guiado pela jovem com trigo nos cabelos
E por outros de corpos quase sem pelos

O Dragão irrompe o mar profundo
Vai muito longe, até o fim do mundo
Vai onde nenhum dos nossos já navegou
Onde nem o mais aventureiro remou

A garota de olhos esmeralda os conduz com rigor
Vence as tempestades e as ondas com muito vigor
Ela tem a inspiração e proteção dos Deuses, do Pai Odin
E não há homem no mundo que a impeça de fazer assim

Para o mais longínquo Oeste eles irão
Com um gole de água e uma fatia de pão
E nada naquela terra será conhecido
E mesmo o homem não será reconhecido

Para o desconhecido Oeste
Nenhuma curva ou desvio mudará a jornada
Para o distante Oeste
O navio seguirá e eles não poderão fazer nada

Alfhildr limpou a garganta e uma coruja piou ao longe.

– Essas palavras não são minhas. Elas me foram sussurradas enquanto o sangue dos pais preenchia a pedra.

– Sangue dos pais? – Hróaldr franziu a testa.

– O seu e o dele, seu animal! – A velhota balançou a cabeça, enfadada.

– Sim, um dos que embarcava, nos meus sonhos, era o meu filho. – Wiglaf tossiu. – E me diga: você viu quem mais vai seguir com eles?

– Como eu disse, do futuro pouco me foi revelado, mas Mímir, na minha visão, sorria. Então tenho certeza que no devido momento, tudo se desfraldará.

Hróaldr Oveson permanecia calado. Não concordava com nada daquilo; queria enfiar a filha no *langskip* e voltar para casa. Contudo, ele participara do ritual e sabia que, se desagradasse ou desafiasse os Deuses, a tragédia era certa.

Sentiu um peso imenso nos ombros, mas aquilo que o sangue revelou não podia ser desdito. Vestiu-se e os três seguiram em silêncio para a borda do bosque, por onde passava a trilha que os levaria até o salão de Wiglaf.

– Senhora Alfhildr, uma última pergunta antes de nos despedirmos. – O Jarl tocou no ombro dela.

– Fale.

– Se você precisava apenas do sangue que tirou do nosso peito, não bastava termos ficado sem as camisas?

– Sim, bastava. Mas eu perderia a chance de ver dois homens pelados. Fazia tempo que eu não via bons paus, apesar dos seus estarem encolhidos pelo frio – piscou.

– Sua velha safada! – O Jarl se afastou. gargalhando de forma estrondosa, como sempre fazia.

Mas logo as sombras envolveram seu coração. E durante a volta ambos permaneceram calados, pois cada um tinha muito que pensar.

*

– Você tem certeza que sabe ler as runas, Ástrídr? – Askr observou a prima separar lascas de ossos, todas do mesmo tamanho, cada uma com uma runa pintada com tinta azul, agora meio desbotada. – Elas não são da sua mãe?

– Sim, eu sei. Você sabe disso. – A jovem de cabelos castanhos ondulados e nariz pequeno ponteado de sardas sorriu. – Eu apenas as peguei emprestadas. Já irei devolvê-las.

– Você sabe que isso é uma coisa muito séria. Você se lembra da tia? Ela enlouqueceu! Você pode ter...

– *Tá, tá!* Eu sei de tudo isso, então se quiser, vá embora e me deixe em paz. – A jovem encarou o primo, que permaneceu ali. Afinal, a curiosidade, quando se é jovem, suplanta quaisquer medos. – E, se vai ficar, peço que não dê um pio sequer. Combinados?

Askr assentiu com a cabeça e observou-a virar todas as peças de modo a esconder os símbolos. Ela fechou os olhos e embaralhou com cuidado as runas sobre um tecido tingido de vermelho.

Elas eram antiquíssimas e, pelo que ela sabia, estavam na sua família havia muitas gerações, tanto que a maioria das pessoas mal compreendia todos os símbolos. Não Ástrídr, que, pelo que sua mãe contava, desde antes de aprender a andar sozinha já observava a avó em suas leituras.

– Essa menina tem um dom. Ela foi agraciada pela Deusa Vör e dela recebeu as bênçãos. – A avó adorava a companhia da neta, que, ao contrário das demais crianças da casa, arteiras, irrequietas e barulhentas, permanecia sempre em silêncio, observando e aprendendo tudo aquilo que podia sobre os Deuses, sobre a terra, os animais e o mar. – Ela consegue ouvir os Deuses e sabe ler as mensagens que eles nos passam. Ela será tão boa ou até melhor do que eu nas artes da adivinhação e no entendimento das premonições. Ela, do nosso povo, será aquela com maior conhecimento.

Ástrídr reabriu os olhos e começou a passar a mão esquerda sobre as lascas, até que parou, de súbito, sobre uma e virou-a.

ᚱ

– Hum... – Ástrídr levou a mão à boca, enquanto mordia os lábios finos e respirava bem lentamente.

Um chapim-de-poupa com a plumagem castanha e branca e uma bonita crista empinada pousou num pinheiro e começou a trinar. Logo outros três se juntaram a ele.

Lá embaixo, a jovem repetiu o ritual de fechar os olhos e passar a mão esquerda sobre as lascas, bem devagar, até reabri-los e desvirar outra.

ᚹ

E sem nada dizer, pela terceira vez, escolheu. Ou melhor, os Deuses guiaram sua mão para a última lasca.

ᛜ

Então, Ástrídr sorriu, e com muito cuidado embrulhou-as no pano vermelho, amarrando-o com um delicado cordão feito com cabelos ruivos trançados e envoltos nas pontas por fios de prata.

– Esse cordão, minha filha, foi feito dos cabelos de Freyja – sua mãe lhe contara numa noite fria, em que as duas dormiam abraçadas enquanto o pai estava fora, numa viagem junto com Eirik Haraldsson, na distante Nortúmbria. – Há muito tempo, quando os homens apenas engatinhavam em Midgard, ela e outros Deuses batalharam contra os gigantes. Foi uma luta dura, em que a terra tremeu e o céu se pintou de violeta. O mar ficou revolto por causa dos corpanzis dos gigantes que tombavam, as ondas quase encobriam as montanhas. – A menininha arregalou os olhos. – E Freyja quase teve a cabeça decepada por um machado. No último instante ela se abaixou e a lâmina afiadíssima, feita pelos anões do subterrâneo, cortou apenas uma mecha do seu cabelo.

– Ainda bem que ela foi rápida – Ástrídr fungou. – Já pensou se a nossa boa deusa perde a cabeça?

– Não seria nada bom. – A mãe lhe acariciou o rosto quente. – A mecha ficou perdida por séculos, porque houve tempos muito frios, em que o gelo recobriu toda aquela terra que um dia foi pisoteada pelos gigantes e que sorveu o sangue dos eternos. E depois nasceram heras, arbustos e muitas árvores. Mas em meados do Heyannir, quando nossa antepassada ajudava no parto de uma ovelha, viu a mecha reluzir com o poder de Sól. Então, pegou-a, trançou-a entoando palavras sagradas e fez esse cordão para amarrarmos o pano onde guardarmos as runas. E veja, depois de tantos anos nenhum fio sequer se soltou da trança – sorriu. – Esse é um tesouro inestimável. E um dia será seu, filhinha.

– E como ela sabia que era uma mecha do cabelo de Freyja? – Ástrídr piscou lentamente, quase dominada pelo sono.

– Porque, assim que tocou nos cabelos, sentiu sua mão formigar e seu coração acelerar, então num relance viu o rosto da deusa se formar nas nuvens que rodeavam Sól.

– Ah... – bocejou. – Agora entendi.
Virou-se de lado e adormeceu.

A jovem se levantou.
– Ei, Ástrídr, para onde você vai? – Askr a seguiu.
– Vou devolver as runas. – Seu semblante estava vívido.
– E o que elas disseram?
– Não seja curioso, Askr!
– Me fala, garota! O que as pedras revelaram?
Ela nada disse, apenas seguiu adiante, cantarolando, descendo feliz a trilha de cabras, cumprimentando aqueles que lavoravam a terra e que pastoreavam seus pequenos rebanhos. E no seu encalço, o primo, confuso e, claro, muito curioso.

*

– Uma nova viagem... Aqueles fedelhos enfrentando o oceano em trechos nunca navegados, rumo a sei lá onde, só porque runas numa pedra falaram. É como vendar os olhos e sair numa nevasca! – Socou a própria mão. – Singrar as águas repletas de monstros e bestas e se oferecer de peito aberto à ruína. Será que esse é mesmo o desígnio dos Deuses? – O Jarl parou de caminhar e encarou seu amigo. – Essa insanidade não pode acontecer. Aquela velha deve estar louca. E mais loucos estaremos nós se acreditarmos em seus absurdos!

Pegou uma pedra, do tamanho do seu punho, e atirou-a muito longe, fazendo uns borrelhos-ruivos levantarem voo assim que ela passou arrancando folhas entre os galhos carregados de frutos ainda verdes de uma groselheira.

– O que o seu espírito diz, meu amigo? – Wiglaf sorriu, apenas para esconder o próprio nervosismo. – Não as palavras que saem da sua boca, mas aquelas que já estão enraizadas dentro do seu peito?

Hróaldr ameaçou retrucar de pronto, mas apenas fechou a boca. Não queria ver Siv se arriscando ainda mais, porém sabia que nada poderia fazer. Queria bradar que a premonição e as palavras de Alfhildr eram farsas, mas tinha certeza do contrário. Sentia mesmo que Mímir havia descido até aquela clareira e sussurrado a vontade divina nos ouvidos dela.

– Desde muito nova, sua filha era diferente das demais meninas. Ela gostava mesmo é de estar junto aos homens e saber coisas do mar, das batalhas e da pesada labuta de carpintaria.

Odiava manusear agulhas e linhas, já uma espada... – Wiglaf olhou para o amigo, que concordou, com um breve suspiro.

Algumas crianças surgiram, correndo no topo de uma colina gramada, brincando com pedaços de paus transformados em espadas. Por um instante, pararam a algazarra para observar, ao longe, os dois andarilhos que caminhavam em silêncio pela trilha estreita. O menorzinho acenou e foi correspondido pelos dois.

E, por algum motivo, isso esfriou um pouco o chumbo fundido que parecia queimar no peito de Hróaldr Oveson. A vida sempre trazia muitos presságios, bastava saber entendê-los.

.

.

.

Era o começo da noite quando chegaram ao salão de Wiglaf, e o cheiro de ensopado trazido pelo vento os fez salivar. Durante a jornada, nenhum deles havia se lembrado do jejum prolongado, cada qual imerso em pensamentos diversos. Mas, assim que o aroma de ervas, cebolas e carnes cozidas penetrou-lhes as narinas, os estômagos resmungaram escandalosamente.

– Hróaldr, espere! – Wiglaf chamou o amigo, que apertara o passo já pensando em garantir sua tigela de ensopado e um belo naco de pão.

O Jarl não escondeu a expressão de enfado ao se virar.

– Não vamos falar nada sobre hoje. Amanhã nós dois conversaremos melhor e tomaremos a nossa decisão, tudo bem?

– Falar sobre hoje? – Hróaldr balançou a cabeça. – Eu quero é forrar meu estômago e depois me jogar sobre um colchão macio. Estou morto, Wiglaf, morto!

Virou-se e seguiu a passos largos para o salão depois de ultrapassar o grande portão que fora aberto assim que os vigias, a distância, reconheceram o seu senhor.

.

.

.

– Estamos combinados. – Wiglaf e Hróaldr brindaram com uma boa cerveja, que deixaram escorrer goela abaixo, aplacando a sede e iluminando as faces. Não apenas esse copo, mas quatro ou cinco já tinham sido sorvidos com a voracidade de um cavalo depois da batalha sob a quentura do meio-dia. – Vamos ensinar esses cãezinhos a morder direito.

A cerveja não era fraca como aquelas consumidas no dia a dia – que serviam para matar a sede e também a fome, inclusive das crianças, por conter pouco álcool –, mas sim encorpada e escura, de sabor defumado, por ter tido o mosto fervido com pedras aquecidas na fogueira e sido armazenada em barris de carvalho. Era uma bebida que só os ricos senhores se davam o prazer de degustar, ou melhor dizendo, de se embebedar.

– Para isso os monges cervejeiros servem – o Jarl soluçou. – Essa bebida está, como eles dizem mesmo? Divina!

Wiglaf sorriu para o amigo. Estava muito feliz, pois não iriam negar a vontade dos Deuses ou desmentir as visões da velha Alfhildr. Apenas deixariam os jovens calejados o suficiente para a jornada. E essa tarefa eles sabiam perfeitamente como executar.

*

– Você está sabendo de algo, Gordo? – Ganso acabara de se lavar e agora vestia roupas limpas e secas, livres de piolhos e percevejos. Seu corpo estava salpicado de pontinhos vermelhos e algumas feridas causadas pelas picadas que foram coçadas até sair sangue. – Por que o pai de Siv quer falar conosco?

– Acho que agora vem o esporro. – Entregou as botas para o amigo. – Agora que tudo se acalmou, agora que estamos prestes a voltar, sabe? Acredito que vamos ouvir aquilo que merecemos. Acho que ele se arrependeu de ser bonzinho, afinal, porra, ele é o Jarl.

– Pode ser mesmo, Gordo. – Ganso esfregou as mãos para aquecê-las. – Pensando bem, fizemos uma grande merda. Uma estupidez que matou o meu irmão e os nossos amigos.

– Verdade. – O gorducho abaixou a cabeça. – Mas nunca se esqueça: todos que vieram, inclusive o seu irmão, estavam felizes com tudo. E nenhum deles morreu como uma galinha que foge da raposa.

– Foram valentes e lutaram com toda a vontade e força. – Ganso sorriu. – Será que um dia farão canções sobre nós?

– Pode ser. Seria bom ouvir alguém falando dos meus feitos, me chamando de "o Bravo".

– Sim, vão falar dos seus feitos, um dia, mas não te chamarão de "o Bravo", e sim de "o Redondo".

– Vá chupar um cu de bode, Ganso! – Gordo pegou uma das botas que estava ao seu lado e atirou-a no riacho.

– Ah, Gordo! – O amigo fez uma careta de choro. – Ela já estava sequinha. Que merda!

.
.
.

– Vocês fizeram a maior merda possível. – O Jarl olhava para cada um dos jovens que se encontravam no salão de Wiglaf. – É como se uma baleia pudesse voar e tivesse cagado nas nossas cabeças. Não, isso não tem graça, Ganso!

O jovem fez um imenso esforço para engolir o riso.

– Contudo, o que está feito, está feito, e reclamar não vai mudar em nada o que já aconteceu – Hróaldr prosseguiu. – Vocês roubaram o meu navio, traíram a minha confiança e a de seus pais, bem no dia do casamento de Brida, e isso foi uma afronta que eu poderia punir severamente, se assim desejasse. E vocês mereceriam cada açoite.

Encarou principalmente Siv, que baixou a cabeça, sentido as orelhas queimarem. E todos ao seu redor também se encolhiam pela presença do Jarl conforme ele avançava, pisando firme, tal como um lobo que vem reafirmar sua liderança perante a matilha.

O silêncio era tão palpável que até as galinhas continuavam a ciscar, mas sem cacarejar, e os gatos deitados sobre os barris continuavam dormitando, mesmo com os ratos atrevidos passando logo abaixo com as bocas recheadas de pedaços de comida que caíram no chão.

– Mas não irei puni-los, pois todos vocês já tiveram uma dura lição ao verem seus amigos queimarem naquela fogueira na praia. A guerra traz glórias, não vou negar, mas também traz muita dor. Ela nunca é bonita e heroica como os *skalds* cantam. A guerra é suja, fedorenta e faz até o mais bravo tremer. E vocês não estão preparados para ela. Nem nós estamos. – O Jarl apontou para os seus companheiros.

Nesse instante, muitos daqueles que batalharam sentiram-se melhor: um grande guerreiro, conquistador de terras e matador de nobres também temia.

– Não vou puni-los com açoites ou castigos – permitiu-se um semissorriso –, mas lhes afirmo aqui: quem aceitar a proposta que Wiglaf e eu iremos fazer vai *sofrer*. Vai sofrer como um cão vadio, isso eu prometo pelo sangue que corre nestas veias.

Capítulo VIII – Forjados

– Numa parede de escudos, só somos fortes enquanto todos estão fazendo o seu trabalho bem-feito. Se uma brecha se abrir, a parede toda estará condenada. – Wiglaf e mais três dos seus homens batiam forte nos escudos com porretes de madeira maciça, fazendo os jovens se encolherem a cada pancada. – Se você não proteger o amigo ao seu lado, estará facilitando tudo para o atacante. E é só desse instante que ele precisa para te matar. E, num piscar de olhos, ele vai fazer isso!

Os jovens estavam suados, doloridos e exaustos depois de treinar por toda a manhã, avançando, recuando, fazendo formações em cunha e em linha. O Jarl permanecia sentado na grama sob a sombra de uma árvore, comendo uma maçã. Entre as suas pernas, uma cadela prenhe prestava atenção ao que acontecia no descampado.

– Não adianta você proteger somente o seu corpo, porque, se quem está ao seu lado tombar...

Puxou com força e sem qualquer aviso a borda do escudo de Birger, fazendo-o cair para a frente. Acertou, em seguida, uma pancada na barriga de Asgeir, que o fez se dobrar de dor.

– ...deixará você totalmente exposto. – Concluiu o Jarl.

Enquanto isso, os três homens aproveitaram a brecha e entraram, distribuindo pancadas com as varas finas que traziam junto aos porretes, deixando vergões nas peles e caretas de dor nos rostos.

– Imagine a dor de ser cortado – um rosnou para Odd, que acabara de levar uma pancada bem no pescoço desprotegido, o que levantou na pele uma risca vermelha e salpicada de sangue.

– Mas como todos já sabem, a morte é inevitável – Wiglaf cuspiu. – Então quem está na linha de trás precisa ser rápido para tomar o lugar daqueles que já não podem mais lutar. Não se preocupem em pisar em corpos ou em socorrer os moribundos. Quem já morreu, nada sentirá, para os outros uma pisada na pança será o menor dos problemas. Preocupem-se somente em manter a merda da parede de escudos de pé. Entenderam, cães?

Eles responderam em uníssono, enquanto Wiglaf estendia a mão para ajudar Birger a se levantar. Asgeir, apesar da pancada forte na barriga, já havia se recomposto e sorria. Ele amava a batalha. Siv tinha a coxa direita doendo por levar uma paulada, não tão forte, mas o suficiente para fazê-la gritar.

Por ordens de Wiglaf a parede foi refeita e começou a avançar. Então Kári, o Calado, berrou antes de cair de joelhos com as mãos na testa:

– Ai, minha cabeça!

E todos que estavam na primeira linha se viraram para ver o que aconteceu. E pelo menos cinco deles foram derrubados por Wiglaf e seus homens, causando enorme desordem.

– Sempre funciona! – o Jarl ria, agora de pé. – É incrível como sempre dá certo!

Sem que os aprendizes de guerreiros percebessem, e como ele já havia feito outras vezes em outros treinamentos, Hróaldr pegou um toco e atirou em direção dos jovens compenetrados. E o azarado da vez foi Kári, em cuja testa já crescia um calombo.

– Essa foi uma valiosa lição – Wiglaf cumprimentou o amigo com um aceno. – Numa batalha de verdade, precisamos ficar atentos com tudo: com as flechas que voam, com as pedras que são atiradas dos altos das árvores por fedelhos dependurados como esquilos nos galhos, com os inimigos que tentam nos flanquear. Devemos ter até mesmo olhos no rabo, para ver se alguém tenta enfiar algo na nossa bunda.

Os jovens gargalharam. Até mesmo Kári, meio tonto. Mais de cinquenta jovens sonhadores, parte deles vinda no Berserker, os demais vindos das terras de Wiglaf. Todos unidos para aprender a sobreviver o máximo possível e a matar quando aparecesse uma barriga convidando a ponta de suas lanças.

Passaram-se três semanas sem que eles deixassem de treinar um dia sequer. Até mesmo Ketil e Vígi, que tinham sido gravemente feridos na batalha da praia, haviam se juntado a eles, não ainda na parede de escudos, mas observando e aprendendo os valiosos ensinamentos dos mais velhos.

E sempre, depois do trabalho com as armas, Wiglaf os punha para labutar na terra e no mar, pegando em arados, puxando redes, cuidando dos animais.

– Isso vai ajudá-los a ter músculos – o Jarl falou enquanto serrava a madeira que serviria de trave para o novo poço que acabara de ser cavado. – E vai ensiná-los a se virar sozinhos quando estiverem em terras desconhecidas.

Wiglaf concordou enquanto colocava a última pedra na carroça puxada por um boi.

– Apesar de alguns resmungos, eles estão indo muito bem. – Limpou as mãos na calça. – Mais umas semanas e poderão partir.

O semblante do Jarl se fechou. Afinal, antes de ser um grande senhor guerreiro, ele era pai de Siv. E não estava totalmente de acordo com a partida.

*

– Contamos para o pai que Brida e Bjorn estão mortos? – Dagr segurou as mãos quentes da mãe, o fogo iluminando o rosto cansado, mas muito belo, mesmo com todos os anos vividos e marcas que contavam a sua história.

Dois dias antes, um mensageiro chegara. Trouxera um recado vindo da distante Escócia.

– Seu marido e a sua filha estão bem, minha senhora. – Enfiou mais uma colherada de sopa na boca, porque a fome era imensa depois de caminhar por quatro dias com pouco descanso e com uma ração que chegara ao fim cedo demais. Por sorte Hróaldr era muito conhecido, e ele não saiu do rumo certo até encontrar o seu salão. – Assim como o navio.

Mãe e filho sorriram, pois sempre se espera o pior de uma jornada assim. Descobriram que a maioria dos jovens e dos homens que partiram no seu encalço junto com o Jarl estava bem e que contavam com o abrigo de Wiglaf, um velho amigo, que agora se tornara senhor de vastas terras.

Aliviados, agradeceram aos Deuses e providenciaram um banco bem forrado de peles para o jovem descansar. Assim que ele se deitou, desmaiou num sono silencioso. E, ao cair da noite, os anfitriões ofereceram um ótimo jantar em seu salão, o qual, depois da escaramuça que ceifara a vida dos recém-casados, nunca mais fora atacado e se mantinha em paz. Claro que à custa de uma patrulha constante de homens fiéis.

Todos comemoraram o êxito da jornada, menos as mães e tias daqueles que pereceram. A dor não foi maior porque a elas foi dito que todos tombaram com armas em punho depois de lutar bravamente. Nos pais e irmãos, surgiu uma nesga de orgulho: o nome da sua família e dos seus antepassados mantivera a honra. Antes ladrõezinhos safados, agora eles tinham, de certa forma, a reputação de guerreiros.

O Jarl, ao instruir o mensageiro, preferiu omitir a nova jornada do seu navio e a partida dos jovens. Contaria isso pessoalmente quando retornasse. E agora, ao cair da noite, no silêncio da madrugada depois da comemoração, uma decisão semelhante precisaria ser tomada por mãe e filho, uma vez que o mensageiro partiria ao amanhecer.

– Não vamos falar nada, meu filho. Pelo que ele nos contou, em três meses ou pouco mais seu pai retornará, assim que acabar os assuntos com o amigo. Não vamos dar-lhe mais essa preocupação, concorda?

Dagr assentiu.

– O que está feito, está feito – ele sorriu. – O pai nada pode fazer, então vamos deixá-los retornar em paz para casa.

*

– Essa é a sua segunda prova de fogo, seus merdas. Só que agora vocês não são mais os filhotinhos cagões de antes e não têm mais as tetas das mamães para chupar. Se quiserem comer, terão que arrancar nacos de carne com os próprios dentes. Vocês foram treinados por bastardos forjados na pancada, na batalha. Guerreiros com mais cicatrizes no corpo do que seus anos de vida! – gritou Þórleikr, um dos homens de Wiglaf. – Vocês estão vendo aqueles fedorentos? Eles são apenas gado. Quero todos mortos e quero todas as suas casas queimadas. Poupem os animais, porque eles valem dinheiro!

Escarrou e olhou para a pequena turba que se formava a uns duzentos passos de distância. Poucos ali tinham experiência na batalha: estavam mal organizados e muitos sequer portavam armas. Eram homens que defendiam as suas terras e lutavam sem um comando forte. Só iriam para o embate para não morrer como ovelhas.

– Nós receberemos prata e ouro por isso – sorriu. – E vocês provarão que estão prontos para cuidar dos próprios rabos. Será que estão mesmo?

Asgeir urrou e levantou sua espada. Estava animado e irrequieto. Passara o dia anterior polindo a sua cota de malha e afiando a lâmina até conseguir cortar um galho como se estivesse passando uma faca quente na manteiga. Seu elmo reluzia sob o Sol tímido, assim com o seu sorriso largo.

Os demais permaneciam apreensivos, o coração explodindo no peito, as pernas não tão firmes e os intestinos não tão presos, por enquanto apenas exalando odores de ovo com cebola por debaixo das armaduras e camisões de couro.

Um cão ganiu lá onde se reuniam os inimigos. Um bebê começou a chorar, e uma mulher, num pranto berrado, falava alguma coisa na língua que os jovens não entendiam. Gemidos trazidos pelos ventos. Þórleikr sabia que isso era um bom presságio e que os Deuses se alegrariam com a matança. Ele, por sua vez, nada tinha contra aqueles infelizes. Ele era apenas a ferramenta que faria cumprir a vontade de outros.

Sabia que faria órfãos e viúvas. E que poderia até mesmo conquistar alguma para ser a sua esposa. Estava mesmo precisando foder. Sentiu a costura do calção roçar incomodamente as suas bolas. Isso era bom, iria matar rápido para terminar logo a batalha e poder se ver livre da armadura pesada e quente.

Aquele era só mais um dia de trabalho para ele. Promover o encontro de homens com seus antepassados era o seu ofício. E ele era competente nessa arte. A guerra fazia parte do seu dia a dia havia muitos anos.

– Þórleikr, vá atrás dele, não deixe o merda viver – seu pai berrou, e o filho atendeu de pronto, instigando o seu cavalo a galopar. Enfiou a lança nas costas do fujão. Tinha apenas doze invernos.

Burt, o escocês, que tinha acordos com Wiglaf, o procurou para *resolver* uma desavença com um dos fazendeiros que não queria contribuir de *bom coração* com os pagamentos exigidos. E Wiglaf, conhecendo o pequeno vilarejo, sem qualquer paliçada ou outra proteção, decidiu testar os jovens. Hróaldr Oveson concordou.

E para Þórleikr, não importavam os porquês, tampouco tinha paciência para minúcias. Só se interessava em quanto o seu tesouro engordaria. E se, para isso, a sua arma precisasse talhar umas carnes, ele o faria com felicidade. Assoviando até.

– Meu pau ficou duro. – Vidar olhou para o seu irmão, agora já recuperado do ferimento, apesar de ainda sentir pontadas nas costelas, principalmente quando corria. – Por que meu pau está duro?

Vígi deu de ombros. Preferia estar com seu arco, mas Hróaldr Oveson insistira que ele precisava aprender a batalhar numa parede de escudos.

– *E quando você começar a sentir o bafo podre do seu inimigo, de que servirá o seu arco?* – O Jarl falou ao lhe entregar um escudo e uma espada. – *Quando o fedor que exala da boca dele ofender as suas narinas, só uma boa lâmina pode resolver, filho.*

– Porra, como vou lutar de pau duro? – Vidar tocou a virilha, tentando, sem sucesso, empurrá-lo para baixo. – Justo agora e...

– Estão prontos? – Þórleikr se posicionou no centro da parede de escudos. – Lembrem-se do que treinaram. Avancem, avancem, avancem!

Passo a passo eles seguiram pelo campo, fazendo as lebres se esconderem em suas tocas e os pássaros voarem, para alívio dos insetos que sobreviveriam mais um dia ou dois. Do outro lado, os escoceses avançavam também, trotando de forma desordenada, como um bando de cães afoitos, arfando, trombando uns nos outros, tropeçando e enroscando os pés nas heras espinhentas. Eles eram muitos. Talvez o dobro daqueles que permaneciam firmes na parede de escudos.

Eles gritavam.

Os noruegueses se mantinham quietos, exceto por Þórleikr, que assoviava, e por Asgeir, que ria. Os demais faziam suas orações a Thor, Tyr e Odin.

Os escudos tinham as bordas coladas, as espadas brilhavam como espinhos de aço entre vãos. Os rostos suavam e os elmos incomodavam, assim como o peso das armaduras. Os olhos ardiam, mas nenhum deles ousava fechá-los. Os pés marcavam o chão fofo e úmido. Era uma parede de uma linha só. Os que estavam atrás portavam lanças com as quais espetariam por cima dos ombros dos amigos, raspando as orelhas, tirando filetes de sangue de uma ou outra bochecha.

Ao longe, Wiglaf, Burt e Hróaldr observavam do alto dos seus cavalos. Os dois amigos um pouco aflitos pelos seus rebentos, que avançavam sob o comando de Þórleikr. E o outro mal contendo a alegria por logo ter mais um pedaço de terra para distribuir entre os seus.

Trinta passos os separavam. As primeiras flechas resvalaram nos escudos, assim como as pedras das fundas tamborilavam nas madeiras pintadas com o touro e o carneiro, os brasões de Wiglaf e do Jarl. Ketil se encolheu de dor por um instante quando uma delas bateu na sua canela, mas, por sorte, usava uma bota com o cano comprido, e o couro segurou bem o impacto. Mancou uns três ou quatro passos, recuperando-se depressa.

Uma flecha voou, resvalou bem no topo do elmo de Birger e foi se cravar no chão logo atrás deles. O jovem ofegou, o coração disparado e a moleza que vem logo após o susto subindo pelas pernas, mas ele não podia parar.

– Nem que o próprio Fenrir venha saborear as suas carnes duras vocês podem parar – Hróaldr continuou avançando, mesmo com os homens de Wiglaf atirando contra os escudos lanças com as pontas de madeira endurecidas no fogo. – Nem que bandos de draugar putrefatos venham para cima de vocês, vocês devem recuar. Virar as costas é oferecer o rabo para os inimigos meterem suas espadas. Querem isso, seus bostas de foca?

Þórleikr atirou a sua machadinha e ela mordeu o ombro de um escocês, rachando o osso ao se prender nele. O infeliz berrou de dor e soltou o machado por causa do braço amolecido, sendo logo ultrapassado pelos demais.

Þórleikr sacou a sua espada.

– Fiquem firmes! – berrou, e a parede estacou. – Deixem as galinhas virem para o abate e cortem as suas cabeças!

Dez passos os separavam. E eles já podiam se olhar nos olhos e ver o medo, a raiva ou até mesmo a satisfação.

– Fiquem firmes! – Travou o escudo e segurou com força o cabo de madeira escura da sua espada, cuja lâmina tinha sete palmos.

Três passos.

Dois.

Um.

Então, aço perfurou elos de ferro e trespassou carne. A primeira virilha foi rasgada com uma estocada firme por baixo da borda do escudo, fazendo a lâmina roçar o osso da bacia. Þórleikr torceu o cabo com um giro firme do pulso, enquanto o seu oponente miava. Ao seu lado, Birger enfiara a ponta da sua arma entre o nariz e o beiço de um grandalhão, rompendo o osso, fatiando a língua, fendendo a coluna, fazendo-o morrer antes de cair no chão.

Asgeir estocara com força, mas não foi o suficiente para

varar o couro reforçado com ferro da armadura de um ruivo, cujas grossas sobrancelhas se juntavam numa coisa só acima dos olhos. Teve que se defender da machadada com o seu escudo e ver a ponta de uma lança reluzir e cortar a jugular do atacante, espirrando sangue no rosto do companheiro ao seu lado.

Logo Asgeir voltou a sorrir, fazendo seu primeiro inimigo tombar: sua espada explorou o vão entre as costelas e picou o coração, fazendo o azarado arregalar os olhos, balbuciar algo e cair no chão, estrebuchando como um peixe fora d'água.

Þórleikr fazia a sua arma beijar outra virilha, mas os gemidos advindos dali certamente não eram de prazer. Ganso perfurara um joelho desprotegido, fazendo o infeliz bambear e cair, atrapalhando seus companheiros. Gordo se defendia de golpes de facão que tiravam lascas da madeira, e Boca de Bagre rachava o crânio daquele que tentava matar o novo amigo, mas sua espada ficou presa e o deixou indefeso. Gordo retribuiu o favor ao talhar a lateral da coxa de um velho que iria lubrificar seu machado com o sangue do filho de Wiglaf se ele tivesse sido só um pouco mais lento. O escocês berrou, mas se recompôs depressa. Contudo, os instantes ganhos pelo roliço jovem foram suficientes para Boca de Bagre desprender a lâmina e conseguir espetar o peito do velho, pintando a camisa de vermelho.

Siv havia derrubado um com um golpe tão preciso e tão rápido que abriu a goela do escocês, debaixo da barba imunda, antes que ele desferisse o seu primeiro ataque. Em seguida, fez a lâmina cegar um jovem, que gritou tão agudo a ponto de fazer doer os ouvidos daqueles que tinha ao lado. Askr terminou com a sua agonia.

Uma flecha passou raspando a cabeça de Vidar, cujo pau agora dormitava sobre o saco. Kári, ao seu lado, tinha o nariz sangrando por ter a ponta cortada por uma espada curta. Ele tentava perfurar a barriga do oponente estocando de baixo para cima, mas a cota de malha era boa. Restou-lhe mudar a estratégia e cravar a espada na bota do maldito, furando o couro, trespassando o peito do pé. Enquanto ele berrava de dor, Kári meteu-lhe a borda revestida de ferro do escudo no queixo, fazendo-o tombar para trás desacordado, babando sangue.

Vígi havia mandado um grandalhão para o outro mundo, abrindo um rasgo no seu sovaco, a parte sem armadura, perfurando o pulmão, fazendo-o se sufocar com o próprio sangue.

Rosnados, gritos, metal e madeira. Ossos e prantos.

A melodia da batalha.

Merda, sangue, mijo e suor. O bafo azedo e etílico.

O odor da batalha.

Combate que durava muito menos que o tempo necessário para recitar um poema, daqueles mais curtos, tão adorados pelos bêbados, pois eram somente desses que eles conseguiam se lembrar.

Logo a barulheira ia se amainando até restarem as respirações ofegantes dos vitoriosos e os gemidos daqueles que teimavam em se manter vivos.

Nenhum dos jovens morreu.

Nenhum dos escoceses estava de pé.

*

– Amanhã vocês partirão. O dia que parecia tão distante, enfim se aproxima. Quem diria que meses se passaram desde que nos reencontramos.

O Jarl tinha a voz embargada, apesar de tentar parecer firme. Convidou Siv para caminhar com ele. Queria passar momentos a sós com a filha. Seriam os últimos antes da jornada a bordo do Berserker para um lugar no qual ninguém sabia onde seria o próximo porto. Ou mesmo se haveria um.

– Eu sei, meu pai – Siv segurou o braço peludo e rígido como um galho. – Alfhildr disse que é o dia que os Deuses escolheram, por isso os ventos estarão favoráveis e o mar estará tão calmo quanto um lago, não é?

O pai assentiu e expirou lentamente pela boca. Olhou para as ondas rebentando com violência nas rochas e para o céu totalmente encoberto, tão escuro, com nuvens muito baixas e tão ventoso que logo deveria vir a tempestade. Duvidava que o próximo dia seria diferente, afinal durante toda a semana havia chovido bastante, transformando campos em charcos e riachos em rios barrentos. E, se isso não acontecesse, se o tempo não firmasse, poderia dizer que Alfhildr errara e que, assim sendo, a viagem devia ser impedida.

Essa era a sua esperança.

Pedindo isso sacrificara, escondido, um bezerro a Odin durante a madrugada.

– Agora vocês já são guerreiros feitos – Hróaldr tinha orgulho na voz. Duas semanas antes, sua filha e os outros haviam lutado bravamente e vencido com facilidade a batalha. E continuaram treinando até a exaustão. – Agora vocês já sabem o que fazer. Sabem como navegar, como labutar na terra e como guerrear, se for preciso – engoliu em seco.

– Todos se empenharam muito – Siv olhou para as mãos, cujas palmas agora eram grossas e ásperas, com vários calos, tanto por empunhar a espada, quanto a enxada. Além dos cordames e leme do *langskip* que contribuíram muito para isso. – Todos que vieram depois que rouba... depois que pegamos o navio querem partir e estão afoitos pela nova jornada.

– Eu bem sei. – Hróaldr fungou; afinal, quando da idade deles, também havia feito bobagens sem tamanho. – Assim como sei que esse será o momento mais perigoso das suas vidas, pois irão para além de tudo o que conhecemos. Entende, Siv? Não temos mapas, não temos sequer histórias sobre o que fica para lá – apontou para o Oeste. – E se não houver nada? E se vocês se perderem num vazio, ou sei lá o quê, de tal forma que não consigam seguir adiante ou retornar?

– Sei de todos os riscos, meu pai. Todos nós sabemos. E confesso que estou assustada. – Parou de andar e encarou-o com os olhos tão verdes como a relva recém-brotada. – Mas podemos discordar dos Deuses? Podemos negar suas vontades desvendadas pelo sangue na rocha? Podemos calar aquilo que grita no nosso peito? No casamento de Brida eu pensava que teria uma vida igual à dela: chata, cheia de filhos e de roupas para costurar. Na manhã seguinte eu estava no mar com o melhor navio já feito em nossas terras. Se isso não foi um sortilégio dos Deuses, eu não sei o que foi. Acho que tudo isso é o nosso destino. As Nornas estão tecendo os fios da nossa vida e agora todos se cruzaram. Fios que nos uniram no Berserker.

– Os nossos irão se separar, minha filha...

– Eu sinto que não será para sempre, pai. Que será apenas momentâneo, assim como as suas partidas, sabe? Quando você ia, passava todo o verão fora, e voltava abarrotado de riquezas, novos homens juramentados e muitos presentes para todos nós. – Arrancou uma florzinha branca de pétalas pequenas e delicadas. – Às vezes, estamos crentes que iremos para um destino longínquo e desconhecido, mas e se encontrarmos algo logo ali? Nós não temos como definir o nosso amanhã. Quem sabe o que vai acontecer daqui a pouco, na próxima lua cheia ou daqui a dez invernos? Os Deuses nunca são claros nos seus desígnios.

– Pode ter sido uma brincadeira de Loki, que sussurrou nas suas orelhas essa ideia insana. Loki adora importunar, você já ouviu as lendas. Você sabe das peraltices dele.

– Até pode. Talvez o Deus Brincalhão tenha nos feito levar o navio só para se divertir. – Siv puxou-o para retomar a caminhada. – Mas Mímir confirmou os desígnios. E Wiglaf teve uma premonição. O que dizer de tudo isso?

O Jarl nada respondeu, ainda mais depois que trovejou e começou a chover, pingos tão grossos que logo pai e filha estavam encharcados. Ele se manteve calado – apesar de sua crescente felicidade à medida que a chuva se tornava tempestade – durante todo o caminho de volta ao salão do seu amigo, apenas torcendo para que esse tempo ruim continuasse no dia seguinte.

Que piorasse até.

.

.

.

– Que bela manhã em que Sól nos traz todo o seu esplendor e esse gostoso calor! Ainda mais depois de tanta chuva e dias cinzentos. – Alfhildr encenou uma exagerada felicidade, pois tudo aquilo que previra dias antes aconteceu. Olhou para Hróaldr Oveson como se soubesse dos seus pensamentos. O grandalhão desviou o olhar e se encolheu. – E veja como Rán deixou as águas plácidas. Tão calmas que uma criança poderia conduzir um navio sem qualquer dificuldade.

Os jovens comemoraram. Principalmente Asgeir e Ketil, que mal tinham dormido, estavam afoitos para embarcar e desbravar o fim do mundo conhecido por eles. O primeiro pensando em todas as batalhas que poderia travar, o outro em deixar seu nome entalhado na história.

Muitos estavam com medo, mas nunca entregariam tal fraqueza. Não perante homens que admiravam. Nesse momento tentavam parecer pomposos: estufavam os peitos e deixavam as costas mais eretas possíveis.

O Berserker havia sido carregado com suprimentos e com dois gatos, que não dariam sossego aos ratos que sempre teimavam em singrar os mares. A maior parte desse equipamento pertencia a Hróaldr, cujos homens tiraram as armaduras dos próprios corpos e as espadas das bainhas para entregar aos filhos. O restante fora fornecido por Wiglaf; afinal, segundo o acordo, ele ficaria com metade das terras, riquezas e tudo aquilo de valor que eles encontrassem.

– Mandou me chamar, senhor Wiglaf? – Seumas, um monge franzino e de pele meio azulada, tão fina e tão pálida que dava para ver as veias, aproximou-se, os olhos assustados, a cruz de madeira tremendo na mão. Seu hábito tinha muitos remendos e fedia. Ele também fedia: um cheiro azedo parecido com mijo seco e vômito de cachorro. E as solas dos pés, sempre descalços, eram tão grossas e escuras que lembravam cascos.

– Claro que o chamei, meu bom homem. – Wiglaf o envolveu com o braço, e cutucou o nariz para tentar aplacar um pouco do fedor. – Quero que abençoe o nosso navio. Ele vai singrar o oceano distante e você sabe, quanto mais ajuda, melhor.

Seumas franziu a testa, desconfiado, pois sabia que ele e todos os homens vindos do Norte, pelo menos naquelas terras, nunca aceitaram o verdadeiro Senhor. Eles eram conhecidos como matadores de cristãos. Estripadores dos seguidores dos apóstolos.

– Como é, homem? Você pode fazer esse grande feito? Eu o recompensarei – Wiglaf o despertou com um chacoalhão.

– Louvado seja o nosso Deus! – Seumas ergueu as mãos para o céu. – Isso é um milagre! Eu vim até aqui apenas porque devo favores ao nobre Burt. Confesso que estava me borrando de medo.

– Não precisa disso. Pode deixar a merda repousar dentro das suas tripas, meu bom seguidor do Cristo. Apenas abençoe o nosso navio e você pode ir embora com o bolso cheio de prata. Sei que é para a caridade, claro.

– Sim, sim! Vamos engrossar a sopa dada aos famintos e colocar mais pães no forno! – Beijou sua cruz de madeira, que nada mais era que duas ripas unidas por um barbante. – E quem sabe, amanhã podemos batizar você e seus homens? Seria algo maravilhoso, sabe? – Seumas abriu um sorriso.

– Primeiro o navio, depois conversamos – Wiglaf piscou.

Seumas entrou no mar, a água batendo na cintura, seguido por Wiglaf, enquanto os cristãos observavam em silêncio, a maioria cochichando sobre tal pedido estranho vindo de um pagão.

Seumas primeiro recitou uma oração em latim, a língua estranha falada pelos homens da Igreja, depois se aproximou do Berserker e tocou-o. Fechou os olhos e prosseguiu:

– Que a glória do único e verdadeiro Senhor abunde nesse navio e... – ouviu-se um baque seco quando o crânio bateu na madeira grossa da quilha da proa.

Seumas ainda vivia, apesar da expressão abobalhada.

– Cabeça dura – Wiglaf puxou-o para trás pelos cabelos tonsurados e bateu novamente, com violência, dessa vez afundando a testa, esmigalhando os ossos, quebrando o nariz e uns dentes.

Uma terceira batida fez o sangue e os miolos espirrarem no casco.

Wiglaf soltou o corpo inerte.

– Pronto, agora o nosso navio está abençoado... Por Odin!

Todos na praia urraram, exceto Burt e um punhado dos seus homens, que olhavam absortos para o monge flutuando no mar, tingindo de vermelho a água ao seu redor. Um deles até vomitou e o norueguês ao seu lado começou a rir.

Alfhildr entoou um cântico sobre Deuses e Gigantes nos primórdios do mundo e que falava de Skíðblaðnir, o magnífico navio de Frey, que pode ser dobrado como um pano até caber dentro de uma pequena sacola.

E, conforme a maré começou a subir, os jovens embarcaram um a um, carregando suas armas e seus sonhos, o coração disparado e a cabeça imaginando tudo aquilo que poderia vir a ser. Por último, Siv, a capitã, não somente por ser filha do Jarl, mas por ter provado pela espada e pela astúcia o seu posto, subiu no Berserker após abraçar longamente o pai, permitindo que as lágrimas escorressem.

Mesmo que quisesse, não as impediria.

– Aos remos, homens! – Siv ordenou, e todos se posicionaram. – Eles confiaram em nós. E os Deuses querem essa jornada, então, vamos fazer valer cada gota de suor.

Contudo, antes da madeira tocar a água, Ástrídr, a filha do anfitrião, apareceu, cantarolando e carregando uma pesada mochila. Atravessou a praia estreita e cheia de rochas encravadas na areia, entrou na água sem dizer nada e pediu ajuda para subir. Então Ganso lhe estendeu a mão e, ajudado por Ketil, puxou a jovem para dentro do *langskip*.

Wiglaf, depois de recomposto, como se tivesse despertado naquele instante, correu, gritando:

– Ástrídr, onde você pensa que vai? Quem disse que você é uma guerreira?

– Não sou mesmo, meu pai. – Sorriu, e seu rosto resplandeceu. – Eu sou uma... – olhou para cima, pensativa. – Sabe que nunca pensei no que sou? Aprendi muitas artes de cura, sei quase todas as lendas do nosso povo, consigo ler runas e aprendi a me guiar pelas estrelas. Não sei mesmo o que sou, mas sei que sou importante para essa viagem.

– Você não vai! – Wiglaf avançou como um cão pronto para morder.

– Pai, pai. – Ástrídr manteve-se calma. – Não lhe pedi a permissão, mas gostaria muito da sua aprovação.

– Ástrídr! – o pai berrou.

– Cale a boca, Wiglaf! – Alfhildr se interpôs e todos a olharam. – Esse seu chilique me irrita. Seu filho está lá. Por que a sua filha não pode seguir com ele?

– Porque ele vai ser um bom guerreiro e...

– Cale a maldita boca! – Alfhildr o repreendeu novamente. – Não tiro os méritos do merdinha, mas sua filha é tão boa quanto ele. Ela não sabe manejar uma espada, mas tenho certeza que irá costurar aqueles que sabem. E quando aqueles que têm os músculos salientes de tanto remar se perderem na noite escura, ela saberá guiá-los apenas olhando para o céu. Preciso dizer algo mais?

Ástrídr acenou agradecendo à velhota e se sentou num dos bancos. Wiglaf sentiu o sangue ferver, então berrou:

– Que os Deuses lhe tragam somente boas coisas, minha menina. Vá e volte bem. E não seja estúpida: se tiver uma luta, corra, corra até seus pés doerem e...

– Já basta, ela já entendeu – Alfhildr riu quando o viu tossir e fingir engasgar só para conter o choro.

A água transbordava pelos cantos dos olhos, descendo as rugas tal como a cachoeira desbrava a rocha.

Ástrídr se levantou e mandou um beijo para o pai. E aqueles que estavam no *langskip* aproveitaram para acenar, principalmente os que tinham parentes e amigos na praia.

A maré descolou o casco do solo e as fortes remadas levaram o navio para cada vez mais longe. A vela foi desfraldada, imensa. Estufou-se com o vento e aumentou a velocidade. A distância o Berserker ia se tornando menor, menor e menor.

Até sumir na imensidão azul.

.

.

.

– Não quer mesmo ficar, meu amigo? – Wiglaf ajudou a embarcar um barril com água doce, lacrado com cera de abelhas, no barco em que o Jarl viera, perseguindo o seu *langskip*. – Podemos ir saquear umas cidades ou mesmo matar uns inimigos do idiota do Burt. Ele paga bem.

– Agradeço o convite, mas tenho que retornar. Tenho que cuidar dos meus assuntos, ver minha mulher e os meus filhos.

Eles se abraçaram e Hróaldr Oveson partiu com menos

homens do que quando chegou. Três já festejavam e brigavam no Valhala. Gritou de longe:

– E lembre-se: para onde eles retornarem primeiro, um manda o mensageiro para o outro!

– E assim será! – Wiglaf acenou e permaneceu na praia até o barco sumir de vista.

– Assim será...

*

– Seumas está morto? – Cellach, o bispo, arregalou os olhos quando Burt, seu velho amigo, contou sobre o ocorrido na praia. – Seumas era um dos escribas mais habilidosos que já conheci. Sua caligrafia era impecável e sua agilidade só podia ser dádiva de santo Andras. E, além disso, ele vivia na plenitude da fé.

– Infelizmente, está – Burt bebeu a sua cerveja num só gole. – Pelo meu convite, a pedido de Wiglaf, veio abençoar o navio deles e acabou... com a cabeça esfacelada.

– E, por Deus, o que te levou a mandá-lo para o meio dos pagãos?

– Wiglaf sempre foi um *bom* homem, muito digno – arrotou. – Quando desembarcou nas minhas terras, eu tinha certeza que estava fodido e que não poderia lutar contra eles, afinal já tinha ouvido histórias. Você bem sabe.

O bispo assentiu. Ele mesmo vira muitos dos seus serem massacrados, terem os crânios rachados por machados enquanto estavam prostrados de joelhos, rezando. Contudo, homens existiam aos montes. Sempre havia aqueles que desejam viver na fé, ou mesmo jovens cujos pais os deixavam aos cuidados da Igreja por não conseguir sustentá-los. O pior foi perder terras, gado e ouro.

– Então, antes de lutar, arrisquei meu pescoço e fui sozinho ter com ele – Burt prosseguiu. – Por sorte, por ter um escravo, um náufrago que resgatei quase morto na praia há dois anos, eu sabia falar um pouco da sua língua.

– Hum, hum.

– Então lhe ofereci terras e prata e ainda guiei a sua fúria para os nossos inimigos, sabe?

– Foi uma boa decisão. Tenho certeza que foi o nosso Santo Andrew que o guiou em tão arriscado momento – Cellach disse. Afinal, era somente Burt que estava entre Wiglaf e as suas terras.

– Sei que foi. E, por conhecê-lo, nunca pensei que Wiglaf faria tal atrocidade. Ele sempre me pareceu justo, pouco afeito a torturas e essas coisas. Depois até permitiu que sepultássemos o corpo de Seumas.

Cellach revirou os olhos, inconformado.

– Então, meu caro amigo – o bispo se levantou –, teremos que puni-lo. Não podemos deixar tamanha afronta sem uma resposta dura. Se não, perderemos o respeito. E respeito é tudo. Se a Igreja e um nobre não conseguem manter a ordem, para que servimos?

– Entendo. E o que o amigo pretende fazer? – Burt tossiu.

– Junte seus homens e vamos exigir uma retratação em ouro e prata! Aquele pagão nunca sairá impune.

– Exigir uma retratação? – Burt tentou se segurar, mas começou a gargalhar.

– Qual é a graça? – Cellach abriu os braços, irritado. – Não vejo motivos para rir. Um abençoado foi morto tal como um verme pisoteado pela sola das nossas sandálias.

– Sim, vamos até lá. Vamos exigir desculpas! – Burt enxugou as lágrimas. – Já vejo as nossas cabeças num cesto e as nossas mulheres nas camas deles!

O bispo apontou o dedo para Burt e abriu a boca, que tinha um pouco de baba esbranquiçada nos cantos. Tomou fôlego para vociferar sobre a covardia do amigo. Então, conteve-se.

Ficou em silêncio por um tempo, até dar as costas para Burt:

– Seumas era um tolo. Se fosse mesmo um abençoado, Deus teria fulminado o seu agressor. Ele só sabia escrever e copiar. Isso posso ensinar para qualquer um.

Saiu do salão e juntou-se àqueles que o aguardavam lá fora. Partiu enquanto Burt enchia a sua caneca de cerveja e acariciava o gato que dormitava sobre a mesa.

*

– O que as runas pintadas nos ossos dizem? – Siv estalava os dedos, pois mal continha a curiosidade. Ástrídr e ela estavam debaixo da tenda que dividiam, a única com grossas mantas de lã servindo como paredes, o que trazia alguma privacidade.

Todos dormiam, o dia fora cansativo, sem vento, por isso os músculos brigaram contra a resistência da água a cada remada. O Berserker fora ancorado em uma enseada rasa, e o mar estava tranquilo, tão calmo que o único som na noite era o dos esguichos, tais quais cascatas prateadas sob a luz de Máni, borrifados pelas baleias que nadavam próximas.

A jovem observava as lascas sob a fraca luz da lamparina a óleo de foca, três delas desviradas, mas ocultas propositadamente da visão de Siv. Ástrídr guardou-as no saco e amarrou com o cordão feito dos cabelos de Freyja. Fechou os olhos por um instante e reabriu-os quando alguém roncou tão alto lá fora que poderia despertar um dos temidos monstros marinhos.

– Eu vi. – Inspirou profundamente. – Eu vi que iremos tão longe que nem mesmo as estrelas que ponteiam o céu serão iguais.

Siv repousou as mãos sobre os joelhos, enquanto seu rosto dançava de preocupação nas sombras e luzes criadas pela lamparina. As runas nunca mentiam para aqueles que sabiam ouvi-las. Assim como não conseguia imaginar um lugar tão distante que as estrelas – conhecidas dos antepassados dos seus antepassados – não seriam as mesmas. Sentiu um nó no estômago e uma vontade de ir para fora, respirar o ar frio da noite. Engoliu o azedo que queimou a garganta e enxugou o suor que brotava no seu nariz fino.

– E como vamos chegar até lá, Ástrídr?

A jovem filha de Wiglaf se manteve quieta, as costas impecavelmente eretas, os olhos passeando pela tenda, as mãos cruzadas sobre o colo.

– Um navio pode flutuar pelas águas mesmo sem um marinheiro, Siv. Ele pode ser levado pelas ondas, pelo vento e pela vontade dos Deuses. Nós inventamos a vela e os remos, mas nem sempre são eles que definem o caminho. E nem com toda a força dos remadores podemos lutar contra aquilo que já foi trançado pelos fios do destino. Nós sabemos olhar as estrelas e conversar com Sól, mas há tempos em que tudo está oculto. – A jovem bocejou. – Estou cansada, Siv, preciso dormir.

Aninhou-se sob uma manta grossa e fechou os olhos.

A capitã permaneceu desperta, observando o tremular das chamas, como se o fogo pudesse clarear sua visão e desnudar suas incertezas.

A fumaça oleosa fez seus olhos arderem.

.

.

.

– Adoro quando fogem! – Asgeir ria com a debandada de pessoas assim que avistavam o *langskip*. As lembranças dos saques no passado e da matança de parentes e amigos fazia o medo congelar a espinha.

Uma ou outra criança permanecia, curiosa acerca do grande navio com cara de dragão, algo que nunca tinham visto antes. Os molecotes mais ousados atiravam pedras com suas fundas, mas essas caíam sempre muito longe.

– Pare com isso, Vígi! – Siv deu um tapa na orelha do jovem que já se preparava para atirar a segunda flecha. A primeira voou em arco e se fincou no chão, bem no meio das pessoas, causando gritaria e alvoroço. – Por que fica gastando as nossas flechas?

– Não sei, Siv. – Ele cutucou a orelha dolorida e vermelha com o dedo, mas o zumbido causado pela bofetada prosseguiu. – É engraçado ver eles correrem.

– Vai ser engraçado quando eu enfiar a ponta dessa flecha no seu rabo só para ver você pular! – Meteu-lhe a mão no peito, fazendo-o cair sentado. Estava irritada, os olhos vermelhos e ardendo pela noite insone.

O caçador murchou enquanto seus amigos gargalharam. Siv nunca fora muito desbocada, mas a convivência com aqueles que mais falavam asneiras do que outras coisas a havia contaminado.

– Você precisa sempre ser dura, minha filha. Deve ser justa e dar sua vida pelos seus, mas tem que saber ralhar e punir. – Hróaldr Oveson acariciou seu rosto com as costas da mão. – Se não agir como eles perderá o controle, e se isso acontecer...

– Entendi, meu pai. Farei isso.

– Sentem e remem – Siv pegou o leme das mãos de Ketil. – Se têm forças para galhofas, têm para nos levar a um lugar seguro antes do anoitecer. Ou preciso usar o chicote que meu pai me deu?

– Ela tem um chicote? – Gordo sussurrou para Ganso ao seu lado.

– Não tem não, paspalho! É tudo mentira para nos assustar.

– E por que ela diria que tem um chicote? Ela não precisa nos enganar, não é?

– Você deve mesmo ter caído de cabeça quando a sua mãe te pariu, Gordo. – Ganso parou de remar e encarou o amigo, que suava e tinha as bochechas vermelhas. – Se ela diz que tem um chicote e ameaça fazer vergões no nosso lombo, nós não reclamamos. Essa Siv é...

Ganso ouviu um estalo bem do lado da sua orelha. Virou-se e viu que a jovem empunhava um chicote de couro.

– A próxima eu dou bem no meio das suas costas, Ganso – Siv permaneceu sisuda, apesar de querer gargalhar.

– Pelos pentelhos de Beli! – Ganso virou-se ligeiro e começou a remar. – Ela tem mesmo um chicote.

– Eu não disse que ela não mentia.

– Agora eu sei, Gordo. Então cala a boca e rema.

Lá atrás, Siv, Ketil e Birger tiveram que tapar as bocas para conter o riso.

.

.

.

– Merda de chuva – Boca de Bagre precisou gritar para ser ouvido. Não conseguia ver mais longe que a distância de uma cuspida. – Se uma rocha estiver na nossa frente, não conseguiremos desviar. Aqui o tempo é maluco. Um dia chove, noutro faz um sol de assar o nosso lombo, depois esfria.

– Pelo menos estamos em águas profundas. – Ketil afundou uma vara comprida de madeira e ela não tocou o fundo. – E o mar não está tão agitado, apesar do aguaceiro. Vamos devagar, mesmo porque não sabemos para onde estamos indo.

– Minhas botas estão cheias de água – Vidar espirrou. – Estou ensopado.

– Vai ser uma grande merda passar a noite com esse tempo – Vígi olhou para o irmão. – Será que não encontramos abrigo?

– Ah, claro! Abrigo, uma sopa fumegante e uma cama seca! – Asgeir balançou a cabeça. – E, quem sabe, alguma mulher safada nos esperando de pernas abertas – gesticulou. – Estamos no meio do cu do mar, seu animal! Que abrigo podemos encontrar?

– A minha rola vai encontrar abrigo na sua bunda – Vígi respondeu de pronto. E de pronto o grandalhão se levantou, os punhos cerrados e a cara enfurecida.

Birger teve que se colocar à frente do irmão, contendo-o com dificuldade, enquanto Ketil apertou o braço de Vígi, que já sacara sua faca de caça.

– Nesse navio ninguém briga – Siv se interpôs, os cabelos molhados e a boca meio arroxeada pelo frio. – Guardem sua fúria para os inimigos. Entenderam?

Silêncio.

– Entenderam? – Ela berrou.

– Sim – ambos responderam e retomaram seus lugares.

– A rola vai encontrar abrigo na sua bunda – Ganso sussurrou para Gordo, e os amigos soltaram risinhos de deboche.

Asgeir virou-se e os encarou, fazendo-os emudecer e empalidecer.

– A minha rola vai encontrar abrigo na sua bunda. Essa foi ótima – Asgeir gargalhou, batendo as mãos nas coxas. – Agora que vi como é engraçada. Pelo saco enrugado do meu avô morto, preciso usar essa com alguém, um dia!

Então, no Berserker, o escândalo se sobrepôs ao barulho do aguaceiro, tão alto, tão eufórico e escandaloso que até os mesmo os Deuses deviam ter se divertido com tamanha chacota, pois a chuva amainou e logo se tornou um chuvisco, até estancar, tal como as últimas lágrimas que eram enxugadas dos cantos dos olhos.

*

Primeiro ele apertou os olhos. A chuva nublava um pouco a visão. Coçou o nariz e continuou observando um vulto escuro no mar. Acreditou ser uma baleia, depois a sombra de alguma nuvem. Então arregalou os olhos e gritou:

– *É o senhor Hróaldr!* – O jovem pastor de cabras se alegrou quando teve certeza de que era mesmo o barco do Jarl que se aproximava, ligeiro. Seu grande cão branco latiu em meio aos balidos e ao badalar dos sinos de metal nos pescoços dos bichos barulhentos. – Pai, pai, ele voltou! Acabou de encalhar o barco na areia da praia!

Seu pai veio, o mais rápido que pôde, se apoiando na muleta que usava desde que perdera o pé esmagado por um casco de cavalo durante uma invasão a Jylland, em uma batalha contra o exército de Gorm, o Velho.

– Vamos ter que cortar. – Ove, pai de Hróaldr, cheirou o pé e fez uma careta. – Está fedendo. E a carne está escurecida. – Colocou a mão na testa dele e sentiu que estava quente demais. – Tragam o meu machado. E tragam uma caneca de hidromel para ele. Bem cheia.

– Eu vou perder o meu pé? Merda, não posso ser um aleijado. Tenho que cuidar da minha família! – Ulf choramingou. – Por que eu não morri de uma vez? Merda!

– Beba, meu amigo – Ove lhe entregou a bebida e ele a engoliu, com poucos goles, engasgando, balbuciando maldições e pragas contra a sua má sorte. – Vai doer, mas você vai viver.

Ulf encarou seu senhor, seu companheiro de tantas batalhas, os olhos vermelhos e a boca tremendo, espumando pelos cantos. Inspirou profundamente e apertou com força a madeira do banco onde estava deitado.

– Faça.

Ove levantou o machado acima da cabeça e desceu-o com força, decepando um palmo abaixo do joelho direito. O sangue jorrou enquanto Ulf berrava, segurado por dois homens fortes. Ove pegou um toco em chamas e sem hesitar encostou-o no coto, que fumegou, chiou e fedeu até o sangramento parar por completo enquanto o fogo lambia a carne, fazia a pele borbulhar e tostava os pelos.

Infelizmente Ulf era forte demais e não desmaiou, aguentou todo o suplício desperto, seus gritos sendo ouvidos por todos, fazendo até mesmo os mais fortes e calejados nessas agruras pós-batalha se dobrarem pela dor dele.

Ficou sem pregar os olhos por três dias, gemendo febril, sem conseguir comer ou beber, lutando para se manter vivo, delirando e dizendo coisas sem sentido.

Muitos apostavam no seu fim.

Alguns já rezavam para os Deuses se apiedarem do pobre cão.

Houve aquele que segurou o cabo do seu punhal pensando em terminar com o sofrimento.

No quarto dia, ele se sentou na cama, o rosto pálido e os olhos semicerrados circundados de roxo. Pediu uma galinha assada, comeu uns bocados, bebeu cerveja e apagou. Acordou dois dias depois, a pele fresca e os olhos vívidos. E com uma vontade enorme de trepar com sua mulher.

– Sim, meu filho, Hróaldr Oveson retorna ao seu salão. – Ulf colocou a mão sobre as sobrancelhas grisalhas para barrar um pouco da chuva. – Mas não vejo seu *langskip*, tampouco enxergo todos aqueles que com ele partiram para buscar sua filha e seu grande navio.

O filho fitou o rosto do pai, endurecido e ensopado. Ele murmurava algo, como se rezasse, os olhos fixos naqueles que deixavam pegadas apressadas na areia grossa.

– O que foi, pai?

– Acho que teremos tempos sombrios quando ele revelar suas novas e os daqui contarem o que ocorreu na sua ausência.

O jovem tocou o amuleto em seu peito e correu atrás de uma das cabras que se aproximava perigosamente da borda do penhasco rochoso, seguido pelo cão que entendia tudo aquilo como uma brincadeira divertida.

.
.
.

– Mortos? – O Jarl segurou os ombros da esposa, que não conteve o choro, mesmo depois do abraço de reencontro... de dor. – Quando? Como?

Afastou-a com cuidado e, enquanto ela falava entre soluços, observou-a, linda como sempre, apesar do rosto vermelho e do sofrimento na voz cansada. Seus cabelos pareciam um pouco mais prateados do que ele se lembrava. Hróaldr sentiu uma fisgada no peito, o ódio reprimido por não ter podido defender o seu salão. Por não estar ali quando mais precisaram dele.

Ouviu tudo sobre a traição de Cara de Umbigo, Ari e seu bando. E permitiu-se um sorriso junto da esposa, quando ela contou a bravura do seu primogênito e também a sua, ao lutar lado a lado com o filho.

– Bjorn tombou, Brida o seguiu, a maior prova do seu amor. Ambos foram bravos, cada um do seu jeito. Ambos merecem estar com os antepassados e festejar com os Deuses. – O Jarl beijou a testa da esposa. – Mandarei fazer canções sobre eles e sobre esse dia, para que nunca mais ninguém ouse me desafiar.

Dagr veio correndo. E abraçou o pai.

– Onde está Siv? E o navio? Já se passou um bom tempo desde que você chegou, pelo que os pescadores me disseram. Eles deveriam estar logo atrás, não? – Dagr se sentou. – Vim da praia e nada...

– Siv não virá – a voz de Hróaldr saiu mais baixa do que de costume.

O semblante da mãe de Siv mudou e o medo estampou seu rosto. Estava tão aflita contando sobre Brida e Bjorn que se esquecera da filha mais nova.

– Ela está morta? – A esposa do Jarl arregalou os olhos e abriu a boca. – A minha menina morreu?

– Calma, calma! Ela vive e está bem.

– Então por que não voltou com você? – Sigrid cruzou as mãos.

– Bem... Essa é uma longa história, e... – Hróaldr Oveson coçou a barba.

– Comece. – Sua esposa se sentou ao lado do filho e apertou os joelhos, balançando o pé, impaciente.

Então, ele começou.

.

.

.

Dois estalos altos foram ouvidos no grande salão. E a bochecha do Jarl latejou. Um terceiro tapa fez a cadela latir e o grande Hróaldr lacrimejar. Abriu a boca e levou a língua aos dentes, para ver se todos estavam lá. Era uma dama, mas sabia bater com a força que faria muitos desabarem.

– Você comeu merda de baleia? – A esposa enfiou-lhe o dedo na cara. – Como você permite que nossa filha e aqueles moleques saiam navegando sem rumo? Que você não se importe que o seu *langskip* possa ir para o fundo do mar, eu estou pouco me fodendo, agora, permitir que Siv se vá? Que idiotice foi essa? Você estava bêbado? Devia estar, porque, para tomar tal decisão, só tendo um odre de cerveja enfiado no cu!

– Calma, me deixe explicar... – O Jarl mostrou as palmas das mãos.

– Não me fale para ficar calma! – Puxou a barba dele com força, para fazê-lo se dobrar e ficar da sua altura. – Já perdi Brida. Agora perco Siv? Perdi as minhas duas filhas! As minhas duas meninas...

Esmurrou o peito dele. E ele não tentou impedi-la.

Até a fúria cessar e os xingamentos se transformarem em prantos dolorosos.

Hróaldr fez sinal para Dagr sair do salão e a abraçou até ela se acalmar.

Enquanto isso, quietinha nas sombras do fundo do grande salão, sentada em um tapete no chão, ao lado de um dos cães, Vigdís, a tia surda de Hróaldr, conversava sozinha, como sempre fazia. Se era louca, falava com os Deuses ou com os espíritos, ninguém sabia.

– Siv vai longe. Vai sim. E vai ser grande, tão grande que a Deusa das Algas, *A que fala com as focas*, aquela que é tão velha quanto o mar virá com ela. Ah, se virá! Eu sei. Claro que sei. Sempre sei.

Capítulo IX – Histórias de Glória

– Esta é a carne mais gostosa que eu já comi na minha vida. – Gordo mordeu um naco gorduroso da foca e suspirou. – Macia, tostada e muito, muito saborosa.

– E olha: pelo que mostra a sua pança, você deve ter comido mais carne que muitos ursos – Boca de Bagre zombou. E aqueles ao redor da fogueira que assava as grandes postas de um vermelho-escuro riram, com as bocas cheias e os espíritos mais felizes depois de dias no confinamento do Berserker.

Gordo apenas balançou a cabeça, mais preocupado em forrar o estômago, depois de esperar por muito tempo o bicho cozinhar. Fazer a fogueira tinha demorado por causa da madeira úmida. Ainda bem que a carne grossa e farta dera para alimentar a todos.

Cortou mais um pedaço com a sua faca, pegou um punhado de funchos cozidos e meteu tudo na boca, mal conseguindo respirar, as bochechas estufadas.

De fato, foi um como um banquete, ainda mais depois de passar dias comendo somente peixes defumados, carnes salgadas e pão endurecido e carunchento.

E tudo graças à audácia de Kári, o Calado, cuja voz muitos daqueles que embarcaram na Escócia não conheciam. O jovem, sem dizer nada, largara seu remo, pisara na amurada e se jogara do Berserker para o mar, num mergulho que o fez sumir nas águas escuras e profundas.

Ficou uns instantes debaixo da água, deixando seus companheiros confusos enquanto apenas bolhas surgiam na superfície. Emergiu, recuperando o fôlego pela boca. Logo em seguida, o vermelho tingiu a água ao seu redor.

– Ele se machucou! – berrou Siv.

– O que esse animal fez? – Asgeir se aproximou da amurada.

– Ei, o sangue não é dele! – Vígi apontou. – Ele matou uma foca. Olha a cabeça do bicho! Joguem uma corda para ele.

Kári segurava com dificuldade a nadadeira, enquanto era puxado para baixo devido ao peso do corpo roliço, tendo dificuldade em manter a cabeça fora d'água. Birger pulou no mar para ajudá-lo a amarrar a foca, que tinha a faca bem cravada na cabeça, num golpe preciso entre os olhos.

Boca de Bagre também se atirou. E, depois que os nós estavam firmes, a força de Asgeir, Ganso e Odd foi testada ao extremo para puxar o bicho, que pesava tanto quanto o senhor Hróaldr.

Kári, ensopado, foi ovacionado e respondeu com apenas um aceno antes de tirar a camisa e torcê-la.

– Ela estava seguindo a gente fazia um bom tempo – falou, enfim. – Então pulei, e agora temos carne para o almoço.

– Temos que aprender com ele. – Birger bateu nas costas do amigo. – Enquanto nos esgoelamos de cantar ou tagarelar, ele fica em silêncio e observa.

– Que os Deuses sempre o mantenham quieto, então! Assim nós cantamos e ele enche as nossas panças. – Ganso foi andando até Kári, mas tropeçou num cordame e caiu de cara na foca, sem conseguir colocar as mãos na frente.

– Calma, Ganso! – Asgeir o ajudou a se levantar, com a cara toda lambuzada do sangue do bicho. – Não seja tão guloso! Acho que a foca fica mais saborosa se cozinharmos antes.

– Ah, vá se foder! – Massageou o nariz dolorido enquanto os risos estrondavam nos seus ouvidos.

*

– Dagr, venha comigo. – O Jarl foi até o filho, que trocava umas tábuas rachadas nos fundos do grande salão.

O jovem martelou dois pregos compridos para prender a tábua grossa que já estava no lugar e entregou o seu martelo para um dos empregados, que seguiu ajudando o carpinteiro. Logo ali, quatro crianças brincavam com as aparas que caíam no chão, construindo paliçadas, fazendo bonequinhos com gravetos.

Dagr foi até o poço, puxou um balde de água e bebeu um pouco. Apesar de ser um dia bem frio, ele suava pela labuta. Lavou o rosto e seguiu até o pai, que o aguardava lá na frente, observando o mar brilhante. Tocou no seu ombro. E o Jarl começou a falar.

– Sei que você cuidou bem do meu, do nosso salão, meu filho. E lhe sou muito grato...

– Só fiz o que... – começou ele, mas o pai ergueu a mão e o interrompeu.

– Vocês lutaram muito bem e defenderam a honra da nossa família. Vocês fizeram o que eu faria, até melhor, sabe? – Deu um soco no braço do primogênito que desmontaria os mais franzinos. – Aqueles vermes estão apodrecendo. Contudo, eu acredito que a vingança não está completa, entende?

– Eu sinto o mesmo, meu pai. Vejo que alguns malditos que outrora lambiam os bagos do tal Cara de Umbigo me olham de um jeito *estranho* quando cruzo por eles. É como se zombassem de alguma coisa.

– Sei disso, Dagr, e é por isso que iremos mostrar que os senhores do grande salão são soberanos. E que todos os crimes sempre serão punidos com a severidade do aço e do fogo.

Dagr assentiu e tocou o punho da sua espada.

.

.

.

– Então foi a vez do velho Tófi ir foder a puta, que suava em bicas depois de aguentar três machos em cima dela, mas, se a prata é farta, vocês sabem, as pernas se arreganham! – Ovar teve que conter o riso que já lhe coçava a garganta para conseguir continuar sua história. – Ele veio balançando aquela tripa murcha no meio das coxas finas, que havia muito tempo não sabia o que era olhar para a frente. Pediu para ela abrir as pernas. Ela o atendeu. Tófi a montou, como se fosse um boi viril, mas só o que ela sentiu foi um roça-roça de pentelhos e de algo mais mole que uma enguia cozida. Até cochilou!

Todos que estavam sentados na grande mesa do salão do Jarl gargalharam, batendo as mãos na madeira, mais derrubando a cerveja nas barbas do que bebendo. A festança começara antes de o Sol se pôr e avançava madrugada adentro. Barris e mais barris de bebida eram abertos, a carne ainda era farta e as piadas e zombarias se tornavam mais constantes pela liberdade que o álcool dava à língua.

Somente Hróaldr Oveson e Dagr Hróaldrson permaneciam sóbrios. Somente os dois portavam suas armas. E somente eles fingiam se divertir na festança, uma farsa forjada com o propósito de comemorar o retorno do Jarl.

Então o senhor daquelas terras interrompeu a algazarra.

– Sei que vocês me cobram explicações. E eu as darei. – Hróaldr se levantou e logo o salão ficou em silêncio. – Mas, se não for muito incômodo, antes de tudo, gostaria de chamar a minha esposa, a senhora desse salão, para cantar uma canção.

Ela surgiu na grande porta e entrou, a postura ereta e o cabelo impecavelmente arrumado, adornado por uma tiara dourada com incrustações de pedras preciosas vermelhas e azuis. A trança grossa descia até o meio das suas costas, o amarelo acinzentado contrastando com o verde do tecido. No pescoço, cordões de ouro, e nos pulsos braceletes de prata, tão polidos que brilhavam à luz das chamas. Postou-se ao lado do marido, que se sentou na cadeira de encosto alto, forrada de peles.

Uma das suas servas sentou-se no degrau, aos seus pés, e começou a dedilhar a lira, as primeiras notas ressoando no salão, belas, harmoniosas. Outra, com um pequeno tambor, começou a marcar o ritmo.

Então veio a voz da senhora Sigrid, meio rouca, mas tão suave que acalmava o coração do mais aflito.

Quando o imponente navio foi para o mar
Muitos ainda dormiam nesse grande salão
Um bando de jovens tolos pôs-se a sonhar
Ansiando ter seus nomes numa nobre canção

Sem rumo eles partiram para o oceano distante
Remando a esmo, navegando sem direção
No grande azul, o navio era apenas um errante
Guiado não pelos braços, mas pelo coração

Remem! Remem! Durante a noite, durante o dia!
Remem! Remem! Na tarde quente e na noite fria!

O langskip *veloz cortou as águas, valente*
Rumo ao oeste sem ter certeza do destino
A vela desfraldada o empurrava para a frente
E quando em terra o viam, faziam soar o sino

Lá vem o demônio, muitos gritaram
Lá vem a morte pela espada, pelo machado
Valha-me Deus, de joelhos se prostraram
Vão roubar minha prata e o meu arado

As mulheres em prantos se escondiam
Os homens sabiam da morte vindoura
As crianças, ingênuas, se divertiam
E o velho já se via na cova duradoura

No navio, todos estavam gloriosos
Exalando um poder ainda inexistente
Desembarcaram com olhos gulosos
Crendo ser uma tripulação competente

Mas quando o cão mostrou as presas
E uivou bem alto para chamar a alcateia
Eles se tornaram vítimas indefesas
Seriam estraçalhados diante de plateia

Parede de escudos! Ela, a capitã, gritou a plenos pulmões
Empunhem suas armas, firmem os pés e avancem devagar
Lutem sem medo, com a alma e com os seus corações
Ou vencemos a peleja, ou com os Deuses vamos banquetear!

O aço se banhou no sangue espesso
E os gritos viraram melodia
Loki se divertia, o Deus Travesso
Ao ver o pânico e a agonia

Os primeiros tombaram
A parede de escudos se desfez
Todos os gritos cessaram
Sofreram pela sua insensatez

Assim, os jovens vindos do Norte
Estavam a caminho do Valhala
Esperavam apenas ter a boa morte
E não ser apenas mais um corpo na vala

As valquírias cavalgavam os ares
Guiariam os espíritos dos fortes
Que não retornariam aos seus lares
Mas eram dignos: tiveram boas mortes!

Filhos que nunca mais veriam seus pais
Jovens que nunca teriam seus próprios herdeiros

Eles, que deixaram suas casas para trás
Pranteavam e tombavam pelos golpes certeiros

"Odin, em breve nos encontraremos
Nos permita ter uma boa morte, que pelos skalds *será cantada*
Porque em seu nome sempre lutaremos
E quando tombarmos, teremos em mãos as nossas espadas!"

Quem ainda respirava, mal se aguentava de pé no combate
Seus machados estavam sem fio, seus escudos estavam lascados
Os braços tornaram-se chumbo, não havia força para o embate
E do bosque mais cães surgiram, nervosos, soltando rosnados

Mas os Deuses se orgulharam dos jovens guerreiros
Então guiaram o Jarl até a praia escondida
E, enquanto seus homens remavam ligeiros
A sua espada estava pronta para dar a mordida

Thor, Odin e Tyr estão entre nós
Mostrem a eles qual cão é mais feroz!

O aço bem polido manchou-se de vermelho
As armaduras foram salpicadas com sangue e lama
Enquanto os escoceses morriam como coelhos
E o bando do Jarl, rindo, reafirmava a sua gloriosa fama

E a batalha que começou antes de Sól aparecer, teve seu fim
E muitos filhos dos homens do Norte agora brindam com Odin

O som da lira logo cessou, assim como o do tambor. E a senhora encarou um por um nos olhos, muitos vermelhos. E uns poucos baixaram a cabeça.

Silêncio.

Agora somente o som das respirações era audível. E de uma ou outra fungada disfarçada daqueles que perderam filhos, mortos na distante praia escocesa. A maioria dos que estavam no salão já estivera em batalhas. Muitos pelejavam desde bem jovens e não tinham um palmo de pele sem cicatriz. E todos sabiam: quem morria com bravura tinha seu lugar garantido nos salões dos Deuses.

Seus filhos foram honrados, alguns deles mais que os pais que ali estavam. Tombaram empunhando suas armas, sem nunca dar as costas aos inimigos, sem nunca desamparar aquele que estava ao seu lado. Contudo, para a saudade, para a dor que brotava no peito, esse conhecimento de nada adiantava.

E as lágrimas não podiam ser contidas.

Nem mesmo as de saudade que brotavam dos olhos do velho Hróaldr Oveson.

*

– Não viemos de tão longe, não enfrentamos o mar bravio até nossas mãos ficarem esfoladas, nem sangramos na batalha para sermos fisgados como rãs! Não desembarcamos aqui para deixarmos o aço deles perfurar os nossos buchos. Eu não quero que a minha carcaça seja roída pelos vermes. Não hoje! – Birger olhou para os lados, para os companheiros que se mantinham firmes, os escudos colados em uma formação de duas fileiras bem unidas. – Nós queremos alcançar a glória e encher nossos baús de ouro e prata. Queremos ser maiores que os nossos pais! Então, amigos, temos que provar que somos capazes. Vamos dar diversão a eles! Vamos honrar aqueles que morreram para que nós vivêssemos!

Todos urraram, batendo as armas nos escudos.

Eles não precisavam aportar ali se não desejassem. Tinham água e comida suficientes para seguir por muitos dias. Porém, na noite anterior, Siv sonhara que, em uma enseada onde a rocha formava a cabeça de uma águia, eles encontrariam algo de grande valor. Se seria um tesouro, boas armas, outro navio desprotegido, ela não havia visto. Isso não estava claro quando ela despertou de súbito.

Pensou se tratar de um sonho qualquer, como muitos outros que já tivera. Esqueceu-se logo dele.

Contudo, depois de muito navegar, ao olhar para a terra distante, com suas escarpas, planícies e recortes escuros como se a espada de um gigante houvesse fendido a terra, piscou algumas vezes ao se deparar com tal rocha, em um monte baixo e pedregoso.

– A águia! – Segurou o braço de Ástrídr, para quem contara o seu sonho, e apontou.

A filha de Wiglaf apenas sorriu, pois sabia que, nesses tempos em que os Deuses não mais caminhavam entre os homens, as visões durante o sono eram a forma como eles conversavam com os povos de Midgard.

Siv assoviou para chamar a atenção de todos. Decidiu desembarcar, afinal, a cabeça de águia era exatamente como a do seu sonho. Então, eles ancoraram o Berserker e desceram armados, porque, à distância de uns setecentos e cinquenta passos, havia um vilarejo, uns vinte e poucos casebres de madeira e palha, tendo no centro uma pequena igreja do deus crucificado.

Ao redor, os campos eram arados, e os animais pastavam o mato verdinho em uma colina atrás de um rio, cujas águas faziam girar uma pequena roda, usada para impulsionar as engrenagens que giravam a mó de pedra. Assim, ela mastigava os grãos até transformá-los em farinha.

Um dia houvera uma paliçada. Agora, somente um punhado de estacas enegrecidas e cobertas de musgo despontavam, esparsas, tais como dentes na boca de um velho. Desse jeito, não serviam para proteção, mas seriam úteis para estender peles para secar ao Sol ou servir de apoio às ramagens das frutinhas silvestres.

Não parecia que haveria qualquer tesouro lá, talvez um pouco de prata enterrada em algum lugar da igreja. Contudo, já que haviam descido, acharam por bem cumprimentar aquelas pessoas. E os atarefados moradores só os viram quando eles já marchavam. Só os perceberam porque os cães começaram a latir. Não fosse assim, dariam-se conta somente quando já recebessem baforadas nos cangotes.

– Sempre é bom treinar um pouco, não é, Gordo? – Asgeir cutucou o jovem com o cotovelo. – Um desjejum farto, uma bela cagada e uma batalha logo pela manhã. O que poderia ser melhor?

– Só se tivesse uma trepada – Gordo respondeu de pronto, as tripas borbulhando, incômodas, como sempre acontecia antes dos combates.

– Uma bela trepada, isso seria maravilhoso! – Asgeir firmou melhor as alças de couro do seu escudo.

– Cabeça de águia – Ganso sussurrou entredentes. – Eu fiquei olhando para aquela rocha pontuda e só vi a porra de uma rocha pontuda. Acho que perdemos tempo descendo nesse cu de lugar.

– Tempo, tempo... – Ketil ajustou seu elmo. – O que importa é o agora, porque só o que está à frente dos nossos olhos é o que existe.

– Avancem! – Birger gritou, seu escudo travado com o de Siv. – Vamos mostrar que não somos mais os merdinhas chorões de antes. Parem de matraquear e se preocupem em lutar bem.

A grama estava úmida por causa do orvalho. E o vento fazia o rosto ficar vermelho. Os olhos não se abriam direito e os lábios ardiam. Todavia, eles eram um povo do gelo, a pele castigada, acostumada. E o sangue fervia em suas veias: os oponentes, desorganizados e pegos de surpresa, vinham correndo, tal como um enxame de abelhas pronto para ferroar os invasores, munidos com o que tinham em mãos: suas ferramentas do dia a dia, algumas espadas, machados de cortar madeira e arpões para caçar baleias.

E tudo isso podia matar tanto quanto a melhor das armas.

– Por que esses filhos de uma morsa sem dentes correm tanto? – Boca de Bagre, que tinha um nome, Wiglaf Wiglafson, apesar de nunca ser chamado assim, cuspiu por cima da borda do escudo. – Veja, tropeçam nos calcanhares dos próprios aliados.

Askr levantou o seu escudo, e uma flecha bateu na madeira e caiu no chão.

– É como se estivessem pisando em formigueiros. – Askr apertou o cabo da sua espada. – Olha lá o imbecil que acabou de cair de joelhos.

– Bem, não vou ter dó de matar um bosta de bode desses – Boca de Bagre sorriu para o primo. – E ele virá direto para a ponta da minha espada.

– Esses ruivos desse tal Éire são insanos – Odd coçou um piolho na barba ruiva. – Eles parecem não temer a morte. Há pouco estavam ordenhando suas cabras e agora vêm em carga! Eles podiam simplesmente ter corrido para o outro lado, passado pela ponte sobre o rio e sumido. Mas não: resolvem nos peitar.

– Por isso são inimigos de valor – Siv respondeu. – E esses nós devemos temer.

– Eu juro pela minha mãe que achei que iria morrer naquela praia na Escócia – Vidar cuspiu. – Não quero passar por isso de novo.

– Então lute bem, meu amigo. – Birger sentiu o suor escorrer pela bochecha e se perder em sua barba. – Agora é o momento de confiar nos Deuses, no aço e no nosso treinamento. Estarei ao seu lado.

Sessenta e nove jovens, toda a tripulação do Berserker estava pronta para lutar, exceto Ástrídr, que de dentro do navio rogava uma praga, tal como sua avó lhe ensinara.

– Que a lança se quebre. Que a espada entorte. Que o inimigo que vem, encontre a sua morte! – Ástrídr apontava para eles os dedos tais como se fossem garras.

Lá adiante, tão longe que ela mal conseguia enxergar o que acontecia na batalha, os jovens mantinham-se firmes.

Iniciaram-se os sons das pancadas, entretanto, para ela, eram apenas ecos. Os berros dos primeiros feridos, somente murmúrios trazidos pelo vento.

– Que a lança se quebre. Que a espada entorte. Que o inimigo que vem encontre a sua morte!

Premeu os olhos e apoiou-se na amurada. Viu que seus amigos se mantinham firmes, enquanto os homens de Éire se acotovelavam – e morriam – ao tentar ultrapassar os escudos. Não tinha certeza se algum deles havia tombado.

Logo descobriria.

– Que a lança se quebre. Que a espada entorte. Que o inimigo que vem encontre a sua morte!

Sentiu um calafrio. Virou-se assustada.

E soube que, mesmo sem desejar, precisaria travar sua própria batalha.

*

– Sim, nossos filhos foram bravos. – O Jarl encarou aqueles que estavam no grande salão. Pais, mães, tios e irmãos que ouviram a canção da senhora Sigrid e se emocionaram com tanta dor, tantos feitos, tanta saudade. – E vocês podem se orgulhar. Eu juro pelo meu sangue que os nomes deles serão lembrados e cantados para nossos netos, bisnetos e além, até o dia do Ragnarök.

Houve comemorações e abraços. E alívio entre aqueles que estavam preocupados. Somente depois de ver o sorriso aberto e ouvir os elogios entenderam que Hróaldr havia perdoado o roubo do seu navio. Muitos respiraram aliviados pela primeira vez desde que ele retornara.

Apenas a tia Vigdís, apesar de não ouvir nada que seu sobrinho tinha dito, estava encolhida no canto, gemendo, como se estivesse apavorada. Era como se visse à sua frente Víðarr, o Deus da Vingança. E toda a sua fúria estava prestes a se revelar.

– Agora será... Agora vai mostrar o futuro... Quem viver, nunca esquecerá. Quem morrer vai ter o espírito estraçalhado, vai se perder no nada, vai sim, sim. – Abraçou a cadela e pôs-se a choramingar, consolada por lambidas quentes. – Eles merecem. Eles pediram por isso.

Ela era a única a conseguir sentir o coração, a alma do grande senhor. E, ao olhá-lo, via como se houvesse um halo pulsante ao seu redor, ora negro, ora vermelho. Cobriu os olhos com as mãos.

Hróaldr Oveson inspirou profundamente. E, assim como um céu azul que se transforma em cinza devido à tempestade vindoura, o rosto do Jarl mudou.

Seu semblante se fechou numa carranca. Muito mais aterrorizante que a cabeça de dragão na proa do Berserker.

– Honra para os jovens, vergonha para os vermes – ele rosnou baixo, tal como um lobo prestes a morder. – E há algo podre no meu salão. Há vermes aqui.

E quem conhecia a sua fúria se encolheu.

– Alguns dos que aqui ficaram mostraram-se tão traiçoeiros quanto uma doninha criada em meio a coelhos! – A carranca agora era uma máscara de pedra. – Quando saímos, a doninha resolveu atacar, causou um grande mal, mas foi rechaçada. Foi morta.

Olhou para a esposa e para o filho.

– Contudo, uma doninha nunca está sozinha. São uns bichos persistentes. E, quando uma morre, outra logo vem para tomar o seu lugar. E, glutona, nada respeita: vem se fartar da minha comida, como se zombasse do velho bonachão que acabou de retornar sem o seu navio! – Apertou o punho da espada ao perceber que, na entrada do seu salão, dois homens se levantavam devagar, e que, com passos de lado, tais como caranguejos, esgueiravam-se em direção à porta.

Isso tornava tudo mais fácil. Eles haviam se entregado sem que o Jarl precisasse *apertá-los*. Hróaldr Oveson continuou com o semblante impassível. Pegou uma caneca de madeira e deu um longo gole na sua boa cerveja. Estalou os beiços antes de fechar um dos olhos e atirá-la com força, espatifando-a na orelha de uma das doninhas.

O homem levou à mão ao rosto ensanguentado. O outro tentou correr, mas Dagr, nesse meio-tempo, havia se levantado, dado a volta na grande mesa e parado ao lado da porta. Impediu a fuga com um soco no meio do nariz do maldito, que caiu para trás, zonzo.

Dagr o arrastou pelos cabelos para fora do salão, enquanto seu pai trazia o outro puxado pela orelha. A senhora ordenou que todos saíssem e viessem presenciar o julgamento de Hróaldr.

– Sempre fui um senhor justo e honrei a minha palavra! – O Jarl atirou o homem no chão. – Dividi os frutos da minha terra e a prata que trouxe nos meus navios. E o que ganho em troca? Traição!

Houve algazarra e burburinhos, houve insultos e insinuações. Mas todos se calaram quando Hróaldr levantou a mão.

– E a traição é paga com a vida. – Sigrid tocou no ombro do marido. – Sempre foi assim. E assim continuará sendo.

– Nós não fizemos nada! – Terje, aquele que levara a canecada, pôs-se de joelhos, ainda zonzo, a orelha sangrando. – A senhora sabe disso, não viemos aqui naquele dia e...

– Cale a boca! – O Jarl deu-lhe um tapa de costas de mão no rosto tão forte que o fez desabar no chão. – Você acha que não tenho olhos e ouvidos nas minhas próprias terras, verme? Você, rato, não teve coragem de vir enfrentar o meu filho, mas sei que há tempos vinha instigando o tal Cara de Umbigo a me atacar. Você sempre cobiçou as minhas terras. Sempre plantou discórdia nos ouvidos dos outros Jarls e até mesmo do rei.

– Nu-nunca fiz isso, meu senhor! – Um chute no estômago fez Terje calar e começar a chorar enquanto o ar tentava entrar no peito.

– Me chama de mentiroso? Viola o meu lar e agora me chama de mentiroso! – Hróaldr cuspiu. – Onde está Tryggr?

O estalajadeiro veio e se apresentou ao Jarl.

– Estou mentindo, Tryggr?

– Eu juro pela minha vida, pela da minha mulher e pela do meu filho, Tryggr Tryggrson, o Gordo, que navega junto com a brava Siv. – Tocou o amuleto de Thor no peito. – Você diz a verdade.

– Bastardo imundo! – Øyvind, irmão de Terje, aquele que levara um soco de Dagr, se levantou, os punhos cerrados. Levou um chute no joelho, que estalou. Desabou no chão, o rosto vermelho de dor e ódio.

– Conte a todos o que você ouviu, Tryggr. – O Jarl cruzou os braços atrás do corpo. – Não esconda nada.

– Eu estava buscando mais cerveja na carroça quando ouvi o Cara de Umbigo conversando com esses dois – apontou para os irmãos. – Eles acertaram um elmo cheio de ouro se Dagr fosse morto e três braceletes de prata se a senhora Sigrid fosse assassinada.

– Isso é uma afronta imensa! – Sigrid levantou os braços. – Eu valho muito mais que apenas três míseros braceletes! No mínimo uns cinco e mais um cordão de ouro!

Aqueles que lá estavam riram, inclusive o Jarl, mas logo a tensão voltou.

– E, se Brida e o marido fossem mortos, mais um saco com joias – o estalajadeiro prosseguiu. – Eu juro que, assim que pude, mandei meu caçula vir avisá-los, mas não esperava que eles fossem atacar tão depressa. – Baixou a cabeça, envergonhado. – E peço perdão pelo erro de julgamento.

– Não se culpe, Tryggr. De fato o moleque veio, mas a peleja já havia começado, meu filho me contou. – Olhou para Dagr que assentiu. – Você é um bom amigo.

O estalajadeiro fez uma mesura e voltou para o meio das pessoas, agora com o espírito mais leve.

– Vocês negam isso? – Hróaldr Oveson encarou os irmãos. – Vocês também o chamam de mentiroso?

– Vá dar o rabo para um cachorro! – Øyvind cuspiu.

O Jarl sorriu e sacou a sua espada.

– Isso, cão, venha me matar! – Øyvind provocou. – Só eu estando desarmado para você conseguir.

Então veio o golpe e tudo escureceu para um dos irmãos.

O outro ainda chorava com a mão na barriga, o sangue escorrendo do ouvido, manchando o pescoço, o ranho formando uma trilha viscosa na sua barba castanha. Hróaldr entregou a espada para o primogênito, que a pegou e, com um movimento ágil, fez um corte no lado do pescoço de Terje.

– Você vai sangrar e sofrer tal como Bjorn – cuspiu.

O corte era pequeno, fora apenas suficiente para talhar a veia e fazê-la esguichar o sangue pulsante, para desespero do infeliz que tentava estancá-lo com a mão. Terje abria a boca para falar algo, não conseguia, apenas balbuciava grunhidos, tomado pelo desespero. Tentou se levantar por duas vezes, não conseguiu.

E, como uma enguia fritando no óleo, Terje se contorcia, gemendo, as lágrimas escorrendo pelos cantos dos olhos. Sua agonia só findou depois de algum tempo. Com a grama ao redor tingida de vermelho, o corpo morreu. O pior ainda viria quando sua alma chegasse ao outro mundo.

*

Sufocamento...
Engasgo...
Pavor...
Agonia...
Escuridão.
.
.
.
Vozes distantes...

Gritos?

Ástrídr piscava, mas não conseguia ver direito. Balançava a cabeça, porém aos seus ouvidos só chegavam sons abafados.

Grunhidos?

Não sabia onde estava, tampouco se era dia ou noite. Tentou se levantar, bambeou, tonta, e caiu de costas no chão de tábuas do Berserker. Tossiu e sua garganta doeu. Sentou-se com dificuldade. À sua frente, vultos dançavam, barulhentos. Piscou. Tentou engolir a saliva e a dor a fez apertar os olhos.

Engatinhou até um balde e usou-o como apoio para se erguer e se sentar num baú, bem no instante em que os vultos caíam bem ao seu lado. Piscou e viu duas pessoas se engalfinhando. Piscou e olhou para a popa, onde um corpo estava deitado, inerte.

Ainda estava tonta, com vontade de se deitar, principalmente quando a sua nuca latejava. Inspirou fundo, tossiu e vomitou um jato quente que sujou suas mãos. Percebeu que a parte de cima do seu vestido estava arriada, rasgada. Cobriu-se o mais depressa que pôde, enquanto os dois trocavam socos, mordidas e puxões de cabelo.

Ansiava por ajudar, mas não sabia a quem. Entendera que um deles tentara violá-la e o outro a defendia. Eles se embolavam como minhocas quando são puxadas para fora da terra.

Pegou um dos pesados martelos usados para a carpintaria do navio que estava ao lado do baú e segurou-o com as duas mãos, deixando a parte de cima do vestido cair novamente. Fechou os olhos e levantou-o por cima da cabeça. Reabriu-os. Hesitou. Sentiu a respiração entrecortada, a garganta doendo muito. Seus braços tremiam e suas pernas fraquejavam.

Baixou o martelo com força, e então ouviu um barulho alto, parecido com uma concha sendo esmagada. Afundara o crânio de um deles, bem acima da nuca. Soltou o martelo e precisou sentar-se novamente, senão cairia. Tambores batucavam na sua cabeça.

O homem se virou, os olhos perdidos, abobalhados, o sangue escorrendo pela boca aberta e pelo nariz. O outro, bem mais novo, pôs-se de joelhos, o lábio inchado, o rosto arranhado. Pegou o martelo e terminou o serviço com uma pancada forte na têmpora, que fez o olho esquerdo saltar para fora, ficando meio dependurado ao lado do nariz.

Ástrídr começou a chorar, assustada. Tinha certeza de que ajudara a matar aquele que deveria morrer, pois ouvira o sussurro de Vör, a Deusa da Sabedoria, instantes antes de baixar o martelo. Todavia nada sabia do outro.

Cobriu-se novamente com o vestido rasgado, as mãos trêmulas, os olhos embaçados pelas lágrimas. Tateou ao redor, mas não tinha nada à mão para se defender. E seus amigos ainda lutavam lá adiante, terminando com os poucos que ainda resistiam.

O jovem se levantou, cuspiu sangue sobre a amurada e fez uma careta quando se apoiou na perna direita. O chute que levara no tornozelo agora cobrava o preço.

Ástrídr recuou e começou a se encolher, pensando em se jogar do Berserker e fugir, mas ele falou:

– Não vou te fazer mal, menina. – Espalmou as mãos e precisou se sentar também, pois o seu tornozelo não conseguia suportar o peso do corpo. – Eu vim para te ajudar.

– Quem é você? – A sua voz saiu tal como um sussurro rouco, a garganta doendo demais.

– Sou Bjarte, um escravo deles. – Apontou para o vilarejo adiante, onde a batalha cessara, mas não as mortes. Tirou seu pingente de martelo feito com osso de dentro do cano da bota de couro para mostrar que cultuava os Deuses verdadeiros. – Vivo nessa merda de lugar há uns dois anos, desde que o *langskip* do meu pai se partiu nas rochas e eu fui jogado nessa praia.

– Que bom que é um de nós. – Tossiu e fez uma careta. – E agradeço por me ajudar.

– Nunca permitiria que esses vermes fizessem... – Bjarte colocou a mão no beiço inchado. – Só não fui rápido o suficiente para impedir que ele te sufocasse.

– Foi isso, então. – Ástrídr levou a mão na garganta dolorida. – Você não será mais um escravo. Você virá conosco.

O jovem de cabelos amarelos e olhos azuis sorriu.

– E eu juro te proteger e te seguir até os portões da morada de Hel se for preciso. – Envolveu as mãos dela entre as suas.

Ástrídr sorriu e acenou quando viu Birger, Vígi e Siv retornando para o Berserker.

.

.

.

Sól já descia no horizonte, avermelhada, da mesma cor da bochecha de Gordo, que levara um belo soco na batalha. Na verdade, depois dela.

Enquanto os sobreviventes já se rendiam e as mulheres pranteavam os maridos e filhos mortos, ele se agachou ao lado de um dos corpos para tirar seu gibão de couro. Assim que começou a soltar as fivelas, o morto, que na verdade ainda estava vivo, arregalou os olhos e lhe acertou um murro, que teria quebrado o seu nariz, se ele não virasse o rosto no último instante.

Caiu para trás, as pernas para o ar, enquanto ao seu lado, com o rosto manchado com o sangue dos seus oponentes, Asgeir ria de perder o fôlego. O homem havia levado uma pancada na cabeça e apagado. Despertara no instante em que começava a ser despido. Trocara sua vida pelo bom gibão de couro e pela sua espada. Fizeram-no fugir correndo pelado.

A luta havia sido boa.

Todo o treinamento duro imposto por Wiglaf e Hróaldr lhes servira bem. Havia alguns feridos, entretanto nenhum dos jovens morrera, o que seria lastimável, principalmente por causa do parco butim. Apenas um punhado de joias, um crucifixo de ouro e prata, três espadas e alguns machados.

Todos eles eram cuidados por Ástrídr, cuja sabedoria nas artes da cura era muito útil. Ela mesma havia enrolado no pescoço um pano embebido com ervas e raízes maceradas na gordura derretida de baleia.

Com habilidade, costurou uns e enfaixou outros. Boca de Bagre teve o dedo colocado no lugar por um puxão preciso e Askr teve um furo no ombro, feito por uma lança, cauterizado pela ponta em brasa de uma faca.

O Berserker já estava de volta ao mar, pois a maré mudava e, se esperassem um pouco mais, ele encalharia. Adiante, em terra, uma grande coluna de fumaça riscava o céu.

– Um grande incêndio. – Birger olhou para o irmão. – Alguma cidade está queimando.

– Você se lembra do que falou aquele monge que eu matei? – Asgeir fungou. – Que nos dariam comida e água se seguíssemos adiante, para onde estava o nosso exército.

– Você não precisava ter matado ele – Birger provocou. – Ele já estava de joelhos e com as mãos para cima.

– Ele era estranho – Asgeir cuspiu. – Gaguejava e ficava piscando dum olho só. E isso me irritou.

Os irmãos riram, mas foram chamados para a tenda de Siv. Tinham que tomar uma importante decisão.

*

Sufocamento...

Engasgo...

Pavor...
Agonia...
Escuridão.

.

.

.

Vozes distantes...
Gritos?
Øyvind piscava, mas não conseguia ver direito. Balançava a cabeça, porém aos seus ouvidos só chegavam sons abafados.
Grunhidos?
Não sabia onde estava, tampouco se era dia ou noite. Tentou se mexer, sentiu os braços presos, assim como suas pernas. Sua cabeça doía. Tal como quando varava as noites em bebedeiras. Sentiu um gosto amargo na boca. Piscou.
Um relincho?
Estava sonhando?
Engasgou quanto jogaram um balde de água na sua cara para despertá-lo de vez. Rosnou quando percebeu que estava todo amarrado. Nu.
Recuperou o fôlego e se sentou. O movimento fez sua cabeça latejar. Lembrou-se da pancada desferida pelo Jarl com o punho da espada.
Puxou o catarro da garganta e cuspiu.
Viu ao seu lado o irmão morto. Terje estava pálido, os lábios arroxeados e o rosto contorcido numa máscara de desespero e dor. Forçou as cordas com os braços e as pernas. Elas não se afrouxaram, afinal Hróaldr era um marinheiro experiente e havia passado grande parte da sua vida fazendo nós e amarrando coisas dentro de navios.
O rosto de Øyvind começou a ficar vermelho e a respiração ruidosa. O Jarl permaneceu calado observando o traidor, o braço envolvendo a cintura da esposa.
– As mocinhas têm tanto medo assim de mim? – perguntou ele, rosnando. – Precisam me amarrar para eu não chutar seus rabos sujos? Com as mãos nuas mataria uma dezena de vocês, maricas!
Aqueles que lá estavam permaneciam calados.
– Ou me ataram assim porque querem me colocar numa trave e me assar como a um porco?
Øyvind começou a guinchar e a grunhir, o que fez alguns dos que ali estavam segurarem o riso. Não Hróaldr, que se permitiu gargalhar, o vozeirão ecoando além das montanhas.

– Você ri, seu velho falastrão, mas por dentro está se mijando de medo, não é? Esse seu pau mole só serve para mijar nas pernas e...

O Jarl assoviou. O cavalo relinchou e o cavaleiro deu dois toques com os calcanhares na barriga do animal para fazê-lo começar a andar. A corda começou a ser esticada, apertando a garganta de Øyvind, fazendo-o tombar de costas.

– Você deseja tanto as minhas terras. Cobiça tudo aquilo que conquistei... – Hróaldr se agachou do lado do homem. – Não se preocupe, porque eu serei generoso, darei uma parte delas para você. Entranhadas na sua pele, nas suas carnes.

– Filho de uma cadela sem rabo! – Øyvind se debateu, mas logo não conseguiu mais falar, apenas gemer, pois a corda áspera espremia o seu pescoço. Seu corpo começou a ser arrastado, devagar, pela trilha de terra e pedriscos.

– Por que você não guincha agora, porquinho? – O Jarl se levantou e acenou. – E não vá muito rápido, Dagr, quero que ele aproveite bastante a viagem. Mostre toda a vastidão das minhas terras para ele.

O filho assentiu e fez o cavalo seguir num trote, enquanto a pele já começava a se esfolar. Por azar, Øyvind não morreria enforcado. A corda não criava tensão suficiente para tanto. Sofreria todos os ferimentos até o sangue se esvair por completo do seu corpo, quando as pedras, galhos e espinhos no chão já roçassem os seus ossos.

*

– Eu voto por jogá-lo no mar. – Asgeir mordeu uma maçã, recém-roubada do vilarejo. – Ele me parece um grande mentiroso, isso sim. Olhe o focinho dele, não me inspira confiança.

– Ele salvou Ástrídr, não se esqueça – Siv cruzou os braços.

– Sim, mas ele podia estar fingindo – Birger interveio. – Ela estava zonza, recém-desperta do desmaio. Quando o outro levou a martelada, ele pode simplesmente ter dito o que disse, pois sabia que iríamos caçá-lo e matá-lo.

– Fomos estúpidos em não perguntar no vilarejo – Ketil mascava um naco de toucinho defumado. – Daí saberíamos a verdade.

– Eu juro pela minha vida que não estou mentindo. Juro por Odin e Baldr – Bjarte começou a falar. Calou-se quando levou um tapa na nuca, bem desferido por Asgeir.

– Eu ainda acho que deveríamos atirar esse bosta no mar

– cutucou os dentes com o cabinho da maçã. – Para que arriscar? Você dormirá em paz sem ter certeza da verdade, Siv? Pense, se ele estiver sendo sincero, os Deuses vão ajudá-lo e ele vai conseguir nadar até a praia. Se não...

Siv permaneceu calada, andando de um lado para o outro. Tinha certeza que o seu pai faria tal como Asgeir, mas algo a impedia de tomar tal decisão.

– Chamem Ástrídr – a jovem ordenou.

Ketil saiu da tenda e foi ter com a garota, que acabara de emplastrar a mão inchada de Vidar com uma pasta esverdeada. Quando o jovem atacara um dos homens com o seu machado, ele erguera o escudo, fazendo sua mão se chocar com a borda de madeira, numa pancada seca. E, mesmo calçando luvas, Vidar havia quebrado o dedinho. Apesar de tudo, teve sorte. Azar teve o seu oponente que virou adubo para a terra quando a lança de Odd furou-lhe a barriga.

A escuridão da noite abraçou rapidamente o dia e os archotes foram acesos, reluzindo nas águas, agora negras, do mar que fazia o Berserker ondular para cima e para baixo. Ástrídr foi até a tenda que dividia com Siv e lá viu sentados Asgeir, Birger, Siv e o escravo. Pouco depois chegou Ketil, que entrou e desceu a manta de lã que servia como porta.

Ela já sabia o que discutiam e tinha o coração sereno.

– Ele fica – olhou para Bjarte. – Ele está juramentado a mim, e eu prometi a ele que poderia se juntar a nós e seguir como um homem livre.

– Pelos Deuses! – Asgeir se levantou. – Eu vou lá fora tomar um ar, porque aqui dentro está cheirando a merda.

Ele saiu, pisando duro. Birger nem tentou impedir ou se desculpar pelo irmão, pois todos conheciam o seu temperamento. E sabiam que ele perderia um braço ou os dois por todos os seus amigos de jornada. Contudo, sua língua era grande demais, sincera demais.

– Você sabe que estamos correndo riscos, Ástrídr. – Siv apoiou os cotovelos sobre os joelhos.

– Sim, sei. Corremos riscos desde que saímos das terras do meu pai e ganhamos o mar desconhecido. Vocês antes, até – sorriu. – E sem riscos não há vida! Sem riscos não podemos fazer os Deuses se alegrarem.

– Hoje você sofreu. Teve um grande trauma – Birger tocou o ombro dela. – Proponho que pense bem esta noite e amanhã voltamos a conversar.

– Não é preciso, Birger. Já tomei a minha decisão. Com a ajuda de Vör e sua, Siv. – Encarou a companheira com o rosto malicioso.

– Minha?

– Claro! Você sonhou que encontraríamos um tesouro de grande valor na praia da rocha da águia. Ali está ele – apontou para Bjarte.

– Ele é o tesouro? – Siv franziu o cenho.

– Eu sou o tesouro? – O ex-escravo franziu o cenho.

– Que tesouro? – Birger e Ketil disseram quase em uníssono.

Ástrídr se levantou e saiu sem nada dizer.

*

– O bastardo conheceu muito bem as nossas terras, meu pai. – Dagr lavou o rosto e os braços enquanto o serviçal pegava o cavalo para lhe dar mato e água fresca. – Tem pedaços dele espalhados por todos os cantos.

O Jarl segurou o ombro do filho e sorriu. Dagr retribuiu fazendo o mesmo gesto, mas não estavam felizes, pois, se houvera punição, tinha sido por causa das mortes na sua família. E isso deixaria cicatrizes que nunca iriam se curar por completo, sempre expurgando, sempre doendo.

Hróaldr acordara por diversas vezes, nas noites passadas, ouvindo o riso de Brida. Era como se ela estivesse ao seu lado, sempre radiante, sempre feliz. E, ao dar por si, o calor gostoso dos sonhos se transformava no gelo cinza da saudade.

Não tinham sido raras as lágrimas que brotaram, jorraram dos olhos acostumados a ver tantas e tantas mortes. E também houvera muitos momentos em que Sigrid despertara com o choro do marido e, abraçados, prantearam juntos. Há quem diga que os velhos guerreiros são impassíveis como pedras. Mas eles também sofrem. Os dois eram duros, calejados, forjados nas dificuldades da terra, da batalha, da vida, entretanto seus corações ainda batiam e se condoíam pela partida trágica de Brida e seu esposo.

– Agora atire o corpo dele e do irmão ao mar, bem amarrados em pedras grandes, para que eles nunca mais sejam lembrados. – Hróaldr massageou as têmporas, pois a dor na sua cabeça só crescia. – E que seus ossos sejam encobertos pela areia para todo o sempre!

Dagr assentiu e partiu para buscar o que restara da carcaça e o corpo de Terje.

Hróaldr ficou lá, calado, olhando sem ver o que estava à frente dos olhos. Via um mar desconhecido e o seu *langskip*. Havia muito no que pensar. E pouco que se podia fazer, principalmente a respeito de Siv e dos outros jovens. Seu paradeiro agora era somente uma sombra.

*

– Dois navios se aproximam – Vígi deu o alerta. O dia acabara de clarear, o céu encoberto por nuvens pesadas, o que prenunciava a chuva vindoura. Lá adiante, bem na rota por onde passariam, ela já caía forte, como mostrava a imensa coluna cinza formada pelo aguaceiro, que de tempos em tempos era rasgada pelo clarão dos raios. Instantes depois, o rugido fazia os mais corajosos tremerem e tocarem seus amuletos. Passar por uma tempestade em terra já aterrorizava, no mar, era apavorante, de fazer as bolas quererem entrar para dentro da barriga.

O Berserker sacolejava por causa das ondas cada vez mais fortes. Os jovens ainda estavam sonolentos fazendo o desjejum com peixes defumados, frutas frescas e queijo tomados como parte do butim do vilarejo atacado. Muitos deles estavam doloridos depois da batalha do dia anterior e já rezavam em silêncio para tentar acalmar Rán. Mas a tempestade que se aproximava prenunciava momentos difíceis.

– E eles vêm rápido! Fugimos?

Todos olharam para onde ele apontava, e mesmo aqueles com os olhos cobertos de ramelas conseguiram ver bem aqueles que vinham.

– Merda – Gordo falou com a boa cheia, pois odiava ter o seu desjejum interrompido.

– Não sabemos quais as intenções, então deixem as armas à mão e fiquem atentos. – Siv correu para a proa. – Não somos cães vadios para fugir com o rabo entre as pernas.

Rapidamente os dois *langskips* menores que o Berserker se aproximaram quase até encostar os cascos, o que mostrava a habilidade dos seus capitães, ainda mais naquelas águas cada vez mais revoltas. E, à primeira vista, nenhum dos tripulantes estava de armas em punho.

– Atacamos primeiro – Asgeir rosnou e ameaçou pegar o seu machado. Teve o pulso seguro por Ganso, que olhou para o grandalhão e balançou a cabeça em negativa.

Asgeir fez um muxoxo e se sentou, emburrado.

Nenhuma das embarcações tinha sua tripulação completa: havia somente o mínimo de homens para conseguir fazer os navios navegarem. Mesmo assim, os jovens observavam cada movimento, prontos para lutar se fosse preciso.

– Viemos em paz! – um homem berrou e mostrou as palmas das mãos. – Só queremos conversar.

Cordas foram atiradas e os três barcos foram atados enquanto os dois capitães embarcavam no Berserker, desarmados, ou pelo menos sem armas de batalha à vista.

– Um belo navio, este! – Um homem alto, meio calvo e com uma longa barba castanha sorriu. – Quem está no comando?

– Eu estou – Siv adiantou-se, sua faca presa no cinto às costas. – Sou Siv Hróaldrdottir.

O homem assoviou e olhou para o outro, que se colocou ao seu lado, os braços cruzados cobertos de braceletes de prata e ouro, a barba trançada e os cabelos quase pretos e lisos como a crina de um cavalo.

– Então você é a filha do grande Hróaldr? – O homem sorriu. – Eu sou um velho amigo do seu pai. Já navegamos juntos. Sou Aage Agnarson.

Siv primeiro franziu o cenho, depois arregalou os olhos. Então, num movimento rápido, abraçou-o.

– Aage! Tio! – falou, ainda com o rosto colado no peito dele. – Não o reconheci!

– Você cresceu! – Aage beijou-lhe a testa. – Da última vez que nos vimos você batia na minha cintura.

– É verdade! – Siv corou. – Lembro-me de você trazendo o meu pai no ombro. Disso nunca esquecerei.

– Pesado... – sorriu. – Suei bastante para levar o teu pai até o salão.

Siv se virou para a tripulação, que, mesmo depois das demonstrações de afeto, ainda estava tensa.

– Amigos – abriu um lindo sorriso. – Estamos entre aliados!

Gordo soltou um "ufa" alto demais, o que fez Aage rir e os demais relaxarem os músculos tensos.

.

.

.

Berserker e os dois outros *langskips* já estavam encalhados na foz arenosa de um rio não muito largo e raso, o lugar mais seguro que encontraram para passar a tempestade que logo desabaria. Mesmo assim, foram amarrados às árvores por precaução.

Descobriram estar em Inis Crabhann, apesar de ninguém saber ao certo onde isso fica no Éire, quando um moleque curioso se aproximou e logo foi capturado por um dos homens que pulou do barco e correu atrás dele. E só foi apanhado porque tropeçou, afinal era rápido como uma lebre.

O moleque falou o nome do local, tremendo, e saiu correndo como se Fenrir estivesse no seu encalço. E só o deixaram partir porque ele jurou por uma tal Virgem Maria, aos prantos, que ali só havia pescadores, redeiros e trabalhadores de uma mina de sal. Nenhum exército, nenhum senhor.

As lonas foram estendidas nos navios, formando tendas, para dar certa proteção. Entretanto, se os ventos fossem fortes demais e a chuva viesse de lado, eles se molhariam.

– Este é um homem a quem minha família será grata até o fim dos tempos – Siv segurou o braço do capitão. – Só por ele temos este barco, seus pais ainda têm suas terras. E o meu ainda vive. Vou lhes contar o ocorrido da forma que eu me lembro, pois era apenas uma criança. E se eu errar algo, Aage, por favor, me corrija.

Ele assentiu.

Então, ela pôs-se a contar, tal como fazem os melhores skalds, interpretando cada personagem que participara da história.

– Eu havia sido traído pelo cu de bode do Eirik Haraldsson – Hróaldr fez uma careta quando a mãe de Siv apertou a bandagem sobre o corte que cruzava quase toda a sua coxa esquerda, agora costurado com fios de cânhamo e emplastrado com uma mistura feita pela tia Vígdis. Tinha um cheiro tão forte de cebola que fazia os olhos lacrimejarem. – Vocês sabem o quanto lutei ao lado daquele verme, quantos homens meus morreram em suas batalhas. E o que recebi em troca? Nada! Nem um palmo de terra sequer na maldita Nortúmbria. E ele só não me chutou o rabo porque não passa de um cagalhão de bochechas rosadas!

– Os mortos receberam mais terra do que nós – Uffe, pai de Ketil, estava deitado sobre o banco forrado com peles. Mantinha os olhos fechados, porque ao abri-los ficava tonto. E, se ousasse se sentar, vomitaria. A pancada que levara na cabeça fora muito forte: amassara o elmo e por pouco não rachara o seu crânio. Só não fora morto naquela praia porque desmaiara e o seu oponente acreditara que havia feito o serviço por completo.

– Fui escorraçado por apenas desejar morder um bocado da

carne que ajudei a caçar. Um bocado justo e meu por direito, pela palavra dada! – Hróaldr gemeu ao se aprumar na sua cadeira de encosto alto. Seu corpo todo doía como se tivesse sido pisoteado por um cavalo. Sua pele estava recoberta de manchas arroxeadas e pequenos cortes e furos. – A mim restou tentar voltar para o meu salão e lamber as feridas. Mas eu havia prometido riqueza aos meus homens. E precisava cumprir essa promessa.

– E, se essa riqueza não viesse logo, alguns dos nossos cães famintos o teriam para o jantar. – Hest, um dos capitães, apontou para o Jarl. – Afinal, só o que mantém a ordem é a palavra de um homem.

– Homens seguem seus líderes até a morte se for preciso, mas, para isso, eles devem ser doadores de ouro. Devem cumprir suas promessas e não desamparar suas famílias quando elas tombam. Somente a coragem e feitos de bravura nunca bastam. É preciso forrar panças e distribuir riquezas. Dar um bom pedaço de terra para plantar, sabe? – Hróaldr foi beber a sua cerveja, mas tia Vígdis tirou a caneca da sua mão e lhe deu um copo de barro. Ele sorveu a bebida amarga e fez menção de vomitar. – Que merda é essa?

– É algo que vai te ajudar a sarar – Sigrid limpou as mãos sujas de sangue num pano úmido. Passara a manhã toda costurando o marido e limpando seus ferimentos. Depois da batalha, os homens tinham estancado o sangramento com garrotes e faixas apertadas, mas só quando chegou ao salão é que ele teve o tratamento correto.

– Ou a morrer de uma vez. – Deixou o copo sobre a mesa e cuspiu para tentar limpar o gosto amargo da boca.

– Não seja um cagalhão, meu amor – Sigrid pôs o copo novamente em sua mão. – Até a nossa pequena Siv toma sem reclamar. Ela é mais brava que você!

A menininha de olhos verdes e cabelos amarelos desgrenhados sorriu. E gargalhou quando o pai tomou o restante da bebida horrível, fazendo, em seguida, uma careta com a língua para fora.

– Ainda bem que os Deuses sempre são bons com os honrados – Uffe falou. Logo tia Vígdis se aproximou com um chumaço de ervas fumegando.

– Cheira, sim – a velhota falou ao passar o chumaço próximo ao nariz dele. – Puxa fundo, vai, com força! Segura! Segura!

Uffe inspirou forte. E começou a tossir, a resfolegar.

– Amanhã vai poder correr como um cabrito, ah se vai! – Ela cafungou a fumaça das ervas e foi se sentar no chão do fundo do

salão, como era o seu costume. – Vai pular e trepar com a sua mulher. Sei que quer. Sempre quer!

– Sim – Hróaldr concordou. E se virou para olhar para trás, pois a tia já roncava, sentada mesmo, o chumaço ainda fumegando em suas mãos. – Siv, vai até lá e joga água naquilo. Se cair uma brasa na palha, perdemos o nosso salão.

A menininha assentiu e correu para pegar água num balde com um copo. Acabou com o risco de incêndio, mas teve que correr para evitar levar umas pancadas da velhota, que xingava por ter sido molhada.

O Jarl gemeu novamente ao se aprumar na sua cadeira. E prosseguiu:

– Thor nos mandou uma tempestade providencial enquanto voltávamos para cá, depois de passar Gormánuður, o Mês do Abate, inteiro lutando junto a senhores menores só para arranjar alguma prata para comprar os suprimentos da viagem de volta. Chegaríamos no inverno mais magros, fodidos e duros do que quando partimos.

– Também, só lutamos contra escoceses e contra aqueles que resistiam nos arredores de Yorvik – Uffe interrompeu. – E esses, com certeza, são mais fodidos que nós! Sua prata é escassa, a cerveja é uma merda e mesmo as armas e armaduras que conseguíamos não valiam uma boa refeição. Nem gado tinham, porque já havíamos saqueado tudo.

– E foi por isso que voltamos, nos arriscando na tempestade. – O Jarl olhou para o dedo, que estava um pouco inchado, apesar de não parecer quebrado. – E, por isso, tivemos que atracar em Veøya. Por pouco a gente não afundou: o casco do navio bateu numa rocha pontuda e duas tábuas se soltaram.

– Entrou água tão depressa que logo a gente tava coberto até os joelhos – Hest tossiu. – Mesmo com dez homens tentando esvaziar, não estávamos dando conta. Um sufoco tão grande que eu acreditei que iria morrer. Nem nas batalhas mais duras na Nortúmbria senti tamanho medo.

– Mentiroso! – O Jarl estalou os dedos. Arrependeu-se: o indicador estava dolorido sabe-se lá por quê. – Por umas duas ou três vezes eu me lembro de você ter mijado nas calças.

– Mijei, não nego, meu amigo falastrão. – Hest se levantou de onde estava e veio manquitolando, por causa do joelho inchado, até a mesa, onde se sentou e pegou o caneco do Jarl. Bebeu toda a cerveja, o que causou resmungos, pois o outro só podia engolir a beberagem amarga. – Mas você bem sabe quais foram

os motivos. O primeiro foi o excesso da cerveja aguada que tínhamos lá. O outro, foi a cota de malha apertada que eu estava usando. Ela espremia a barriga. Não tinha como guerrear com a mijaneira, tampouco eu podia tirar a armadura, então me esvaziava nas calças mesmo.

– Isso que dá ter a bexiga de uma velha que pariu dez filhos! – Hróaldr zombou. Uffe riu, mas logo levou a mão na testa por causa da tonteira.

– Mijaneira – Siv repetiu baixinho no ouvido da cadelinha que acabara de pegar no colo. Era uma filhote que nascera no Mês da Colheita e companheira constante da menina.

– E, meu amigo, considere-se sortudo, porque nenhuma vez tive vontade de cagar – Hest soltou um peido alto. – Porque estava com o meu escudo colado ao seu em todas as batalhas.

– Pelos Deuses! – Deu um tapa na mesa. – Eu te mataria, tenha certeza. Mas me deixe prosseguir. Onde parei mesmo? Ah sim! Por termos sido obrigados a parar em Veøya eu poderei honrar as minhas promessas – Hróaldr Oveson sorriu. – Voltamos com muitas joias e um bocado de boas armas e armaduras.

– Pagará por pouco – Aage Agnarson falou pela primeira vez. – Por muito pouco mesmo nós não fomos banquetear com os Deuses. A batalha foi dura e...

– Que maravilha! – Siv bateu palmas ainda com a cadelinha no colo. – Adoro ouvir sobre as tripas que saem da pança depois de uma bela espadada!

Aage olhou para o Jarl. Este sorriu, pois sabia que sua menininha se interessava pela guerra tanto ou mais que Dagr, seu primogênito, que não estava no salão. Estava na floresta, fazia dias, caçando.

– Já que você gosta, Siv, vou contar com todos os detalhes – Aage piscou.

Siv subiu na cadeira e depois na mesa. Sentou-se com as pernas cruzadas, a cadelinha no seu colo e as mãozinhas apoiando o queixo.

– A gente estava reunido em Veøya e de lá nos juntaríamos ao exército do Rei Haakon. Todavia, tínhamos um problemão – Aage fechou os olhos. – Muitos dos nossos homens foram pegos por Harald Gråfell, que nos emboscou. Ele é o filho do maldito Eirik, que havia morrido numa batalha em Stainmore, como soubemos depois.

– Eirik, o assassino de irmãos, traiu seus amigos, seu povo, seus Deuses. Ouvi dizer que ele começou a seguir o deus pregado

– Sigrid cuspiu. – Teve o que mereceu. Ele não valia a cagada de uma vaca.

– Concordo – Aage assentiu. – Como eu dizia: a gente tinha perdido muitos homens e um bom navio. Quando fui me encontrar com eles no lugar combinado, vi a maioria morta, boiando na água, outros muito feridos em terra. Foi um matadouro. Harald veio com três navios e não deu qualquer chance de defesa ou mesmo uma chance de se render. Quem sobreviveu foi porque se jogou no mar revolto. Alguns feridos demais se afogaram.

Tocou seu amuleto, como se quisesse espantar os maus pensamentos. Nesse dia seu filho, seu tio e dois irmãos pereceram.

– Nosso ânimo estava nos bagos, ainda mais por estar debaixo daquela maldita tempestade, que hoje agradeço por ter acontecido – Aage riu.

– E nós? – Hróaldr sentiu uma fisgada na nuca e começou a massageá-la. – Com o navio enchendo d'água, debaixo de um aguaceiro, cansados e gelados até os ossos, sem saber direito onde estávamos. Daí nos deparamos com dois langskips que não sabíamos se eram de amigos ou inimigos. E mesmo assim, sem escolha, tivemos que encalhar ali para não morrermos. Confesso que senti as tripas revirarem.

– A gente percebeu. Pelo cheiro – Uffe zombou, agora sonolento depois de cheirar a fumaça do chumaço de ervas. Apagou e logo começou a roncar.

– Encalhamos o barco num banco de areia e tratamos de empunhar as nossas armas e escudos. – O Jarl piscou para Siv. – E os que estavam na praia fizeram o mesmo.

– E não víamos direito por causa do aguaceiro, tão forte que parecia que os Deuses jogavam água com baldes em nós. Não conseguíamos enxergar os brasões nos escudos e mal podíamos ver os homens que começavam a pular para a terra. – Aage rasgou um pedaço de pão e enfiou na boca. – Eram como vultos, como draugar iluminados pelos clarões dos relâmpagos.

– Eu tenho medo dos draugar – Siv abraçou a cadelinha.

– Eu também, Siv – Aage piscou. – E aquele que disser que não tem é um belo dum mentiroso.

A menina arregalou os olhos e virou-se para o pai, que recomeçou a falar.

– Nós éramos uns cinquenta, cinquenta e cinco, não me lembro ao certo. Eles, pelo menos o triplo. – O Jarl olhou para Hest que concordou. – Tínhamos certeza que morreríamos. Entretanto, teríamos nossas armas nas mãos. Estávamos fodidos, famintos e

sem nenhuma joia. Restava somente a nossa honra. E iríamos lutar com todas as nossas forças para conquistar o direito de beber o hidromel de Valhala.

– E isso só não aconteceu por causa do cachorro – Aage falou de boca cheia.

– Cachorro? – Siv franziu a testa. – Que cachorro?

– O Freki. – O pai encarou a filha. – Bendito Freki!

– O lobo de Odin? Aquele que a vovó me contava nas histórias? Aquele que, junto com o Geri, comia todos os cadáveres da batalha, de tão guloso? O que comia a carne do Pai dos Deuses nos banquetes? – Siv respirou rápido pela boca, para retomar o fôlego depois do falatório.

– Esse não, o Freki, o pulguento que pertence ao Ráðúlfr e sempre nos acompanha nas viagens – Aage sorriu.

– Não estou entendendo nada!.

– Calma, Siv – Hróaldr interrompeu. – Já vamos contar.

– Ráðúlfr – Sigrid sorriu. – É um bom rapaz.

– Cada um dos lados formou sua parede de escudos. Nós ainda com a água nas canelas, eles apressados para se juntar à frente dos feridos e moribundos que sofriam dentro das barracas improvisadas – o Jarl olhou para Aage. – E com o barulho que fazia, com os trovões fazendo os ouvidos doerem e o chão tremer, nem adiantava gritar para tentar alguma conversa. Na verdade, eu gritei e chacoalhei as mãos, mas vocês devem ter visto isso como uma afronta, uma provocação. Não foi?

– Verdade. Me subiu o sangue e eu berrei para os homens avançarem. Freki evitou que nos matássemos. – Aage puxou um piolho da sobrancelha e o esmagou com as unhas, manchando-as de sangue. – Ele estava dentro de uma das barracas, do lado do dono, que ajudava a cuidar dos feridos. Então, do nada, ele se levantou, cheirou o ar, choramingou e saiu em disparada, levantando a areia molhada a cada passada larga. Passou como uma flecha por uma brecha na nossa parede de escudos.

– Quando vi, o bichão vindo correndo, achei que ele estava pronto para me atacar – Hróaldr fungou.

– Seu pai quase passou a espada no cachorro, Siv – Hest olhou para a menininha. – Se no último instante eu não segurasse o braço dele, ele mataria Freki, a gente teria que batalhar e nem eu, nem ele, nem o dorminhoco do Uffe estaríamos aqui.

– Por que você ia matar o cachorro, pai?

– Você já viu o tamanho do Freki? – Hróaldr fez um gesto com a mão, e Brida se aproximou. – Filha, já que você não gosta

dessas histórias de batalha, vá até Ráðúlfr e mande ele e o cão virem até aqui.

– Continua a história! – Siv se impacientou.

– Continuo, filha. – O Jarl sorriu. – Freki não é um cachorro normal, deve ter mamado demais na mãe, sei lá! E parece um bezerro de tão grande. E, quando ele galopou bem na minha direção, pensei no pior. Mas, por sorte, ele reconheceu o meu cheiro...

– Ou o seu fedor – Aage enfiou mais um naco de pão na boca.

– Fedor tem a sua bunda – Hróaldr retrucou. – Ele meteu as patas na borda do meu escudo e começou a lamber a minha cara. Só então me lembrei dele.

– De longe, Siv, pensamos que o cachorro tava mordendo a fuça do seu pai – Aage imitou uma bocarra com as mãos. – Mas como todos lá ficaram calmos, ninguém tentando tirar ele de cima do Jarl, começamos a desconfiar. Então, ordenei aos meus homens que ficassem e avancei sozinho.

– Nossa, você é corajoso – Siv arregalou os olhinhos verdes.

– Corajoso? Que nada! Só fui porque senti que o cão sabia das coisas – piscou. – E quando estava a uns quinze passos deles, entendi que ele lambia a cara feiosa do teu pai.

Siv riu.

– Você concorda que eu sou feio?

Ela apenas tapou o rostinho com as mãos e continuou rindo.

– E foi assim que o cachorro salvou o dia – Aage arrotou. – Depois ganhou até um coelho só para ele. Devorou com meia dúzia de bocadas.

– Mas e a batalha? – Siv olhou para o pai. – Gostei do Freki, mas quero saber da batalha. Conta! Conta!

– Hróaldr Oveson – Aage olhou para o Jarl. – Você vai precisar dar uma boa espada e um bom escudo para essa menina, assim que ela tiver força para aguentá-los. Algo me diz que o destino dela está no campo de batalha.

– Vira essa boca pra lá! – Sigrid encarou-o, sisuda.

– No final, quem diria, eu havia feito uma premonição – Aage olhou para a jovem e para os demais garotos da tripulação. – Mas desculpe a interrupção, Siv, continue a sua história.

Siv sorriu, pois se lembrava perfeitamente das palavras dele no salão do seu pai. Prosseguiu com o relato:

– Depois que Freki mandou ver com a linguona na cara de Hróaldr, entendemos que aqueles que vinham eram amigos.

Assim, nos juntamos nas tendas, ao redor do fogo, para conversar e tentar secar um pouco as roupas encharcadas. – Aage olhou para o anfitrião. – Alguns sequer entraram: correram para as moitas, arriando as calças, largando a caganeira presa em seus rabos. O medo é algo que solta os intestinos muito melhor que chá de urtiga.

A menina riu e a cadelinha no seu colo bocejou.

– Estávamos tão cansados, tão exaustos, que muitos sequer comeram o caldo ralo que estava no caldeirão: deitaram e dormiram, molhados mesmo, tremendo de frio. – O Jarl se levantou para mijar no fogo, gemendo a cada passo por causa do corte na perna. – Eu queria dormir também, mas precisava conversar com Aage, principalmente quando entendi que poderíamos encher um pouco os bolsos. E, quando ele me falou sobre seus planos, sobre a jornada que se seguiria nos próximos dias, pela primeira vez desde que saí da bosta da Nortúmbria, tive alguma esperança.

– Nós havíamos prometido três navios cheios de homens ao rei, e, pelos Deuses, poderíamos cumprir! – Aage coçou a cabeça e puxou mais um piolho. – Eu ainda não conhecia o teu pai, Siv, mas percebi que ele, além de feio, era bem durão. Fato que Ráðúlfr me confirmou em seguida.

– Ele é filho de um bom amigo que morreu com o corpo coberto de escaras depois que um rato mordeu o dedo dele enquanto a gente estava na Frísia, eu acho. O infeliz foi dar um tapa no bicho esfomeado que tentava roubar o seu pão, mas se fodeu – Hróaldr balançou a cabeça. – Lembro que ele sofreu com dores absurdas, passava as noites gritando, babando, e nem com as curas dos nossos anciãos ele melhorou. Quando morreu, pesava menos que uma cabra.

– Não sabia da sina do pai de Ráðúlfr. – Aage tocou seu amuleto de martelo.

– Ele ficou órfão depois que a mãe morreu ao dar à luz. Ela e o bebê – o Jarl prosseguiu. – Então acolhemos o menino e o criamos como filho. Até que ele decidiu seguir os próprios passos e ganhou o mundo. Você ainda engatinhava quando ele partiu, Siv.

– E veio se juntar a mim, faminto, magricela – Aage sorriu. – E por sorte trouxe o seu cão. As Nornas teceram fios que se cruzaram.

– Sim, aquele cachorro vivia grudado nele. – Hróaldr olhou para cima, onde dois gatos começaram a brigar nos caibros.

– Ele encontrou o bichinho quase se afogando no lago. Devia ter se perdido da mãe. Quando o pegou, ele não era maior que a filhote que está com você, Siv. Mas com o tempo ele foi crescendo, crescendo, crescendo e não parava.

– Eu não queria aquele pulguento no meu navio. Só de ver o tanto que ele comia, eu me assustei! Porém, quando o vi apavorar os inimigos numa das batalhas, entendi que ele era uma arma bem útil para fazer uma parede de escudos se abrir.

– Ou para lamber a cara do meu pai – Siv apontou para o Jarl.

– Ou para isso – Aage concordou.

– Merda de gatos barulhentos! – O Jarl atirou uma colher de pau neles. Errou, mas conseguiu que os briguentos se separassem. Virou-se quando ouviu um latido grosso.

– Ráðúlfr! – Abriu os braços. – Estávamos falando de você e desse seu cavalo.

– Pai! – O jovem, um pouco mais velho que Dagr, tinha o costume de se referir assim ao Jarl, pois o senhor daquele salão nunca fizera qualquer diferença entre ele e os filhos de sangue. Na bonança ou nas broncas. – Minha mãe!

Abraçou Sigrid, que estava mais perto da porta, e em seguida o Jarl, que gemeu ao ser envolvido pelos braços compridos. O cão foi cheirar Siv e a filhote, que despertou abanando o rabo, ansiosa por brincar com o novo amigo.

– É enorme! – A garotinha afagou as orelhas caídas, ele a encarando, mesmo ela estando sentada na mesa. – Olha o tamanho dessa boca. E como baba!

Com duas lambidas ele ensopou a cachorrinha e os joelhos e as mãos da menina.

– Não disse? – O pai voltou a se sentar. – Ráðúlfr, sirva-se de cerveja e pão. Vamos começar a contar da nossa batalha junto ao rei Haakon. A Siv não aguenta mais esperar. Quer ouvir sobre as tripas pulando para fora do corpo!

– Ah, Siv... – O jovem olhou para a menininha. – Você tem certeza que quer ouvir sobre isso?

– Se tenho certeza? – ela emburrou. – Passei a manhã toda ouvindo esses dois! Agora quero saber da batalha! Adoro batalhas.

– Sinto que essa daí não vai seguir os passos de Brida, mas sim de Dagr – Sigrid balançou a cabeça. O Jarl apenas deu de ombros.

– Então contemos como foi, meu amigo – Aage olhou para Hróaldr. – Se não, daqui a pouco ela vai lutar contra nós!

– Concordo. – O Jarl inspirou fundo. – Depois da tempestade, que durou o dia e a noite toda, fomos acordados por um dia de céu com nuvens, mas com Sól radiante. Alguns morreram antes do despertar, de tão machucados que estavam. Outros estavam feridos demais para poder seguir adiante. Teriam que ficar ali.

– Por sorte, o chefe da vila de pescadores daquela ilha era meu amigo. – Aage serviu-se de mais cerveja, o que fez o Jarl lamber os beiços. – E ele cuidaria dos enterros e dos vivos.

– Assim que a maré subiu, partimos com os nossos três navios cheios de homens e armas, pois alguns dos mais moços do vilarejo quiseram nos acompanhar em busca de feitos heroicos e riquezas. – Aage deu dois longos goles e estalou os beiços. – Levávamos pouca água e quase nenhuma comida, porque nos encontraríamos com a frota do rei antes do anoitecer. Bem antes, aliás. Por isso escolhemos partir leves, para navegar rápido.

– O navio do meu pai não tava furado? – Siv franziu a testa.

– Ah, sim! – Hróaldr sorriu por causa da esperteza da filha. – Antes de a maré subir, conseguimos consertá-lo. As tábuas não se quebraram, apenas se soltaram. Então, bons pregos resolveram a questão. Nosso querido Ráðúlfr sempre foi um carpinteiro sabido. Com meia dúzia de marteladas e um pouco de alcatrão, o navio estava como novo.

– Ahhh! – A menininha arregalou os olhos. Desceu da mesa e colocou a cachorrinha no chão: ela estava irrequieta desde que o amigo grandalhão chegara. Os dois começaram a brincar e a rolar. O cão, apesar de imenso, era muito cuidadoso. Se pisasse de mau jeito esmagaria a cachorrinha, um pouco maior que a sua pata.

– Tudo nos ajudou naquela manhã, até o vento soprou para o lado certo, o que nos fez evitar as desgastantes remadas. – Aage bebeu o restante da cerveja. – Depois de dias de merda, para mim e para o seu pai, tivemos esperança e um pouco de alegria.

– Até cantamos, aos berros, para os que estavam nos três barcos emparelhados poderem ouvir e acompanhar – Ráðúlfr sentou-se. – Como é mesmo o começo da canção? Eu sempre me confundo.

Aage limpou a garganta e começou:

Deixe a vela quadrada inflar
Ponha o navio logo no mar
Porque o dragão tem sede de água salgada
A fera não fica feliz se permanece parada

Estraçalha as ondas com ferocidade
Ele cavalga o vento com voracidade
Quer seguir adiante imponente e veloz
No oceano profundo, no rio em sua foz

O navio carrega guerreiros bravos e fortes
E quem ficar no seu caminho terá má sorte
O aço anseia por cortar a carne quente
Pobre daquele que estiver na frente

Ouro, prata e joias bem bonitas
Vacas, porcos e muitas cabritas
Armas afiadas e terras sem fim
Quero muito. Quero tudo para mim!

– Logo vimos a frota do rei, dezenas de navios apinhando o mar – Hróaldr sorriu pela lembrança. – Porém, confesso, à primeira vista eu estranhei. Imaginei que Haakon traria mais guerreiros. Pelo menos uma centena de langskips.

– Eu também. – Aage olhou para o amigo. – Contudo, acreditei que os demais estavam atrasados. Afinal, viriam de várias partes da Noruega e de além.

– Você conheceu o rei? – Siv ficou de pé na mesa.

– Claro que conheci! –O Jarl a pegou pela cintura e a levantou. Arrependeu-se assim que sentiu uma fisgada na coxa. – E fiz um juramento a ele.

– Você não era amigo do outro lá? – Siv colocou as mãos na cintura.

– Do Eirik Haraldsson?

A filha assentiu com a cabeça.

– Quando esse filho de uma porca gorda não cumpriu suas promessas, o acordo, o juramento se encerrou – o rosto do pai ficou vermelho. – Enquanto ele banqueteava, meus homens e eu comíamos lavagem. Enquanto ele tinha imensas terras e muitos salões, nós dormíamos em pocilgas e nas carroças. Enquanto seus braços pesavam de tantos braceletes, os nossos ficavam cobertos apenas de cicatrizes. E quando fui ter com ele lembro-me bem das suas palavras:

– Foda-se, seu chorão. Agradeça ao novo e único deus que agora cultuo pela minha benevolência. Eu devia arrancar a sua cabeça e dar aos porcos e cortar seus bagos para jogar para os peixes.

Siv arregalou os olhos e abriu a boca.

– Assim sendo, minha querida, com essa educada mensagem, entendi que poderia partir sem nada que me amarrasse a ele. E eu estava pronto para matar o seu filho.

– Eba! – ela comemorou. – Conta logo, vai!

– A maldita prole de Eirik havia se juntado aos dinamarqueses – Aage cerrou os punhos. – E queriam tomar tudo por aqui. Harald Gråfell, filho do bosta de bode e Harald Gormsson, rei da Dinamarca, se juntaram para enfrentar Haakon. Contudo o nosso bom rei era esperto.

– Esperto como uma doninha – o Jarl piscou.

– O nosso rei conhecia bem o campo de batalha, tanto em terra, quanto no mar. – Aage se levantou, empolgado. – Ele também foi ajudado por mensageiros montados em cavalos velozes. Preparou uma armadilha: fogueiras deveriam ser acesas para avisar quando navios inimigos se aproximassem. E elas foram!

– Uma a uma, iluminando-se, as labaredas enormes subindo aos céus. – O Jarl imitou o fogo com as mãos. – Então veio a parte mais esperta de todo o plano. Ele pediu o meu estandarte emprestado e o juntou com outros nove, sendo uns três falsos, e ordenou que dois de seus homens os fincassem na crista baixa da encosta.

– Para quê?

– Para enganar os estúpidos, Siv! – O pai riu. – Ele tinha um bom número de homens, mas não tantos assim, então, ao desfraldar os dez estandartes, fez o inimigo pensar que o nosso grupo era muito maior. Pelo menos o dobro, sabe?

– Uma artimanha digna de Loki! – Aage estalou os dedos. – E só por ela vencemos e aqui estamos. Por pouco, não morremos!

– E, além disso, pediu que cada estandarte estivesse a, pelo menos, cinquenta passos longe um do outro. Assim, filha, nosso exército pareceria imenso!

– Um rei muito sabido! –Aa menininha sentou-se novamente. – Mas fala da batalha, pai!

– Ainda teve a última artimanha, filha, vou contar agora. Os dinamarqueses que desembarcaram na ilha tiveram que marchar um bocado terra adentro até dar de cara com nossos estandartes e o nosso exército. E, quando nos viram, perderam a vontade de lutar, pois acreditaram que nosso exército era muito maior. Voltaram para a praia, mas, quando lá chegaram, não puderam entrar nos seus navios.

– Ai, ai, ai! Por quê?

– Porque o nosso rei havia mandado um grupo de homens dar

a volta, sem ser visto, e levar os navios deles para o alto-mar – Aage riu. – Assim, eles ficaram presos entre a água e nós.

– Uau! – Siv bateu palmas.

– Aí, nós marchamos lado a lado com o Egil Ullserk, comandante das forças de Haakon, um guerreiro mais alto que eu e bastante magro. Seu rosto era coberto por tatuagens azuis. Eu não gostaria de ser inimigo dele. – O pai deu uma piscadela com um sorriso maroto. – Colamos nossos escudos aos de homens que nem conhecíamos, mas sabíamos que dariam seu sangue pelo rei naquela batalha. E eu daria o meu para poder honrar a minha promessa para com os meus homens.

– Quando nos viram, Siv, não tiveram escolha. – Aage tocou o punho da espada que o acompanhava desde muito novo, como se quisesse relembrar os sussurros da batalha. – Os filhos de Eirik e os dinamarqueses tiveram que montar sua própria parede de escudos. Contudo, ao contrário de nós, eles estavam sem qualquer vontade de lutar, assustados por causa da artimanha com os seus navios.

– Mas eles não podiam voltar nadando, não é? – A menininha respondeu de pronto.

– Não podiam – Aage mostrou os dentes em um sorriso. – Ficaram parados enquanto nós avançávamos, gritando zombarias, provocando. Então, quando estávamos a poucos passos, quando já podíamos ver os olhos debaixo dos elmos, tudo ficou em silêncio...

– Ué, pararam de cantar? De gritar? De bater as armas nos escudos? Todo mundo morreu depressa?

– Não, Siv, ao contrário. Conforme chegamos mais perto, o barulho fica mais alto: os rosnados, os gritos, os guinchos de dor ao receber os cumprimentos do metal na carne. – Aage fechou os olhos. – Contudo, cada guerreiro vive esse instante, que dura menos que uma respiração, de uma maneira. Uns sentem uma imensa alegria, outros têm raiva. Alguns riem como se tivessem ouvido a chacota mais engraçada de suas vidas. E tem aqueles que simplesmente emudecem. E eu deixo de ouvir os barulhos do entorno. É estranho, é como quando a gente enfia a cabeça dentro da água.

– E você, pai?

– Não sei explicar direito, filha. – Hróaldr apoiou o queixo com as mãos, que sumiram por trás da barba densa. – No meu caso, eu ouço os sons, sinto os fedores exalados pelos corpos e... – aproximou-se da orelha da menina – ... sinto medo também. O coração dispara, o suor escorre como uma catarata e as pernas mal aguentam o meu peso.

– Eu não teria medo.

– Claro que não, tenho certeza de que você será uma guerreira valorosa. – O pai sorriu, a mãe olhou-o com dureza. – Mas o medo some. Quando desferimos o primeiro golpe ou levamos a primeira pancada no escudo, ele desaparece. E, de repente, tudo fica ameno, sinto uma calma estranha e começo a lutar sem precisar pensar no que fazer, em como estocar, ou em quando abaixar a cabeça.

– Os mais velhos chamam isso de espírito da guerra. – Aage olhou para a menina. – E poucos guerreiros alcançam esse estado de comunhão com Tyr.

– Muitos alcançam a loucura da batalha, se tornam berserkers. – Hróaldr arregalou os olhos e fez uma careta para a filha. – Os berserkers ficam enlouquecidos: atacam com a ferocidade de animais, correm à frente dos seus companheiros, de peitos nus, descalços. Cortam, talham, furam e mordem enquanto gritam e riem. E, quando são feridos, parecem não sentir dor. Só tombam quando todo o sangue se esvai de seus corpos.

– Esses são úteis para causar medo e tumulto – Aage prosseguiu. – Entretanto, homens como o teu pai são os que realmente devemos temer.

– Não precisa acariciar as minhas bolas só porque você está no meu salão. Você já salvou a minha vida. E serei grato enquanto eu respirar.

– Acariciar as bolas! – Siv tapou a boca com as mãozinhas, mas não pôde conter a gargalhada. – O pai só fala coisa maluca.

– Seu pai bem que serviria para ser um skald, *filha – Sigrid olhou-a. – Quando ele ficar velho e muito gordo, talvez ganhe a vida assim.*

– Espero morrer com a minha espada na mão.

– Espero que você morra assim mesmo. – Siv enrubesceu quando todos se viraram para olhar ao mesmo tempo. – Não agora, é claro, mas...

– Eu sei, filha, entendi – sorriu o Jarl. – E ontem isso quase aconteceu.

– Sim – o semblante de Aage endureceu. – Nós os encurralamos na praia, mas aqueles cães eram duros. Depois da bagunça inicial, travaram os pés na areia, colaram as bordas dos escudos e se prepararam para morrer lutando, porque essa era a sua única possibilidade. Eles eram experientes e tão forjados na guerra quanto nós.

– Romper uma parede de escudos nunca é fácil, ainda mais

quando enfrentamos guerreiros tatuados com cicatrizes, entende? – Siv assentiu com a cabeça. – Eles sabem que, se ela for desfeita, estarão perdidos. Então lutam com fúria. É como tentar matar uma ratazana encurralada: ela vai atacar e morder para se manter viva, nem que fuja depois.

– Assim, nossos escudos se bateram, as espadas picaram a carne e os primeiros tombaram. Alguns mortos com pescoços cortados ou corações perfurados. – Aage sacou sua espada e começou a cortar o ar. – Outros caíram se contorcendo de dor, as virilhas rasgadas, as tripas tomando um pouco de ar fresco depois que a cota de malha e a pele se fendiam.

– Daí vêm o choro, os gemidos e os balbucios cobertos de ranho daqueles que imploram pela vida – Ráðúlfr falou depois de bastante tempo calado, apenas escutando a história. – Jovens como o seu irmão, Dagr, clamando ajuda, ao sentir suas forças se esvaírem pelos furos na barriga. Outros, velhos, partindo em silêncio, felizes pela boa morte, agradecidos por não sobreviverem aleijados, manetas, imprestáveis.

Siv arregalou os olhos.

– Quem morre, tem sorte. Quem vive, nem sempre. – O pai acariciou os cabelos da filha. – Egil Ullserk tinha matado oito ou nove oponentes, cortando, estocando, incansável. Cada golpe que ele desferia, mandava uma vida para o Valhala. Estávamos vencendo. E nenhum deles se renderia, ninguém desejava ser escravo. – Inspirou profundamente e soltou o ar pela boca. – O comandante do rei Haakon avançava e nós seguíamos ao seu lado, fazendo o nosso trabalho. Em pouco tempo a batalha se encerraria e poderíamos descansar e dividir o butim. Mas o improvável aconteceu.

– Fala, pai!

– Um morto o fez morrer. – Aage deu um sorriso de canto de boca.

– Para de brincar, tio! – Siv cruzou os braços. – Fala a verdade.

– Ele está falando – o pai interveio. – Se não fosse o morto, o bravo comandante estaria brindando com o rei.

– Então conta logo, vai!

– A gente avançava, conquistando passo a passo. – O Jarl se levantou e ficou ao lado do amigo. Sacou sua espada opaca pelo sangue impregnado no metal e colou o ombro ao dele, como se lutassem juntos contra um inimigo invisível. – Os dinamarqueses já tinham água nos joelhos porque não conseguiam suportar a pressão que fazíamos. Os corpos boiavam no mar, balançando nas ondas.

– Gamle Eirikssen, o primogênito de Eirik, foi morto pelo teu pai. E foi ele que fez esse corte feio nessa coxa gorda – Aage zombou.

– Primeiro ele estocou contra o meu pescoço, virei a cabeça para o lado e a lâmina raspou a cota de malha do meu ombro, mas sem conseguir cortar, graças à habilidade do nosso bom ferreiro! – Deu uma risada, cuspindo em quem estava na frente. – Nenhum dos elos se partiu. Então foi a minha vez de golpear de baixo para cima, desviando do escudo, mas a malha dele também era excelente. Ele revidou e, num movimento tão rápido que eu mal pude perceber, rasgou o couro e a minha coxa.

– Teu pai deu um urro tão alto que lembrava um boi sendo capado – Ráðúlfr também se levantou. – Eu mesmo havia acabado de fincar o meu machado na cabeça de um infeliz e olhei para o lado antes mesmo de pensar em tirar a lâmina do osso, enquanto o moribundo caía babando com a boca aberta. O urro lembrou o ribombar de um trovão, Siv!

– Também, doeu muito – uma fisgada o relembrou disso –, tanto que, quando meti a minha espada na boca dele, varando dentes, osso, até sair pela nuca, não foi por causa da raiva de ser cortado, mas sim por causa da dor, sabe? Tanto que logo em seguida eu desabei. Não tinha forças para apoiar o pé, que ficou meio adormecido.

– E quando eu vi isso, berrei para os homens ajudarem a defender teu pai, que tava levando espetadas, mas a malha tava segurando bem. – Aage se sentou.

– Eu tive muitos machucados e outros cortes pelo corpo, mas nada sério. – O Jarl passou a mão na testa para limpar o suor. – Ainda bem que os idiotas que me atacavam tinham mais medo de mim do que eu deles. Do chão mesmo consegui aleijar dois ou três. Eram moleques, pois os melhores dinamarqueses já haviam virado comida para os peixes e caranguejos.

– Então rodeamos o teu pai e matamos todos aqueles que sobraram. – Ráðúlfr sorriu, e o seu enorme cão bocejou. – O maluco do Hest largou o escudo, pegou um machado grande de um dos mortos e começou a girá-lo sobre a cabeça. Por pouco ele não corta as nossas. As de uns dinamarqueses rolaram pela areia – riu.

– Disso eu não me lembro, porque desmaiei quando alguém me acertou bem acima da orelha. – Hróaldr pôs a mão no machucado e fez uma careta de dor. – Quando acordei, já estava sendo carregado para cá.

– E o morto que fez o comandante morrer? – Siv pulou da mesa para o chão. – Como isso aconteceu?

– Ah, eu havia me esquecido. – O Jarl sorriu. – Um pouco antes de eu enfrentar Gamle Eirikssen, estava bem perto de Egil, que tinha o rosto tão sereno como se tivesse acabado de acordar. Ele havia enfiado a sua espada no vão do peitoral de um dinamarquês careca, bem no sovaco. O grandão miou e ficou dando uns pulinhos, até um dos nossos acabar com a sua agonia. O comandante só desejava avançar e terminar com a batalha. Mas, quando deu um passo, sua bota se enroscou na mão de um morto.

– Não sei se ele estava bem morto – Aage fungou. – Depois que contaram que ele ainda estava tendo uns espasmos e, quando Egil pisou na mão, os dedos se fecharam, fazendo-o se desequilibrar.

– Ele não caiu, filha. Mas esse passo em falso foi o suficiente para ele baixar o escudo e uma lança entrar bem na goela. Um dos homens até tentou estancar o sangramento, mas não dava.

– Agora ele está ceando com Odin, bebendo o melhor hidromel e comendo o mais delicioso pernil de porco.

– E foi assim que se deu, Siv. – O pai encarou a menininha, que pegou uma colher de pau e começou a brincar de guerreira.

– Eu sou Siv Hróaldrdottir e vou matar você! – Começou a atacar a cadeira. – E Thor está ao meu lado! Com seus raios e trov...

Então um estrondo ressoou em todo o salão. E os que ali estavam se viraram em sincronia. Tia Vígdis, ainda dormindo lá no fundo, soltara um peido tão alto que os fez gargalhar.

Aage gargalhou alto e se sentou sobre um baú.

– E que peido! Lembro-me que foi tão alto que fez a ponta do nariz tremer.

Siv riu.

Os demais tripulantes do Berserker estavam animados depois de ouvir tão boa história. Queriam ser espertos como o rei Haakon e bravos como Hróaldr, Aage e Egil, cuja fama era lendária, assim como o seu funeral, quando ele e os demais guerreiros mortos naquela batalha foram sepultados num dos grandes *langskips* do rei.

Eram jovens cujos sonhos suplantavam o dia a dia. E por isso, somente por isso, iriam enfrentar a jornada rumo ao desconhecido. Afinal, uma morte cantada sempre parecia muito mais bonita que aquela que espreitava a cada batalha ou tempestade no alto-mar.

Capítulo X – No grande mar não há caminhos traçados

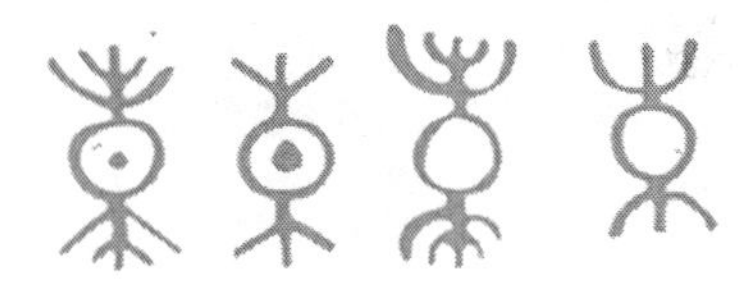

– Seu pai sempre foi um viajante. Está no sangue dele explorar mares e terras. Se ele fica muito tempo parado, começa a ficar irrequieto, mal-humorado, como se tivesse comichões no rabo! – Aage afiava a sua espada. – E vejo que você herdou isso dele, tirando a parte das comichões no rabo, claro!

Aage e Siv riram, e uma pomba arrulhou de cima do tronco de uma árvore morta, como se acompanhasse a fanfarronice deles.

– Concordo que você se torne uma capitã. E pelo que os *marujos* disseram, você é muito boa nisso, mas ir além e navegar pelo grande oceano desconhecido... Pelos Deuses! Isso não é demais, Siv?

– Sabe, tio... – Ela se sentou ao seu lado. Eles estavam em um bosque próximo de onde haviam ancorado. – Eu não sei muito bem o que estamos fazendo. Só tenho uma certeza: quero isso para a minha vida! Desconheço para onde os ventos soprarão, tampouco os desígnios dos Deuses, sei somente que preciso navegar, ainda mais depois dos meus sonhos e de como meus amigos tomaram o *langskip* nos festejos do casamento de Brida e eu vim com eles. E de como sobrevivemos até agora!

– Só isso já é um feito digno de canções. – Aage arrancou um talo de grama e começou a mascá-lo.

– E ainda houve as visões da senhora Alfhildr e sua premonição.

– Alfhildr... O nome dela é reconhecido por muitos, Siv. – Aage olhou para a garota. – Ela fala com Deuses. E eles falam com ela, isso é certo. Minha mãe mesmo veio ter com ela quando a minha irmã estava tão doente que mal respirava. Lembro-me de ela assoprar algo no nariz da menina, que no dia seguinte acordou boa como se nunca estivesse estado enferma.

– Verdade, ela tem um dom. E é por tudo isso que iremos para lá. Mesmo sem saber se há algo *lá* – apontou para o Oeste. – Só espero que os Deuses sempre estejam conosco.

– E que as nossas espadas nunca quebrem.

– E que o navio nunca afunde – repetiram juntos aquilo que Hróaldr sempre falava antes de uma viagem.

– Sabe, Siv, nós andamos, mas não guiamos os nossos passos. Velejamos, mas não temos qualquer controle sobre o vento – arrancou uma florzinha amarela e a atirou para cima. – A gente se crê tão sábio, tão poderoso, mas somos apenas formigas que andam para cá e para lá em busca de migalhas. Quantas vezes planejamos algo e a nossa jornada foi para o lado oposto? Quantas vezes pensamos que venceríamos uma batalha e terminamos o dia enterrando os mortos e cuidando dos feridos?

– Verdade... Nós mesmos vivemos isso.

– Teu pai mesmo, um dos Jarls mais poderosos e temidos de todas aquelas terras, cuja fama de guerreiro voraz e senhor justo se espalhou como maremoto – olhou a florzinha ser carregada pelo vento –, sempre acreditou que construiria o melhor navio de todos, e o fez! Porém, nunca imaginou que ele seria *tomado como empréstimo* pela sua filha sem que ele nunca o tivesse comandado. Tampouco que ela, mais um bando de desmiolados, iriam para o oceano desconhecido. Ele foi desafiado, o que é inimaginável. E ele permitiu que a abusada seguisse, e com sua bênção, o que é mais insano ainda!

– Pensando assim, tio, não temos controle de nada mesmo. – Siv pegou uma florzinha e atirou para cima, assoprou-a e ela caiu logo adiante. – Contudo, se nos esforçarmos e trabalharmos duro, é possível que façamos um destino um pouco mais favorável, não?

Aage sorriu, assentiu e levantou-se.

– É por isso que eu amo os jovens, Siv! – Caminhou a passos largos em direção aos navios. Cruzou com Birger e fez uma mesura com a cabeça. – Porque vocês ainda acreditam!

Siv acompanhou Aage com os olhos, um leve sorriso estampado no rosto alvo. Logo se transformou num riso gostoso.

– Estava te procurando. – Birger se sentou ao lado dela, ainda olhando para Aage, sem entender nada. Tocou o braço de Siv, que se assustou, como se desperta de um sonho. Olhou para ele, agora com o sorriso desfeito:

– Está acontecendo algum problema no Berserker ou...

– Calma, Siv – pôs sua mão sobre a dela. – Lá está tudo bem. Quero apenas conversar, faz tempo que não ficamos a sós.

– Sim... – Ela inspirou profundamente. – Com todos esses acontecimentos dos últimos dias, acho que nem comer direito estou comendo. – Passou a mão na barriga.

– E pensar que, há pouco tempo, eu nunca sonharia estar aqui. Tinha certeza que as minhas únicas batalhas seriam contra a terra dura e que somente as ervas daninhas receberiam os golpes da minha foice. Nem nos meus mais loucos devaneios eu... Eu estaria ao seu lado. – Baixou a cabeça, tímido.

Ela o reergueu pelo queixo e um beijo uniu as faces. Siv se levantou e segurou Birger pela mão. Fez com que ele a seguisse pelo bosque de árvores esparsas e muitas urzes. Pararam numa pequena ravina que um dia fora escavada por um rio.

– Eu penso em você todas as noites, antes de dormir e quando desperto sem sono. – Birger delineou com os olhos cada detalhe do rosto bonito dela. Até mesmo a cicatriz rósea perto da sobrancelha, recém-ganha depois da batalha, se unia bem à face vívida. – Penso em ir até sua tenda só para ver você dormindo. Só para ter um pouco de paz.

– E eu em você. – Os lábios se colaram novamente, assim como os corpos, num abraço apertado.

Mas as peles ansiavam por sentir o calor, e as vestes começaram a cair e as mãos se tornaram mais vorazes: elas desenhavam aquilo que os olhos fechados não viam. Elas faziam estremecer no toque suave ou na compressão dos dedos ávidos.

Siv se deitou, e a relva úmida eriçou cada centímetro do seu corpo alvo. Ele a acompanhou, mas, sobre ela, apenas sentiu o toque quente da pele, dos seios, das pernas compridas que o envolviam. As bocas se sugavam, as línguas duelavam numa luta em que não importava quem venceria. As mãos, curiosas, exploravam mundos desconhecidos, enquanto nos peitos, os corações imitavam tambores de guerra.

Então, ela, com um olhar, um gesto suave, mas decidido, o convidou para se tornarem um só, e ele, sem jeito, trêmulo, aceitou tamanha honraria. E, devagar, guiado por Siv, Birger se sentiu como Frey, divino, imortal. E o gemido escapou da boca, rouco, abafado pelos beijos molhados e tão doces como o mel mais saboroso.

Siv marcou as costas dele com as unhas, não de forma pensada, não de propósito, assim como quando mordeu seu lábio, enquanto a barba dele roçava na pele lisa dela, o que fazia sorrisos escaparem da sua boca agora avermelhada. Ele também sentiria um pouco da dor e do prazer que inundavam seu corpo naquele momento em que o ar fugia do peito e os olhos permaneciam semicerrados.

O calor fazia os corpos suarem, mesmo com o vento frio soprando do Leste. Os gemidos ficavam cada vez mais altos, uma melodia que bailava entre o pranto e o riso, enquanto as almas também se entrelaçavam com mais força.

Em plena juventude, os músculos bem definidos se tornavam cada vez mais rígidos, o vapor saindo da pele, uma sensação gostosa percorrendo cada palmo do corpo. Cócegas... Contrações...

Siv mordeu o ombro de Birger, com força. Puxou-o ainda mais para dentro dela, até não haver qualquer espaço entre os corpos colados, molhados. No rosto o cenho franzido, uma mordida no próprio lábio, um doce miar agudo, baixinho, entredentes.

Ele se sentiu cada vez mais comprimido, sentiu que não tardaria a gozar. Ela abriu a boca, tentando sorver o ar. Até explodir e não pensar mais em nada, e não saber o que estava ao seu redor, como se o seu corpo, que ondulava em espasmos, não pertencesse mais àquele lugar.

Siv deliciou-se. Diversas vezes tivera prazer sozinha. Nunca dessa forma, tão forte, tão envolvente, tão única.

Birger não se conteve mais e foi sua vez de subir aos céus e voar.

Cavalgou as estrelas junto com a sua amada.

Enfim, compreendeu tudo aquilo que as canções e as conversas à beira da fogueira diziam. Foi sua vez de escrever sua própria canção:

Se hoje eu me for, se assim morrer entre os seus braços, terei medo do outro mundo. Porque depois de conhecer tamanho prazer, o que poderá ser melhor?

Birger abriu os olhos e um sorriso acalentou sua alma e um beijo o fez entender que os fios das suas vidas tinham se tornado um só. Deitou-se ao lado dela, que se aconchegou no seu peito.

E tudo o que sentiram depois foi a mais sincera paz.

*

– O que você acha, meu amigo? – Aage encarou-o.

Torstein grunhiu e continuou a mastigar o toucinho defumado que ganhara de Gordo. – Eu acho que você é um estúpido. E que tem muita bosta de foca no lugar do cérebro.

– Muito obrigado! – Deu dois tapinhas nas costas do amigo. – Você prefere voltar para sua casa e ficar vendo seus porcos e sua mulher engordarem? Ou prefere ficar aqui, nessa ilha de merda? E brigar por butins cada vez mais mirrados?

– Prefiro. – Enfiou o restante do toucinho na boca.

– Isso porque você não passa de um chupa rola de merda – Aage cruzou as mãos atrás da cabeça.

– Eu prefiro, mas não ficarei – Torstein arrotou. – Porque, se você for sem mim, você morre na primeira batalha. Você está ficando velho e mal consegue empunhar o pinto para mijar, quem dirá uma espada!

Aage riu e apertou o ombro do amigo.

– Vamos falar para aqueles cães vadios se preparem para uma longa viagem – Aage se levantou.

– Provavelmente sem volta – o outro fungou.

– Isso não te excita, meu amigo?

– Eu me excito com rabos grandes e tetas macias – cuspiu. – Não sou como você, que gosta de estar num barco com dezenas de homens fedorentos e suados.

.

.

.

– Para lá? – Caolho apontou para o Oeste. – O que tem lá?

– Isso é o que vamos descobrir. – Olhou para o horizonte azul, ondulante, que refletia o brilho dum Sol fraco, cercado de nuvens, que logo sucumbiria à escuridão.

– E se navegarmos até acabar toda a nossa comida e a nossa água e não chegarmos a lugar algum? – Hrotgar, um baixinho de cabelos totalmente brancos, apesar de não ter nem cinquenta invernos, abriu os braços.

– Aí temos que torcer para que aquelas águas tenham peixes e que os Deuses nos mandem chuva para enchermos nossos barris. – Aage encarou o baixinho.

– E se nada disso acontecer?

– Estaremos fodidos até os bagos, meu caro – riu. – Por isso não posso obrigar ninguém a vir comigo. Não posso prometer riquezas, terras e sequer um caminho. Então, dispenso todos dos seus juramentos, e quem quiser pode voltar para suas casas e se ajoelhar perante outro senhor. Só quero aqueles que desejem desafiar o desconhecido!

Os homens se entreolharam. Os murmúrios entredentes começaram; em seguida as discussões, algumas calmas, outras aos berros. Certamente haveria brigas, talvez alguns narizes e dentes quebrados, mas tudo isso era corriqueiro. Tudo isso era esperado.

Aage se afastou para mijar em uma árvore. Permitiria que conversassem, que pensassem e se decidissem. Não havia como apressá-los. Era melhor adiar a partida um dia ou dois a ter que lidar com um motim em alto-mar. A ter que atirar algum baderneiro resmungão para uma morte lenta em águas profundas.

Isso fodia a moral dos homens.

Isso fodia a viagem.

Todos sempre eram leais e bravos. Até a fome apertar ou a esperança esmorecer. E, quando isso acontecia, a garganta do chefe, a do Jarl ou mesmo a do rei era talhada sem qualquer remorso ou piedade. O desespero faz os homens se tornarem animais.

O desespero é o arauto preferido de Hel.

*

– Já te deu alguma resposta, Siv? – Asgeir andava de um lado para outro como uma fera presa à uma corrente.

– Ele me pediu dois dias.

– Dois dias? Isso é muito tempo, Siv. Em dois dias já estaremos lá. – Asgeir cerrou os punhos.

– Não sabemos sequer se o lá existe. – A jovem se manteve calma, pintando no seu escudo um novo brasão, o seu: uma andorinha branca.

– Que merda! – Asgeir chutou uma pedra, que por pouco não acertou Vidar. – Que monte de merda de gigante!

– Asgeir, ao invés de ficar bufando como um velho de saco murcho, vá até a cidade comprar mantimentos. – Siv lhe deu algumas joias. – Precisamos de carne defumada, sal e mel. Ah, se conseguir um pouco de alcatrão, ótimo.

– Comprar mantimentos! – Ele bufou e saiu batendo os pés. – É para isso que sirvo, para comprar mantimentos?

– Gordo, Ganso, Boca de Bagre, vão com ele. E não deixem que o irritadinho arrume confusão.

– Você já viu o Asgeir nervoso? – Ganso apontou para o grandalhão. – Nem dez homens o seguram.

– Se ele ficar muito puto, dá um beijinho. Quem sabe ele se acalma – Vígi zombou enquanto fazia mais flechas com hastes de freixo.

– Vá chupar um cu de bode, Vígi! – Ganso gritara de dor quando levara uma flechada na bunda, só a haste de madeira, sem a ponta de metal, o que fora suficiente para fazê-lo correr choramingando e saltitando com os pés tortos. – Quando eu voltar, se prepara, seu arrombado, vou arrebentar essa sua fuça feia.

Vígi nada disse, apenas fez uma mesura, enquanto os que estavam por perto gargalhavam de se dobrar.

.

.

.

– Mestre Asgeir, assim você me quebra! – A gorducha balançou as mãos de dedos curtinhos. – Nesse barril tem a carne de três porcos bem pesados. Passaram mais de duas primaveras engordando com bolotas de carvalho e aveia. Comeram melhor que muitas pessoas! Por isso é que a carne está macia, macia. E o sabor? De lamber os beiços e cada dedo da mão!

– Esse anel é o suficiente, senhora Áine – falou o nome dela com um sotaque engraçado que fez sua filhinha, tão gorducha quanto a mãe, rir, as bochechas rosadas e tão redondas que comprimiam os olhos miúdos. – É prata boa. É um anel grosso, com entalhes bonitos. Foi arrancado do dedo de um grande guerreiro morto.

Áine fez uma careta, mas logo se recompôs.

– Não estou dizendo que é um anel ruim, não, não, não! – Balançou a cabeça e a papada do pescoço continuou se mexendo mesmo quando ela parou. – Mas para pagar a carne quero o anel e esse pedaço de corrente. Vamos ser justos, mestre Asgeir. Sinta o cheiro da carne! Sabe quem compra de mim? O próprio rei Domnall ua Néill! Ele manda seus homens virem buscar meu porco defumado todos os meses.

O grandalhão olhou para o Gordo, que lambia os beiços.

– Meu jovem, prove um pedaço! – A gorducha pegou uma tira e entregou para Gordo, que revirou os olhos enquanto mastigava.

– Digno de um banquete em Valhala – ele disse, com a boca oleosa. – Nunca comi algo tão bom.

– Está vendo, mestre Asgeir, seu amigo sabe o que diz. Ele provou o melhor porco defumado do Éire, sim, sim.

– Se você desse uma pedra com um pouco de sal para ele, o balofo diria a mesma coisa. Quebraria os dentes e ainda acharia maravilhoso – Ganso zombou. Levou um tapa na orelha que o fez ouvir zumbidos. Calou-se e se afastou emburrado.

– Te damos o pedaço da corrente, mas você vai nos dar aquele cesto de ovos também – Boca de Bagre apontou o cesto ao lado da filha de Áine.

A senhora colocou as mãos na cintura e sorriu.

– Aceito!

– Obrigado! – Asgeir relaxou a expressão. – Vamos comprar o que falta e logo viremos buscar a carne e os ovos com uma carroça, está bem?

– Sim, sim!

– E vê se não tira nenhum pedaço de carne – Asgeir a encarou. – Meu amigo redondo saberia só de bater o olho.

Gordo assentiu com a cabeça.

– Nunca faria isso, mestre Asgeir – a gorducha negou, balançando o dedo freneticamente. – Vá tranquilo.

– Agora precisamos de sal, mel e alcatrão – Boca de Bagre olhou ao redor. – Acho que senti o cheiro de alcatrão perto do curtume.

– Verdade – Asgeir assentiu. – Também senti. Sal estou vendo ali. Agora mel... Onde acharemos mel?

– Saindo do cu das abelhas – Ganso retrucou, emburrado pelo tapa que levara de Gordo. Gritou quando recebeu uma pancada no cocuruto, precisamente desferida com os nós dos dedos por Asgeir. Tão bem dada que o fez lacrimejar.

– Por que você não fica quietinho, Ganso? – Gordo olhou para o amigo, que se segurava para não chorar. – Você só fala merda, daí a gente fica nervoso e você apanha.

– Vai tomar no seu cu gordo, Gordo – fungou com a mão na cabeça. E seguiu para diante, onde Asgeir e Boca de Bagre já negociavam um saco de sal.

– Entendi. Subindo a colina, margeando o rio, encontraremos uma cabana – Asgeir olhou para onde o homem de pele sulcada como terra esturricada apontava.

– Sim. E lá você vai conseguir um pouco de mel. Eles sempre têm.

– Obrigado – o grandalhão agradeceu. – Voltaremos com a carroça para buscar o sal.

– Estará aqui.

– Vamos lá buscar o mel, depois arranjamos a carroça para levar tudo isso até o navio – Asgeir saiu na frente a passos largos. – E torço para que Aage já tenha tomado a sua decisão.

*

– Me fala a verdade, Aage, por que você deseja tanto ir com eles? – Torstein cruzou os braços. – Por que pretende colocar em risco tudo o que conquistou?

– Por esse motivo mesmo, meu amigo. – Aage observava os homens retirarem a vela de um dos navios. Ela precisaria de um bom remendo, pois tinha um grande rasgo ocasionado por uma costura malfeita. – Já navegamos por muitos lugares, saqueamos, batalhamos, vendemos, compramos. Agora quero algo novo, quero ir além. Não sou mais um jovem e não sei quanto tempo ainda tenho antes de me juntar com os meus antepassados, mas, se eu puder desbravar lugares novos, pelos Deuses, eu irei!

– Os homens dizem que você está louco – Torstein encarou o amigo.

– Talvez eles estejam certos – estalou os dedos. – Devem ter dito o mesmo para o comandante do primeiro navio que chegou a Lindisfarne, e os homens causaram pânico ao destruir a abadia do deus pregado. É muito provável que seus irmãos e amigos o tenham chamado de louco. Não me importo, e, como eu disse, vocês são livres para me seguir ou partir.

– Com ou sem mim, minha mulher e os meus porcos vão engordar. – Torstein apertou o ombro do amigo. – Eu vou com você.

– Eu sabia. Sempre soube que você era tão louco quanto eu – gargalhou.

– Esses cagalhões dessa merda de lugar são muito fáceis de matar – Torstein segurou o cabo do seu machado. – Quem sabe lá do outro lado eu encontre algum adversário que me abra a testa e me mande para o banquete de Odin?

Aage balançou a cabeça, rindo, e foi ajudar seus homens com os cordames da vela quadrada do seu *langskip*.

*

– Os forasteiros estão com os bolsos forrados de joias. Eu vi quando o grandalhão foi pagar a Áine – o baixinho sardento e de cabelos vermelhos como brasas falou entredentes para o amigo, magro e comprido como um junco. – São apenas quatro bastardos, e a casa da velha das abelhas fica longe. A gente pode *roubá* eles na Curva do Castor.

– A gente *tá* em seis. – O magrelo cutucou um buraco no dente com a língua. – A gente consegue *dá* uma sova neles. Vocês se lembram quando a gente *tava* em Sligo? Demos uma surra em oito moleques. E só fugimos porque um deles, aquele que eu quebrei o braço, era filho do Toichleach ua n-Gadhra. Daí os homens do rei vieram babando para nos arrebentar.

– Aquele dia achei que iria morrer! – Um garoto, tão sujo que parecia ter acabado de rolar num chiqueiro, sorriu, os dentes brancos se acendendo como a Lua que surge por detrás das nuvens densas.

– Você levou uma linda paulada na cabeça, Gofraidh – o magrelo riu. – Estava tão tonto que nem sabia para onde correr. Eu te peguei pelo braço e te puxei, senão você já era. Correu todo torto, como se tivesse pisando no gelo.

– Eu nem lembro que corri. Não lembro de nada daquele dia, só o que me contaram. Fiquei tão fodido das ideias que não reconheci a minha mãe quando voltei para casa – Gofraidh passou a mão no calombo que se formara permanentemente na sua nuca. – Só tenho certeza que um cachorro não comeu o meu rabo, como você espalha por aí, Lorcán.

O baixinho sardento gargalhou e começou a imitar um cão trepando em uma cadela.

– Tenho certeza que levaremos uns socos também dessa vez – outro, de olhos tão claros que pareciam brancos e cabelos tão pretos quanto carvão, cuspiu tentando acertar uma formiga. Errou. – Esses daí vieram naqueles navios-dragão que estão na praia. Tenho certeza que é melhor deixá-los quietos.

– Você é mesmo um veado, Lonán! – O mais velho, que mijava numa árvore, balançou o pau para fazer pingar as últimas gotas e arrumou as calças, amarrando bem os cordões. – Com ou sem você, nós vamos. Prefiro ter um dente faltando na boca e um anel de ouro no dedo, do que ter todos os dentes e nada de valor.

– A minha parte vou usar para comprar uma espada – Oisín falou com a voz bem aguda, que nada combinava com a sua aparência: rosto arredondado, nariz comprido e cabelos e barba tão densos que o deixavam a cara de um texugo, o seu apelido, aliás. – Com uma espada eu posso entrar no exército do rei e ficar rico.

– Eu também quero ir para o exército. – O magrelo coçou o saco. – Dizem que você conhece muitas mulheres em cada lugar por onde passa. Quero provar umas bocetas novas.

– Você nunca provou nenhuma boceta, Séamus. Pelo menos não de uma mulher – Texugo balançou a cabeça, com desdém. – Vejo você com as cabras, isso sim. A minha até bale quando te vê, de tão apaixonada que ficou!

– Por que você não vai chupar a rola de um bode, Texugo? – Séamus tinha o rosto vermelho. – Se eu já tivesse a minha espada, eu...

– Calem a boca e andem! – O mais velho saiu a passos largos. – Vocês falam muito.

Os demais concordaram e seguiram ao encontro dos jovens do Norte, que já estavam bem à frente. Apertaram o passo, trotaram, depois correram: a Curva do Castor se aproximava, o único lugar em que poderiam emboscá-los com melhores chances.

E com menos risco de serem apanhados por aqueles que prezavam a ordem ou mesmo por guardas que, de tempos em tempos, passavam por aquelas bandas. Afinal, os roubos atrapalhavam muito o comércio, com os locais ou com os noruegueses e daneses.

A prata e o ouro falam todas as línguas.

Dinheiro: a única coisa que une ricos e pobres, nobres e Igreja, homens *santos* e safados. E perdê-lo nunca foi algo bem aceito por nenhum deles. Por isso as cabeças de larápios sempre eram vistas aqui e ali, penduradas em galhos, sobre pontes, nas praças, nas estradas que uniam os vilarejos.

Eram estandartes que visavam intimidar os mal-intencionados.

Por isso, os bandidos precisavam ser cada vez mais espertos e ágeis para conseguir sobreviver nesses tempos difíceis.

.

.

.

– Só de lembrar do porco, tenho fome – Gordo lambeu os beiços. – Como aquela mulher consegue deixar a carne tão suculenta? E aquele aroma maravilhoso?

A pança rotunda roncou alto, soltando um som agudo antes do fim.

– Você sempre tem fome – Ganso retrucou, ainda com a cabeça dolorida por causa da pancada que levara de Asgeir. – Pode pensar em um monte de bosta de vaca que vai ter fome.

– Nisso eu devo concordar com o nosso amigo de pés tortos – Asgeir respondeu. – Lembra quando você comeu aquele pão mofado no navio? Apostamos que você passaria mal, mas na manhã seguinte você acordou assoviando e... faminto!

Gordo assentiu, não havia como negar a sua reputação de ter o estômago de aço.

– Será que a tal da velha do mel nos dá um pouco para

provar? – Boca de Bagre olhou para o Gordo. – Estou com um gosto ruim na boca.

– Andou chupando um pinto escondido? – Asgeir não se conteve.

– Não, porque ele já estava enfiado no seu rabo sujo! – Boca de Bagre respondeu de pronto.

Todos gargalharam.

E caminharam fazendo chacotas até chegar num trecho onde a estradinha de terra fazia uma curva fechada para a esquerda, tornando-se margeada pelos dois lados por barrancos um pouco mais altos que um homem.

– Uma carroça deve passar com dificuldade por aqui. – Ganso olhou para a encosta à sua direita. Era a face de uma imensa rocha coberta por musgos e heras. – Acho que ficou assim porque não dá para escavar isso aqui – deu um tapa na pedrona.

– Acho que devem ter aproveitado uma velha trilha de cabras ou mesmo o caminho aberto pelas águas da chuva – Boca de Bagre apontou para os sulcos profundos no barro seco. – Isso aqui, debaixo de um temporal, deve ser uma merda e...

Um garoto caiu de cima do barranco e bateu com força a cara no chão. O barulho foi algo como um saco de farinha jogado do alto de uma janela. Começou a miar de dor e, quando se virou, seu rosto era uma maçaroca de sangue, ranho e terra. Ele tinha o olhar perdido e não conseguia se levantar.

Gordo se agachou ao seu lado e levou a mão à testa ao ver, de perto, o estado do infeliz.

– Esse se fodeu...

Asgeir sacou sua faca de caça, de lâmina tão comprida quanto a de uma espada curta, e olhou para cima. Tocou o amuleto de martelo que levava num cordão de couro de cervo trançado junto ao peito. Algo lhe instigara o instinto de luta. Algo fizera seus músculos se retesarem e os dentes crisparem. E ele aprendera a confiar sempre nisso, ainda mais quando seu coração disparou e a respiração ficou mais intensa.

Percebendo o movimento do amigo, Boca de Bagre também sacou a sua adaga, menor, mas de ponta tão aguçada que ele jurava que conseguia furar um crânio se fosse preciso. Olhou para o outro lado, porque não desejava ser pego desprevenido.

Ganso não trazia nenhuma arma, tampouco percebeu que os dois haviam sacado as suas. Seus olhos estavam fixos no moleque, que caíra como uma maçã muito madura que se desprende de um galho. O sangue vertia do nariz e de um corte logo abaixo do olho direito.

Então eles ouviram gritos.

Asgeir estava certo. E mais cinco pularam do barranco, dessa vez caindo de pé, um deles derrubando Ganso, outro tentando fazer o mesmo com o gigante irmão de Birger.

Foi o mesmo que bater numa rocha.

Gordo se virou e cerrou os punhos, pronto para ir ajudar seus amigos. O moleque de rosto ensanguentado segurou a sua bota. Por puro reflexo, o roliço norueguês desferiu algo parecido com um coice: o seu calcanhar bateu com força na boca do infeliz, fazendo-o engolir uns dentes e apagar.

Boca de Bagre trocava socos com Gofraidh, que tentou acertá-lo com um pau, mas foi facilmente desarmado com um chute na mão. Ele podia atacá-lo com sua adaga, mas sempre preferira as lutas justas, por isso, guardou-a.

Ao contrário de Asgeir, inflamado pela raiva e pelo furor. Séamus, que pulara sobre ele tentando derrubá-lo, sangrava no chão, com um talho que varou a camisa puída, a pele, os músculos e raspou as costelas. Sobreviveria, mas a dor o fazia se contorcer.

Asgeir caiu de joelhos, fazendo uma careta estranha, as vistas embaçadas, o ar entrando no peito com dificuldade. Levara uma paulada nas costas, tão forte que fez o galho grosso se partir ao meio. Permaneceu com as mãos apoiadas no chão por um tempo. Cuspiu e balançou a cabeça.

Levantou-se, rosnando, os pés ainda sem sua plena firmeza, os olhos embaçados. E, ao se virar, viu um Lorcán apavorado, porque tinha certeza que a pancada o tiraria da luta.

– Filho de uma cabra sem tetas! – O grandalhão aprumou as costas que ardiam. Suas vistas se clarearam e o ar pôde ser sorvido novamente. – Você está morto.

O baixinho sardento virou-se pronto para fugir. Deu três passos e caiu de cara no chão quando Ganso colocou o pé no seu caminho, fazendo-o tropeçar.

Gordo, com as costas coladas à grande rocha, apanhava de Lonán, que o socava sem dó. Ele tentava se defender, mas o garoto era rápido como uma garça ao fisgar um peixe. Os beiços e os olhos dele já estavam inchados.

Ganso se levantou e correu para acudir o amigo, mas Oisén, que caíra sobre ele, impediu sua passagem trombando contra suas pernas. Ambos foram para o chão, se engalfinhando, levantando uma nuvem de poeira, enquanto se xingavam e se socavam sem muita eficácia.

– Me solta, seu bosta de foca! – gritou Ganso. – Me larga!

Boca de Bagre, com a boca sangrando, sorria. Havia posto Gofraidh para sonhar com um belo gancho no queixo – que lhe cobrara o preço: uma trinca no osso do indicador da mão direita. Ele foi até Lonán, puxou-o pelos cabelos e colocou a adaga na sua garganta.

– Fica quietinho, senão serei obrigado a sujar a minha lâmina recém-polida.

O jovem apenas baixou os braços e não esboçou qualquer reação.

À sua frente, Gordo desabava no chão, exausto de tanto apanhar, os dois olhos fechados pelos inchaços e os beiços grandes e escuros como o pedaço de porco da senhora Áine. Passou o dedo nos dentes e se deu por satisfeito quando percebeu que todos ainda estavam bem presos às gengivas.

– Ai! – gemeu.

Asgeir chutava Lorcán, que chorava, encolhido, o nariz quebrado, a barriga latejando por causa das patadas violentas. Então um assovio alto o fez cessar os golpes. Fez todos olharem adiante.

*

– Eles estão demorando demais – Siv veio ter com Birger, que pegava uns gravetos secos para fazer uma fogueira. – Pedi para comprarem coisas simples, que Aage me disse que encontrariam facilmente no vilarejo.

– É verdade. Eles não voltaram – Birger agachou-se para pegar mais um graveto. – Estava tão entretido com os afazeres que nem percebi.

– Logo vai escurecer e chover – Siv olhou para o céu nublado, o vento fazendo seu cabelo solto bailar. – Acho melhor mandarmos alguém ir atrás deles.

– Eu mesmo vou, Siv – Birger entregou os gravetos secos para ela. E aproveitou para lhe roubar um beijo. – Não se preocupe que encontro eles. Afinal, um gigante, um gordo, um rapaz de pés tortos e outro com a boca parecida com a de um bagre não devem ser difíceis de achar.

Siv riu.

– E, conhecendo muitos dos nossos amigos, tenho certeza que, se um ou outro for, também irá demorar muito a retornar – piscou o rapaz.

– Por isso vim falar com você primeiro – Siv pegou mais dois gravetos caídos. – Deve estar tudo bem, mas...

– Olha lá eles vindo – Birger apontou para a estrada. – Acho que fizeram boas compras, a carroça parece estar abarrotada.

– Está mesmo. – Siv observou a dificuldade do burro em puxar a carga e pôde ouvir os estalos das rodas de madeira, mesmo estando a uns cinquenta passos de distância. – Mas eu não dei tantas joias para eles. Só se algum deles tinha algo nos bolsos.

– Duvido – Birger olhou para Siv. – Vamos até lá e descobriremos.

Os dois correram. Ela deu um tapa na bunda de Birger e acelerou o passo, chegando primeiro até onde eles estavam.

– Pelos cabelos de Freyja! – Siv deixou os gravetos cair e levou a mão à boca. – Vocês estão arrebentados. Gordo, o que aconteceu?

– Uma briga. – O gorducho tentou sorrir, mas, com o rosto desfigurado, colorido com vários tons de roxo, vermelho e preto, apenas conseguiu uma careta estranha.

– Um bando veio nos roubar – Asgeir se adiantou. – Nos pegaram no caminho, mas resolvemos tudo. Por isso demoramos tanto.

Boca de Bagre apenas fez um aceno, o dedo inchado bem evidente, e seguiu adiante junto com a carroça puxada pelo burro e o seu condutor. Ganso, que tinha um ralado na testa e alguns arranhões na cara, parou ao lado do amigo grandalhão.

– Se não fosse o estúpido cair do barranco, a gente estaria fodido até a última prega do nosso rabo – Ganso estalou os dedos. – Mas ele nos deu a chance de lutar. E olha, a pancadaria foi feia.

– Foi bom ter havido essa briga. Lucramos bem – Asgeir olhou para o Gordo. – O filhote de morsa ali se arrebentou mais, mas logo vai estar bom. Merece um belo jantar, sabe?

– Não estou entendendo nada. – Siv olhou para Birger, que concordou. – Briga? Lucraram bem? Conta tudo direito, Asgeir.

– Foi assim, Siv, a gente já tinha comprado quase tudo. Faltava somente o mel, que fomos buscar na casa da velhota – Asgeir coçou a barba. – Só que, para chegar até lá, tivemos que pegar uma estradinha esburacada e estreita. E na Curva do Castor tentaram nos emboscar.

– Curva do Castor? – Birger cruzou os braços.

– É como o povo daqui chama a merda de uma curva que fica entre dois barrancos – Ganso adiantou-se. – O porquê de ter esse nome, eu não sei.

– Também não importa. – Siv batia o pé no chão, impaciente. – Continue.

– Pois bem. – Asgeir limpou a garganta. – A gente *tava* nessa curva quando um moleque caiu do céu e se *estabacou* no chão.

– Arrebentou a cara. Ficou pior que a minha – Gordo tocou a bochecha inchada e se encolheu de dor.

– Depois da briga eles nos contaram o que aconteceu. O tonto foi pular, enroscou o pé numa raiz e caiu. – Asgeir balançou a cabeça. – Ainda bem, porque isso nos deu tempo de antever o perigo. Ou melhor, eu e o Bocão lá antevimos. Esses dois...

– Eles acreditaram que estávamos com muita prata nos bolsos – Ganso prosseguiu. – Tinham certeza que nos roubariam com facilidade, pela emboscada e por estar em maior *número*. Se foderam. E, por sorte, a velha apareceu assoviando como uma cotovia nervosa.

– Que velha, Ganso? – Siv abriu os braços.

– A do mel – ele respondeu. – Ela apareceu com os seus três filhos, fortes como bois e armados com machados de cortar lenha.

– A gente *tava* ganhando a briga – Gordo tentou sorrir. – O Asgeir ia matar um deles. Daí a velha impediu.

– Eu ia matar mesmo! – O grandalhão cerrou os punhos. – E não só um, acho que iria matar todos.

– Ainda bem que não matou, porque pudemos lucrar – Ganso tirou uma bolsinha de couro de dentro da camisa e chacoalhou, fazendo o metal tilintar. – Eles nos pagaram bem!

– Pelas penas de Hugin, quem pagou bem? – Siv balançava as mãos frenéticas.

– Descobrimos que a velha do mel é uma senhora muito rica, foi esposa de um Jarl dinamarquês que morreu em batalha. Ela preferiu ficar por aqui com seus filhos e homens a voltar para sua terra. – Asgeir arrancou um mato e pôs na boca. – Ela é muito respeitada pelo povo daqui, pois dizem que ela pode curar qualquer doença usando suas abelhas.

– Assim nos falaram – Gordo pegou um embrulho e o abriu, fazendo um aroma adocicado subir dali. – Ela me deu isso para passar no rosto. E, se me permitem, vou para a barraca, pois *tá* doendo demais.

Siv assentiu.

– Os filhos de uma foca vesga que nos atacaram são bandidinhos conhecidos. Vivem roubando os viajantes e aqueles que vêm fazer comércio aqui. – Ganso espirrou. – A velha falou que eles aleijaram um monge de tanto bater, mas o infeliz não tinha qualquer dinheiro mesmo.

– Deram o azar de tentarem nos roubar – Asgeir esfregou as mãos, triunfante.

– Sim, verdade – Ganso espirrou novamente. – Merda!

– Limpou com a mão o ranho esverdeado que saiu do nariz e se prendeu nos pelos duros da sua barba.

Birger contorceu o rosto, com nojo.

– Quando viu que a gente tinha dominado os larápios, a velha do mel veio nos fazer uma oferta – Asgeir arrumou as bolas dentro da calça. – Queria comprar da gente os fedelhos.

– E nós aceitamos vender, claro – Ganso riu.

Siv arregalou os olhos.

– Além de nos dar três potes cheios de mel, pagou dois anéis de prata, um bracelete de bronze e um broche de ouro por cada um dos merdinhas. Se eu soubesse que eles podiam ser vendidos, não tinha feito um rasgo no peito do branquelo. Quem sabe ela pagava mais. – O irmão de Birger gargalhou e pôs na mão de Siv um saco de couro com joias. – Essas são para a minha amada capitã.

Fez uma mesura e saiu assoviando, seguido por Ganso.

Siv nada disse. Apenas alternava o olhar entre os dois e Birger.

– Os Deuses devem se divertir com eles. – Ele começou a recolher os gravetos caídos no chão. – E isso é um ótimo presságio para a nossa viagem.

O jovem seguiu adiante, alcançando o irmão, que envolveu seu pescoço com o braço, enquanto Siv olhava a carroça voltar, agora vazia. O carroceiro acenou e foi correspondido por um erguer de mão.

– Essa merece ser cantada pelos skalds – Siv guardou a bolsa de couro dentro da roupa e seguiu no encalço deles. – Saem para fazer compras e voltam mais ricos do que foram.

*

Mais um dia se findava, cinzento, a chuva fina gelando os corpos e os ânimos. O mar revolto, as ondas açoitando as rochas, os navios ancorados subindo e descendo irrequietos. Asgeir também estava irritado, nervoso como um animal enjaulado, andando para lá e para cá sem nunca ir para lugar algum. E mesmo as labaredas das fogueiras pareciam tímidas, sem força para assar os peixes e cozinhar a sopa que forrariam os estômagos sempre famintos.

Então, Aage pediu que Siv, Birger e Ketil fossem à sua tenda. E os três se cobriram com suas capas grossas de lã *e saíram debaixo da chuva incessante*, as botas afundando na lama arenosa, o rosto ardendo pelo vento.

Asgeir os seguiu, mas Birger pediu que ele ficasse. Conhecia os rompantes de fúria do irmão quando algo o desagradava, ainda mais irritado como estava pela demora na resolução.

– Nós iremos, Siv – Aage falou assim que os viu chegar. – Perdoe-me por fazê-los esperar, foi necessário. Conversamos e decidimos que iremos com vocês.

– Nem todos irão – Torstein, sisudo como de costume, retrucou.

– Os que concordaram são suficientes, Siv! – Aage pôs a mão no ombro do amigo. – É melhor, pois aqueles que partirão conosco irão de boa vontade. Os demais, dispensei dos seus juramentos e lhes dei recompensas.

– São uns veados que mereciam apenas chutes no rabo. O bom é que sobra mais espaço para trazermos o butim – Torstein completou. – Se encontrarmos algum.

– Isso mesmo, meu amigo ranzinza – Aage assentiu. – Partiremos assim que você ordenar, Siv. Deixei claro que essa jornada é sua e todos devem obediência a você.

– E quem causar problemas... – Torstein tocou o cabo do seu machado, e pela primeira vez esboçou um sorriso.

– Eu não diria melhor, Torstein – Aage olhou para o amigo. – Se bem que sei das habilidades dessa jovem com as armas. Tenho certeza que, se alguém se engraçar, perderá a mão.

– Ou o pau – Torstein olhou para a jovem que ria.

– Ou isso – Aage anuiu.

.

.

.

– Eles nos atrasaram à toa, não foi? – Asgeir segurou o braço do irmão. – Tenho certeza que eles vão ficar aqui. São cagalhões e velhos demais para nos seguir e...

– Eles irão, Asgeir. Controle essa língua, ela ainda vai te causar problemas – Birger se irritou.

– Pelas penas do cu de Mugin! – O grandalhão abriu um sorriso. – Vamos partir agora?

– Com esse tempo? – Siv tinha o rosto escondido, encoberto pelo capuz. – Assim que estiar, nós vamos.

– Meu amado Frey! – Asgeir se prostrou de joelhos no chão lamacento. – Nunca te pedi nada, mas, por favor, conversa com Sól para que ela reapareça em sua glória. Pode ser?

Siv, Birger e Ketil gargalharam, enquanto aqueles que estavam espiando tudo de dentro das barracas ficaram sem entender a atitude do grandalhão.

Somente Ástrídr e Bjarte nada perceberam. Eles se amavam em silêncio debaixo das mantas de lã, enquanto Askr fingia dormir ao lado, aproveitando o incentivo dos gemidos baixinhos para imaginar as carícias de uma linda mulher representada pela sua mão esquerda.

*

– Meu amado Frey – Asgeir se prostou de joelhos no assoalho do Berserker. – Nunca te pedi nada, mas, por favor, você poderia mandar um pouco de chuva?

Fazia cinco dias que eles navegavam, circundados de água, sem nenhuma terra por perto. Eles seguiam na direção que Alfhildr lhes apontara e que fora apontada para ela pelo próprio Mímir. Guiavam-se pelas estrelas, pelo Sol e pela Lua.

Saíram numa manhã úmida, de céu cinza e mar escuro. Como ainda podiam ver terra, mantiveram bem a direção. Há três dias a chuva cessara de vez e Sól surgira radiante. Tão vívida que fazia o couro daqueles que ficavam debaixo dela arder.

Tanto que os mergulhos eram frequentes para espantar o calor.

– Pelo sagrado caldeirão de Andhrimnir! – Asgeir e Odd fizeram imensa força para puxar Gordo para dentro do navio. – Você deve ser muito mais pesado que o javali Sæhrímnir.

– Tenho certeza que você não caberia dentro do caldeirão Eldhrímnir – Odd tinha o rosto vermelho. – Senti o meu cotovelo estalar, Baleia.

– Se você pular de novo no mar, Gordo, vai subir sozinho. – Asgeir pôs as mãos na cintura e puxou o ar pela boca. – Ou vai nadar atrás do navio até perder essa pança.

Gordo foi se sentar à proa, agora refrescado.

– Se alguém falasse que eu sou mais gordo que o javali que alimenta todos os deuses e os guerreiros mortos, eu daria uns belos socos. – Ganso sentou-se ao lado do amigo.

– Eu não ligo – Gordo sorriu, maroto. – Podem zombar de mim, mas quem faz força para me puxar para o barco são eles.

– Ah, seu safado. Sua doninha roliça! – Ganso começou a rir, seguido pelo amigo.

– Do que vocês estão rindo? – Asgeir se aproximou.

– De como foi engraçado quando o Vígi escorregou no óleo de foca – Ganso respondeu de pronto.

– Foi mesmo! – Asgeir virou-se e mergulhou.

Enquanto os dois amigos continuavam a rir.

EM UM LUGAR AINDA DESCONHECIDO.

– Quantas tormentas açoitaram o nosso lar desde que a águia botou seus ovos? – O Grande Pai, curvado pelo peso da experiência, a neve se adensando em seus cabelos e a pele tal como terra seca em seu rosto, olhou para a encosta de pedra onde a bela ave destrinchava uma raposa para os seus filhotes. Sua visão, pela benção da Deusa Pinga, continuava tão apurada como quando era jovem.

– Cinco tormentas. – a Grande Mãe também olhou para o penhasco, mas nada viu além de borrões: sua vista, ao contrário da do marido, falhava, e ela só enxergava aquilo que estava perto dos olhos. Por outro lado, tinha as mãos firmes, sem tremores.

– Quantas tormentas tivemos desde que o primeiro filhote nasceu? – Ele viu que a águia o observava, os grandes olhos amarelos fixos. Apoiou-se no cajado que se tornara seu companheiro muitas luas cheias atrás, as mãos tremendo, as pernas sem o vigor de outrora.

– Uma tormenta. – A Grande Mãe esfregou as mãos para aquecê-las, apesar de não estar frio.

– Na próxima tormenta o Monstro do mar virá. – O ancião baixou a cabeça em respeito à águia, que piou e continuou a destrinchar a raposa para os seus filhotes famintos.

– Então haverá a morte pelos dentes de prata – a Grande Mãe tapou o rosto com as mãos.

– A morte trazida pelos gigantes de gelo com dentes cor de prata da Lua em suas mãos.

– A morte não tarda...

Os dois cantaram juntos uma canção antiquíssima. Suas vozes roucas, mas potentes, percorreram as matas e as montanhas. E quem as ouviu pensou ser um lamento dos espíritos do lugar. E seus corações se encheram de dor e pesar. Assim, suas próprias vozes foram somadas aos murmúrios.

Toda a terra pranteou.
E até mesmo os lobos uivaram.
E o vento assoviou.
E o céu escureceu no Leste.
Logo a tormenta viria.
E a eles restava somente esperar.
Pois a profecia dos Primeiros, enfim, se realizaria.

*

– Você tinha que pedir chuva, não é, sua morsa sem presas? – Odd estava irritado, tentando se proteger do aguaceiro que vinha do céu e das ondas que rebentavam na amurada. Contudo, seu capuz apenas esvoaçava e suas botas estavam cheias d'água. – Não podia ter engolido essa ideia estúpida?

– E eu sabia que viria essa tempestade? – Asgeir ajudava a recolher a grande vela quadrada. O esforço por causa do vento e da chuva era imenso, além do risco de um movimento em falso, de um tropeção fazer cair no mar nervoso, um dos maiores medos de qualquer marinheiro. – A gente *tava* debaixo daquele sol desgraçado, pedi apenas um refresco.

– Pediu com fé demais – Vígi enrolava uma das cordas, encharcada e muito pesada. – Agora, sabe-se lá para onde essa tempestade vai nos levar!

– Isso se o oceano furioso não virar o nosso navio – Asgeir completou no instante que um raio acendia o céu e o trovão rugia. Seus músculos latejavam, tamanho o esforço para cumprir as tarefas.

– Se essa merda virar e eu morrer, Asgeir, juro pela minha mãezinha que volto e te mato! – Odd cuspiu. – Mesmo que você também esteja morto, seu filho de uma vaca zarolha!

Aage, no seu navio, o Fenrir, e Torstein, ao comando do Dilacerador, também sofriam para se manter no rumo. Precisavam permanecer juntos, porque era muito fácil se perder num oceano sem quaisquer referências da terra ou do céu, ainda mais quando ambos pareciam iguais, da mesma cor, vistos de dentro da tempestade.

Por outro lado, não podiam ficar muito próximos, pois, se uma onda os pegasse de mau jeito, podiam colidir e até mesmo se espatifar. Eram navios bem-feitos, fortes, contudo, diante do poder das águas, eram apenas como brinquedos feitos de gravetos secos nas mãos de crianças estabanadas.

– Se essa tempestade nos impressiona, meu amigo, imagina como devem estar os fedelhos – Caolho gritou para Aage conseguir ouvi-lo. – Nós já passamos por dezenas dessas, piores até. E eles?

Gargalhou e puxou o leme com um gemido, quase se deitando para conseguir a força necessária para retomar o rumo certo.

– Eles devem estar com as calças mijadas – Aage zombou, apenas para disfarçar o medo que sentia. Tocou o amuleto de martelo no seu peito.

Fazia quinze dias que navegavam. Tinham conseguido

encher os barris com a água da chuva e mesmo pescar uns bons peixes. Entretanto, a comida se findava, assim como o ânimo dos tripulantes. Ninguém sabia quanto tempo faltava para alcançarem terra. Sequer sabiam se haveria terra. Tinham apenas uma única certeza: no grande mar não há caminhos traçados.

Muitos dos que ali estavam, principalmente os mais velhos dentro do Fenrir e do Dilacerador, praguejavam baixinho pela estupidez de ter decidido seguir com essa viagem estranha.

– Siv, olhe! – Vígi, que, apesar dos pedidos da jovem que temia um tombo devido ao balanço forte do Berserker, havia trepado no mastro, berrou e apontou. – Acho que vejo terra lá na frente!

A filha de Hróaldr correu para a proa e pôs as mãos sobre os olhos para tentar aparar um pouco da chuva, que havia se adensado.

– Não vejo nada. – Olhou para trás. – Só vejo as ondas!

– Eu vejo! Tenho certeza que há terra adiante – ele continuou apontando. – Sim, uma grande mancha escura crescendo no horizonte. Pode ser uma ilha.

Siv olhou para Birger e depois para Ketil.

– Ele tem olhos de caçador. – Ketil subiu num dos baús, mas também não conseguia ver nada além de ondas. – Eu confio nele.

– Eu também – Birger protegeu o rosto de uma rajada de vento. – E é o melhor caminho que temos agora.

– Então, cães, todos aos seus lugares. Vamos remar! – Siv ordenou. – Remem com força e ânimo, porque precisamos vencer esse monstro. Remem com força e vontade. Vamos honrar Aegir e suas águas e, quem sabe, conseguiremos vencer essa tempestade!

Todos urraram e se sentaram, cada um tomando seu remo nas mãos. E, numa perfeita sincronia dada pelos comandos da jovem, eles fizeram o Berserker vencer a correnteza.

– Eles estão remando – Torstein olhou para Hrotgar. – Por que estão remando?

– Vai ver que viram algo.

– Eu só vejo água.

– Porque você tem a visão de um texugo velho, Torstein.

Ele deu de ombros e ordenou aos seus homens que seguissem Siv. E eles o fizeram, sem questionar ou resmungar, pois a maioria já havia sentido o peso da mão dele. Aos poucos o Dilacerador foi ganhando velocidade e vencendo as ondas.

– Por que todos estão remando? – Caolho franziu o cenho e limpou a água que embaçava seu único olho.

– Não sei, mas vamos atrás! – Aage assoviou e ordenou aos

seus homens que remassem como se Jörmungandr estivesse pronta para engoli-los.

Caolho tomou seu lugar, resmungando para Bafo, sentado do seu lado.

– Isso é momento para apostar uma corrida?

– Fale menos e puxe mais o seu remo, Caolho – Aage gritou. – Você pode engasgar debaixo desse aguaceiro!

Os raios se enraizaram no negrume do céu e o deixaram azulado. Muitos juravam ter visto Thor entre as nuvens. Comemoraram a aparição do seu protetor, pois sabiam, desde pequenos, que ele sempre ajudava aqueles que acreditavam. Os trovões fizeram os ouvidos doerem.

Cantaram para aliviar o peso do trabalho. No Berserker os jovens faziam o mesmo. Apesar de Siv ter o coração ainda endurecido.

Não havia quaisquer certezas em remar para um destino desconhecido, que talvez fosse apenas uma traquinagem concebida por Loki para divertir-se com o apuro. Talvez fosse uma visão gerada por uma Rán enfurecida por tamanha ousadia dos desbravadores. Fazia tempo que nenhum deles rezava pela sua ajuda. E isso, todos sabiam, era uma falha mortal. Era o prenúncio de águas dolorosas.

Talvez fosse algo bem mais simples: Vígi havia se enganado e seus olhos apenas o traíram, tamanho o desejo de encontrar um novo *mundo*.

Nada importava.

Eles remaram.

E remaram.

E remaram

Até os braços doeram e as costas latejarem.

Alguns tombaram de exaustão. Outros vomitaram pelo esforço. Muitos quiseram chorar, apavorados. E todos rezaram para os Deuses, temendo estar distantes demais para que Eles pudessem ouvi-los.

A tempestade se avolumou e tornou-se algo monumental. O vento que assoviava alto lembrava o sopro de um gigante de gelo, e as ondas imensas faziam os *langskips* se inclinarem quase na vertical.

Siv se manteve firme ao leme, as mãos doendo como se tivessem sido ferroadas por abelhas, os pés lutando para se manterem firmes, as vistas turvas e o coração explodindo no peito.

Nos outros dois navios, a batalha também seguia dura,

exaustiva. A experiência deles estava sendo testada ao máximo. Aage pediu clemência aos Deuses, principalmente por aqueles ainda na aurora da vida. E, pela primeira vez, se arrependeu profundamente de ter vindo e de não tentar dissuadi-los.

Contudo, o destino já havia sido trançado pelas fiandeiras.

A tempestade não se apiedou dos ínfimos navios no imenso mar. Ela tentava engoli-los a cada instante, tão poderosa que nem Aage, nem Torstein, nem ninguém naqueles navios havia visto algo parecido.

O vento sibilava, como se zombasse deles.

Thor, Rán, Aegir e até mesmo Odin talvez reprovassem a audácia daqueles intrépidos, insolentes e estúpidos navegantes.

Capítulo XI – Terra das vinhas

O Sol acabara de despontar no horizonte, seu clarão acendendo o topo das altas árvores.

O lobo branco farejou o ar: cheiro da maresia, de terra molhada, dos novos brotos de samambaia que nasciam nas encostas e dos cervos que pastavam atrás da colina, perto do riacho. Ele rosnou, e não foi por causa do fedor de um urso pardo trazido por uma lufada de vento soprada do Sul.

O macho com cicatrizes no focinho sequer se dignou a se virar para olhar o quão próximo o seu rival podia estar. Isso não importava. Não naquele momento.

A loba preta farejou o ar e ganiu. O cheiro de uma baleia putrefata na praia, o dos seus filhotes cuidados pela alcateia, o da fumaça de uma fogueira agonizante daqueles sem pelos, todos esses eram conhecidos. Ela sentiu algo diferente.

O lobo branco urinou numa pedra e em seguida esfregou as patas traseiras no chão, com vigor, para remarcar seu imenso território, mesmo sabendo que o odor trazido do Leste não era de outros lobos. Nenhuma matilha ou macho solitário ousaria desafiá-lo. Contra os da sua casta, ele era soberano.

As feras eram outras.

O casal uivou e, em seguida, na planície do grande lago, a alcateia respondeu. O macho olhou para o horizonte novamente, mas nada via, apenas as árvores, tão antigas quanto o Primeiro Lobo e a Primeira Loba. Somente suas narinas contavam sobre algo novo. E elas nunca o enganavam.

Eles correram encosta abaixo para se juntar aos outros lobos. Seguiram para a proteção das montanhas e das rochas nuas. Seu instinto lhes dizia que era melhor se afastar até entender o que viria.

Logo atrás, o imenso urso seguia as pegadas dos lobos, o

vapor saindo da bocarra, o grande focinho preto inspirando sem parar, criando suas próprias *imagens* daquilo que surgia e intrigava a todos os viventes daquela terra.

Entretanto, ele não pretendia atacar os filhotes, os velhos ou os fracos, mas sim contar com a astúcia da alcateia para encontrar um bom lugar para se esconder também.

A fome esperaria.

*

– Que fome! – Gordo pôs as mãos sobre a barriga branca e avantajada. Suas roupas, assim como as dos demais, secavam ao lado de uma comprida fogueira feita na praia de cascalho grosso, formado por conchas e corais macerados pelas ondas ao longo dos milênios.

– Nós mal sobrevivemos à maior tempestade que já vi e você só pensa em preencher esse saco sem fundo? – Odd estava deitado, ainda cansado, sobre uma pedra negra.

– Você disse o certo: sobrevivemos, então o melhor agora é recompor as nossas forças! – Gordo lambeu os beiços quando se lembrou dos pedaços de porco defumado de Áine, que tinham acabado lá pelo décimo dia de viagem. – Acho bom o Vígi ir caçar e...

Todos olharam para trás, para as altas montanhas, quando ouviram os uivos. Alguns pareciam bem próximos, outros mais distantes. Alguns homens pegaram suas armas, precavendo-se de um possível ataque. Outros tocaram seus amuletos pendurados nos pescoços. Siv fez uma oração a Eir, pedindo proteção.

Estavam num lugar desconhecido, e não sabiam se uivos ao amanhecer eram bom ou mau presságio. Ástrídr olhou para o céu buscando um sinal no voo de alguma ave, no formato das nuvens ou mesmo em como o vento fazia os galhos balançarem. Nada. Assim como, pela primeira vez, suas runas nada lhe disseram ao serem consultadas um pouco antes de o Sol raiar. Nada que ela compreendesse, pelo menos.

Os bravos do Norte estavam assustados, ainda mais depois de sobreviverem por pouco à tempestade que fez o Dilacerador se estraçalhar contra as imensas rochas da costa. Pelo menos quinze se afogaram ou tiveram os ossos esmigalhados ao terem o mesmo destino do seu navio, cujo mastro acabara de ser trazido pelas ondas. E, com ele, dois homens exaustos agarrados à madeira.

– Torstein! Hrotgar! Por Odin! Eu achei que vocês haviam virado comida de peixe! – Aage correu junto com Caolho e ajudou a trazer os dois para a terra firme.

– A-algum peixe deve ter comido o meu pau. Na-não sinto mais ele entre as pernas – Torstein tossiu água e esboçou um sorriso. – Meu amigo, pa-passe a mão e veja se ele ainda está grudado ao meu co-corpo.

– Ahahahah! Você é mesmo um merda, Torstein! – Aage abraçou o seu capitão e beijou-lhe a testa. Ele desmaiou em seguida.

– Lutamos com todas as nossas forças para impedir que o Dilacerador se arrebentasse nas pedras, mas a correnteza nos puxou com força, como se estivéssemos na mão de um monstro marinho, e nos atirou contra as rochas. Não conseguimos fazer nada...

– Acalme-se, Hrotgar. – Aage deitou o amigo desacordado no cascalho grosso e foi ter com o outro, apoiado no ombro de Caolho. – Com todas essas árvores que temos por aqui, faremos um *langskip* muito melhor que o Berserker! Não se preocupe. Agora vá se aquecer e descansar.

Eles foram em direção à fogueira. Dois dos homens de Aage vieram buscar Torstein. O velho senhor permaneceu, os braços cruzados, os olhos castanhos fixos no mar, agora bem mais calmo, bem mais azul com Sól brilhante e viva refletindo nele. Lá adiante, os destroços do Dilacerador boiavam.

Assim como muitos dos corpos dos seus homens. Que agora se tornaram sacrifícios para Rán e seu marido Aegir.

*

– Sim, eles chegaram. – O Grande Pai terminou de macerar a mistura de raízes, ervas, cogumelos e a cauda de um escorpião. Entregou a vasilha, talhada na pedra formada quando o sangue do vulcão endureceu, para a Grande Mãe, que cuspiu dentro dela, devolvendo-a em seguida ao marido. – A tormenta não mente. Os lobos estão irrequietos e até mesmo o ar tem um cheiro diferente.

– E onde eles estão? – Bisão, um jovem de pele da cor da casca do salgueiro e troncudo como o animal que lhe emprestara a alcunha, andava para lá e para cá, impaciente, cabeça baixa, pisadas firmes.

– Nossas terras são imensas. – O Grande Pai continuou a

misturar a pasta amarelada. – Eu mesmo não conheço uma ínfima parte dela. Nem mesmo o seu pai, que se juntou aos nossos antepassados, um grande caçador, conseguiu andar por todas as florestas, montanhas e charcos.

– E o que faremos? – Bisão se agachou e olhou o avô nos olhos. – O que faremos?

– Esperamos.

– Esperamos? Para ter as nossas terras dizimadas? Para ter nossos filhos mortos e as nossas mulheres... – Olhou para a esposa grávida. – Vamos procurar tais monstros. Vamos caçá-los e expulsá-los! Os Primeiros não fariam tal profecia, não nos avisariam de tamanho risco se não houvesse chances de lutar. Somos guerreiros!

O Grande Pai apenas sorriu, pegou um pouco da pasta com dois dedos e passou-a sobre a língua esbranquiçada. Fechou os olhos e engoliu a mistura devagar, o gosto ácido irritando a boca.

Entregou a vasilha para a esposa e começou a cantarolar:

Que o espírito do rio veloz fale comigo
Que o espírito da antiga sequoia fale comigo
Que o espírito dos ventos fale comigo
Que o espírito da montanha fale comigo
Porque eu preciso de ajuda
E a vocês me curvo
E a vocês abro o meu peito e o meu espírito
Em nome da visão.

O ancião se calou. Começou a respirar cada vez mais rápido, arfando ruidosamente. Seus olhos se viraram nas órbitas, até se tornarem brancos, vazios. E a boca enrugada começou a murmurar palavras ininteligíveis, formando espuma branca nos cantos. Todos que ali estavam silenciaram.

As crianças pequenas começaram a chorar, assustadas com tal ritual. Nenhuma foi retirada dali, pois os pais sabiam o quão importante era vivenciar tal momento. Assim como seus pais fizeram com eles. E os pais dos seus pais até a alvorada dos homens.

A Grande Mãe também cantarolou um lamento que fez os cães ganirem e as mulheres sentirem tamanha vontade de chorar, tão forte, que as lágrimas escorriam fartas dos olhos.

Quem vem do grande mar?
Quem vem, monstro, homem ou bicho?

Vem vivo ou em espírito?
Vem em paz ou para guerrear?
Quem da tormenta surgiu?
De um lugar distante
Tal como os Primeiros previram
É lugar desse mundo ou do mundo dos mortos?
É fera ou apenas homem errante?
O que será de nós?
O que será de nós?

A Grande Mãe cobriu os olhos com as mãos e não conteve o choro, as lágrimas percorrendo lépidas os sulcos na sua pele curtida pelo tempo. Seu coração estava pesado, como se as nuvens negras da tormenta, que se dissiparam dando lugar a um céu azul, tivessem vindo todas para o seu peito.

Ao seu lado, o marido tremia, espumava e continuava a falar coisas sem sentido. Os sábios diziam que palavras assim vinham direto da boca dos Deuses. E era sabido por todos que o Grande Pai podia ter com eles, principalmente em momentos de urgência.

De súbito seus olhos voltaram ao normal, apesar de estarem vermelhos. Sua respiração ainda estava ofegante, chiada, entrecortada por tosses, como as daqueles que estiveram prestes a se afogar. E ele mal se aguentava sentado, o corpo se inclinando para o lado.

– Água... – murmurou com a voz rouca. – Água...

Seu neto lhe trouxe uma vasilha que ele esvaziou com goles longos. Pediu outra e jogou-a na cabeça, molhando a roupa.

Estendeu a mão trêmula. Seu neto o ajudou a se levantar e ele foi, cambaleante, para a sua tenda.

– O que os Deuses disseram, Grande Pai?

– Amanhã, Bisão. Agora preciso pensar e descansar. Preciso dormir um pouco e sonhar.

Sua esposa o seguiu, e ambos entraram na tenda feita de couro e peles sobre varas de madeira trançadas. Ninguém ousou perguntar mais nada, mesmo aqueles que estavam afoitos, desesperados, até, por respostas. Precisariam esperar o raiar de um novo dia.

Enquanto isso, só podiam rezar para manter os invasores, monstros ou homens, bem longe. Só podiam fazer oferendas aos Deuses para que os protegessem. Para que suas palavras ditas ao Grande Pai pudessem ser uma luz em tempos que se previam sombrios.

.
.
.

Ainda era madrugada. As estrelas e a Lua Grande salpicavam o céu de prata. O silêncio era quase absoluto, exceto pelo vento farfalhando nas folhas e os insetos noturnos zunindo e cricrilando. Nem mesmo os uivos habituais ecoavam por aquelas terras.

Algumas mães ninavam seus bebês insones e famintos, as boquinhas banguelas sugando os seios com voracidade, nutrindo-se, crescendo. Elas dariam suas vidas por eles sem hesitar.

Homens roncavam, cansados depois de um dia como qualquer outro. Labuta, caçadas e sobrevivência.

Em uma tenda, um casal recém-unido se amava, ele extasiado pelo prazer, ela pedindo que Akna fortalecesse a semente dele. Somente os filhos trariam a plenitude. O cão deles primeiro levantou as orelhas, depois ficou de pé num sobressalto, farejando o ar. Ganiu baixinho. Saiu da tenda, assim como os outros cães, de outros mestres.

Ouviu-se um choro, que começou baixinho e logo se avolumou, acordando todos da aldeia, que correram para a cabana dos anciãos.

O Grande Pai estava morto.

*

– Siv, eu sugiro construirmos uma paliçada. – Aage apontou ao redor de onde as barracas foram montadas, próximas a um lago cuja água era muito boa para beber: era formado por um rio que vinha da montanha nevada. Os peixes também abundavam, se enroscando aos montes nas redes. – Só precisamos fazer alguns semicírculos para ficarmos protegidos.

– Eu diria apenas resguardados – Caolho cuspiu. Seguiu para onde os navios estavam ancorados para levar um pouco de comida aos vigias.

– De onde estamos temos uma boa visão. – Siv passou a mão no queixo pequeno. – A gente podia construir um fosso também, assim dificultaríamos algum ataque.

– Concordo. – Birger tocou a mão dela, que sorriu. – Desde que chegamos, não vimos ninguém. Nem mesmo sabemos se há alguém nessas terras, mas acho bom não sermos pegos sem uma mínima proteção. Principalmente enquanto dormimos.

– Eu pus algumas armadilhas naquele bosque. – Vidar apontou para a mata que ficava a uns trezentos passos da clareira onde eles decidiram fazer sua morada. – Também peguei alguns pequenos sinos que trouxe comigo e espalhei por aí. Se algum bicho ou homem tropeçar, ouviremos.

– Do jeito que o Ganso é estúpido, tenho certeza que o ouviremos gritando ao pisar nos espetos. – Gordo riu e acenou para o amigo, que estava trazendo uma pedra pesada.

– Gostaria de ter o meu cão aqui – Odd atirou um galho no lago. – Ele nos avisaria sobre invasores.

– Cães fazem mesmo falta – Askr concordou. – Mas quem sabe não pegamos alguns filhotes de lobo para criar?

– Você está louco? – Ganso soltou a pedra no chão e limpou o suor da testa. – A mãe deles viria morder o nosso rabo!

Os amigos riram. Então, Vígi surgiu da floresta, seguido por Hrotgar, Kári, Bjarte e Ketil. O caçador corria como uma corça, mesmo estando descalço.

– Vocês precisam ver uma coisa – berrou, de longe. – Venham!

Virou-se e voltou de onde veio. Os que corriam atrás dele também deram meia-volta e o seguiram, sem nada dizer. Siv, Aage, Asgeir, Birger, Odd, Askr e Vidar se entreolharam e correram em sua direção. Gordo e Ganso não moveram um músculo sequer. Decidiram poupar suas forças.

– Somos mais úteis defendendo o acampamento. – Ganso cuspiu nas mãos, secas e vermelhas por trazer a pedra. – Se vierem invasores, somos os melhores na batalha.

– Verdade... – Gordo concordou balançando a cabeça. Sentou-se no chão e ficou a observar o plácido lago. – Somos os melhores...

Os demais permaneceram, alheios à correria, serrando madeiras, montando armadilhas para os peixes, buscando pedras para construir o novo salão, que seria mais reforçado que os feitos em suas terras. Todos sabiam que o acampamento nunca poderia ficar sozinho. E que as armas sempre deveriam estar ao seu alcance.

A batalha estava arraigada em suas almas. E nos seus corpos cobertos de cicatrizes.

– Será que acharam alguém? – Asgeir tinha seu machado de madeira à mão. – Será que lutaremos?

– Meu irmão não é tão tolo. – Vidar desviou de um galho. Odd não foi tão rápido e deu com a testa nele, quase caindo, soltando um berro de dor. – Se fosse uma batalha ele nos avisaria. Deve ter achado algum animal diferente.

– Já iremos descobrir! – Birger apontou para os amigos parados numa encosta.

– Espero que essa corrida valha a pena. – Siv inspirou profundamente.

Aage vinha logo atrás, sentindo o peso da idade nas pernas, que pareciam ser feitas de bronze. Ao seu lado, Hrotgar também ofegava, suado, o coração querendo pular fora do peito.

– Para que corremos tanto? – Odd massageou a cabeça dolorida pela pancada no galho.

– Me diga você – Vígi apontou para baixo.

– Arbustos?

– Vinhas, Siv! – Ketil sorriu. – Montes delas.

– Nem quando invadimos a Frância e saqueamos as terras de um dos homens do rei Lotário vimos tantas! – Hrotgar pôs as mãos na cintura. – E eram muitas. Centenas, talvez.

– Não me lembro de ter visto tais vinhas nas nossas terras – Birger se agachou e coçou a barba.

– Lá não há – Aage respondeu. – É frio demais. A nossa terra é dura demais, por isso bebemos cerveja, sidra e hidromel, enquanto os povos das terras mais ao Sul se embriagam de vinho, que é feito fermentando as frutinhas dessas tais vinhas.

– Quero provar! – Siv começou a descer a encosta, seguida pelo bando. Dos que ali estavam, somente Aage e Hrotgar haviam tomado a bebida púrpura.

– Algumas são azedinhas, outras mais doces – Siv mastigou algumas. – Quanto mais arroxeada, mais saborosa.

Os jovens comiam as frutinhas na companhia de pássaros que não deviam estar muito felizes em dividir o almoço. As aves piavam e davam alguns voos rasantes para tentar intimidar os intrusos. Eles conversavam e se fartavam, procurando as bagas mais vistosas.

– Se eu montar umas armadilhas por aqui, tenho certeza que consigo pegar faisões e coelhos. – Vígi tinha a boca cheia. – Já vi várias pegadas por aqui.

– Será que tem vacas ou cavalos nessa terra? – O irmão cuspiu uma frutinha estragada.

– Não sei. – O caçador arrancou mais um cacho. – Ainda não vi pegadas maiores. Quem sabe mais para o interior.

– Não acho prudente você ficar vagando sozinho por aí – Aage se aproximou. – Essa é uma terra estranha.

– Terra é terra. Árvores são árvores e animais são animais – o jovem sorriu. – Basta ter os ouvidos, os olhos e o nariz atentos para pressentir o perigo.

– E ter consigo um bom machado – Asgeir balançou o seu.

– Concordo – Hrotgar arrotou.

Birger estava um pouco mais à frente. Avistara um cacho grande, bem violeta, com frutos graúdos. Pisou em algo duro. Olhou, não parecia ser uma pedra comum. Abaixou-se e pegou o objeto no meio das plantas rasteiras. Limpou um pouco da terra na camisa. Então seu coração quis sair pela boca.

*

A Grande Mãe cantava sobre a longa vida do marido enquanto lavava o seu corpo com uma água cheirosa, preparada com seiva e flores. Ela não chorava, mas sim louvava o caminho virtuoso que ele tivera nessa terra. Cada palavra era dita com firmeza e vigor. Cada gesto ressaltava a força daquele que fora líder por muito tempo, mais que qualquer outro antes dele.

Não podia demonstrar fraqueza ou dor, não nesse momento, porque a alma do seu único companheiro precisava subir forte aos céus. Ela precisava vencer as nuvens e os ventos. Precisava voar mais alto que um falcão. Precisava ultrapassar o Sol e depois as estrelas até encontrar a morada dos seus antepassados.

Ao redor de onde o corpo estava sendo limpo, os homens, os melhores guerreiros, caçadores e pescadores da tribo, acenderam, cada um, uma pequena fogueira que misturava ervas e fezes secas de lobos, bisões, águias e baleias. Eram os animais mais poderosos daquela terra e dariam força ao espírito do ancião.

Mesmo os anciãos de outras tribos, algumas rivais, vieram prestar suas homenagens. O Grande Pai conquistara o respeito de todos. E todos tinham muitas histórias para contar sobre ele. De tempos de guerra ou de paz.

A fumaça se adensou e a Grande Mãe findou sua cantoria. Tudo o que precisava ser dito fora dito. O corpo estava limpo, e no seu peito ela colocou o colar feito com dentes de urso. Começou a ser enrolado na pele de alces para protegê-lo do frio e da chuva durante a travessia.

E, quando as fogueiras se apagaram, os guerreiros colocaram pedras sobre o Grande Pai para evitar que as feras devorassem o seu corpo. As mulheres partiam, devagar, de volta à aldeia. Somente a esposa observava, em silêncio, os olhos tristes, sem derramar lágrimas. Não nesse momento.

Os anciãos partiram, alguns apoiados em cajados, outros sentindo dores a cada passo, o ar já não preenchendo totalmente os pulmões. Logo seria a vez deles enfrentar a última jornada. No próximo inverno, verão ou, quem sabe, na noite que viria.

A morte nunca chegava com alarde ou aviso. Seu abraço era silencioso. Acalentador para os doentes. Desolador para aqueles que ainda tinham muitas batalhas para lutar.

Bisão colocou sobre o rosto do avô a última pedra. E pediu para o seu pai vir guiar o espírito dele. Estava triste, mas no seu coração reinavam a angústia e o ódio por não ter sabido o que os Deuses haviam dito para o ancião.

.

.

.

– Vamos ficar parados como grama prestes a ser pisoteada e esperar o massacre? Somos coelhos ou lobos? Seremos faisões que morrerão na bocarra da raposa vinda do Norte?

– Se for uma raposa, Bisão, não há grande perigo, mas as lendas falam de gigantes de gelo, de monstros! – Lontra, um homem que diziam ter sido encontrado boiando no rio quando bebê, mastigou algumas agulhas de pinheiro. – Não sei se podemos enfrentar tal inimigo.

– E vamos nos acovardar? Vamos ficar encolhidos em nossas tendas enquanto ele vem e destrói tudo com seus dentes de cor de prata da Lua?

– O que você quer que a gente faça? – Caribu, marido da irmã de Bisão, continuou a entalhar o cabo de uma lança. – Eu acredito nas previsões, mas até agora não vimos nada!

– Não vimos porque não procuramos direito. – Bisão socou a própria mão. – Tudo da profecia se cumpriu. E mesmo meu avô não suportou o fardo imposto pelos Deuses.

– E você quer que a gente vá atrás deles? – Lontra encarou o amigo. – O Grande Pai tombou. Devemos ajudar a Grande Mãe em tudo o que for preciso.

– Ela não precisa da nossa ajuda. Não dessa maneira, ficando aqui sem nada fazer. Nós iremos. – Bisão se levantou e saiu da tenda de Caribu. – Ou irei sozinho se for preciso.

*

– Isso parece ser bem antigo. – Aage olhou a ponta de lança feita com uma pedra quase preta, brilhante e de ângulos tão aguçados que fatiariam a carne como manteiga. – Há dessas armas de pedra nas nossas terras, mas são do tempo de Ask e Embla!

– Essa aqui até parece o tal vidro que as igrejas na Inglaterra estão usando em suas janelas. – Hrotgar cuspiu na ponta de lança e limpou-a melhor na camisa. Passou-a num galho verde de uma videira, e este foi cortado com facilidade.

Asgeir assoviou.

– Não importa se é recente ou muito velho. Isso aí foi feito por uma pessoa, então quer dizer que há gente nessa terra. – Birger sentia um formigamento estranho nas mãos. – Gente que sabe caçar.

– Se eles ainda usam isso para caçar, acho que não precisaremos nos preocupar muito – Hrotgar zombou. – Vai ver que também nos atacarão com fisgas para pegar rãs! – riu. Ninguém o acompanhou. Virou-se, sem graça, e começou a devorar suas uvas.

– De pedra ou de ferro, uma lança mata de qualquer jeito – Siv concordou com Birger. – Vamos voltar ao acampamento. Precisamos nos preparar. Precisamos descobrir melhor onde estamos.

Hrotgar arrancou mais um cacho e retornou comendo as frutinhas doces, ainda emburrado.

– A única coisa que sei é que não estamos na Irlanda ou na Escócia. Estamos bem longe, aliás. – Vígi olhou para Odd. – Agora, onde estamos, isso é um mistério.

– Quem sabe não navegamos em círculos ou coisa assim? – O filho do ferreiro tinha um inchaço roxo na testa. – Pode ser que não estejamos tão longe de casa.

– As estrelas não estão no mesmo lugar. Até mesmo o ar cheira diferente – Vígi fungou.

– Isso é porque eu peidei – Odd zombou.

O jovem apenas deu um sorriso sem vontade, pois, assim como Birger, estava preocupado com a descoberta.

– Por que vocês correram? – Gordo perguntou a Vidar.

– Por causa das vinhas.

– Vinhas? O que são vinhas?

Vidar atirou para o amigo um cacho que ainda continha algumas uvas. Gordo cheirou e provou uma. Arregalou os olhos.

– Por que vocês não disseram que estavam indo comer frutas? – Enfiou o restante na boca.

– Tem muito mais lá, mas agora precisamos conversar sobre a ponta de lança – Vidar continuou andando para onde todos já faziam um círculo ao redor daqueles que retornaram.

– Ponta de lança? Pelos bagos de Dain! Por que tanto mistério? – indagou o Gordo, mas mesmo assim seguiu o amigo.

Siv subiu em cima de uma tábua apoiada sobre cavaletes. Todos a olharam com curiosidade.

– Não estamos sozinhos – disse ela, sem delongas. – Nós achamos isso.

Mostrou a todos a ponta de lança. Os mais próximos arregalaram os olhos. Os mais distantes precisaram se aproximar para enxergar. Todos entenderam que não estavam sós. Muitos tocaram seus amuletos de martelo no peito. Outros olharam ao redor, como se um ataque fosse iminente.

– Onde encontraram isso? – Ganso pegou a ponta de lança da mão dela. Passou no dedo e soltou um gemido quando se cortou. – É afiada como as nossas melhores facas!

Levou o dedo à boca e passou a ponta para Ástrídr, que também estava curiosa.

– Encontramos próximo às vinhas – Siv apontou. – É bem perto daqui.

– Encontraram algo mais? – Boca de Bagre se aproximou para olhar a ponta de lança.

– Não procuramos – Birger respondeu. – Pisei nessa por acaso. Mas tenho certeza que deve haver sim.

– Merda! – Gordo cuspiu uma casca. – Será que são muitos?

– Não sabemos nada além disso, Gordo! – Siv respondeu. – Mas precisamos descobrir logo. E, a partir de agora, olhos e ouvidos atentos. Vamos trabalhar duro para terminar logo esse acampamento!

Os homens assentiram e continuaram seus afazeres. Os mais velhos, assoviando, pois afinal as batalhas faziam parte dos seus dias. Os mais novos, um pouco aflitos, pois nem todos eram como Asgeir.

– Siv – Vígi chamou-a. – Queria falar com você.

– Pode dizer.

– Quero sair com o meu irmão em busca de vilarejos, acampamentos, de qualquer coisa.

– É muito arriscado e...

– Siv, não se preocupe. – Tocou o ombro dela. – Nós fomos criados na floresta desde muito novos.

– Bem. Então vá, mas não se arrisque.

– Ei! – Bjarte se aproximou. – Desculpe a intromissão, mas não pude deixar de ouvir a conversa. E quero ir junto. Também fui criado correndo pelas florestas da nossa terra junto com meus tios e primos. Posso ajudar.

– Você decide, Vígi. – Siv encarou o jovem.

– Pode vir. Mas iremos somente nós três e mais ninguém, porque muita gente não dá certo, deixa muitas marcas na terra, e precisamos ser silenciosos e ocultos para que nem os *landvættir* daqui consigam nos perceber.

– Concordo – Siv assentiu. – Preparem-se para amanhã cedo.

– Ah, só mais uma coisa. – Vígi sorriu. – Nós iremos e só retornaremos quando tivermos alguma resposta, nem que isso seja somente no próximo inverno, está bem?

O coração da jovem pesou, mas mesmo assim ela concordou. Precisavam muito saber mais sobre essa terra e seus povos. Ela deveria confiar nos três.

– Apenas se cuidem. – Abraçou Vígi e Bjarte e foi ter com Aage, que já começava a riscar na terra onde queria as linhas de paliçada.

A noite foi morna e longa, principalmente por causa dos insetos que zuniam nos ouvidos e pinicavam a pele.

– Bosta de boi espanta os mosquitos. – Ganso deu um tapa em um que pousara na sua bochecha.

– Não temos boi aqui – Askr bocejou.

– Gordo pode cagar e passar na cara dele – Asgeir zombou. – Deve funcionar.

Gordo apenas roncava, sem se importar com os insetos que faziam a ceia com o seu sangue.

Ganso deu mais um tapa no braço.

– Se pelo menos tivesse um pouco de alho já ajudava. – Boca de Bagre matou um mosquito, e sua pele se pintou de vermelho onde ele foi esmagado.

– Pelo bafo, Hrotgar deve estar sempre comendo alho – Askr sussurrou.

– Eu ouvi, seu filho de uma cadela com dois cus – o homem respondeu. – Só não vou até aí te cobrir de pancadas porque estou cansado demais.

Eles riram e tentaram dormir. Entretanto, os mosquitos ainda não estavam saciados.

.

.

.

– Não façam nenhuma merda – Birger acenou para Vígi, Vidar e Bjarte. – E, se as coisas ficarem perigosas demais, voltem correndo.

– Você está parecendo a minha mãe, Birger – Vígi se virou e começou a andar de costas. – Mas pode deixar: se der merda a gente volta.

Eles carregavam pouca bagagem. Cada um levava uma boa faca, um arco, algumas flechas e uma lança. Escudo, espada e mesmo uma armadura seriam inúteis, peso desnecessário, ainda mais por não saberem como era o terreno nem mesmo a distância que percorreriam. Não eram combatentes, eram rastreadores que evitariam ao máximo um encontro.

Além das armas, levavam capas de pele grossa, que serviriam bem como cobertores, um pouco de comida e odres. Pelo que viram, água não faltava nessa terra, e sempre havia algum bicho para caçar ou fruta para colher. Precisavam viajar leves. E, quanto mais rápido descobrissem algo, maior seria a vantagem. Para se protegerem, atacarem ou até mesmo partirem rumo a outras terras.

Os que ficaram também trabalhavam duro. As paredes do novo salão já estavam na altura da cintura e muitas estacas da paliçada estavam de pé. Por sorte, naquele lugar a madeira abundava, e sempre havia peixe sobre a brasa para alimentar os famintos. Somente a cerveja fazia falta, mas logo eles plantariam campos com a cevada que trouxeram nos navios. E tentariam fermentar as uvas recém-descobertas.

Contudo, isso podia esperar. Primeiro precisavam de um lugar seguro.

A filha de Wiglaf tinha os braços cruzados. Observava os três jovens entrarem na floresta e sumir. Mais tarde, jogaria as runas, agora de nada adiantaria. Tinha a cabeça aflita demais. Havia gelo em seu peito, e sabia que a verdade só se revelava na serenidade.

– Que os Deuses estejam ao seu lado – Ástrídr murmurou. – E que você volte logo para mim, Bjarte.

*

– Os Deuses estão comigo, minha avó. – Bisão se sentou à frente da Grande Mãe e cruzou as pernas. – Eles sempre irão ajudar os valentes e aqueles que lutam para proteger suas terras. Aqueles que estão dispostos a dar a vida...

– Meu neto. – Ela se inclinou e acarinhou os cabelos dele, grossos e pretos como carvão, bem trançados e amarrados com finas tiras de couro de cervo. – Nós não sabemos de nada. Mesmo o seu avô não conseguiu me contar sobre os desígnios dos protetores dessa terra. Somos como raízes: quanto mais exploramos, mais escuridão encontramos.

Baixou a cabeça, tristonha, cansada. Pela primeira vez em muitas décadas, sentia-se sozinha, desamparada. Passara a noite em claro, ouvindo os sussurros da floresta, ansiando por ouvir a voz rouca do esposo trazida pelos ventos. Não pôde.

Ela pousou as mãos sobre o colo e sentiu a cabeça pesada, mas mesmo assim deu um sorriso sincero ao olhar o rosto do neto, tão parecido com o do Grande Pai quando jovem.

– As abelhas só picam quando provocadas. – A avó apontou para fora, onde uma grande colmeia se apoiava sobre o galho de um cipreste morto. Debaixo da árvore, as crianças brincavam e riam, incólumes. – Podemos conviver em paz com outra colmeia.

– Mas só temos o mel se suportamos as ferroadas, minha avó – ele respondeu de pronto. – Eu irei procurá-los. Desejo a sua bênção.

Ela o encarou em silêncio por um longo tempo, os olhos fracos delineando o rosto dele. Uma lágrima escorreu devagar, solitária, por entre os sulcos da pele ressequida. Colocou novamente a mão sobre a cabeça de Bisão.

– Você a tem. Só peço aos Deuses que eles possam guiar seus passos, porque eu mesma não consigo te aconselhar, me faltam palavras de valor. Siga o seu coração e o seu espírito, meu neto, mais que os seus olhos. Os olhos podem te enganar. O que vem de dentro não. E, quando sentir que tudo está perdido, feche os olhos e entregue-se às forças da Terra.

Ela lhe deu dois beijos nas bochechas e permitiu que ele partisse. Deitou-se para descansar e chorar baixinho a morte do companheiro.

.

.

.

– Você vai mesmo, Bisão? – Caribu lhe deu um embrulho feito com folhas, amarrado com um barbante de couro contendo carne de ganso defumada e salgada. – Você não consegue mesmo ficar parado. Parece que sempre tem formigas dentro das botas.

– Cuide da minha mulher e do meu filho. – Colocou a mão

sobre o ombro do seu parente. – E, se eu não voltar, proteja a aldeia da melhor maneira possível. Não desista das nossas terras, Caribu!

Caribu assentiu e o observou partir, galgando o leito rochoso do riacho com a habilidade de um cabrito. Admirava o ímpeto do seu parente. Entretanto, preferia ficar.

– Que você nada encontre na sua viagem, Bisão – inspirou profundamente. Virou-se e olhou para sua filha que dormia, tranquila, enrolada em peles. Ao lado da bebê, sua mulher costurava, o rosto preocupado, as pernas balançando irrequietas.

Caribu foi até ela e a abraçou. Beijou-lhe a testa e partiu. Não esperaria o retorno de Bisão com os braços cruzados. Se a guerra viesse, estariam preparados.

Capítulo XII – Os lobos e o urso

Cinco semanas haviam se passado desde que Vígi, Vidar e Bjarte partiram. Eles sumiram, e mesmo aqueles que saíam diariamente para explorar os arredores não conseguiam encontrar seu rastro. Todos estavam preocupados, alguns até mesmo os davam como mortos.

– Tenho certeza que foram os lobos que devoraram aqueles estúpidos – Gordo suava profusamente enquanto talhava a ponta de uma das toras que faria parte da paliçada, agora faltando apenas uma dezena de passos para ficar completa. – Devem ter andado o dia todo, dormido e – deu uma abocanhada no ar – foram comidos antes de acordar.

– Não sei não. – Ganso acabara de tirar um prego incandescente da forja. Martelou-o com vigor, formando a cabeça chata. – Vígi é do mato, ele sabe se precaver contra as feras. Eu acho é que eles foram capturados e se tornaram escravos desse povo. Ou mesmo mortos numa emboscada.

– Tomara que não – Gordo limpou o suor da testa. – Ou, se isso aconteceu, que tenham morrido com suas armas em punho.

Ganso assentiu e colocou mais metal na forja. Precisariam de centenas de pregos ainda.

Lá adiante, os demais já cobriam o salão que lhes daria abrigo definitivo. Hrotgar destrinchava um cervo, e Aage ajudava a carregar a grande porta do salão, a madeira ainda rústica e cheia de farpas. Na paliçada, plataformas estavam sendo montadas, lugares estratégicos para os vigias, arqueiros ou mesmo para atirar pedras nos invasores. Contudo, nem todos trabalhavam na construção. Havia outras tarefas a serem desempenhadas e mais respostas para serem fornecidas.

Ástrídr foi novamente ter com os Deuses. Desatou com cuidado o nó do cordão trançado feito com os cabelos ruivos de

Freyja e abriu o pano vermelho. Arrumou uma a uma as lascas com as runas ocultas sobre ele, embaralhando-as. Fechou os olhos, inspirou profundamente e começou a passar devagar a mão esquerda sobre elas.

ᛞ

A filha de Wiglaf observou a primeira runa que havia desvirado, o símbolo pintado em azul na lasca de osso. Siv, ao seu lado, sequer piscava, os olhos fixos, as mãos apertando os joelhos, os dentes mordiscando os lábios. Elas estavam sentadas à beira de um riacho, próximo de onde os navios estavam ancorados. Estavam sozinhas porque Ástrídr precisava de muita atenção para poder ouvir aquilo que os Deuses contariam. Relutara até em trazer a filha de Hróaldr, mas no fim cedera.

– Eles estão bem distantes, Siv. E suas vozes, que eram somente sussurros lá do outro lado do oceano, agora são inaudíveis. – A jovem olhou para o céu azul. – Temo não conseguir mais ouvi-los, ou mesmo me enganar, sabe?

A filha do Jarl assentiu, as mãos irrequietas.

Na água límpida e fria, os peixes devoravam os insetos que caíam das árvores e as larvas que nunca se tornariam adultas. E sobre eles um mergulhão esperava o momento certo para dar o bote e fazer também a sua refeição.

Ástrídr fechou novamente os olhos e passou a mão esquerda sobre as lascas viradas. Parou sobre uma e a desvirou.

ᛟ

Franziu o cenho, pensativa. Não era apenas um símbolo que via, era muito mais complexo, pois teria que interpretar o desígnio dos Deuses. Precisava fazer o seu espírito ascender aos céus e entrar em comunhão com os eternos. Sentiu um pouco de falta de ar e suas mãos começaram a suar.

– Será que eles ainda têm poder? – a jovem murmurou.

– O que você disse, Ástrídr? – Siv a encarou com os olhos verdes aflitos, as olheiras escuras denunciando as noites maldormidas, geralmente pela preocupação, umas poucas amando Birger.

A jovem apenas balançou a cabeça e continuou com o olhar fixo na runa, os dedos tamborilando sobre o pano vermelho.

O mergulhão pulou do galho baixo em que estivera e, como uma flecha, entrou na água. Permaneceu uns instantes submerso e voltou com um peixe no bico comprido. Voou de volta ao seu galho e lá o engoliu inteiro, empapuçando-se.

Ástrídr, pela última vez, fechou os olhos e passou a mão esquerda sobre as lascas. Delicadamente, hesitante, até, virou-a.

ᛉ

Uma gota de suor escorreu pela ponta do nariz da filha de Wiglaf e pingou sobre a runa, avivando o azul opaco. A jovem levantou as mãos para o céu e fez uma oração, bem baixinho. Voltou a guardar as runas e a amarrar o pano vermelho com os fios de cabelo da sua querida deusa.

Levantou-se e começou a andar em direção ao acampamento.

– O que elas disseram, Ástrídr? – Siv também se levantou num pulo e segurou no braço da jovem.

– Devemos esperar. – Ela deu um sorriso incerto e continuou o caminho.

Siv permaneceu, os braços cruzados, mais confusa do que no início.

*

Ele podia sentir o cheiro deles, mas não sabia onde eles estavam. Os pássaros estavam alvoroçados, piavam mais que o normal. Deviam estar por perto. Poderiam até mesmo estar a espreitá-lo. Tentava entender o que a floresta, a sua floresta lhe dizia, mas os sinais estavam confusos. Olhou para trás, assustado, como se alguém estivesse pronto para emboscá-lo.

– Não... Isso nunca!

Aquele era o seu lar, a floresta cujos caminhos lhe eram tão familiares, apesar de estar bem longe da sua aldeia. Ele, o pai e o avô já haviam trilhado aquelas matas muitas e muitas vezes. E, agora, ele tinha certeza que os espíritos dos seus antepassados permaneciam ao seu lado.

Bisão parou de correr. Abaixou-se e pôs a mão sobre o monte de bosta ainda quente. Fungou novamente. Rosnou e cuspiu. Aquilo não era excremento de lobo ou de urso. Tampouco era merda de alguém do seu povo. Era bosta de gente de fora. Seu nariz era sensível. Precisava ser.

– Aquilo que o nariz aceita, a barriga não reclama – seu pai uma vez lhe disse, quando ele estava prestes a morder um salmão meio comido que encontrou morto na margem de um rio.

O pai abriu a barriga do peixe e deu para o filho pequeno cheirar. Bisão fez uma careta e teve ânsia.

O pai gargalhou, e essa lição serviu para o resto da sua vida.

Bisão pôs-se a andar: olhos, ouvidos, pés, mãos e nariz em sintonia com a terra. Sua terra. Terra dos seus antepassados. Terra que seria dos seus filhos e dos filhos deles. Nem que ele precisasse dar todo o seu sangue para isso. E ele o faria sem medo nos olhos.

Logo anoiteceria e ele teria de parar, não por não conseguir se encontrar no breu da mata, mas sim para poder descansar. De nada adiantava encontrar quem quer que fosse sem ter suas plenas forças.

Cortou um naco do coelho assado que havia caçado logo cedo e mastigou a carne ressecada e dura. Ela havia lhe servido bem, lhe dera forças para galgar os vales e montes.

Bisão parou para arrancar punhados de cascas de pinheiro, observado por um esquilo curioso. Antes de dormir, como havia aprendido com a sua avó, gostava de beber um pouco da infusão feita com elas. A beberagem revigorava e fazia bem para o corpo e para o espírito. Ajudava a ter bons sonhos.

Bisão arrancava um pedaço grande quando ouviu um estalo adiante. Depois outro. Parou imediatamente o que fazia e se agachou, ocultando-se atrás do tronco. Viu duas fêmeas e um grande alce macho passarem, devagar, imponentes. Levantou-se e reverenciou-os, como de costume, e os bichos o olharam e não fizeram qualquer menção de fugir, pois naquele instante ele não exalava ameaça.

Então uma flecha se cravou fundo no pescoço de uma das fêmeas. Ela baliu, os olhos assustados, e correu em sua direção. Os outros dois foram para o lado oposto, sumindo em meio à floresta.

Bisão tinha o coração batendo na garganta. Agachou-se novamente e viu três homens correrem atrás da fêmea ferida. Homens de pele bem clara, como a neve, e barbas grandes. Homens que fediam e portavam lâminas brilhantes como dentes da cor de prata da Lua. Conteve-se para não gritar.

A profecia estava certa.

Vomitou.

.
.
.

Bisão não dormiu aquela noite, apesar de ter areia nos olhos. Tampouco fez uma fogueira. Preferiu passar um pouco de frio a ser visto. Ele deveria se misturar com as sombras. Ele precisava ser a própria escuridão.

Silencioso e letal como uma coruja.

Os invasores eram barulhentos como gralhas. Riam e farreavam enquanto comiam a carne da fêmea de alce. Bisão podia tê-los atacado, não seria visto e os mataria sem que eles soubessem como haviam morrido. Contudo, decidira arriscar: iria segui-los para conhecê-los melhor. Um bom caçador conhecia muito bem a sua presa. Estaria grudado em seus calcanhares para ver até onde pretendiam ir.

A manhã demorou a vir. O manto frio da noite abraçara a pele, a carne e até mesmo os ossos. E a neblina escondeu tudo aquilo que estava a mais de cinco passos de distância. Bisão esfregou as mãos para se aquecer, comeu o restante do coelho e seguiu os três invasores, o corpo dolorido, estalando.

E, por dois dias, ele foi a sombra que seguia cada passo.

Passos que se aproximavam cada vez mais do seu lar. E isso ele nunca permitiria.

Bisão se desviou um pouco da trilha dos invasores, seguindo outro rastro. Precisava fazer algo antes, por isso foi em direção ao grande rio que dividia duas montanhas ao meio. Iria se arriscar como nunca.

Ele deixou todos os seus pertences atrás de uma pedra coberta de musgo. Despiu-se e passou a terra úmida no corpo nu. Prostrou-se de joelhos e ergueu as mãos para o céu.

– Que a força dos espíritos da terra entre no meu corpo. Que o sangue do urso me dê o poder para expulsar os invasores. Que me dê a força para matá-los. Que me dê forças para mostrar aos meus que a guerra é inevitável.

Bisão se levantou, pegou sua lança e seguiu em direção ao grande rio, largo, contudo pouco fundo. E um grande urso pardo o viu chegar, sentiu o macho sem pelos desafiar seu domínio. Aceitou o desafio pondo-se de pé, a boca aberta, as imensas garras cortando o ar.

O guerreiro sentiu um frio percorrer a sua espinha, mas não podia recuar: fraquejar não era uma opção. Avançou, trotando, assim como o urso que vinha ao seu encontro, espirrando água a cada passada pesada.

Bisão gritou a plenos pulmões e segurou com firmeza o cabo da lança que pertencera ao seu pai. Sequer piscava: só teria uma chance. Então estocou com força, e o sangue jorrou.

.

.

.

O corpo de Bisão estava inerte no leito pedregoso. Três rasgos desfiguravam seu rosto e seu pescoço. A patada foi tão violenta que ele morreu com a coluna partida antes mesmo de cair no chão. Ao seu lado, a lança da sua família tinha a ponta incólume: ela apenas resvalara na pele grossa sem conseguir vará-la, arrancando um chumaço de pelos marrons.

O urso cheirou o oponente morto e foi embora. Estava com a barriga cheia de peixes, grama e mel. Bisão viraria comida para outros bichos. Afinal, corvos, lobos e vermes sempre estavam famintos.

*

– Vocês ouviram um grito? – Vígi se virou para o Norte.

Vidar e Bjarte assentiram e tocaram seus amuletos de martelo para se protegerem dos maus espíritos. O berro ecoou pelo vale de forma dolorosa, gemida, aflitiva, arrepiando cada pelo do corpo.

– Será de algum bicho? – Bjarte olhou para o caçador. – Quem sabe um cervo ou um alce morto por um lobo.

– Não. Foi de gente – Vígi respondeu de pronto. – Tenho certeza disso.

– Será um dos nossos? – Vidar coçou a cabeça.

– Vamos descobrir – Vígi começou a andar para o Norte. – Não parece ter sido longe daqui, então fiquem atentos. Sejam silenciosos.

Os dois o seguiram, as lanças em punho, os arcos encordoados nas costas. Apenas Vígi tinha uma flecha na ponta da corda, pronta para voar.

Não andaram muito até ouvir o barulho de um rio. E verem um corpo estirado nas pedras da margem.

– Pela lança de Odin! – Bjarte fez uma careta quando olhou de mais perto. – Ele está com a cara toda fodida!

– Com certeza foi um urso. – Vidar se agachou ao lado do

infeliz enquanto as moscas já aproveitavam para botar seus ovos nos ferimentos. – Olha só esses rasgos! – Comparou com o tamanho dos seus dedos, curvados como se fossem garras.

Vígi não se abaixou. Sequer prestou muita atenção no cadáver, apenas olhava ao redor tentando captar cada sinal da floresta, tenso, a respiração acelerada. Algo estava estranho, e o medo começou a ganhar força dentro dele, mesmo sem um porquê.

– Ei, esse não é um dos nossos! – Bjarte demorou para perceber e sentiu o ar sair do peito, como se tivesse levado um soco no estômago. – Esse morto é...

– Sim, ele é daqui.

– Pelo cu de Grani! É verdade! – Vidar arregalou os olhos. – Não estamos sozinhos nessa terra. E, se tem um, deve ter outros.

– E, pelo visto, esse é, ou melhor, *era* um guerreiro. – Bjarte pegou a lança e um punhal de sílex preso ao cinto do morto. – Temos que voltar e avisar o pessoal.

O suor escorria pelo rosto de Vígi, que apertou os olhos enquanto observava na outra margem do grande rio.

– Corram! – O caçador gritou. Eles não foram os únicos a ouvir o derradeiro berro daquele homem.

.

.

.

– Acho que eles não nos seguiram – Vidar arfava, exausto.

– Não podemos baixar a guarda. – Vígi fez uma concha com a mão e bebeu da água fresca que escorria pelas paredes de pedra da gruta onde eles estavam escondidos.

Bjarte estava deitado sobre o musgo úmido, as pernas doendo e os pés em brasa. Ainda segurava a lança e o punhal que tinha tirado do defunto.

– Vocês dois fiquem aqui – Vígi ordenou. – E, se eu não retornar até o anoitecer, vão embora amanhã bem cedo.

– Vou com você. – O irmão deu uns passos na direção do caçador.

– Você fica. – Vígi saiu da gruta sem olhar para trás.

– Que bosta, Bjarte! – Vidar socou a rocha. – O estúpido do meu irmão sempre faz isso. Não seria melhor irmos todos?

– Não, Vidar. – Bjarte se sentou. – Ele é o mais experiente de nós. Sabe andar e se esconder no mato como um bicho. Então, é melhor ir sozinho mesmo.

– Eu preferia estar com ele. – Sentou-se, de pernas cruzadas. – Que Ullr guie os passos daquele imbecil e o ajude a voltar inteiro.

– Que Ullr lhe permita voltar inteiro – Bjarte concordou.

*

– Tem alguém lá – Caribu apontou para o outro lado do grande rio. – Três homens! Vamos.

Ele, Lontra e mais seis guerreiros tinham que subir uns trezentos passos rio acima, onde as águas ficavam mais rasas e menos turbulentas. Só lá podiam atravessar em segurança.

Viram os três fugir e sumir na floresta e nada puderam fazer, porque tentar atravessar naquele ponto não valia o risco. Depois de uma corrida ligeira, atravessaram de mãos dadas, com água na cintura, firmando os pés entre as rochas para evitarem cair e serem levados pela correnteza. De longe, um grande urso pardo os observava.

– É o Bisão – Lontra levou as mãos à cabeça e caiu de joelhos assim que viu o corpo. – É o Bisão!

Caribu também se ajoelhou ao lado do cadáver do irmão da sua mulher e balançou a cabeça.

– Ele tentou enfrentar um urso. – Caribu fechou os olhos arregalados. – Queria a força dele.

– Para enfrentar aqueles que fugiram – Lontra completou. – Vamos segui-los? Somos oito guerreiros. Estamos em maior número.

– Vamos voltar para a aldeia. Porque eu duvido que haja somente três daqueles...

– Gigantes de gelo – Lontra completou novamente. – Apesar de eu não achá-los tão grandes assim. Pelo menos não de longe.

– Vamos levar Bisão – Caribu colocou a mão sobre o peito dele. – Vamos sepultá-lo como se deve.

*

Seis semanas haviam se passado desde a partida dos três. As folhas, agora em tons de amarelo e laranja, começavam a cair das árvores, e um vento cada vez mais frio soprava ora do mar, ora das montanhas, trazendo o som de uivos distantes. Estes eram mais arrepiantes que o ar gélido.

Aquela terra ainda sem nome era fértil e farta de comida, madeira e água. Mas também era uma terra de feras. E muitos ainda acordavam aos sobressaltos quando ouviam lobos e ursos rondarem o acampamento buscando algum alimento fácil.

Depois de uma labuta diária de deixar exausto o mais vigoroso dentre eles, o salão havia ficado pronto, com paredes grossas e fortes, assim como a paliçada que podia ser vista de longe, intimidadora. Agora eles teriam abrigo para o inverno vindouro.

Um carneiro – que era diferente daqueles criados em suas terras, por ter chifres imensos e pelo curtinho –, um cervo e várias aves estalavam sobre as chamas. A gordura que pingava na lenha chiava, fazendo subir uma fumaça com cheiro delicioso. Eles comeriam bem, somente a bebida ficava um pouco a desejar: o fermentado feito com as uvas, o tal vinho, não ficava tão bom quanto a cerveja e o hidromel com os quais estavam acostumados.

– Eu posso beber essa merda aguada o dia todo e não ficarei bêbado! – Hrotgar esbravejou ao esvaziar a caneca. – O mijo da minha mulher tem mais álcool que essa bosta!

– Eu gosto. – Ástrídr deu um gole na sua bebida. – Ela mata bem a sede.

– Eu também achei boa – Gordo estalou os beiços.

– Gordo, se te derem mijo de baleia, é capaz de você ainda querer repetir – Ganso zombou. – Você não se importa com o sabor das coisas, somente com a quantidade.

– Também, para forrar tudo isso... – Odd apontou para a pança do amigo.

– Eu também quero experimentar isso aí. Encha uma caneca para mim, porque estou sentindo a minha língua rachada de tão seca.

– Vidar! – Ketil se levantou e foi em direção à porta do salão. – Você está vivo.

– E faminto! – Vidar entrou no salão e sentou-se sobre um banco.

Logo em seguida Vígi e Bjarte surgiram, suados, cansados.

Ástrídr correu e, sem qualquer hesitação, beijou o seu amado, que retribuiu com um abraço apertado, erguendo-a do chão.

– Eu vou chamar Siv e Aage nos navios. – Ketil saiu.

– Onde vocês estiveram? Por que demoraram tanto? – Boca de Bagre aproximou-se.

– Quando os demais chegarem, contaremos tudo de uma vez só – Vígi respondeu, e talhou a pequena coxa de um faisão com a faca. Começou a devorar a carne ainda bem vermelha com voracidade, seguido por Vidar e Bjarte. E também por Gordo.

.

.

.

Siv parou de mastigar. A comida embolada na boca, teimando para não descer pela garganta. Ela havia pedido detalhes sobre a jornada, e Vígi estava contando tudo com precisão, como se estivesse revivendo cada passo. Principalmente a descoberta da aldeia.

– Eu deixei os dois na gruta. – Vígi mastigava um naco do lombo do cervo. – Precisava andar rápido e seguir aqueles homens. Por sorte, quando cheguei ao rio, eles ainda estavam fazendo uma maca para carregar o corpo daquele que foi morto pelo urso – arrotou. – Fiquei escondido até eles atravessarem. Foi fácil segui-los, porque estavam andando devagar.

– Oito deles, não é? – Siv engoliu e falou.

– Nove com o cadáver – Vidar respondeu.

– Quem dera que fossem só esses! – Vígi tirou um fiapo dos dentes com a faca. – Quase me caguei quando vi o vilarejo deles. Era enorme!

– Enorme quanto? – Aage inclinou-se para a frente.

– Contei quase duas centenas de *casas*. – Vígi bebeu o vinho aguado. – Elas eram estranhas, meio redondas, cobertas de mato e acho que couro, não sei direito, pois tive que ficar distante. Umas eram pequenas, outras bem grandes. Não como esse salão, mas bem grandes.

Siv levou a mão à boca. Asgeir tocou o cabo da sua espada, Kári, a virilha. E Bjarte também, só que a de Ástrídr, a mão oculta pela manta que os cobria, o gemido dela preso na garganta, apesar de os lábios corados e entreabertos ansiarem por deixá-lo livre.

– E havia guerreiros entre eles? – Hrotgar enchia sua sexta ou sétima caneca de vinho.

– Muitos – Vígi tossiu. – Havia muitas mulheres, crianças e alguns velhos, mas a metade dos que ali estavam certamente conseguiriam lutar.

– Tinha algum gordo entre eles? – Ganso zombou.

– Certamente o porco que estava no espeto – Askr emendou.

E a maioria dos que estavam no salão começaram a rir. Menos o motivo de chacota, que atirou um osso na direção do amigo e errou, e Siv, tensa.

– Não é momento para baderna. – Ela se levantou e, imediatamente, os burburinhos cessaram. – Continue, Vígi.

– Quando eles viram o cadáver, ficaram enlouquecidos. Mulheres pranteavam, homens buscaram suas lanças e arcos.

– Como essa aqui. – Vidar colocou sobre a mesa a arma que Bjarte recolhera do defunto.

Aage a pegou e passou o dedo para sentir o fio da ponta de pedra, afiado como o melhor dos aços.

– E o que mais, Vígi? – Siv estava aflita.

– Não fiquei mais por lá, era arriscado, eles estavam mandando mensageiros para diversas direções. Tive medo de ser descoberto. Por isso voltei, encontrei os dois na gruta e viemos o mais rápido que pudemos para cá.

– Se mandaram mensageiros, é porque há outros vilarejos, mais guerreiros. – Birger cruzou as mãos atrás da cabeça.

– Com certeza. – Siv olhou o amado. – Devemos partir?

– Devemos ficar e lutar! – Asgeir se levantou. – Não somos coelhinhos que se entocam em buracos quando sentem o cheiro da raposa!

– Mas também não somos estúpidos a ponto de querer enfrentar centenas deles. – Torstein aprumou as costas e fez uma careta de dor. Desde o naufrágio ele se sentia como se um esquilo estivesse roendo a sua coluna.

– Talvez milhares – Ketil completou no exato momento em que trovejou. Todos no salão tocaram seus amuletos. Aquilo não era um bom presságio.

– Talvez milhares... – Vígi assentiu.

– Eu acho que devemos ficar de prontidão, deixar os navios preparados para partir. – Aage enfiou o olho do carneiro na boca, fez força com a mandíbula e por fim ele estourou, soltando uma meleca amarelada que sujou sua barba.

– E se mandássemos mensageiros? – Boca de Bagre estalou os dedos.

– Acredito que receberíamos somente as cabeças deles. – Hrotgar enchia a sua caneca pela décima vez, o rosto vermelho, a fala amolecida. – Duvido que eles entendam a nossa língua.

– Eu confio no nosso salão, na nossa paliçada e nas nossas armas. – Asgeir cerrou o punho. – Eu confio em Thor e Odin. Eles não vão nos desamparar, ainda mais contra esses guerreiros com lanças de pedra. Eu confio, acima de tudo, no aço do meu machado.

Aage pegou a lança e a atirou com força. Ela varou o cervo, o que fez Ganso paralisar com um faisão na mão e a boca aberta, prestes a morder a iguaria: ele estava sentado logo atrás do bicho, e ver a ponta a alguns palmos do seu rosto fez suas tripas se retorcerem.

– Pode ser de pedra, mas se encontrar o seu bucho, Asgeir, vai varar com facilidade, como fazemos com as fisgas nos peixes do lago. – Aage sorriu. – Está tudo bem, Ganso?

– Tirando que terei que jogar estas calças fora, sim – o moleque respondeu, e todos gargalharam, até mesmo Siv.

– Sei que já estamos vigilantes e que protegemos bem o nosso novo lar, mas acredito que precisamos redobrar os esforços, principalmente nesses próximos dias e... – Ela virou o rosto, fez uma careta de bochechas infladas e vomitou no chão.

– Bebeu demais, Siv? – Aage lhe entregou um pano.

– Alguma coisa não caiu bem. – Limpou a boca. – Acho que fiquei nervosa demais.

– Hoje nós comemos, bebemos e comemoramos o retorno desses loucos! – Aage se levantou e ergueu o seu chifre. – Amanhã é um outro dia.

– Pe-pena – *hic* – que essa meeerda de bebida é... – Hrotgar soluçou e o azedo lhe subiu pela garganta. Ele engoliu com uma careta. – Essa merda é feita para dar pa-para bebês. – Entornou a décima terceira caneca, molhando a barba e a camisa. Ficou sentado, os olhos perdidos, lutando contra o sono.

Enquanto isso, no fundo do salão, Ástrídr via estrelas pela terceira vez, graças aos dedos hábeis do seu amado.

Capítulo XIII – Nascimento das Lendas Esquecidas

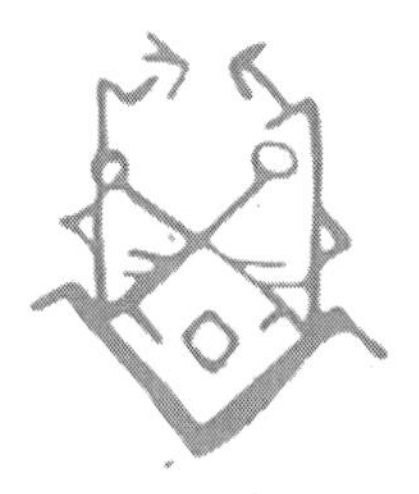

Num lugar sem nome, do outro lado do mundo, 967 anos depois da morte do deus pregado, aproximadamente quatro anos antes do nascimento de Leif Erikson.

– Não deixem que eles destruam o portão! – Siv berrou, o bebê chorando no seu colo, o ranho escorrendo pelo narizinho vermelho. – Arqueiros, atirem, atirem! Se vamos morrer, vamos garantir o nosso lugar no Valhala! Lutem com honra, orgulhem seus antepassados e caiam empunhando suas espadas. Encontro vocês no salão de Odin!

A filha de Hróaldr entregou o filho recém-nascido para Ástrídr, sacou sua espada, pegou seu escudo e avançou. Não havia tempo para despedidas, não era momento de fraquejar, ela usaria toda a sua dor, o seu sofrimento para retalhar o inimigo.

Depois do retorno de Bjarte, Vidar e Vígi, os meses se passaram vagarosos: Haustmánuður, Gormánuður, Ýlir, Mörsugur, Þorri, Goa, Einmánuður, Harpa, Skerpla, Sólmánuður, Heyannir, Tvímánuður e novamente Haustmánuður.

Então, eles chegaram.

Os navegadores que atravessaram o oceano e fincaram sua morada naquela boa terra haviam se esquecido dos donos daquele lugar. Nas primeiras semanas tinham estado alertas como cães de caça, atentos a qualquer barulho, a qualquer revoada de pássaros, farejando o ar em busca de quaisquer cheiros. Contudo, junto com o frio do inverno, essa vigília constante relaxou. E, depois de tantos meses isolados, acreditaram que estariam em paz.

Pelo que sabiam, pelas descobertas que fizeram em explorações por terra e mar, aquele era um lugar imenso, muito maior que a própria Noruega e suas milhares de ilhas. E muito vazio. Exceto pelos animais abundantes.

Caças e caçadores.

Entretanto, quando as primeiras folhas ressequidas começaram a cair das árvores, os uivos dos lobos cessaram, dando lugar a gritos e trombetas. Primeiro, muito distantes, como sussurros vindos da floresta. Depois, dia após dia, cada vez mais próximos.

Puderam, então, ouvir tambores e ver a fumaça que surgia por entre as árvores.

– Esses guerreiros não pretendem uma emboscada. Não desejam contar com a surpresa. Não. Eles querem ser ouvidos, querem avisar da sua vinda – Aage falou para Asgeir. – Acredito que teremos uma batalha dura – tocou seu amuleto.

– Melhor assim. – Asgeir apertou o cabo do seu machado. – Melhor assim...

Os corvos, como que prevendo um banquete farto, empoleiravam-se nos galhos e nas estacas da paliçada, grasnando, limpando as penas com os bicos compridos feitos para talhar a carne.

– Será que Hugin e Mugin estão entre eles? – Askr apontou.

– Não sei se conseguiriam voar tão longe. – Boca de Bagre cofiou a barba. – Aqui é um bocado distante, não?

– Eles conseguem, seus estúpidos! – Ganso afiava sua espada. – Eles são os corvos de Odin, o Pai de todos! Eles podem viajar entre os nove mundos. Um oceano não é nada para eles.

– Então eles devem ser aqueles dois grandões lá – Askr apontou para as maiores aves.

– Pode ser – o primo concordou. – Então, se forem mesmo eles, algo grande deve acontecer em breve.

E na manhã seguinte, quando o tímido Sol despertava, os pequenos sinos tilintaram e as armadilhas montadas por Vígi fizeram suas primeiras vítimas: pés perfurados, peitos trespassados e cabeças rachadas. Contudo, era como pisar nas formigas de um formigueiro. Sempre haveria muitas outras que ferroariam com voracidade.

Centenas deles surgiram correndo como animais, sem ordem, sem medo, gritando coisas em uma língua estranha, tocando seus chifres e tambores. Homens de pele cor de barro e armas de madeira, ossos e pedra. De cabelos escuros como carvão e olhos miúdos.

Algumas dezenas morreram empalados em estacas de madeira ao cair num fosso profundo e com a largura de três passos, escondido sob a grama que tivera tempo de crescer e recobrir tudo. Siv sorriu porque sua ideia atrasara o avanço, causara hesitação. Mas eles eram muitos e, mesmo devagar, passo a passo, continuariam.

Contornaram o fosso, sempre tateando o chão com suas lanças, à procura de novas armadilhas.

As primeiras flechas voaram em arco e beberam facilmente o sangue dos corpos protegidos apenas por couro e peles. Vígi, seu irmão e mais quinze arqueiros disparavam das plataformas da paliçada.

As hastes de morte cortavam o céu e se enterravam fundo na carne.

Eles, entretanto, continuavam a avançar com vontade, correndo aos berros, vencendo rapidamente a distância que os separava dos invasores.

– Esses bostas de coelho têm colhões – Hrotgar falou para si mesmo. – Não poderemos acusá-los de covardia.

Os demais defensores estavam firmes atrás da paliçada, apoiando suas lanças entre os vãos das estacas. Estas eram mais compridas que as usadas nas batalhas em campos abertos. Tinham o dobro da altura de um homem. Ideia de Kári, o Calado.

– Com elas desse tamanho, teremos vantagem, porque poderemos atacar por trás da paliçada, mantendo-os longe – ele demonstrou com a arma que acabara de fazer. – E cada vantagem vai adiar um pouco a nossa morte.

Fizeram cento e quarenta e sete delas. Uma para cada um dos tripulantes dos três navios. Todas com pontas de aço forjadas com o ferro encontrado num veio que ficava a noroeste de onde estavam. Aquela era uma terra rica. E ninguém pretendia desistir dela.

– Fogo! – Aage gritou. Imediatamente, Ketil, numa das extremidades da paliçada, e Vidar, na outra, acenderam suas flechas e atiraram. Elas riscaram o ar e caíram a uns cem passos de onde estavam. Então, como se a espada flamejante de Surtr tivesse tocado o chão impregnado de óleo, o fogo se acendeu e as labaredas subiram altas, lambendo aqueles que estavam com os pés atolados no grude.

Os guerreiros berravam de dor, as chamas fazendo a pele borbulhar, consumindo a carne, tornando cada inspiração agonizante. Os companheiros que vinham logo atrás tentavam tirá-los de tal suplício, porém apenas queimavam seus próprios braços, sem conseguir salvar seus parentes e amigos.

Quando, dias antes, os noruegueses ouviram os primeiros gritos, Aage ordenou que buscassem todo o óleo que pudessem num areal encharcado e escuro que ficava distante. Em um dia, cada um conseguia fazer apenas duas viagens com dois baldes pendurados nas pontas de uma vara que levavam atrás do pescoço.

Oito começaram o trabalho no dia de Tyr – só sabiam que essa era a data porque Ástrídr, desde a partida do Berserker, anotara cada um dos dias que passaram no mar e nessa terra – e terminaram no dia dedicado a Sól.

Ver homens queimando era algo que sempre causava pesadelos, mesmo nos guerreiros mais velhos e calejados das agruras da batalha. O desespero nos rostos contorcidos e os berros lembravam a todos que, na guerra, qualquer um deles poderia sentir tal sofrimento.

– Não desperdicem suas flechas com eles! – Vígi gritou ao ver um arqueiro acabar com a agonia de um dos nativos. – Acerte aqueles que ainda podem lutar!

O cheiro nauseabundo de cabelos e couro queimados foi trazido pelo vento que soprava na direção do grande salão. Ástrídr levou a mão à boca para conter o vômito. Gordo travou o cu para conter a caganeira que o acompanhava desde que ouviu os primeiros tambores. Os guerreiros continuavam vindo, e logo chegariam à paliçada. Duas centenas deles estavam mortos ou feridos demais para prosseguir com o cerco.

– Vamos morrer como vermes pisoteados? – Caribu gritava. – Nós que vencemos guerras e mais guerras? Vamos honrar o Grande Pai! Vamos lutar por Bisão! O espírito dele está entre nós e nos fortalece!

– Auuuuuu! – Lontra uivou, e foi seguido pelos que ainda viviam. E eles eram centenas ainda.

Assim que as chamas perderam força, eles avançaram, pisoteando os mortos, tentando ignorar as súplicas e os gemidos dos feridos. Dos seus amigos e parentes, alguns tão novos e pela primeira e última vez num campo de batalha.

– Firmem suas lanças, cães! – Hrotgar travou o pé com firmeza. – Deixem que as galinhas venham diretamente para o espeto!

E quem primeiro morreu com uma lança atravessando o seu pescoço foi um dos homens de Aage, que colocava outra flecha na corda. Lontra arremessou a sua lança com a precisão que só aqueles forjados na guerra conquistam.

O corpo caiu para trás, quase esmagando Gordo. Este não

pôde mais segurar a merda, que saiu em jatos, escorreu pelas pernas e emplastrou as botas.

– Que fedor, Gordo! – Ganso fez uma careta. – Quem morre cagado tem o direito de comemorar nos salões de Odin?

Aqueles que estavam próximos riram, gargalharam para disfarçar o próprio nervosismo, porque muitos já haviam aliviado as bexigas nas próprias pernas.

– Desçam da plataforma! – Vígi gritou e pulou. – Me sigam!

Os arqueiros obedeceram, pois, de tão perto, seriam alvos fáceis. Ainda era possível ficar próximo à porta do salão e atirar por cima da paliçada. Nem mirar era necessário: os inimigos se apinhavam do lado de fora, e acertá-los era quase certeza. Na frente, os lanceiros já espetavam e matavam aqueles que tentavam se aproximar, mas eles eram muitos e também conseguiam atingir quem estava lá dentro.

Aage sentiu uma picada na coxa; o ferimento só não foi fatal porque a cota de malha segurou bem o impacto. Seu oponente morreu com a barriga perfurada.

Uma flecha voou pelo vão entre as estacas e rasgou o lado da cabeça de Ketil, bem acima da orelha direita. Ele mal sentiu a dor e não percebeu o sangue escorrer: no frenesi da batalha matar o inimigo é mais importante que tudo.

Torstein não teve a mesma sorte. Ele caiu para trás gorgolejando sangue, somente a haste de madeira saindo por entre a barba densa. Aqueles eram caçadores, tão hábeis quanto Vígi, e suas flechas, com pontas de ossos afiados, perfuravam bem a carne.

Os mortos se avolumavam na paliçada. Um dos guerreiros, jovem como aqueles que defendiam o salão, pisou no ombro de um dos moribundos e escalou as estacas com a agilidade de um esquilo, jogou-se lá dentro, gritando, empunhando o seu porrete. Pegou Kári desprevenido e afundou-lhe o crânio, fazendo-o cair sentado, o olhar abobalhado, o sangue escorrendo pela boca e pelos ouvidos.

Ligeiro, avançou contra um dos que vieram no Dilacerador. Uma flecha se cravou na sua canela e ele caiu. Asgeir o matou pisando no seu rosto, sem soltar a lança comprida.

– Há mais pulando aqui dentro – Birger gritou. – Venham comigo. Depressa!

Eles deixaram suas lanças e sacaram suas espadas e machados. Alguns ainda conseguiram pegar seus escudos. Outros já matavam.

– Filho de uma cadela manca! – Hrotgar levou uma pancada no ombro que o fez se contorcer de dor. Revidou enfiando a espada no peito do insolente. Uma flecha teve a ponta quebrada quando bateu nos elos de ferro da armadura. Ele avançou, desviou de uma machadada e talhou profundamente as costas do oponente, que caiu gemendo.

Asgeir ria. A lâmina do seu grande machado pingava sangue e tinha cabelos e miolos grudados nela. Era competente em realizar seu trabalho e, ao contrário de arar a terra da fazenda, esse ele fazia com gosto.

No flanco direito, os guerreiros conseguiram arrebentar algumas estacas da paliçada, e agora podiam entrar um a um sem precisar pular e cair na ponta das armas dos noruegueses.

– Merda! – Birger decepara a mão de um homem largo como um boi, fazendo-a voar ainda segurando o porrete. – Quem está com um escudo, corra e impeça a entrada deles. Rápido!

Levou uma pancada no joelho que o fez cair. Ganso matou o atacante antes que ele conseguisse afundar a cara de Birger.

– Consegue ficar em pé? – Estendeu a mão para o amigo.

– Acho que sim. – Firmou o pé e a dor subiu pela coxa. Não pôde conter o gemido.

– Se apoie em mim e...

Ganso arregalou os olhos e babou sangue. Desabou com a nuca rachada por uma machadinha de pedra.

Birger gritou e se pôs em pé. Avançou mancando e estocou, furando a pele de lobo e o couro de alce que recobriam o peito do adversário.

– Morre, maldito – rosnou, a perna sem firmeza, o joelho estalando.

– Morre, maldito! – Esquilo, um baixinho ágil e dentuço, enfiou a galhada de cervo que usava como arma na goela de um grandalhão conhecido como Foice por ter o braço do escudo torto. O menino que não tinha mais de onze invernos subiu com agilidade na paliçada e pulou em cima do norueguês, que estocava com a lança comprida. Ele sequer teve como se defender: morreu afogado com o próprio sangue.

Esquilo perdeu metade do rosto quando lhe acertaram uma espadada que arrancou um naco de carne e osso da orelha até o beiço. Caiu no chão, gritando, chorando, os dentes e a língua expostos.

– Bosta! Minhas flechas acabaram! – Vígi atirou o arco no chão.

– Eu ainda tenho algumas. – Vidar olhou para o irmão. – Quer?

– Não! – Vígi sacou o seu punhal comprido e correu para a turba. E junto dele, outros arqueiros sem flechas fizeram o mesmo.

Askr atacou Caribu, que desviou da machadada e acertou o queixo do jovem, de baixo para cima, usando um porrete de madeira com uma pedra amarrada na ponta. Viu o garoto cambalear para trás e desabar, desmaiando.

A carnificina enchia o pátio de mortos de ambos os lados, apesar de haver menos devotos de Odin entre os cadáveres.

Lontra tentava colocar as tripas para dentro, o desespero esculpido na face. E seu filho Beija-flor vomitava, contorcido no chão, depois de levar um chute na boca do estômago.

Asgeir estava cansado, mas continuava girando o grande machado, mantendo os inimigos longe. Quem ousasse entrar na zona de morte fazia uma viagem para junto dos seus antepassados. Quinze estavam caídos ao seu redor.

Birger fez a ponta da espada entrar fundo no meio do rosto de um velhote de pele igual a terra seca e nariz verrugento. Virou-se com agilidade e fez um corte na lateral do pescoço de outro. O sangue esguichou enquanto o oponente, em vão, pressionava o rasgo com a mão.

Cinquenta e nove adoradores de Thor ainda lutavam. Menos de três centenas daqueles que tinham vindo retomar suas terras ainda brandiam suas armas.

– Eles vão arrebentar o portão! – Aage berrou. – Eles vão entrar!

Uma flecha de ponta de osso resvalou no seu elmo. Ele rosnou e decepou o braço, na altura do cotovelo, de um magricela que tentou perfurá-lo com uma lança curta, quase do tamanho de uma espada.

A trava de madeira colocada para trancar o portão estava envergada com a força que os guerreiros gritalhões faziam.

– Venham, parede de escudos! – Aage gritou. – Vamos formar uma pare...

Ele desabou quando uma flecha entrou no seu olho direito. Seu corpanzil começou a estrebuchar no chão, uma espuma branca se formando na boca e o olho que restou revirando-se até se tornar totalmente branco.

.
.
.

– Não deixem que eles destruam o portão! – Siv berrou, o bebê chorando no seu colo, o ranho escorrendo pelo narizinho vermelho. – Arqueiros, atirem, atirem! Se vamos morrer, vamos garantir o nosso lugar no Valhala! Lutem com honra, orgulhem seus antepassados e caiam empunhando suas espadas. Encontro vocês no salão de Odin.

A filha de Hróaldr entregou o filho recém-nascido para Ástrídr, sacou sua espada, pegou seu escudo e avançou. Não havia tempo para despedidas, não era momento de fraquejar, ela usaria toda sua dor e sofrimento para retalhar o inimigo.

Ela avançou como uma loba que vai defender a alcateia e sua cria. Estava febril e fraca pelo parto difícil quatro dias antes. Perdera bastante sangue e, se não fossem os dons de cura de Ástrídr, ela e o bebê teriam morrido.

– Me prometa, Siv, que, não importa o que aconteceça, você não entrará na batalha – Birger encarou a amada e acarinhou a cabecinha do bebê. – Me prometa!

Silêncio.

Ela era Siv Hróaldrdottir, e, mesmo que estivesse prestes a adentrar o reino de Hel, ela lutaria. Correu até o portão, que acabara de ser escancarado. E colou seu escudo aos de Birger, Gordo, Vígi, Odd, Ketil, Bjarte, Boca de Bagre, Hrotgar e todos aqueles loucos que decidiram explorar o outro lado do mundo. Estavam prontos para morrer, e lutariam enquanto o sangue corresse em suas veias.

Veio a onda que bateu forte nos escudos. Birger gritou de dor por causa do joelho, mas não cedeu: sua espada entrou numa virilha e, assim que ele sentiu o osso da bacia, torceu o cabo para aumentar o buraco e a agonia do infeliz.

Siv fez a sua entrar na boca de outro, fendendo a língua, quebrando dentes, brilhando na nuca dele. Sentiu as vistas embaçar pelo esforço e o sangue escorrer da sua vagina.

– Frigg, me dê forças – ela falou. Depois, respirou fundo e espetou a lateral de outro guerreiro, fazendo a lâmina entrar pelo sovaco e perfurar o pulmão. – Frigg, permita que eu tenha uma morte honrada!

Asgeir não estava na parede de escudos, continuava contendo aqueles que entravam pela abertura, mal conseguindo brandir o machado, os braços pesando como sacos de trigo, o rosto coberto de suor e os olhos vermelhos, ardendo.

Levantou a arma para um golpe, mas foi a sua garganta que sentiu a picada. A ponta da lança entrou um dedo acima da borda da sua cota de malha. Ele baixou a arma, porém não caiu. Então, como um enxame de vespas, os guerreiros se amontoaram sobre ele, furando, cortando, talhando, a raiva escorrendo junto ao suor e sangue: ele foi o ceifador da vida de mais de vinte e três filhos, pais e netos.

A parede de escudos estava prestes a ruir, e agora seria atacada pelo lado direito. Birger, sem hesitar, envolveu o pescoço de Siv com o braço e a puxou para trás, mancando, o rosto se contorcendo de dor a cada pisada.

Pelo treinamento e pelo instinto, o vão que ambos deixaram se fechou com os escudos daqueles que estavam atrás.

– Está louco? – ela esperneava. – Me solta!

– Essa luta está perdida, Siv! – Birger a segurou pelos ombros, cansado. – Vá e crie nosso filho.

– Não vou fugir – as lágrimas se libertaram. – Vou morrer aqui, com vocês.

– Vá Siv, vá – ele lhe deu um beijo e se virou quando Ástrídr a pegou pelo punho.

– Venha, pelo seu filho, Siv! – a filha de Wiglaf a puxou, o bebê chorando no seu colo. – Vamos. Ainda há tempo.

Siv relutou, mas, quando viu o filho, apenas deixou-se guiar, aos prantos, exausta, o corpo e o espírito dilacerados.

– Gordo, Vígi, Bjarte, preciso que vocês e mais dez sigam Siv e Ástridr – Birger gritou ao retornar à parede de escudos. Ele escolheu esses não porque gostasse mais deles. Não. Eram aqueles que estavam na segunda fileira, estocando com as lanças e as espadas. – Rápido. Vão.

– Mas a parede vai...

– Pelos bagos de Tyr, calem a boca e vão logo! – Hrotgar berrou na linha de frente, seu vozeirão assustando até mesmo os atacantes.

Então eles e outros dez, puxados a contragosto, foram em direção ao grande salão. Os vinte e cinco que restaram na parede de escudos lutavam com voracidade contra aqueles guerreiros ferozes e sem medo.

Passaram por Vidar, que ainda atirava contra os que vinham da abertura na paliçada. Restavam apenas sete flechas. Eles entraram no salão, seguidos pelo irmão do caçador, assim que gastou sua munição. Trancaram a pesada porta.

– Odin! – Birger urrou e rachou a cabeça de um homem,

fazendo a pena que ele usava de enfeite no cabelo se pintar de vermelho. – Odin!

– Odin! – Hrotgar quebrou a mandíbula de outro com a borda do escudo e berrou quando um martelo de pedra acertou a mão com que ele empunhava a espada. Mesmo enluvado, sentiu que alguns ossos se partiram.

Hrotgar matou seu algoz. E morreu quando uma pedra lhe acertou a testa, tonteando-o o suficiente para abaixar o escudo e expor o peito, convidando a espada roubada de um dos seus companheiros mortos a furar-lhe a malha, a carne e encontrar o coração.

Então, a parede de escudos foi desfeita. E, como uma matilha de lobos, os guerreiros de pele marrom os circundaram e os envolveram. E mostraram que suas presas eram tão mortais quanto as grandes armas feitas com dentes de cor de prata da Lua.

Epílogo

Noruega, terras de Vidar Birgerson, 1010 anos depois da morte do deus pregado.

– Pai, me conta novamente sobre aquela batalha! – O pequeno Asgeir segurava o machado de madeira que o "tio" Gordo esculpira para ele.

– De novo? – Siv, agora com os cabelos completamente brancos, sorriu para o neto. – Você não se cansa?

– De ouvir sobre braços cortados e tripas saindo da pança dos homens? Eu não. Nunca! – O pequenino subiu na mesa e se sentou com as pernas cruzadas. O cão cheirou seu pé, bocejou e foi se deitar aos pés de Siv.

– Meu avô Hróaldr sempre me contou que você era assim, mãe! – Vidar beijou a testa de Siv, que costurava. – Adorava histórias de batalhas.

– Não só as histórias, mas sim participar das lutas também – ela piscou para o filho.

– Até aquela em que o meu avô morreu? – Asgeir encarou Siv com os olhos verdes iguais aos dela. A avó retribuiu com um sorriso tristonho.

– Eu era apenas um bebê mijão com poucos dias de vida. Então, filho, tudo o que sei sobre essa batalha me foi contado por aqueles que puderam voltar do outro lado do oceano. – Vidar Birgerson sentou-se na sua cadeira de encosto alto e serviu-se de cerveja.

– Me conta a parte em que vocês fugiram do salão.

– A luta lá fora já havia terminado. Todos os nossos homens estavam mortos, ou prestes a partir desse mundo. – Olhou para a mãe, que virou o rosto para tentar esconder as lágrimas. Mesmo depois de tantos invernos, essa lembrança era dolorosa, e, mesmo que não falasse sobre isso, ela nunca deixara de se culpar por tudo o que aconteceu. – Aqueles que estavam trancados dentro do salão só ouviam os gritos agudos deles, como uivos de lobos que acabaram de abater sua presa.

– Eu nunca vi um lobo. Tem por aqui? – Asgeir franziu a testa.

– Não – a avó respondeu. – Aqui nós caçamos todos, até sumirem.

– Uma pena – o menino fez um muxoxo. – Eu gostaria de ver um. Continua, pai!

– Então, eles começaram a dar pancadas na porta, mas ela era grossa e forte, com as dobradiças feitas de um ferro muito bem forjado – o pai deu um gole na cerveja. – Mas cedo ou tarde ela arrebentaria.

– Mas meu avô era esperto!

– Sim, era – o pai sorriu. – Ao contrário dos nossos salões, que têm somente essa porta de entrada, ele decidiu fazer uma no fundo, pequenina, estreita e baixa.

– *Pra* vocês fugirem para o lago!

– Isso mesmo, apressadinho. – O pai arrancou um naco de pão e enfiou na boca. – Ele sabia que, cedo ou tarde, os donos daquela terra iriam tentar retomar o que era seu, e talvez a partida fosse inevitável. Assim, decidiu criar uma rota de fuga.

– E o navio estava lá!

– Já que você já sabe de tudo, vou parar com a história.

– Não, conta! – O menino balançou o machado de madeira. – Prometo ficar calado.

– Nós descobrimos que aquele lago formava um rio e este desembocava no mar – a avó olhou para o neto, muito parecido com o seu único amor, mais que o próprio filho. – E, por sorte as águas eram suficientemente profundas para navegar nelas. Então, trouxemos o Berserker e o Fenrir e os deixamos de prontidão.

– E com uma canoa que vocês construíram foram até o grande Berserker! – Asgeir vibrou.

– Sim, mas, antes que estivéssemos na metade do caminho, ouvimos a porta começar a ser arrebentada – a avó falou. – Eles conseguiriam nos matar com suas flechas ou mesmo nadar até nós.

– Mas tinhámos um grande herói ali! – O menino ergueu seu machado.

– É verdade. Vidar, sem nada dizer, pegou sua espada e seu escudo e se jogou na água, que batia no seu peito. – O filho de Siv fechou os olhos tentando imaginar o acontecido. – Teve dificuldade de avançar, mas chegou antes que eles arrebentassem a porta.

– E o que ele fez? – O menininho sabia a resposta, mas se conteve.

– Ele acenou para nós e se trancou dentro do grande salão – a avó tomou a dianteira. – E ouvimos gritos e pancadas. Embarcamos no Berserker e liberamos a grande vela quadrada. E, pela graça dos Deuses, o vento soprava forte, na direção certa. Só quando estávamos longe eles abriram a portinha e apareceram, mas suas flechas já não podiam mais nos alcançar.

– Por isso eu me chamo Vidar! – O pai enfiou mais pão na boca. – Porque, sem ele para atrasar os guerreiros, nunca teriam conseguido fugir.

– E eu me chamo Asgeir porque ele foi o melhor e mais *brabo* guerreiro de todos! – O menino pulou da mesa e correu pelo salão. Estacou. – Uma coisa que eu não entendo...

– O que é? – A avó se levantou também, os joelhos estalando, a idade cobrando a sua cota.

– Se eles tivessem contornado o salão, nem precisariam arrombar a porta, não é?

– Eles teriam nos pegado como coelhinhos indefesos. – A avó acarinhou o cabelo do neto. – Contudo, duas coisas jogaram a nosso favor.

– Isso você nunca me contou, vó.

Ela sorriu.

– Bjarte pensou na mesma coisa que você. Então, enquanto a gente construía a salão, ele pediu que os homens arrancassem uns arbustos frondosos que davam umas frutinhas vermelhas. Eles cresciam perto das vinhas. – Siv inspirou profundamente. – Replantamos eles de ambos os lados do salão, formando uma cerca viva de uns trinta ou quarenta passos de cada um dos lados. Depois Ástrídr fez suas orações pedindo aos Deuses para que tudo que ficasse lá atrás permanecesse oculto dos olhos do inimigo.

– Quando o homem vier, somente o verde ele verá, e tudo que atrás estiver, sumirá. – A filha de Wiglaf repetiu isso dez vezes. – Não disse que ele era o tesouro, Siv? Tenho certeza que essa artimanha irá nos salvar.

– Ástrídr estava mesmo certa. – Siv fechou os olhos cansados. – Só por essa artimanha é que hoje posso contar essa história.

– E a outra coisa que você disse? – O neto estava impaciente.

– Ah, sim! – Siv, apesar da idade, tinha a postura ereta e imponente. – Quando estamos na batalha e o sangue ferve em nossas veias, nem sempre conseguimos enxergar aquilo que não está à frente do nosso nariz! – Pôs o dedo no nariz de Asgeir, fazendo-o rir. – E os guerreiros estavam tão enlouquecidos, tão furiosos que só pensaram em arrombar a porta do salão.

– Pode ser – o neto assentiu. – Ou a "tia" Ástrídr consegue mesmo falar com os Deuses e eles esconderam tudo aquilo que estava atrás dos arbustos, não é?

Siv riu alto.

– Você tem razão, menino sabido.

Deu-lhe um beijo na testa e ele saiu correndo do salão, brandindo seu machado, seguido pelo cão.

O pai e a avó o acompanharam a distância, divertindo-se com as estripulias do garotinho. Vidar Birgerson abraçou a mãe, e ambos olharam para o horizonte.

– E pensar, minha mãe, que muitos ainda dizem que você e os que retornaram são mentirosos. Inventaram tudo isso. – Sentiu o cheiro de flores nos cabelos dela. – Que, por não terem trazido nenhuma prova e não terem desenhado nenhum mapa, só pode ser uma lorota das bem vagabundas. Agora os mercadores dizem que um tal Leif Erikson foi o descobridor das terras e...

– Você se importa com isso, meu filho? – a mãe o interrompeu. – Aquilo que foi visto pelos nossos olhos e entalhado no nosso espírito é eterno. Todos nós sabemos disso. Os Deuses sabem o que fizemos. E isso basta.

Ela fechou os olhos e viu nítidos os rostos daqueles que, certa manhã, naquela mesma praia, tinham iniciado uma jornada inimaginável.

E lá no mar tranquilo, Sól estava refletida: nessa época do ano ela não descansava; e o Berseker permanecia imponente, imenso, como o maior, melhor e mais resistente navio que já fora construído naquelas terras.

Leia também do mesmo autor:

Série
Tempos de Sangue

O Andarilho das Sombras

Deuses Esquecidos

Guerras Eternas

O Despertar da Fúria

Ruínas na Alvorada

A teia escarlate (em quadrinhos)

www.temposdesangue.com.br

Saga
Vikings

Vikings: Berserker

Vikings: Nidhogg

Vikings: Noite em Valhala
(em quadrinhos)

Vikings: Morte ao troll
(em quadrinhos)

www.sagavikings.com.br

Este livro foi impresso em papel pólen bold na Renovagraf em dezembro de 2020, o ano da pandemia